HEYNE <

W0360138

Das Buch

Wir schreiben das Jahr 1497 v. Chr.: Seit ihrem furiosen Auszug aus Ägypten haben die Tajarim ein neues Auskommen im phönizischen Schmelztiegel Byblos gefunden. Auch Seshmosis, Schreiber und Prophet des namenlosen Gottes GON, hat sich dort eingerichtet, wenngleich er wehmütig an die einstige Heimat zurückdenkt. Prinzessin Kalala, unsterblich verliebt in den Sänger El Vis, plant derweil dessen Siegeszug bei einer Konzerttournee zu den Inseln des großen Meeres und befiehlt neben dem Händler Raffim auch Seshmosis als Hüter des Schreines von GON an Bord. Widerstrebend tauscht der Schreiber seine gemütliche Stube gegen harte Schiffsplanken, ahnt er doch, dass ihm ein weiteres Abenteuer voller Gefahren bevorsteht. Und tatsächlich: Erzürnt über das Eindringen eines fremden Gottes, schleudert Poseidon das Schiff durch Raum und Zeit an die Gestade des Minos, wo eine Irrfahrt sondergleichen ihren Anfang nimmt ...

Nach dem etwas anderen Auszug aus Ägypten in *Der Nomadengott* spinnt Gerd Scherm den mythologisch-verrückten Faden phantasievoll weiter in die Antike – humorvolle Fantasy der Spitzenklasse!

Der Autor

Gerd Scherm wurde 1950 in Fürth geboren und lebt als freier Schriftsteller und Künstler mit seiner Frau Friederike und vielen Tieren in einem alten Gehöft im Naturpark Frankenhöhe. Seit vielen Jahren forscht er auf den Gebieten Mythologie, Mythenbildung und Symbolik und ist u.a. Gastdozent im Fachbereich Kultur- und Religionssoziologie an der FU Berlin. Für sein literarisches und künstlerisches Schaffen erhielt er zahlreiche Auszeichnungen, zuletzt den Friedrich-Baur-Preis 2006 für Literatur der Bayerischen Akademie der Schönen Künste.

Mehr zu Autor und Werk unter:
www.scherm.de

Gerd Scherm

Die Irrfahrer

Roman

Originalausgabe

WILHELM HEYNE VERLAG
MÜNCHEN

FSC
Mix
Produktgruppe aus vorbildlich bewirtschafteten Wäldern und anderen kontrollierten Herkünften

Zert.-Nr. SGS-COC-1940
www.fsc.org
© 1996 Forest Stewardship Council

Verlagsgruppe Random House
FSC-DEU-0100
Das für dieses Buch verwendete FSC-zertifizierte Papier *München Super* liefert Mochenwangen.

Originalausgabe 02/2007
Redaktion: Angela Kuepper
Copyright © 2007 by Gerd Scherm
Copyright © 2007 dieser Ausgabe by Wilhelm Heyne Verlag, München, in der Verlagsgruppe Random House GmbH
www.heyne.de
Printed in Germany 2007
Umschlagillustration: Dirk Schulz
Umschlaggestaltung: Animagic, Bielefeld
Satz: Greiner & Reichel, Köln
Druck und Bindung: GGP Media GmbH, Pößneck
ISBN: 978-3-453-52210-7

»Sicher sind wir Götter eitel und grausam, aber wir sind die einzige Hoffnung, die den Menschen bleibt.«

Ein nicht genannt werden
wollender anonymer Gott

Inhalt

Prolog 9

Im Reich der Lebenden und der Toten 15

Die Insel der Seligen 101

Im Labyrinth 151

An der Küste des Krieges 219

Die Irrfahrer 331

Anhang 429

Nachbemerkung 446

Prolog

Brief des Schreibers Seshmosis an Elias in Jericho

Verehrter Elias!

Ich hoffe, Ihr seid wohlauf, und auch Eurer Tochter Rachel geht es gut. Meine Gedanken wandern oft zu Euch, und ich frage mich, ob die anderen Rückkehrer aus Ägypten immer noch um die Stadtmauern von Jericho streifen und ihre Shofarhörner blasen. Nach unserer Abreise aus Eurer schönen Stadt überfiel uns eine Horde von denen, doch unser gütiger Gott stand uns bei. Nachdem er ihren Anführer eingeäschert hatte, ließen die anderen schnell von uns ab.

Nun leben wir schon zwei Jahre in Byblos – wir, die wir von Theben auszogen, um eine neue Heimat zu finden. Ich weiß nicht, ob wir das, was wir suchten, wirklich gefunden haben. Dazu müsste mir erst klar sein, was Heimat eigentlich ist. Wenn es nur darum geht, einen Ort zu finden, an dem wir in Frieden leben können, dann ist Byblos sicher unsere Heimat. Wenn es aber ein Platz sein soll, an dem mir warm ums Herz wird und wo jemand für mich da ist, bin ich immer noch auf der Suche.

Die meiste Zeit seit unserer Ankunft in dieser Küstenstadt habe ich damit verbracht, die Geschehnisse unseres Auszugs aus Ägypten niederzuschreiben. Doch diese Arbeit ist nun vollendet, und es gibt für mich nicht viel, das die Monotonie meiner Tage unterbricht.

Wie oft denke ich zurück an die schönen Stunden bei Euch und Eurer liebreizenden Tochter, deren Lächeln mich auch hier in der Ferne noch verzaubert. Doch ich schweife ab, bitte verzeiht! Wollte ich Euch doch berichten, wie es uns auf unserer Reise ergangen ist, da ich bei unserer Begegnung in Jericho nicht die Gelegenheit dazu fand.

Wie Ihr wisst, verließen wir Theben nicht ganz freiwillig. Um der Wahrheit Genüge zu tun, es waren eigentlich alle hinter uns her: der Statthalter des Pharao, die Palastwache, die Stadtwache, die Tempelwache und ungefähr die Hälfte der zahlreichen ägyptischen Götter.

Dabei haben wir im Prinzip nichts anderes getan als sonst und einfach unser Leben gelebt. Die einen mehr, die anderen weniger. Gut, ich muss zugeben, Raffim ging nicht gerade sanft mit den heiligen Krokodilen des Gottes Suchos um. Aber wie anders sollte er sie zum Weinen bringen, um die Krokodilstränen zu gewinnen? Als Glücksbringer in Gold oder Silber gefasst, waren sie schließlich seine Haupteinnahmequelle. Auch Barsils Geschäfte waren wohl nicht nach jedermanns Geschmack. Vor allem dann nicht, wenn den Leuten ihre eigene Inneneinrichtung auf dem Basar zum Kauf angeboten wurde. Sicher kam es auch vor, dass manch feuriger Stier, den unser guter Melmak veräußerte, sich als müder Ochse erwies, aber im Großen und Ganzen waren wir Hyksos in Ägypten wirklich in das dortige Leben eingebunden.

Allerdings erschien es mir angebracht, unseren Namen zu ändern, nachdem Raffim das Erdbeben, bei dem halb Theben zerstört wurde, mit verursacht hatte. Aus Versehen hatte er nämlich dem Krokodilgott sein göttliches Ankh entrissen und so das Unglück ausgelöst.

Mit unserem neuen Namen *Tajarim*, der *Touristen* bedeutet, fahren wir auch hier in Byblos gut. Touristen sind überall gern gesehen, und keiner empfindet sie als Bedrohung.

Eigentlich wollte ich damals ja auf dem kürzesten Weg über das Rote Meer nach Kanaan gelangen, doch meine Gefährten überstimmten mich und forderten, die Pyramiden zu besichtigen, wo wir doch schon Touristen sind. Also entschieden wir uns für die lange, gefahrvolle Route den Nil entlang, mitten durch ein feindlich gesinntes Land. Es war ein Graus für mich! Ihr kennt die Seele eines Schreibers und versteht sicher meine Qualen. Aus der Beschaulichkeit meiner Schreibstube gerissen, sah ich mich unvermittelt als Anführer von zweihundert Flüchtlingen samt Vieh und Habe. Ich will hier nicht die Einzelheiten ausbreiten, verehrter Elias, dafür sende ich Euch meinen umfangreichen Bericht, sobald die Abschrift fertig ist. Oder ich bringe ihn persönlich zu Rachel. Doch lasst mich hier die wichtigsten Punkte herausgreifen, um Euch einen Eindruck zu geben.

Unter merkwürdigen Umständen erreichte unsere Karawane damals Abydos, besser gesagt die Nähe von Umm el-Qaab, wo die Gräber derer liegen, die vor den Pharaonen über das Land geherrscht hatten. Hier passierte etwas Ungeheuerliches: Mir erschien ein Gott.

Es ist sonst nicht meine Art, Dinge zu sehen, die andere nicht wahrnehmen, und dann auch noch mit diesen zu reden, doch die Erscheinung war sehr überzeugend – und Furcht einflößend zugleich.

Bis heute weigert dieser Gott sich, mir seinen Namen zu verraten, und ich nenne ihn deshalb *Gott ohne Namen* oder kurz *GON*. Er ist, wie soll ich sagen, eigensinnig. Er liebt es, mir in unterschiedlichen Formen zu erscheinen, mit denen er auf künftige Ereignisse hinweisen will, und er spricht oft in Rätseln, die ich nicht zu lösen vermag. Und so bin ich jetzt nicht nur Schreiber, sondern dazu noch Prophet, auch wenn mir dieser Beruf immer noch sehr fremd ist.

Nach einigen Anfangsschwierigkeiten gab uns GON sechs Gebote, nach denen wir leben sollten, und damit unser Gott immer unter uns sein kann, fertigte unser Karrenbauer Schedrach für ihn einen kleinen hölzernen Schrein als Wohnstatt. Jetzt steht dieser Schrein in meinem Zimmer. Doch zurück zu unserer Reise, besser gesagt Flucht.

In der Stadt Sauti stießen weitere Menschen zu unserer Karawane: Die nubische Prinzessin Kalala mit ihrem Leibwächter Tafa, der Sänger El Vis aus Memphis und ein Prophet namens Nostr'tut-Amus, der sich uns mit der Begründung anschloss, endlich einmal eine erfüllte Prophezeiung erleben zu wollen.

In Sauti kam es zu einer wahren *Nacht des Todes*, in der alle Erstgeborenen starben, egal ob Mensch, ob Vieh. Mit Hilfe von GON wurden wir von dieser Katastrophe verschont.

Später konnten wir in Krokodilopolis die Sache mit Raffim und dem Ankh bereinigen und hatten dadurch, GON sei Dank, wenigstens die meisten ägyptischen Götter vom Hals. Allerdings lief ich unter den Pyramiden von Gizeh dann Osiris in die Arme, und er war nicht sehr freundlich zu mir. Er warf uns schlichtweg aus Ägypten, und der Pharao, den ich kurz darauf traf, bestärkte diesen Rausschmiss. Vor allem mit seiner Ritualaxt, die er über meinem Kopf schwang.

Ich hatte von Anfang an gesagt, wir sollten schnell und diskret über das Rote Meer verschwinden, aber Raffim und die anderen bestanden ja darauf, die *Wunder Ägyptens* zu sehen.

Als wir endlich dem Land den Rücken gekehrt hatten, kam uns auf dem Sinai ein Riesenzug von Hyksos gefährlich nahe. Sie standen unter der Führung eines gewissen Moses und waren äußerst unfreundlich und militant. Doch wieder half uns GON, und wir konnten eine direkte Begegnung mit diesen Leuten um Haaresbreite vermeiden.

Bald darauf erreichten wir Gaza, und von dort aus reiste ich zu Euch nach Jericho, wo Ihr so freundlich wart, mir die Herkunft meines Volkes zu verraten.

Nun bin ich am überlegen, ob ich nicht doch noch Euer großzügiges Angebot annehmen soll, als Schreiber in Eurer Stadt zu arbeiten, falls denn die Stelle noch offen ist. Bitte gebt mir möglichst bald durch Boten Bescheid, da ich ernsthaft in Erwägung ziehe, Byblos zu verlassen.

Ich küsse die Erde vor meinem Herrn

und neige mein Haupt vor Euch, edler Elias, und bitte Euch, Rachel von ganzem Herzen von mir zu grüßen

Euer ergebener, treu verbundener Seshmosis, Schreiber zu Byblos

Im Reich der Lebenden und der Toten

Hephaistos hielt seinem Vorarbeiter einen Donnerkeil direkt vors Gesicht. »Das kannst du besser, Rundauge!«, tadelte der göttliche Schmied den Kyklopen. Doch bevor dieser antworten konnte, öffnete sich knarrend das riesige Eisentor zur Schmiede, und gleißendes Licht fiel in den sonst düsteren Raum. Schlagartig verstummten alle Geräusche. Geblendet blinzelte Hephaistos zum Tor und sah den Umriss eines Mannes, der kurz darauf aus dem Gegenlicht trat: Helios, der Sonnengott.

Hinter ihm wuchteten einige Gestalten einen zweirädrigen Wagen in die Werkstatt.

»Ich grüße dich, mein lieber Hephaistos! Ich brauche deine Hilfe. Bei der letzten Sonnenfinsternis kam mein Himmelswagen dem Mond zu nahe und holte sich einige Kratzer. Vielleicht ist auch die Achse verbogen, aber mit technischen Dingen kenne ich mich nicht aus. Dafür haben wir ja dich.«

Hephaistos grummelte vor sich hin. Die ganze olympische Göttersippe hatte von Technik keine Ahnung und ruinierte alles, was sie in ihre Finger bekam. Laut sagte er: »Kein Problem, Helios, das bekomme ich schon wieder hin.«

»Fein, fein, mein Lieber. Aber da gibt es noch etwas, über das ich mit dir reden wollte.«

Er sah sich bedeutungsvoll um, bevor er Hephaistos beiseite zog, damit die neugierigen Kyklopen das Gespräch nicht mithören konnten.

Dann fragte er mit verschwörerischem Unterton: »Weißt du eigentlich, dass Ares gerade deiner Gemahlin Aphrodite beiwohnt? Und das nicht zum ersten Mal.«

Hephaistos war wütend. Und enttäuscht. Er sah sich in seinen schlimmsten Befürchtungen bestätigt. Bisher hatte er die unangenehme Wahrheit nur nicht zulassen wollen. Der göttliche Schmied hatte schon lange diesen Verdacht und vermutete, dass die Zwillinge Phobos und Deimos nicht seine Söhne waren. Warum wollte Aphrodite die Kinder denn unbedingt *Furcht* und *Schrecken* nennen, wenn sie nicht vom Kriegsgott stammten? Seine eigenen Namensvorschläge – *Feuer* und *Amboss* – hatte seine Frau konsequent ignoriert.

Hephaistos bedankte sich bei Helios für die Auskunft, obwohl diesem die Schadenfreude ins Gesicht geschrieben stand, und versprach ihm, seinen Himmelswagen schnell zu reparieren. Doch in Wirklichkeit interessierte ihn der Wagen überhaupt nicht, denn er sann auf Rache. Er wollte den beiden Ehebrechern eine Falle stellen und eine Lektion erteilen, die sie nie vergessen würden.

Tagelang fertigte der Geschickteste der achäischen Götter ein unsichtbares Netz aus feinsten Goldfäden. Dann baute er mit dem unzerreißbaren Gespinst eine Falle rund um sein göttliches Ehebett, bevor er sein Heim angeblich Richtung Lemnos verließ, um auf der Insel mit seinen Gläubigen ein Fest zu feiern.

Kaum war Hephaistos aufgebrochen, erschien auch schon der Kriegsgott Ares an der Schwelle des Hauses und begehrte Einlass, den ihm Aphrodite gern gewährte. Ohne lange Begrüßung begaben sich die beiden sofort ins göttliche Schlafgemach. Ares riss sich die prunkvolle Rüstung vom Leib, und die Liebesgöttin streifte lasziv ihr Gewand über die Schultern und ließ es zu Boden fallen. Nackt sprangen die beiden ins Ehelager. Doch in dem Augenblick, in dem sie mit dem Liebesspiel begannen, schnappte die Falle zu. Das goldene Netz zog sich um die beiden zusammen und presste sie aneinander. Die beiden zappelten wie Fische und verrenkten sich, um sich zu befreien.

Da erschien Hephaistos in der Tür und brüllte rasend vor Eifersucht: »Jetzt werdet ihr für alles bezahlen, was ihr mir angetan habt!«

Der Schmied nahm eine lange Eisenstange, die er bereitgelegt hatte, und hängte das Netz daran auf. Dann schulterte er mühelos die frivole Last und hinkte mit seinem Klumpfuß zur großen Halle des Olymps.

Hephaistos litt sehr unter seiner Behinderung, und der Schönste war er gerade auch nicht. Ganz im Gegenteil, alle nannten ihn den »hässlichen Krüppel«. Umso mehr verletzte es ihn, dass ihn Aphrodite mit diesem Schönling betrog, von dem man sagte, dass keiner so schnell zu Fuß sei wie er.

Doch nun sollten alle Götter sehen, was ihm seine Gemahlin und ihr Liebhaber angetan hatten.

In der großen Halle angekommen, hängte Hephaistos

das goldene Netz mit seinem nackten Inhalt an einen Haken an der Decke und rief: »Vater Zeus und ihr anderen ewigen Götter! Seht diese Schande!«

Aphrodite und Ares wanden sich verzweifelt in ihrem luftigen Gefängnis, und der Kriegsgott setzte all seine Kraft ein, das Netz zu zerreißen. Doch es gelang ihm nicht, sich aus der peinlichen Situation zu befreien.

Die anderen Götter und Göttinnen strömten herbei und starrten verwundert, entsetzt oder amüsiert auf das ungewöhnliche Schauspiel.

Apollon stieß dem Götterboten Hermes den Ellbogen in die Rippen und fragte: »Na, würdest du nicht mit Ares tauschen wollen?«

»Aber sicher!«, antwortete dieser lachend. »Und wenn es dreimal so viele Fesseln wären, würde ich doch gern bei Aphrodite liegen, und ihr dürftet alle zuschauen.«

Auch Helios, auf dessen Indiskretion die Situation ja zurückging, genoss voyeuristisch den Anblick der nackten Liebesgöttin, die es inzwischen aufgegeben hatte, sich im Netz zu winden.

Als der Aufruhr langsam verebbte, erhob der gehörnte Hephaistos seine Stimme: »Zeus, sieh! Das ist deine Tochter, die du mir zur Frau gabst. Die Göttin der Liebe soll sie sein, doch ist sie nur eine läufige Hündin! Wahrlich, ich werde diese beiden Ehebrecher so lange in Fesseln halten und zur Schau stellen, bis du mir den Brautpreis zurückerstattet hast!«

Jetzt erschrak Zeus wirklich, der die Szene bisher als köstlichen Spaß genossen hatte. Nicht, dass seine Tochter und ihr Liebhaber noch länger öffentlich zur Schau gestellt werden sollten, versetzte ihn in Missbehagen, sondern die von Hephaistos geforderte Herausgabe der Brautgeschenke. Schließlich hatte ihm der Schmied Aphrodite mit immensen Geschenken abgekauft – sein prunkvoller Palast, der kostbare Thron, die mächtigen Donnerkeile, all diese wunderbaren Dinge stammten von Hephaistos als Preis für die ungleiche Ehe.

Zeus schüttelte sein mächtiges Haupt, seine Entscheidung war gefallen: »Mach mit den beiden, was du willst. Ich gebe die Geschenke nicht wieder her!«

Ein Aufschrei drang aus dem Netz, und Aphrodite flehte: »Vater, ich bitte dich, rette mich aus dieser demütigenden Lage!«

»Es ist deine eigene Schuld. Ich werde auf keinen Fall für dein unmoralisches Vergnügen bezahlen!«

»Dann werde ich die beiden in der Menschenwelt zur Schau stellen. So wie ihr sie hier im Netz seht, werde ich sie in allen Städten und auf allen Inseln zeigen!«, drohte Hephaistos.

Entsetzensrufe gingen durch die Reihen der Götter.

»Hephaistos, du kannst uns alle doch nicht vor den Menschen bloßstellen!«, rief Hera, die Gemahlin des Zeus.

»Wer hat denn mit dieser Schande begonnen? Wer ist denn nackt und bloß? Ich habe Ares nicht die Rüstung abgenommen, ich habe Aphrodite nicht entkleidet, und ich habe die beiden auch nicht in mein Ehebett gestoßen!«

Nun ergriff Poseidon, der mächtige Gott der Meere, das Wort:

»Wir dürfen uns vor den Menschen nicht lächerlich machen! Sie würden den Glauben an uns verlieren, und das würde unserer Macht ungeheuer schaden. Ich bin bereit, dafür zu sorgen, dass Ares dich gebührend entschädigt, Hephaistos.«

»Und wenn er flieht? Ich kenne ihn doch, diesen Windhund. Er wird sich wie immer aus der Verantwortung stehlen.«

»Ich übernehme für Ares die Bürgschaft. Wenn er sich davonmacht, um sich der Schuld zu entziehen, werde ich selbst dich bezahlen. Das schwöre ich hier vor allen Göttern!«, bot Poseidon an.

Hephaistos wusste, dass er sich bei diesem Angebot nicht länger verweigern konnte, wollte er nicht seine erneute Verbannung aus dem Olymp riskieren. Also willigte er ein und öffnete das Netz. Aphrodite und Ares purzelten nackt zu Boden, und einige mindere Halbgötter eilten herbei, ihre Blöße zu bedecken.

Dann klatschte Zeus in die Hände und forderte die anwesenden Götter auf: »Wenden wir uns nun wieder erfreulicheren Dingen zu. Lasst uns ein neues Spiel beginnen!«

Alle stimmten begeistert zu, nur Hephaistos stand derzeit nicht der Sinn nach solchen Ablenkungen, und er verließ immer noch wütend und gedemütigt den Olymp.

Mitten in der großen Halle stand ein riesiges dreidimensionales Modell. Es zeigte einen Ausschnitt der Erde, der von Kanaan bis zur Insel Ithaka, vom Nildelta bis nach Makedonien reichte. Die olympischen Götter versammelten sich nun um das Modell, das ihnen als Spielbrett diente, und betrachteten es aufmerksam. Gerade streute Eris, die Göttin der Zwietracht, ein schwarzes Pulver über eine lang gestreckte Insel.

»Eris, was tust du den Kretern diesmal an?«, fragte Hermes.

»Das Übliche: Neid, Streit und Hader säen. Ist ja schließlich meine Aufgabe.«

»Aber doch nicht vor Spielbeginn!«, warf Apollon ein.

»Zwietracht ist immer. Vor dem Spiel, nach dem Spiel und während des Spiels. Und sobald sich eine gute Gelegenheit ergibt, werfe ich meinen berühmten Zankapfel.«

»Lasst uns Regeln für das neue Spiel aufstellen!«, forderte Hermes, und die Flügel an seinen Sandalen vibrierten in Vorfreude.

Aphrodite, nun wieder bekleidet, näherte sich dem Spielbrett und beklagte sich: »Die Liebe darf nicht zu kurz kommen! Das letzte Mal gab es überhaupt keine Hochzeit.«

»Aber jede Menge Liebesnächte!«, warf Hermes in Anspielung auf das eben Geschehene ein, um Aphrodite zu ärgern.

»Du sollst diesmal deine Hochzeit haben, Aphrodite. Aber nur, wenn ich mindestens eine große Schlacht bekomme.«

Ares, der Kriegsgott, inzwischen wieder in seiner martialischen Rüstung, fuchtelte mit seinem Schwert über dem Spielbrett. Da jede Aktivität auf dem olympischen Modell Auswirkungen in der Welt der Menschen hat, kam es zur selben Zeit zu heftigen Sturmböen zwischen Sparta und Athen. In Mykene stürzte ein Baum auf eine Pilgerprozession und erschlug drei Gläubige, während auf Salamis ein einsamer Wanderer ins Meer geweht wurde und ertrank.

»Und bitte diesmal kein Techtelmechtel mit Nymphen, Zeus! Und auch keine Verwandlungen in geile Stiere oder Schwäne!«, keifte eine Frauenstimme.

Zeus überging den Einwurf seiner Göttergattin Hera und verkündete: »Grundregel Nummer eins: Alles ist erlaubt! Dazu gehören wechselnde Koalitionen, ohne die Mitspieler darüber informieren zu müssen. Dito der Einsatz von Wetterphänomenen wie Blitz und Hagelschlag sowie von regional begrenzten Erdbeben. Ebenso gestattet ist der Einsatz von magischen Waffen, Gift und Politik durch auserwählte Menschen. Verboten ist natürlich wie immer das Stiften neuer Religionen.«

»Wollen wir die erreichten Punkte wie beim letzten Mal verteilen?«, fragte Athene.

»Einen Punkt für jeden neu gewonnenen Gläubigen, fünf Punkte für ein dargereichtes Opfer, zehn für einen willfährigen König, zwanzig für den Tod eines Helden und hundert für einen neu erbauten Tempel?«

»Und fünfzig für eine Hochzeit!«, bat Aphrodite, immer noch etwas kleinlauter als sonst.

»Und hundert Punkte Abzug für jeden Beischlaf mit Nymphen oder Menschenfrauen!», verlangte Hera mit drohendem Blick zu ihrem Gatten Zeus.

»Ich will fünfzig Punkte für jedes versenkte Schiff!«, forderte nun Poseidon.

»Nichts da!«, lehnte Zeus ab. »Schiffe versenken gibt höchstens zwanzig Punkte. Das gehört für dich doch sowieso zum Alltagsgeschäft.«

Auf einmal erklang von der Hallenkuppel herab eine gestaltlose Stimme: »Es wäre überaus sinnvoll, wenn ich auch mitspielen dürfte!«

Die olympischen Götter ignorierten die Bitte aus der Höhe und feilschten weiter um die Punktewertung. Die Stimme verwandelte sich daraufhin in eine kleine Feuersäule, schwebte über dem Spielbrett und sprach: »Bei diesem Spiel wäre es nur recht, mich einzubeziehen. Es geht schließlich auch um meine Gläubigen.«

Einige der olympischen Gottheiten blickten irritiert auf die Erscheinung. Doch Ares fegte die Feuersäule mit einer Handbewegung vom Spielbrett, was dazu führte, dass auf der Insel Samos eine Windmühle in Brand geriet. Auf Mykonos aber sorgte ein plötzlich vor einer Bauernfamilie entflammter Olivenbaum für einen neuen regionalen Kult mit exzessiven Brandopfern.

»Nein! Wir wollen unter uns bleiben. Wir sind eine eingeschworene, leidenschaftlich streitende und daher bestens bewährte Spielgemeinschaft«, stellte Hermes sachlich fest.

»Gut, dann werde ich eben nach meinen Regeln spielen!«, erwiderte die Feuersäule warnend.

»Wir wollen dich aber nicht dabeihaben, wir mögen keine Fremden! Wer bist du überhaupt?«, fragte Ares unwirsch.

»Nennt mich einfach den *Joker*«, empfahl die Feuersäule und verschwand.

Athene schaute nachdenklich auf die Stelle, wo die Luft immer noch flirrte. »Wer immer das gewesen sein mag, ich habe das ungute Gefühl, wir werden noch von ihm hören.«

»Ich komme gerade vom Olymp zurück«, sagte die kleine, rot getigerte Katze und war sichtlich erbost.

Seshmosis sah erstaunt von seiner Papyrusrolle auf und fragte: »Mein Herr, was wolltest du auf dem Olymp?«

»Was soll ein Gott schon auf dem Olymp wollen? Mit meinen Kollegen reden, natürlich.« Ziemlich lustlos begann die Katze sich zu putzen.

»Sag schon, was war los?«, forderte ihr menschliches Gegenüber sie auf.

»Pah! Griechische Götter! Ich dachte, das wären alles Philosophen, hellenistische Denker. Pah!« Die Schnurrhaarenden der Katze glühten bedrohlich rot.

»Du solltest deine Götterkollegen doch inzwischen kennen«, wandte Seshmosis ein.

Die Katze strich ihre Schnurrhaare glatt, aus deren Enden nun verdächtige Funken sprühten.

»Ich dachte immer, die griechischen Götter wären eine vornehme Gesellschaft, so eine Art würdevoller Philosophen. Aber sie sind nichts anderes als ein Haufen eitler, hinterhältiger, missgünstiger, zänkischer Selbstdarsteller.«

»Und was ist schiefgelaufen?« Seshmosis schwante Böses.

»Sie haben mich ignoriert. Sie wollen nichts mit mir zu tun haben.«

Die Katze ließ ein bedrohliches Fauchen hören.

»Was wolltest du denn von den Olympiern? Wie ich dich

kenne, machst du doch keinen Kollegenbesuch aus reiner Höflichkeit.«

Seshmosis erinnerte sich, wie der kleine Nomadengott mit Hilfe der ägyptischen Götter Apis und Methyer den Tajarim auf dem Sinai geholfen hatte, damals, gleich nach der Geburt des Goldenen Kalbes. Und er erinnerte sich, wie sein Stamm aufgebrochen war, weil die Ägypter die Hyksos, die Fremden, verfolgt hatten. Rund zweihundert Personen waren sie gewesen, Kinder und Greise mitgezählt, und ihren Namen hatten sie in Tajarim geändert, was in ihrer alten Sprache so viel wie »Touristen« bedeutet, damit man nicht gleich erkannte, dass sie eigentlich Flüchtlinge waren.

Die Erinnerungen spülten Seshmosis fort, und dennoch kam es ihm so vor, als hätte nicht er selbst all dies erlebt, sondern ein anderer, und er, der Schreiber, sei nur der Berichterstatter. Von Theben in Ägypten wollten sie ins »Land der Väter« zurückkehren, in ein Land, in dem längst die Söhne anderer Väter lebten.

Mit Schaudern dachte er an den Abend im sagenumwobenen Abydos, wo ihn ein bis dahin unbekannter Gott zu seinem Propheten gemacht hatte. GON, der »Gott ohne Namen«, der nicht wollte, dass man seinen wahren Namen kannte, auf dass ihn keiner aussprechen und ihn beherrschen könne.

GON war ein kleiner Gott, ein großer hätte auch gar nicht zu ihm, Seshmosis, dem einfachen Schreiber, und der Karawane der Nomaden gepasst. GON liebte es, sich in unterschiedlichen Erscheinungsformen zu materialisieren, um damit künftige Ereignisse anzudeuten. Allerdings war er dabei auf eine gewisse körperliche Größe beschränkt. Genauer gesagt, er konnte die Kleinheit von dreißig Zentimetern nicht überschreiten.

Seshmosis war es am liebsten, wenn ihm der kleine Gott als Katze erschien, denn dann war nichts Dramatisches zu erwarten. GON litt auch unter einem kleinen Handicap, das er nur ihm, seinem Propheten, verraten hatte: Er war extrem kurzsichtig. Und da ein Gott bekanntermaßen immer nur so weit wirken kann, wie seine Sehkraft reicht, beschränkte sich GONs Aktionsradius auf rund hundert Meter. Aber innerhalb dieser hundert Meter war der Nomadengott wirklich ein Großer, wie Seshmosis des Öfteren erleben durfte.

Laute Stimmen vor Seshmosis' Zimmer schreckten ihn aus seinen Gedanken. Es dauerte einige Augenblicke, bis seine Erinnerungen der Gegenwart wichen. Richtig, es war die zehnte Stunde, die ›Stunde des Dankes‹. Seshmosis seufzte. Sicher war er GON dankbar, vielleicht dankbarer als jeder andere Tajarim. Ohne den kleinen Gott hätten sie Byblos kaum heil erreicht, ohne seine Hilfe wären sie längst unter den Pfeilen und Schwertern der Ägypter oder der Moses-Anhänger dahingeschieden.

GON hätte wahrlich einen Tempel zu seiner Verehrung verdient, um ihm jeden Tag zur zehnten Stunde und sogar noch öfter zu danken. Den Dank nahm der kleine Gott gerne an, den Tempel aber wollte er nicht. Er wohnte lieber in einem kleinen, hölzernen Schrein in Seshmosis' Zimmer, das für diesen Schlafraum und Schreibstube zugleich war. Der Raum war sparsam möbliert und beherbergte nicht mehr als das Nötigste: ein schmales Bett, zwei Truhen für

Wäsche und Habseligkeiten, ein mit Papyrusrollen und Keilschrifttafeln aus Ton übervolles Regal, einen Tisch und zwei Stühle. Und quasi als einzigen Schmuck eine schlanke Stele mit dem Schrein von GON darauf.

»Warum?«, fragte Seshmosis die kleine Katze auf dem hölzernen Schrein. »Warum willst du nicht endlich einen eigenen Tempel?«

»Es ist gut so, wie es ist. Ich habe doch meinen Raum, wo mich die Menschen verehren und mir danken können«, antwortete GON.

»Aber es ist mein Zimmer!«, lamentierte Seshmosis. »Jeden Tag trampeln die Leute durch mein Zimmer, sitzen auf meinem Bett und bringen meine Sachen in Unordnung. Neulich hat Raffim sogar das Tintenfass über meine Aufzeichnungen geschüttet.«

Seshmosis hatte sich darüber ziemlich aufgeregt. Außerdem vermutete er, dass Raffim das Tintenfass mit voller Absicht umgekippt hatte, um ihn zu ärgern, und keineswegs aus Versehen, wie er später grinsend behauptet hatte. Raffim, sein Intimfeind und Widersacher auf der Reise von Theben nach Byblos. Raffim, der Krokodilquäler und Devotionalienhändler, Raffim, der Reichste unter den Tajarim, der fette, immer gierige, egoistische und leider stets erfolgreiche Geschäftsmann. Bevor sich Seshmosis weiter in seinen Groll gegen Raffim steigern konnte, unterbrach ihn GON sanft, aber bestimmt: »Öffne endlich die Tür! Meine Gläubigen wollen zu mir.«

Dann verschwand er mit einem leisen Plop.

Widerstrebend öffnete der Schreiber die Tür seines Gemachs, und ein gutes Dutzend Leute strömte herein und füllte schnell den kleinen Raum. Seshmosis nickte ihnen zur Begrüßung zu, und dann knieten sie vor dem schlichten hölzernen Schrein nieder, den Schedrach, der Karrenbauer, noch in Ägypten gefertigt hatte. Der Schrein symbolisierte den Dank der Tajarim für ihre Rettung vor dem Tod aller Erstgeborenen während der Ägyptischen Plagen, damals, als der Schlangendämon Apophis die Sonne gestohlen und den Sonnengott Ra in seine Gewalt gebracht hatte. In erster Linie aber diente der Schrein dazu, GON mobil zu machen, denn in der Welt der Menschen konnte er nicht ohne Hilfe reisen. Deshalb hatte der Kasten oben einen Bronzegriff, an dem er getragen werden konnte.

Jetzt waren die beiden Flügeltüren des Schreins geschlossen, denn GON selbst zeigte sich nicht zur Dankesstunde. Er zeigte sich nie jemandem außer Seshmosis, seinem Propheten. Nur ihm war es vorbehalten, die Materialisationen des kleinen Gottes zu sehen.

Nachdenklich betrachtete Seshmosis die knienden Menschen, die stumme Zwiesprache mit GON hielten. Zu den Gläubigen, die täglich zum Gebet kamen, gehörten Kalala, die dunkelhäutige Prinzessin aus Nubien, ihr Gefährte El Vis, Sänger aus Memphis, und Nostr'tut-Amus, der Seher. Erstaunlicherweise erschien seit einigen Tagen eben auch Raffim, der Händler, regelmäßig zur zehnten Stunde. Das wunderte Seshmosis, denn Raffim handelte zwar, so lange er denken konnte, mit heiligen Gegenständen, Figuren und Amuletten, doch er schätzte die Götter nur insoweit, wie sie ihm Profit brachten. Sein Vermögen verdankte er dem Krokodilgott Suchos, zu dessen Ehren und zu Raffims Gewinn er Krokodilen Tränen abgepresst hatte, diese in Gold und Silber fassen ließ und als Amulette teuer verkaufte. Überhaupt hatte er damals in Theben mit allem gehandelt, was man nur im Entferntesten mit dem Kult des Krokodilgottes in Verbindung bringen konnte: von kleinen Statuen und vergilbten Krokodilzähnen bis zu Gürteln, Sandalen und Taschen. Dazu hatte er einen Imbissstand betrieben, an dem er Krokodilwurst, Krokodilmilch, Krokodilschnaps, Krokodilhackbällchen und geraspelte, mit Honig versetzte Krokodillederreste als Süßigkeiten feilgeboten hatte.

Da GON keinen Kult für sich forderte, war Raffim der kleine Gott völlig egal. Dass er nun täglich vor dem Schrein auftauchte, machte den Händler überaus verdächtig. Seshmosis fragte sich, welch finstere Pläne der Dicke diesmal verfolgte.

Dann dankte auch Seshmosis seinem Herrn. Nach dem Ritual wandten sich die anderen schnell zum Gehen, und GONs Gebetsraum verwandelte sich wieder in Seshmosis' Zimmer. Der Schreiber kniete sich erneut vor den Schrein und bat: »Herr, bitte offenbare mir Raffims Pläne. Ich weiß ganz genau, dass er nicht jeden Tag hierher kommt, um dir zu danken.«

Auf dem Schrein materialisierte augenblicklich die vertraute Katze und antwortete: »Wie kommst du darauf, dass ich in den Gedanken meiner Gläubigen herumschnüffle?«

»Nun, ich dachte, dass ein Gott von Natur aus weiß, was Menschen denken.«

»Da hast du falsch gedacht. Ich höre die Gedanken der Menschen nur, wenn sie sich direkt an mich wenden. Oder wenn ich wissen will, was sie denken.«

»Dann weißt du nicht, Herr, was Raffim vorhat? Schade.«

Seshmosis wollte sich schon mit der Antwort zufrieden geben, als die Katze fortfuhr: »Ich weiß sehr wohl, was er vorhat, denn ich bin ziemlich neugierig. Aber ich bin auch sehr diskret. Du weißt ja, Glaubensangelegenheiten gehören zur Persönlichkeitsentfaltung, die ich über alles respektiere. Und ich kann, im Gegensatz zu dir, absolut verschwiegen sein.«

»Herr, warum quälst du mich so? Stets bemühe ich mich, alles zu deinem Besten zu richten. Warum tust du mir das an?«, fragte Seshmosis enttäuscht.

Ein Zug von Mitleid erschien im Gesicht der Katze. Mitleid, umgeben von spitzen Eckzähnen. »Also gut, ich verrate dir, was er hier macht. Er stiehlt die *Heiligen Rollen*.«

»Aber Herr, das kannst du nicht zulassen!«, schrie Seshmosis und stürzte zum Regal, das sein Archiv barg. Hektisch durchwühlte er die Fächer mit den unzähligen Papyrusrollen, zog die eine oder andere heraus und geriet in Wut: Vier der fünf *Heiligen Rollen* fehlten! Der Schreiber bebte vor Zorn. Und dann überfiel ihn die Angst. Man würde ihn verantwortlich machen für den Verlust, schließlich waren die Schriften in seiner Obhut. Wie sollte er beweisen, dass Raffim der Dieb war? GON pflegte ja nur mit ihm zu reden, sich nur ihm zu zeigen. Als öffentlicher Zeuge war er deshalb denkbar ungeeignet.

»Herr, diese Papyri wurden mir von meinem Vater anvertraut und diesem von seinem Vater. Sie sind der größte Schatz unseres Volkes.«

»Du weißt, dass ich mit diesen Schriften nichts zu tun

habe. Lediglich *Die Kleine Karawane* betrifft mich. Alle anderen entstanden vor meiner Zeit. Und *Die Kleine Karawane* hat er noch nicht gestohlen«, stellte der kleine Gott lapidar fest, ohne auf die Nöte seines Propheten einzugehen.

Die fünf *Heiligen Rollen*, seit Generationen von Schreiber zu Schreiber weitergegeben, waren die Identität und das Gedächtnis der Hyksos von Theben, die sich nun Tajarim nannten:

Die Schöpfungsgeschichte, Die Tafel der Väter, Das Goldene Zeitalter, Die Große Flut und *Die Kleine Karawane*.

Letztere enthielt den Bericht des Auszugs der Tajarim aus Ägypten unter Seshmosis' Führung. An sich nichts Besonderes, wenn es Seshmosis gewesen wäre, der diesen Bericht geschrieben hätte. Aber statt seiner wirkte hier GON persönlich. Nun, nicht ganz persönlich, er benutzte einen Helfer. Seshmosis erinnerte sich an sein Entsetzen, als er von seinem Gott erfahren musste, dass die Schriftzeichen auf dieser *Heiligen Rolle* aus dem Hinterleib eines Käfers stammten.

Verzweifelt wandte sich Seshmosis an den kleinen Gott: »Wo hat Raffim die Rollen versteckt? Was hat er mit ihnen vor? Er kann doch außer Zahlen kaum etwas lesen.«

»Das, mein Lieber, musst du selbst herausfinden«, antwortete die Katze und verschwand.

Da GON nicht bereit war, ihm in dieser Angelegenheit zu helfen, flehte Seshmosis Toth an, den ägyptischen Gott der Gelehrsamkeit, dazu dessen Gattin Seshat, Göttin der Schreiber und der Archive, und Imhotep, der ebenfalls für die Schreiber zuständig war. Außerdem rief er vorsichtshalber die örtlichen Götter von Byblos an, Baal, Astarte und Mot. Allerdings bezweifelte er bei Letzterem, dass dieser ihm bei der Wiederbeschaffung der Heiligen Rollen helfen könnte. Denn Mot war der Gott der Unterwelt, der »Große Verschlinger«, und daher von Natur aus eher destruktiv veranlagt.

Seshmosis konnte ruhigen Gewissens auch diese Gottheiten anrufen, da GON in seinen sechs Geboten dies ausdrücklich gestattete. Denn das erste Gebot lautete:

»Ich bin der Herr, dein Gott, den du verehren sollst, wie auch respektieren alle Mächte der universalen Schöpfung und alle Natur, die dich umgibt. Und verlasse dich nie darauf, dass es woanders keine anderen Götter gibt.«

Und so versprach er sich besonders von Seshat, der Bewahrerin der Archive, Hilfe. Außerdem gefiel ihm ihr Name, denn er bedeutete »Schreiberin«. Erst kürzlich hatte er hier in Byblos eine kleine Statue von ihr erworben. Diese zeigte eine junge, schlanke Frau, gehüllt in ein Leopardenfell, mit einem Schreibrohr in der einen und einem Tintenbehälter in der anderen Hand. Auf dem Haupt trug sie einen auffälligen Kopfputz, bestehend aus einer Rosette mit sieben Zweigen und einem umgekehrten Bogen darüber. Diese Figur stand nun bei den wenigen Habseligkeiten, die er aus seiner Schreibstube in Theben mit in die neue Heimat gerettet hatte: die kleine silberne Mondbarke der Göttin Nut, das Pavianfigürchen aus Elfenbein des Gottes Toth und der Skarabäus aus grünem Schmelzglas. Seshmosis war froh, dass Raffim ihm diese persönlichen Erinnerungsstücke nicht auch noch gestohlen hatte. Aber sie stellten materiell keinen besonderen Wert dar, und deshalb lagen sie außerhalb von Raffims Wahrnehmung und Begehrlichkeit.

Nun musste er also selbst herausfinden – möglichst mit Hilfe gnädiger Götter –, wo Raffim die Rollen versteckt hielt und was er mit ihnen vorhatte.

Aram war Bademeister und tot, und dies schon zum zweiten Mal. Als Aram noch gelebt hatte, hatte er das Badehaus zu Theben geleitet, und obwohl es ihm nicht gehört hatte, war die Arbeit dort für ihn die Erfüllung seines Lebens gewesen. Die Aussicht, das Haus und das von ihm über alles geschätzte Wasser verlassen zu müssen, um mit den Tajarim durch eine wasserlose Wüste in ein unbekanntes Land zu ziehen, hatte ihm den Selbstmord als die bessere Zukunft erscheinen lassen. Zu seinem Bedauern hatte ihn Raffim, dem unter mysteriösen Umständen das göttliche Ankh des Krokodilgottes Suchos zugefallen war, damit wieder zu nicht mehr gewolltem Leben erweckt. Doch Anubis, der schakalköpfige Gott des Totenreichs, hatte Aram gnädig ein zweites Mal erlöst, und so wandelte er nun als Toter in Amentet, dem Reich jenseits des Sonnenuntergangs. Allerdings empfand Aram sein Dasein hier als äußerst unbefriedigend. Es gab kein Badehaus in Amentet.

Das Totenreich war der Wohnsitz diverser Götter und

sah auf den ersten Blick aus wie eine ganz normale ägyptische Stadt. Erst auf den zweiten Blick fiel auf, dass hier statt des Nils ein tiefschwarzes Meer den Ort umgab. Und dass es in der Stadt keine Tempel gab. Doch Götter brauchen ja keine Tempel, zu wem sollten sie denn beten?

Es lebten hier aber auch Menschen. Allen war gemeinsam, dass sie ihr Leben bereits hinter sich und bei der Verhandlung vor dem Großen Gericht bestanden hatten, im Gegensatz zu den Verlierern beim Totengericht, denn diese verschwanden auf Nimmerwiedersehen im Rachen des zahnreichen Babi oder eines anderen, immer hungrigen Dämons der Finsternis.

Doch auch die Gewinner waren keineswegs zu beneiden. Denn der Alltag in Amentet stand im krassen Gegensatz zu den Vorstellungen der Gläubigen, im Jenseits ein komfortables, herrschaftliches Dasein auf einer anderen Ebene zu führen. Im Gegenteil: Sie arbeiteten hier als Sklaven der Götter.

Die Ägypter pflegten ihren Verstorbenen so genannte »Uschebti« mit ins Grab zu geben, mehr oder weniger kunstvoll gefertigte Figuren, die den Toten im Jenseits dienen sollten. Nun gab es im Totenreich durchaus Diener, sehr viele sogar. Allerdings waren dies keineswegs die lebendig gewordenen Figuren, sondern durchweg verstorbene Menschen, die alle schweren Prüfungen des Totengerichts bestanden hatten.

Der Brauch mit den Uschebti-Figuren entsprang ganz einfach einem Missverständnis in der Kommunikationskette »Gott – Priester – Mensch«: Die Götter wollten Diener für sich und nicht für die Verstorbenen.

Nun zierten die schönsten der in die Gräber gelegten Uschebti-Figuren als leblose Dekorationsstücke die Wohnungen der Götter, und diejenigen, die den Haushalt der Götter versorgten und alle anfallenden Arbeiten ausführten, waren *erlöste* Verstorbene. Das Totengericht sorgte lediglich dafür, dass nur qualifiziertes Personal nach Amentet kam.

Auf Grund seiner besonderen Beziehung zu Anubis hatte man Aram dessen Haushalt zugeteilt. Doch der schakalköpfige Gott weilte selten zu Hause, denn seine Tätigkeit als Totenrichter nahm ihn meist auswärts in Anspruch. Gestorben wurde schließlich immer und überall. Außer in Amentet natürlich.

So polierte Aram nunmehr seit zwei Jahren göttliche Artefakte und räumte in Anubis' Wohnung Möbel von einer Ecke in die andere. Mal platzierte er die ungepolsterte Meditationsliege neben dem riesigen, bedrohlichen Ahnenschrein des Gottes, mal stellte er den Arbeitstisch an die mit schrecklichen Dämonenfratzen bemalte Wand, dann wieder frei in den Raum neben der mannshohen Skulptur aus ungezählten Schädeln.

Doch der anfängliche Elan war längst dahin, und Aram langweilte sich zu Tode, besser gesagt im Tode. Er hatte sich das Jenseits anders vorgestellt, irgendwie lebendiger. Doch dann kam ihm eine Idee.

Als Anubis wieder einmal zu Hause weilte, wagte er den Gott anzusprechen: »Gnädiger Herr, als Euer nichtswürdiger Diener würde ich Euch gern einen Vorschlag unterbreiten.«

Anubis, der es sich auf seiner Meditationsliege bequem

gemacht hatte, blickte auf. »Aram! Warum störst du mich in meinen Träumen?«

»Verzeiht, Herr, ich wusste nicht, dass auch Götter träumen.«

»Das Träumen ist eine unserer größten Schöpfungen. Warum sollten wir es nicht selbst genießen und nutzen?«

Der verwirrte Aram vergaß sein eigentliches Anliegen und fragte neugierig: »Großer Anubis, aber wovon träumt Ihr, der Ihr doch das Ende aller Träume seid?«

»Genau davon! Davon, nicht das Ende des Lebens zu sein, sondern sein Anfang. Fortan nicht mehr länger als der Gott der Toten zu wirken. Das dauernde Sterben ermüdet mich. Ich wünschte, es gäbe eine andere Perspektive für mich. Gott der Geburtshelfer wäre eine konstruktivere Tätigkeit, aber darum kümmert sich ja schon Taweret, die flusspferdgestaltige Göttin der Geburt. Und um die Schwangeren der zwergenwüchsige Bes. In Ägypten ist jede kleinste Kleinigkeit göttlicher Zuständigkeit schon vergeben, vieles sogar doppelt und dreifach. Es ist deprimierend! Als Gott hast du einfach keine Entwicklungsmöglichkeiten. Hier gibt es nichts, das mich aufheitern könnte«, seufzte der Gott.

Aram sah seine Chance gekommen. Anubis war, genau wie er, mit seiner Situation unzufrieden. Mutig unterbreitete er ihm deshalb sein Anliegen: »Das tut mir leid für Euch, Herr. Vielleicht könnte mein Vorschlag für etwas Zerstreuung sorgen?«

»Welcher Vorschlag?«

»Mir ist aufgefallen, dass es in Amentet an einem Badehaus mangelt. Wie Ihr wisst, Herr, kenne ich mich mit

Badehäusern sehr gut aus. Und mir ist durchaus bekannt, dass auch Götter das Vergnügen eines wohltuenden Bades schätzen.«

»Aram! Ich hoffe, du spielst nicht auf einen gewissen Vorfall zwischen Hathor und Seth an.«

Einst hatte Seth, der Eigenbrötler unter den Göttern, die Fruchtbarkeitsgöttin Hathor beim Baden beobachtet. Eigentlich war ihr Anblick für die meisten männlichen Götter nicht sehr aufregend, da Hathor gemeinhin kuhgestaltig zu erscheinen pflegte.

Doch in diesem Fall hatte sie menschliche Formen bevorzugt und Seth die Beherrschung verloren. Das Göttergericht bestrafte den Vergewaltiger mit einer grässlichen, seine göttliche Männlichkeit betreffenden Krankheit, die erst viel später auf dem Gnadenwege geheilt wurde. Man sagt, seither bevorzuge Seth die Einsamkeit der wasserlosen Wüste.

Aram beeilte sich, Anubis zu versichern, dass er keineswegs auf irgendwelche Vorfälle anspiele, die er zudem ja gar nicht kenne, und er als Bademeister vor allem ein Meister der Diskretion sei.

»Dein Vorschlag gefällt mir, Aram. Allerdings bedürfen neue Bauvorhaben in Amentet einer Zweidrittelmehrheit im Bauausschuss der Götterversammlung. Wir wollen schließlich nicht, dass jeder kreuz und quer baut, wie es ihm gerade einfällt. Aber ich werde bei der nächsten Zusammenkunft einen Antrag stellen.«

Aram war nun endgültig davon überzeugt, dass die Götter wirklich alles erfunden hatten. Sogar die Bürokratie.

Byblos – freier Stadtstaat, reiche Handelsmetropole und seit zwei Jahren Zuflucht der Tajarim. Eine Tagesreise südlich von hier, im Land Kanaan, begann der ägyptische Einflussbereich, eine Pfeilschussweite nach Norden die Macht der Hatti, der Hethiter.

Von den Perlen der Levante – Ugarit, Sidon, Tyros und Byblos – war die letztere die größte und die glänzendste. Hier kreuzten sich die Handelswege der Nord-Süd-Achse mit den Straßen aus dem Osten, die alle am Hafen der Stadt endeten. Von dort ging es per Schiff weiter nach Westen ins Abendland, nach *Erob*, wie die Hebräer und Phönizier zu sagen pflegten. *Erob*, das Dunkle, die Abenddämmerung, das Fremde jenseits des Meeres, die Region, die andere *Europa* nannten.

Seshmosis hatte Byblos ausgewählt, den Schmelztiegel der Völker, in dem man mehr Sprachen hörte als im sagenumwobenen Babylon, um mit seinen Tajarim nach der Flucht aus Ägypten unterzutauchen. Als Fremde unter Fremden fielen sie hier nicht auf.

Nun schlenderte Seshmosis langsam durch die Gassen des Hafenviertels. Er ging gern in diesen tiefer gelegenen Stadtteil, um seine Gedanken zu ordnen. Wenn er Sorgen hatte, führte ihn sein Unterbewusstsein immer wieder in das Gassengewirr, während sein Bewusstsein nur einen Tintenklumpen kaufen wollte. Außer Atmen, Essen und Schlafen gab es für einen Schreiber nichts Wichtigeres als

Tintenklumpen, jenes Konglomerat aus Kienruß, Gummi Arabicum und verbrannter Weinhefe. Fein geraspelt, mit Wasser angerührt und mit Essig verdünnt, bildete diese Mischung den Stoff, mit dem man Ereignisse, aber auch Träume auf Papyrus festhalten konnte.

Seshmosis blieb vor der Auslage eines kleinen Ladens stehen. Direkt vor der Tür hatte der Händler auf einem groben Holztisch sein Angebot ausgebreitet: Griffel und Wachstafeln, Tintenfässer und Schreibried, Tintenklumpen und Siegellackstangen, kleine Raspeln und Stapel von Blättern aus Binsenmark, mit Steinen beschwert, um zu verhindern, dass sie mit dem Wind weggeweht wurden. Daneben warteten aber auch wertvollere Dinge wie Amulette, kleine Statuetten, Ringe und Rollsiegel auf Käufer. Seshmosis wandte die Augen von den Waren ab und musterte den Händler genauer. Byblos war ein Schmelztiegel, in dem es keine Trennung zwischen Einheimischen und Fremden gab, nur eine Trennung zwischen Erfolgreichen und Gescheiterten. Und es gab Menschen, die ständig zwischen diesen beiden Gruppen pendelten, mal mehr zur einen, mal mehr zur anderen Seite tendierend, je nachdem, ob sie an diesem Tag ein paar Kupfermünzen einnahmen oder nicht. Für Seshmosis' Gegenüber würde sich in den nächsten Minuten entscheiden, zu welcher Gruppe er heute gehörte.

»Ihr habt gewählt, weiser Herr?«, fragte der Händler.

Seshmosis schüttelte nur stumm den Kopf und ließ den Blick erneut über die Auslage schweifen. Ein rundes Amulett erweckte seine Aufmerksamkeit. Es war aus Bronze, ungefähr fünf Zentimeter im Durchmesser und trug spiralförmig angeordnete, fremde Schriftzeichen. Seshmosis deutete mit dem Finger darauf und fragte: »Woher ist das?«

»Ihr habt einen vortrefflichen Geschmack, edler Herr. Dieses erlesene Stück stammt von der Insel Kreta aus dem Reich des Königs Minos.«

»Ah, aus Keftiu Minos«, sagte Seshmosis mehr zu sich selbst.

»Ihr stammt aus Ägypten, weit gereister Herr? Nur die Ägypter nennen Kreta *Keftiu Minos*, das Fremdland des Minos.«

»Ja, ich habe lange dort gelebt, aber das tut jetzt nichts zur Sache. Wisst Ihr, was diese Zeichen bedeuten?«, wollte Seshmosis wissen.

»Leider nein, gelehrter Herr. Das Amulett stammt aus dem Nachlass eines Minoers, dessen Göttern es leider gefiel, ihn hier in der Fremde zu sich zu rufen.«

Seshmosis wusste, was diese Formulierung bedeutete. Der arme Mann war in Byblos schlicht unter die Räuber gefallen, und seine Habe befand sich jetzt im Angebot der Händler des Hafenviertels.

Der Schreiber schob alle Gedanken an den Vorbesitzer des Amuletts von sich und fragte: »Wie viel wollt Ihr dafür haben?«

»Fünf Schekel, edler Herr. Nur fünf Schekel, weil Ihr es seid, weit gereister Herr.«

»Mit fünf Schekel kann ich drei Diener eine Woche lang bezahlen! Mir deucht, Ihr bietet Eure Waren im falschen Viertel an. Einen Schekel will ich Euch wohl dafür geben.« Wie alle Tajarim liebte es Seshmosis über alles zu feilschen.

»Ihr ruiniert mich, hoher Herr! Meine Frau und meine Kinder müssen essen, auch wenn ich selbst bereit bin zu hungern, nur um Euch einen guten Preis machen zu können. Vier Schekel ist das Minimum.«

»Ihr wisst ja nicht einmal, was auf dem Amulett geschrieben steht. Vielleicht ist es ein Fluch? Zwei Schekel, und ich gehe das Risiko ein, mit dem Fluch eines Toten zu wandeln.«

»Wen schert schon die Bedeutung dieser fremden Zeichen, nobler Herr? Hauptsache, sie sind hübsch anzusehen. Für drei Schekel wird das Amulett Euch zieren.«

»Wer weiß, ob mich nicht die Götter des Minoers zwingen, diesem in Bälde zu folgen? Bevor ich es trage, müsste ich das Amulett von einem Priester bannen und segnen lassen. Das kostet auch wieder. Zweieinhalb Schekel sind mein Höchstgebot!«

»Meine Frau wird mich verfluchen, weil ich die Kinder hungern lasse, harter Herr. Aber bevor wir heute darben, will ich einwilligen. Zweieinhalb Schekel, und das Prachtstück ist Euer!«

»Aber dann bekomme ich dazu noch einen Tintenklumpen!«, forderte Seshmosis, dem der Handel sichtlich Spaß machte.

»Ich wusste schon immer, dass die Leute aus Ägypten mein Ruin sein werden! So wahr ich Nefer heiße! Schließlich komme ich selbst dorther. Aber gut, weil wir beide aus dem Land des Nils stammen, lasse ich meine Familie zuschanden kommen, um Euretwillen!«

Der Händler nahm das Amulett und reichte es Seshmosis. Dann holte er aus einer Kiste unter dem Tisch einen

Tintenklumpen und drückte diesen dem Schreiber in die Hand. Seshmosis verstaute das Amulett in einem ledernen, am Gürtel befestigten Beutel, den Tintenklumpen steckte er in eine Tasche seines Gewands, und dann sagte er versöhnlich: »Ich hoffe, Eure Frau und Eure Kinder verzeihen Euch, dass Ihr so großzügig zu mir wart.«

»Welche Frau? Welche Kinder?«, grinste ihn der Händler an.

Seshmosis konnte sich ein Lachen nicht verkneifen und verließ den Stand.

Die Händler von Byblos sind alle Krokodile, dachte er bei sich, und beim Stichwort ›Krokodile‹ fielen ihm wieder Raffim und sein Diebstahl ein. Der dicke, pockennarbige Geschäftsmann passte wirklich gut in diese Stadt, sie war für ihn wie geschaffen. Oder er für sie.

Ohne zu überlegen, schlenderte der Schreiber die letzte Terrassenstufe zum Hafen hinunter. Bald schon sah er die Schiffe, die im geschützten Hafenbecken vor Anker lagen. Bereits während man in Ägypten an der großen Pyramide gebaut hatte, hatte man hier die natürliche Bucht genutzt, mit einer langen Kaimauer fast geschlossen und mit einer kleinen Festung geschützt. Von dieser Bucht aus, der Urzelle von Byblos, wuchs die Stadt terrassenförmig nach oben, dem Libanongebirge mit seinen reichen Zedernwäldern entgegen.

Das imposanteste Gebäude in der Häuserzeile direkt am Meer war das der Hafenmeisterei. Hier musste sich jeder Kapitän melden, der Byblos angelaufen hatte. Dann begleiteten ihn mehrere Inspektoren auf sein Schiff, taxierten seine Ladung und legten den Zoll fest, der zu entrichten war. Der Herrscher von Byblos war ein kluger, geschäftstüchtiger Mann, und deshalb verlangte er weniger Zoll als die Herrscher von Ugarit, Sidon oder Tyros. Während diese zehn Prozent des Warenwertes einforderten, begnügte man sich in Byblos mit bescheidenen vier Prozent. Die Rechnung des hiesigen Herrschers war denkbar einfach: Bei zehn Prozent Abgaben würden es die Kapitäne und Handelsherren vorziehen, zu dem Hafen zu segeln, der nur vier verlangte. Und wenn ein Schiff den Hafen verließ, wurden wieder vier Prozent Zoll fällig. Es gab Kapitäne, die seit zwanzig Jahren immer wieder Byblos und nur Byblos ansteuerten, um hier ihre Ladung zu löschen und neue zu fassen. Vierzig mal vier Prozent waren eben unterm Strich erheblich mehr als zwei mal zehn Prozent. Es war unter anderem diese Art zu rechnen, die den Herrscher zum reichsten Mann der Levante machte. Außerdem profitierte er vom florierenden Zedernhandel mit Ägypten und der Gewinnung von Purpur.

Tagein, tagaus sammelten Frauen und Kinder nördlich und südlich des Hafens die Schnecken im flachen Wasser des Meeres. In den Werkstätten der Stadt verwandelte sich dann das Sekret von zehntausend Schnecken in lediglich ein Gramm des wertvollen Farbstoffs, der sofort in den benachbarten Färbereien verarbeitet wurde. Ein einziges Mal war Seshmosis in diesem Viertel gewesen und hatte nicht vor, jemals dorthin zurückzukehren. Vor den Hütten lagen die wertvollen Schnecken zu Tausenden und sonderten einen gelblichen Schleim ab, der im Sonnenlicht erst grün, dann blau, schließlich purpurn und scharlachrot wurde und dabei einen ekelhaften, lang anhaltenden Geruch erzeugte. Der Gestank hatte tagelang in Seshmosis' Kleidern gehaftet.

Dabei wurde kein Stoff der Welt von Königen und Priestern so teuer bezahlt wie Purpurstoff aus Byblos. Nicht einmal die federleichten Seidengewebe aus den Ländern jenseits von Babylon erzielten solch horrende Preise.

Gerade als sich Seshmosis auf Höhe der Hafenmeisterei befand, lief ein ungewöhnliches Schiff durch die schmale Zufahrt in den Hafen ein, nachtschwarz das Segel und nachtschwarz der Rumpf. Seshmosis hatte von solchen Schiffen gehört, aber noch nie eines zu Gesicht bekommen. Ein Schiff aus Kreta.

Er dachte an das Amulett in seinem Beutel, und es schien ihm, als ginge von dort eine Hitze aus, die seinen Oberschenkel erwärmte. Die Seeleute erreichten gerade das Hafenbecken und refften das auffällige Segel. Dunkle Gestalten blickten von Bord in Richtung Stadt, genau auf Seshmosis, wie es diesem schien, und Panik stieg in ihm auf. Suchten sie nach dem Amulett? Wies ihnen Magie den Weg zu ihm? Würden sie an ihm Rache nehmen für ihren ermordeten Landsmann?

Seshmosis spürte das ungeheuere Verlangen, sich umgehend nach Hause und in den Schutz von GON zu begeben. Seine Sandalen schienen Flügel zu bekommen, und in Windeseile erreichte er wohlbehalten den kleinen Palast in der Oberstadt, der ihm und einigen anderen Tajarim seit zwei Jahren als Wohnstatt diente, dank der Großzügigkeit von Kalala – Kalala, der Prinzessin von Gebel Abjad, der schwarzen Perle Nubiens, des Sterns der Oase Salima, der Ex-Geliebten von Kamose, dem Statthalter von Theben. Letzteres war besonders wichtig, denn Kamose hatte auf Betreiben seiner eifersüchtigen Frau Psuta die Prinzessin Kalala verstoßen, was diese wiederum dazu veranlasst hatte, den Schatz des Statthalters als Entschädigung mitzunehmen.

Die Tajarim sahen solches Vorgehen keineswegs als Diebstahl an, sondern als soziales Verhalten in Folge gesellschaftlicher Notwendigkeiten. Die Wertgegenstände des Statthalters von Theben waren ja nicht weg, sie waren jetzt nur woanders, bei Kalala. Die hatte nämlich eine Umverteilung vorgenommen, gemäß dem vierten Gebot von GON: *»Du sollst nicht stehlen, außer wenn du Hunger hast oder lebensnotwendige Dinge brauchst, die da sind Kleidung, Transportmittel und Souvenirs.«*

Kalala hatte damals viele Dinge gebraucht, Kämme und Spiegel aus poliertem Kupfer in verschiedenen Größen, Salbgefäße und Salblöffel, Unmengen von Augenschminke, nicht zu vergessen unzählige Perücken und natürlich Schmuck.

Hastig und ziemlich atemlos stürzte Seshmosis in sein Zimmer in Kalalas Palast und legte sich sogleich auf seine Liege. Nach einigen Atemzügen beruhigte er sich wieder, und fast wäre es ihm gelungen, sich in einem souverän geführten Selbstgespräch zu überzeugen, dass alles, aber auch wirklich alles vollkommen in Ordnung sei.

Wenn ihm da nicht GON einen Strich durch die Rechnung gemacht hätte.

Der Nomadengott materialisierte nämlich als Fisch über dem Kopf von Seshmosis und versäumte es nicht, einige

Wassertropfen auf das Gesicht seines Propheten fallen zu lassen. Bevor Seshmosis protestieren konnte, begann der Fisch zu sprechen:

»Ihr Tajarim besitzt die seltene Gabe, euch ganz besondere Artefakte anzueignen.«

Seshmosis beschloss, nicht darauf zu reagieren.

»Du sitzt in der Tinte, mein lieber Prophet, und das nicht nur, weil du den Tintenbrocken in deinem Gewand mit deinem Angstschweiß teilweise verflüssigt hast.«

Erschrocken sprang Seshmosis von der Liege. Wirklich, auf dem Laken zeigte sich ein großer schwarzer Tintenfleck und ebenso auf seinem Gewand.

»Inek pu iuti-ibef!«, stieß der Schreiber einen altägyptischen Fluch aus, was so viel bedeutete wie: »Ich bin einer, dessen Verstand nicht da ist«, also schlicht gesagt: »Ich bin ein Dummkopf.«

Vorwurfsvoll wandte er sich wieder dem Fisch zu: »Herr, ich hätte eher erwartet, dass du sagst: ›Mein lieber Seshmosis, du hast mit der ganzen Sache nichts zu tun‹ oder: ›Es besteht nicht der geringste Anlass, beim Anblick eines schwarzen Schiffes in Panik zu verfallen.‹ Bitte sag mir, was habe ich falsch gemacht? Ich bin mir keiner Schuld bewusst.«

»Überlege doch einmal! Ich sage nur: Amulett, schwarzes Schiff und Dauerlauf hierher. Wer ein reines Gewissen hat, rennt nicht durch die ganze Stadt, nur weil er ein kretisches Schiff erblickt.«

»Gut, ich gestehe, das Gerede des Händlers über einen Minoer, den seine Götter zu sich riefen, hat mich nervös gemacht.«

»Zu Recht, völlig zu Recht.«

»Und wie bekomme ich das Ganze wieder bereinigt, mein Herr?«

»Oh, bei Tintenflecken nimmt man am ... Aber das meinst du ja gar nicht. Die Sache mit dem Amulett ist schon schwieriger, weil es da etliche Beteiligte gibt – Menschen, Götter, Zwischenwesen. Das wird dich einige Mühe kosten, aus dieser Sache wieder heil herauszukommen.«

»Wieso nur habe ich das Gefühl, o Herr, dass du mich nicht mehr so magst wie früher? Zuerst lässt du zu, dass mir Raffim die *Heiligen Rollen* unter der Nase wegstiehlt, und jetzt lässt du mich mit dem Amulett im Regen stehen.«

»Das hat nichts mit der Beziehung zwischen dir und mir zu tun. Dinge geschehen nun einmal, vor allem, wenn Menschen beteiligt sind. Glaubst du wirklich, dass jede deiner Handlungen von einem Gott gelenkt wird? Dann wärst du nichts als eine Marionette, ohne eigene Verantwortung, ohne Willen. Und ohne Freiheit!«

»Aber die Götter greifen doch immer wieder ins Leben der Menschen ein. Das habe ich oft genug erlebt!«, widersprach Seshmosis.

»Eingreifen ja, wenn sie eine Sache interessiert oder wenn sie sich bedroht fühlen. Sie reagieren wie Menschen, wenn etwas in ihrer Nähe passiert. Wenn es weit genug weg von ihnen geschieht, spielt es für sie keine Rolle.«

»Und das Amulett? Ist es in der Nähe von einem Gott? Oder einem Etwas?«, fragte der Schreiber zaghaft.

Bevor der Fisch antworten konnte, verschwand er mit einem leisen Plop. Im selben Augenblick klopfte es an

Seshmosis' Tür, und noch bevor er »Herein!« sagen konnte, stand ein Diener in seinem Zimmer.

»Prinzessin Kalala wünscht dich in der großen Halle zu sprechen!«, verkündete er unmissverständlich und verließ den Raum, ohne eine Reaktion abzuwarten.

Seshmosis schaute noch einmal zum Schrein von GON, doch er wusste, dass er im Augenblick nicht mehr erfahren würde. Resigniert zog er das tintenbefleckte Gewand aus und legte ein frisches an. Er durfte nicht vergessen, den Nomadengott bei der nächsten Begegnung zu fragen, wie man Tintenflecke aus Textilien entfernte.

In den Badehäusern zahlreicher ägyptischer Städte kam es innerhalb kurzer Zeit zu einer Häufung plötzlicher und unerklärlicher Todesfälle beim Personal. Die Priester zeigten sich ratlos, rieten den Badehausbetreibern aber vorsichtshalber zu erhöhten Opfergaben in ihrem jeweiligen Tempel.

Die tragischen Schicksale der zu früh verstorbenen verhalfen Aram unversehens zu einer großen Anzahl qualifizierter Fachkräfte für das soeben fertig gestellte Badehaus in Amentet. Anubis hatte es nämlich geschafft, die anderen Götter von Arams Idee zu überzeugen, und war mit Feuereifer daran gegangen, die nötigen Uschebti zu besorgen. Natürlich gab es da eine gewisse Befangenheit des Totenrichters, und so mancher Badespezialist landete nicht gemäß seines zweifelhaften Lebenswandels im Maul des zahnreichen Babi, sondern fand die unverdiente Gnade der Erlösung. Allerdings erheblich früher als ursprünglich vorgesehen.

Anubis' Traurigkeit wegen seiner deprimierenden finalen Tätigkeit wich der Freude am eigenen, sinnvollen göttlichen Wirken. Der Totengott ließ Aram völlig freie Hand und stattete ihn mit allen notwendigen Vollmachten aus.

So wurde das Badehaus von Amentet bis ins Kleinste eine Kopie des Badehauses von Theben, das Aram viele Jahre geleitet hatte. Jeder verborgene Versorgungsgang und jedes einzelne Handtuch entsprachen der Erinnerung in Arams unfehlbarem Gedächtnis. Es fehlte nur noch eines: das Wasser.

Das Wasser aus dem tiefschwarzen Meer, das Amentet umspülte, kam nicht in Frage, denn es war salzig. Dieses Meer wurde nämlich seit Anbeginn der Zeit von den Millionen und Milliarden Tränen der trauernden Hinterbliebenen gespeist.

So befand sich Aram, tagelang das Westreich durchwandernd, auf der Suche nach einer geeigneten Quelle. Und er wurde fündig. Hinter dem Palast des Kriegsgottes Month entdeckte er einen kleinen, sauberen Fluss. Der falkenköpfige Herr des Krieges befand sich, Gott sei Dank, gerade auf einer Dienstreise in der Menschenwelt, sodass Aram nicht befürchten musste, ihm zu begegnen. Immerhin hieß es über diesen Gott: »Er ernährt sich nicht von den Produkten der Erde. Sein Brot sind die Herzen, und sein Wasser ist das Blut.« Das ließ eine Begegnung mit Month auch für einen Toten kaum erstrebenswert erscheinen.

Aram stellte eine kleine Kolonne kräftiger Uschebti zusammen und ließ sie einen Kanal vom Fluss zum Badehaus graben und diesen ausmauern. Einer der Vorzüge Amentets war, dass hier Arbeiten ungeheuer schnell vorangingen und kein Arbeiter je zu klagen wagte. Denn bei Faulheit, schlechter Leistung oder gar Verweigerung drohten die allgegenwärtigen großen ›Zerreißer‹ und ›Verschlinger‹ des Totengerichts.

Schon bald sprudelte frisches Wasser im Badehaus. Alle Becken zeigten sich wohl gefüllt, und Aram präsentierte seinem Herrn Anubis demütig das Ergebnis.

Mit sichtlichem Stolz inspizierte der Gott das fertige Werk. Er, der Herr des Endes, der Zerstörer des Lebens, der Begleiter der allerletzten Stunde, hatte etwas Neues geschaffen. Besser gesagt, schaffen lassen. Die völlig andersartige Erfahrung, für etwas Konstruktives verantwortlich zu sein, berauschte Anubis regelrecht. Ausgelassen tanzte der schakalköpfige Totenrichter um das große Kaltwasserbecken.

»Ich werde die Götter zu einem rauschenden Fest einladen. Jawohl, ich, Anubis, werde ein Fest ausrichten. Wie lange habe ich das schon nicht mehr getan! Ich denke, seit meiner göttlichen Existenzwerdung nicht mehr!«

Aram genoss die Freude seines Gottes. Plötzlich legte dieser eine Hand auf seine Schulter und verkündete: »Ich werde vorschlagen, dass man dich zum Gott der Badefreuden ernennt. Gleich bei meinem großen Einweihungsfest.«

Aram zersprang fast vor Freude und Stolz. Seit seinem Ableben hatte er sich nicht mehr so wohlgefühlt.

Seshmosis eilte zur großen Halle, dem zentralen Raum des kleinen Palasts. Zu seiner Überraschung traf er dort nicht nur Kalala und ihren Freund und Dauerbegleiter El Vis, sondern auch seinen Intimfeind Raffim, den ehemaligen Nilschiffer Zerberuh, den Stoffhändler Mani und den Gebrauchtwarenhändler Barsil, den man hinter seinem Rücken auch Dieb und Hehler nannte. Zweifellos eine illustre Gesellschaft, aber keineswegs nach Seshmosis' Geschmack. Die Versammlung bildete sozusagen die ›High Society‹ der Tajarim, was nichts anderes hieß, als dass jede und jeder von ihnen auf Kosten anderer zu seinem Reichtum gekommen war. Prinzessin Kalala verdankte ihr Vermögen dem Statthalter von Theben, und der Schiffer Zerberuh hatte seinem Konkurrenten Warn'keter sein Schiff *Windsbraut* verkauft und später durch Erpressung wieder abgenommen. Mani, der Stoffhändler, schreckte nicht davor zurück, sich seine Textilien auch des Nachts in Tempeln und Gräbern zu beschaffen. In Theben hatte er einst einem Amunpriester innerhalb von zwei Wochen viermal denselben Mantel verkauft. Barsil machte sich nicht einmal die Mühe, die zwielichtige Herkunft seiner Waren zu verschleiern.

Seshmosis erinnerte sich noch gut daran, wie Barsil versucht hatte, Zerberuh dessen eigene, vorher gestohlene Lieblingsstatuette der Göttin Thoëris anzudrehen. Nur das beherzte Eingreifen einiger Tajarim hatte damals verhindern können, dass Zerberuh den Strick um Barsils Hals endgültig zuzog. Und Raffim, na ja, der war eben Raffim.

»Willkommen, Seshmosis«, begrüßte Kalala den Schreiber mit ihrer unvergleichlich sanften Stimme. »Aus besonderem Anlass bitten wir dich, an dieser Versammlung teilzunehmen.«

Seshmosis verneigte sich höflich und nahm Platz.

Dann ergriff Zerberuh das Wort: »Liebe Kalala, liebe Freunde, nun ist es offiziell: Qazabal, der Fürst von Byblos, hat die Gründung unserer Anteilsgesellschaft bestätigt. Damit ist die Tajarim AG ab sofort voll geschäftsfähig!«

Aus für Seshmosis völlig unverständlichen Gründen applaudierten alle. Vorsichtshalber klatschte auch er zweimal zaghaft, obwohl er nicht die geringste Ahnung hatte, was hier vor sich ging.

Zerberuh fuhr fort: »Jedes Gründungsmitglied, also Kalala, Barsil, Mani, Raffim und ich, hält je zwanzig Prozent der Anteile. Dem gemäß werden alle Investitionen und künftigen Gewinne geteilt. Das Schiff *Gublas Stolz* ist seit heute bei der Hafenmeisterei auf unsere Gesellschaft eingetragen.«

Wieder ertönte stürmischer Applaus, und der Triumph troff Zerberuh aus allen Poren.

»Sobald das Schiff beladen ist, können wir in See stechen. Bereits übermorgen werden wir so weit sein. Wir müssen die günstigen Frühjahrswinde nutzen und deshalb möglichst schnell auslaufen.«

»Sehr gut, danke, lieber Zerberuh!«, ergriff Kalala das

Wort. »Ich denke, wir sollten unserem lieben Seshmosis erklären, worum es hier eigentlich geht.«

Das fragte sich der Angesprochene schon die ganze Zeit.

»Wir haben eine so genannte Anteilsgesellschaft, abgekürzt AG, gegründet. Das ist nichts anderes als ein Zusammenschluss mehrerer Eigentümer mit dem Ziel, Profit zu machen«, erklärte Kalala.

»Viel Profit!«, rief Raffim dazwischen.

»Wie du gerade erfahren hast, besitzen wir seit kurzem auch ein hochseetaugliches Schiff, und wir wollen sofort anfangen, Handel zu treiben. Übermorgen wollen wir in See stechen. Allerdings haben El Vis und ich etwas anderes vor. Wir möchten die Handelsfahrt für eine Konzerttournee nutzen, um El Vis auf den Inseln des großen Meeres auftreten zu lassen. Ich finde, alle sollten in den Genuss seiner wunderbaren Lieder kommen.«

»Das ist sehr schön für euch, und ich wünsche euch auch viel Erfolg. Nur, was habe ich mit dieser Sache zu tun?«, fragte Seshmosis irritiert.

»Wir möchten dich bitten, dass du uns begleitest. Natürlich zusammen mit GON, unserem Herrn«, antwortete Kalala mit einschmeichelnder Stimme.

Jetzt roch Seshmosis den Braten. Sie legten gar keinen Wert auf seine Begleitung, sie wollten den Schutz von GON, und sie wussten, dass GON sich nur ihm mitteilte. Seshmosis verspürte aber keine Lust auf eine Seereise. Das Unbekannte machte ihm Angst, Unsicherheit konnte er nicht ertragen, und das Wort Abenteuer hatte er nach dem turbulenten Auszug der Tajarim aus Ägypten aus seinem Wortschatz gestrichen. Deshalb erwiderte er trotzig:

»Ich will hierbleiben. Ich bin froh, dass unsere große Reise zu Ende ist und wir jetzt hier sind. Und ich genieße es, nicht mehr im Zelt wohnen zu müssen, sondern sesshaft zu sein. Fremde Länder sind mir suspekt. Sie sind so, äh, fremd. Da weiß ich nie, wo ich am nächsten Tag mein Haupt niederlege. Es ist einfach nicht gut, weiter als einen Fußmarsch von zu Hause weg zu sein.«

»Reisen bildet, mein lieber Seshmosis«, versuchte Kalala ihn zu überzeugen. »Du bist doch ein wissbegieriger junger Mann. Alle großen Weisen dieser Welt haben Reisen unternommen, um ihren Horizont zu erweitern. Wir sind sicher, dass GON, unser Herr, uns gern begleiten möchte. Du solltest ihn gleich befragen.«

Seshmosis überlegte kurz. Würde der Nomadengott den Mut aufbringen, in die Gefilde fremder Götter zu reisen? Er glaubte nicht, dass sich GON nach seinem Besuch auf dem Olymp in das Gebiet der achäischen Götter begeben wollte, und sagte deshalb mit fester Stimme: »Gut, ich werde ihn befragen! Aber bei dieser Gelegenheit möchte ich noch eine andere Sache ansprechen.«

Etwas theatralisch stand er auf und wandte sich Raffim zu.

»Raffim, warum hast du unsere *Heiligen Rollen* gestohlen? Und wo hast du sie versteckt? Ich fordere dich auf, sie bis heute Abend zu mir zurückzubringen!«

»Wie kommst du darauf, dass ich die *Heiligen Rollen* gestohlen habe? Du musst eben besser auf deine Sachen aufpassen«, widersprach Raffim mit Unschuldsmiene.

»Du brauchst es gar nicht abzustreiten. GON höchstpersönlich hat mir verraten, dass du der Dieb bist!«

Die anderen sprangen empört von ihren Sitzen auf und redeten auf Raffim ein. Barsil regte sich besonders auf – für Seshmosis ein Zeichen dafür, dass er entweder selbst mit in der Sache steckte oder sich ungemein ärgerte, dass Raffim ihn nicht darin eingeweiht hatte.

Seshmosis erhob drohend seine Stimme: »Bis heute Abend, Raffim! Sonst bitte ich GON einzugreifen.«

Dann verließ er, ohne sich zu verabschieden, die Versammlung.

Zurück in seinem Zimmer, begann Seshmosis seine Gedanken zu sortieren. Natürlich hatte er geblufft, als er Raffim gedroht hatte, GON werde eingreifen. Der Nomadengott interessierte sich ja nur für die ihn betreffende Rolle *Die kleine Karawane*; das Schicksal der vier anderen Papyri war ihm egal. Aber Seshmosis ging davon aus, dass Raffim dies nicht wusste und er es deshalb mit der Angst zu tun bekäme. Mit Sicherheit würde er in irgendeiner Form reagieren. Gut, das war die eine Geschichte. Aber wie stand es mit seinen beiden anderen Problemen: der Reise ins Unbekannte und dem Amulett des unbekannten Reisenden?

Die Sonne war schon einige Zeit hinter der Küste von Byblos im Meer versunken, als zwei schwarz gekleidete Männer einen kleinen Laden im Hafenviertel betraten. Im Raum brannte nur eine einzige Lampe, in deren Schein ein

Mann saß. Nefer, der Ägypter, der in der Fremde sein Glück suchte, blickte von dem Schmuckstück auf, das er gerade polierte. »Es ist geschlossen. Kommt morgen wieder!«, rief er den vermeintlichen Kunden zu. Doch diese zeigten sich wenig beeindruckt und traten näher. »Die besten Geschäfte lassen sich nach Einbruch der Nacht machen, nicht wahr?«, sagte die eine Gestalt heiser.

»Ich verstehe nicht, was Ihr meint, Herr. Ich scheue das Licht keineswegs.« Nefer versuchte die Gesichter seiner Besucher zu erkennen, doch diese standen im Dunkeln.

Die andere Stimme fragte barsch: »Hast du in letzter Zeit Gegenstände aus Kreta angeboten bekommen?«

»Aus Kreta ...« Nefer stockte und versuchte Zeit zu gewinnen. In seinem erfahrenen Händlergehirn erwog er, wer die Fremden sein mochten und was sie von ihm wollten. Die Zollfahndung des Fürsten konnte er ausschließen, die würde tagsüber aufkreuzen. Ebenso die Sicherheitskräfte der Stadt. Das Ableben eines völlig Unbekannten interessierte sie sicher nicht. Blieb nur die eine Möglichkeit, dass es sich um Verwandte des Verblichenen handelte.

Vorsichtig antwortete Nefer: »Aus Kreta führe ich nur sehr selten Artikel, edle Herrn. Ihr müsst wissen, ich stamme aus Ägypten und handle daher vor allem mit Importen aus meiner alten Heimat.«

»Könnte es nicht sein, dass du doch den einen oder anderen Gegenstand aus Kreta in deinem Sortiment hast?« Wie zufällig berührte die Hand des Fragenden den Griff des Kurzschwerts, das an seiner Seite baumelte.

»Jetzt, wo ich so nachdenke, fällt mir ein, dass ich kürzlich einige Artikel aus Kreta hereinbekam. Nichts Besonderes: ein Rollsiegel, einen Ring und ein Amulett.«

»Zeig uns diese Dinge!«, forderte die heisere Stimme.

Nervös kramte Nefer in einer Schublade und legte dann ein Siegel und einen Ring auf den Tisch. »Das Amulett ist schon verkauft. Ausgerechnet heute.«

Eine der Gestalten beugte sich herunter, um nach dem Ring zu greifen. So konnte Nefer das Gesicht erkennen. Es war nicht das Gesicht eines gewöhnlichen Verbrechers aus dem Hafenviertel von Byblos, das war das Gesicht eines Aristokraten.

Der nächtliche Besucher betrachtete eingehend den Ring, dann das Siegel.

»Es sind eindeutig seine Sachen«, murmelte er zu seinem Begleiter.

Im Halbdunkel blitzte ein Dolch auf, dessen Spitze einen Lidschlag später Nefers Hals berührte. Der Ägypter spürte den Druck auf seiner Kehle; Angstschweiß trat ihm auf die Stirn.

»Dein erbärmliches Leben ist vorbei, Ägypter. Nur die richtigen Antworten können es verlängern!«, drohte der Mann mit dem Dolch. »Woher hast du diese Dinge?«

Nefer wusste, dass die üblichen Lügen zur Herkunft gestohlener Gegenstände in diesem Fall nicht überzeugen würden. »Die *Schatten von Byblos* verkauften mir die Sachen. Sie haben mich gezwungen. Wenn ich sie nicht genommen hätte, gäbe es meinen Laden mit Sicherheit nicht mehr. Und mich vielleicht auch nicht.«

»Wer sind die *Schatten von Byblos*? Nenn mir die Namen! Selbst im Hades tragen die Schatten noch Namen.«

»Es sind viele, Herr. Sehr viele, selbst für euch zu viele!«, jammerte Nefer.

»Die Namen!«, forderte die heisere Stimme unerbittlich.

»Ich kenne nur Kain und Jakub persönlich. Sie haben das Hafenviertel fest im Griff. Ab und zu bringen sie mir Sachen und zwingen mich, sie zu kaufen.«

»Gut! Und welcher Unglückselige besitzt nun das Amulett?«

»Ich kenne den Mann nicht. Er ist aus Ägypten und muss ein Schreiber sein, denn er kaufte auch einen Tintenklumpen. Ich glaube, er wohnt in der Oberstadt. Mehr weiß ich wirklich nicht!«

»Wenn die *Schatten von Byblos* wieder bei dir auftauchen, dann sag ihnen, dass sie bald wirklich Schatten sein werden! Sag ihnen, dass sie bereits tot sind, weil die Söhne des Telos furchtbare Rache nehmen werden!«

Nefer nickte in stummem Entsetzen. Als die beiden schwarzen Gestalten seinen Laden verließen, waren der Ring und das Rollsiegel vom Tisch verschwunden. Nefer befühlte seinen schmerzenden Kehlkopf. Aus einem kleinen Schnitt drang etwas Blut.

Seshmosis saß in seinem Zimmer und betrachtete eingehend das Amulett. Es trug beidseitig unbekannte Schriftzeichen, die spiralförmig von außen nach innen verliefen.

Der Schreiber hatte fünfundvierzig verschiedene Bildzeichen gezählt, von denen ihm einige vertraut, andere fremd erschienen. Das Zeichen Fisch, das auf der einen Seite viermal zu erkennen war, auf der anderen nur zweimal, erinnerte Seshmosis an die letzte Materialisation von GON. Er überlegte, ob ein Zusammenhang zwischen dem Amulett und der Fisch-Erscheinung des kleinen Gottes bestehen könnte.

Seit seiner Rückkehr von der Versammlung hatte Seshmosis GON mehrfach angerufen, doch keine Antwort erhalten. GON weigerte sich aus irgendeinem unerfindlichen Grund zu erscheinen. Seshmosis nutzte die Zeit, sich intensiv mit dem geheimnisvollen Amulett zu beschäftigen. Seit seiner Kindheit in der Schreibstube seines Vaters Sesh hatten Schriftzeichen den Mittelpunkt seines Lebens gebildet. Während die anderen Kinder gespielt hatten, hatte Seshmosis Hieroglyphen auf Wachstäfelchen nach Einlaut-, Begriffs- und Deutzeichen sortiert. Die Zeit, in der später seine Altersgenossen das andere Geschlecht erkundet hatten, hatte er damit verbracht, in die Geheimnisse der assyrischen Keilschrift einzudringen. Denn zu Seshmosis' Leidwesen hatte sein Vater die Kenntnisse dieser internationalen Schrift für wichtiger als pubertäre Erkundungen erachtet. Immerhin verfasste man die gesamte diplomatische Korrespondenz und alle internationalen Verträge der zivilisierten Welt mit den spitzen Kratzern aus Mesopotamien.

Hier in Byblos hatte Seshmosis eine völlig neue Art zu schreiben kennen gelernt – das Alphabet der Phönizier. Mit dieser Schrift benötigte man nicht mehr Hunderte von verschiedenen Zeichen, sondern konnte alle erdenklichen Worte und Inhalte mit weniger als dreißig Buchstaben zusammenstellen. Mit Feuereifer hatte sich Seshmosis diese neue Errungenschaft angeeignet und übertrug nun nach und nach all seine Aufzeichnungen in Alphabetschrift.

Es klopfte an der Tür, und während Seshmosis »Herein!« rief, ließ er das Amulett rasch in einer Tasche seines Gewands verschwinden.

Ungewöhnlich zaghaft betrat Raffim den Raum und sah sich vorsichtig um.

Seshmosis ergriff die Initiative: »Hat dich dein schlechtes Gewissen hergetrieben?«

»Nein, meine Bauchschmerzen«, antwortete der Dicke.

»Bei GON, das ist erst der Anfang. Wo sind die Rollen? Ich sehe sie nicht.«

»Ich würde sie dir wirklich gern zurückbringen, Seshmosis, aber da gibt es ein kleines Problem. Beim besten Willen, ich weiß nicht, wo sich die Rollen im Augenblick befinden. GON ist mein Zeuge!«

»Bevor du in lästerlicher Weise einen Gott anrufst, der dir nichts bedeutet, nimm lieber Platz und erzähle mir die ganze Wahrheit! Warum hast du die Rollen gestohlen, und wem hast du sie verkauft?«

»Ich will aufrichtig sein, Seshmosis. Ja, ich habe die Rollen gestohlen. Aber du musst verstehen, ich konnte mir diese Gelegenheit nicht entgehen lassen. Derzeit gehen religiöse Schriften unheimlich gut, Religionsstiftungen erleben nämlich international einen regelrechten Boom. Allein für den Papyrus *Die Große Flut* habe ich Käufer aus Babylon, Assyrien, Hatti und Samaria. Sogar aus Timna auf dem Sinai stammt eine Interessentin. Alle möchten unbedingt eine Sintflut in ihrer Geschichte der Welt vorkommen lassen. *Die Schöpfungsgeschichte* und *Die Tafel der Väter* sind auch sehr beliebt. Jeder möchte schließlich wissen, wie seine Welt entstanden ist und von wem er abstammt.«

»Aber du hast jeweils nur eine Ausfertigung. Wie willst du das Problem lösen?«

Raffim grinste. »Es gibt Schreiber, Seshmosis. Die machen mir für ein paar Kupfermünzen wunderbare Kopien.«

Seshmosis war entsetzt. »Du treibst Handel mit den heiligsten Überlieferungen unseres Volkes und verkaufst sie an andere, damit sie unsere Erinnerungen zu den ihren machen? Das ist einfach widerlich! Du bist verkommener, als ich dachte. Aber vor allem, wo sind unsere *Heiligen Rollen* jetzt?«

»Das ist ja mein Problem. Eigentlich sollten sie beim Kopieren sein. Aber mein Kontaktmann ist verschwunden, mitsamt den Rollen und den Kopien.«

Seshmosis erbleichte. Die Sache stand schlimmer, als er befürchtet hatte.

»Das hört sich gar nicht gut an. Klingt so, als hätte ein Dieb einen Dieb bestohlen. Wer ist denn dein Kontaktmann?«

»Sein Name ist Henoch, und er arbeitet auch für die Frau aus Timna, die alle vier Rollen möchte. Eine gewisse Zippora.«

»Timna, Timna?« Seshmosis dachte scharf nach. »Wenn ich mich recht erinnere, zog die Hyksosgruppe von Moses und Aaron nach Timna, in die Stadt der Kupferminen.«

»Ja, sie leben und streiten dort schon seit zwei Jahren

um die wahre Glaubenslehre. Die eine Hälfte der Hyksos betet zu einem gewissen Schasu-YHW, einem midianitischen Sturm- und Kriegsgott, die andere Hälfte zu Hathor, die sie in der Gestalt eines Goldenen Kalbes verehren. Zippora ist die Tochter des Jethro, eines Priesters von Schasu-YHW. Ihr Mann, der Hyksosführer Moses, gründet derzeit eine neue Religion, und Zippora glaubt wohl, dass sich mit Hilfe unserer Rollen die Gunst der Gläubigen ihm zuneigen wird. Die gute Frau möchte seine Religion auf eine solide Grundlage stellen.«

»Oh! Unser lieber Raffim engagiert sich in Glaubenskonflikten. Du lässt wirklich nichts aus, womit Geld zu verdienen ist«, spottete Seshmosis.

»Im Prinzip ja. Aber jetzt bin ich wütend. Ich hasse es, wenn man mich betrügt.«

»Und ich hasse es, wenn man mich bestiehlt!«

Seshmosis überlegte kurz, dann unterbreitete er Raffim einen Kompromiss: »Du schaffst die *Heiligen Rollen* wieder herbei, egal wie. Und zwar die Originale, nicht irgendwelche Kopien! Der Handel mit den Kopien sei dir erlaubt.«

Raffim atmete erleichtert auf, doch Seshmosis fuhr fort. »Für die Erlaubnis, unsere *Heiligen Rollen* zu kopieren und zu verkaufen, zahlst du fünfzig Prozent der Einnahmen in die Tempelkasse von GON. Schließlich sind die Rollen seit Generationen im Besitz meiner Familie, das Urheberrecht liegt also bei mir. Und jetzt verschwinde und sorge dafür, dass die Rollen wieder auftauchen!«

»Fünfzig Prozent ist Wahnsinn«, wandte Raffim ein. »Da komme ich kaum auf meine Kosten.«

»Kein Feilschen! Fünfzig Prozent, oder es gibt keinen Handel.«

Raffim schwieg bedrückt, jedoch keineswegs wegen seines schlechten Gewissens, sondern wegen der in Zukunft zu entrichtenden Abgaben und der damit verbundenen immensen Verluste im Handel mit den religiösen Schriften. Wortlos verließ er das Zimmer.

In den frühen Abendstunden fanden Mitglieder der Stadtwache im Hafenviertel den Leichnam eines gewissen Kain von Hebron. Der amtsbekannte Kriminelle galt als ein führender Kopf der Verbrecherbande *Schatten von Byblos*. Er lag mit durchschnittener Kehle in seinem Blut in einer Seitengasse, und auf seiner Stirn war ein Mal eingebrannt, das einen Stierkopf darstellte. Der zuständige Kommandeur ging von einem Bandenkrieg aus, der die übrige Bevölkerung nicht berührte. Weitere Untersuchungen des Mordfalls galten daher als überflüssig.

Der Himmel zeigte bereits die Mitternachtsgestirne, als GON erschien. Er stand als kleiner Stier auf seinem hölzernen Schrein.

»Seit wann besitze ich eine Tempelkasse?«, wollte er wissen.

»Seit heute, Herr. Ich bin der Meinung, Raffim sollte den Gewinn aus dem Verkauf der Rollenkopien nicht allein einstreichen. Wie das Geld verwendet wird, liegt selbstverständlich in deinem Ermessen.«

Seshmosis griff in seine Gewandtasche, holte das Amulett hervor und hielt es dem kleinen Stier unter die Nüstern. »Herr, bitte verrate mir die Bedeutung dieser Zeichen.«

GON, respektive der dreißig Zentimeter große Stier, schnaubte.

»Darf ich dich erneut darauf aufmerksam machen, dass ich weder lesen noch schreiben kann? Ich bin schließlich ein Gott! Meine Worte formen sich nicht zu Zeichen, sondern zu Wirklichkeiten.«

»Schade, ich hoffte, du könntest mir helfen, Herr.«

Resigniert steckte Seshmosis das Amulett in die Tasche zurück.

»Solltest du mich nicht noch etwas anderes fragen, Seshmosis?«

Der Tonfall des Stierleins klang erwartungsvoll.

»Da du die Frage anscheinend schon kennst, kannst du mir ja gleich die Antwort sagen. Du willst diese Gauner doch nicht etwa auf ihrer Handelsreise begleiten, oder?«

»Oder! Ich muss bei dieser Reise dabei sein. Und du wirst mich, wie immer, begleiten. Schon um deiner selbst willen. Du kannst schon anfangen, deine Sachen zu packen.«

»Warum, Herr? Ich bin hier glücklich und zufrieden.

Ich widme mich meinen Studien und genieße das ruhige Leben.«

»Damit ist jetzt Schluss. Wie schon erwähnt, habt ihr Tajarim die seltene Gabe, euch ausgerechnet solche Gegenstände anzueignen, die euch in Gefahr bringen. Das Amulett wird dir interessante Zeiten bescheren. Solange du es besitzt, solltest du noch mehr meine Nähe suchen als sonst«, orakelte GON geheimnisvoll – und verschwand.

Seshmosis haderte mit sich. Von ein paar fremden Schriftzeichen hatte er sich verleiten lassen, ein geheimnisvolles Amulett zu erwerben. Vielleicht hatte er mit der Vermutung eines Fluchs gar nicht so falsch gelegen? Wenn er die Zeichen nur entziffern könnte! Wenn er das Amulett nur nicht gekauft hätte! Wenn er doch schon vor zwei Jahren das Angebot von Elias angenommen hätte, in dessen Archiv in Jericho zu arbeiten! Seit seiner Ankunft in Byblos musste Seshmosis immer wieder an Elias denken. Eigentlich mehr an dessen wunderschöne Tochter Rachel. Er war froh, dass er vor einigen Tagen nach Jericho geschrieben hatte, weil er keine Ruhe mehr fand. Jede Nacht, im schwebenden Zustand vor dem Einschlafen, tauchte die junge Frau bei ihm auf. Sie schmiegte sich dann an ihn, und Seshmosis genoss ihre Zuneigung und Wärme. Er träumte von der Hochzeit mit Rachel und ihrem gemeinsamen, erfüllten Leben. Er würde zu den angesehensten Bürgern von Jericho gehören, und seine Frau würde ihm viele Kinder schenken, allesamt schön, intelligent und folgsam.

Warum nur verließ er das Lager der lieblichen Rachel? Warum sollte er mit ein paar geldgierigen Tajarim ins Ungewisse segeln? Warum vergeudete er seine glückliche

Zukunft an einen Haufen egoistischer Händler? Warum gab er diese wunderbare Frau auf, die er noch nie besessen hatte?

Seshmosis verstand es wie kein Zweiter, sich in seiner Sehnsucht zu suhlen und Verluste zu betrauern, die er gar nicht erlitten hatte.

In den frühen Abendstunden fanden Mitglieder der Stadtwache im Hafenviertel den Leichnam eines gewissen Jakub von Bethel. Der amtsbekannte Kriminelle galt als ein führender Kopf der Verbrecherbande *Schatten von Byblos*. Er lag mit durchschnittener Kehle in seinem Blut in einer Seitengasse, und auf seiner Stirn war ein Mal eingebrannt, das einen Stierkopf darstellte. Der zuständige Kommandeur ging von einem Bandenkrieg aus, der die übrige Bevölkerung nicht berührte. Weitere Untersuchungen des Mordfalls galten daher als überflüssig.

Während sich am Vormittag, wie jeden Tag um diese Zeit, einige Tajarim zur Stunde des Dankes in Seshmosis' Zimmer vor dem Schrein von GON versammelten, hastete Raffim ziemlich angespannt ins Hafenviertel hinunter. Er musste unbedingt herausfinden, wo sich Henoch aufhielt. Vor allem aber, wo sich gegenwärtig die *Heiligen Rollen* der Tajarim befanden.

Raffim begann die Suche nach seinem Geschäftspartner in der Taverne, in der er ihn kennen gelernt hatte. *Baals Rachen* gehörte zu den Lokalen, die man nicht zum Vergnügen aufsuchte, sondern nur, wenn man bereit war, ein hohes Wagnis einzugehen. Dies versprach dann aber auch entsprechend hohe Gewinne.

Die Taverne galt als ein Hauptquartier der *Schatten von Byblos*. An diesem Tag waren die Mitglieder der Bande mehr als nervös. Der gewaltsame Tod zweier ihrer Anführer binnen zwölf Stunden verunsicherte sie, und die Angst ging um, dass die unbekannten Rächer nach weiteren Opfern Ausschau hielten.

Als Raffim in *Baals Rachen* die Nachricht von der Entleibung von Kain und Jakub vernahm, war er entsetzt. Sein Kontakt zu den beiden beschränkte sich zwar auf den Ankauf weniger Stücke, doch musste er befürchten, dass man ihn mit den Männern gesehen hatte. Das mulmige Gefühl im Zentrum seines massigen Körpers wuchs noch, als zwei groß gewachsene, völlig in Schwarz gekleidete Fremde die Taverne betraten.

Sie gingen geradewegs auf den Wirt zu, der versuchte, sich hinter dem Tresen unsichtbar zu machen. Einer der Männer beugte sich zu ihm herab und flüsterte ihm etwas ins Ohr. Der Wirt schüttelte heftig den Kopf. Daraufhin redete der neue Gast eindringlicher auf ihn ein, während sein Begleiter das Gewand leicht zurückstreifte, sodass das Schwert an seiner Seite für alle sichtbar wurde. Raffim beobachtete beunruhigt das Geschehen. Die Gespräche in der Taverne verstummten. Unter diesen Umständen schien dem Wirt nun doch etwas einzufallen, denn seine Gesichtszüge entspannten sich ein wenig. Die beiden Schwarzgekleideten nickten einander zu und gingen dann langsam zu einem Tisch in einer Nische im Halbdunkel. Raffim hörte einen kurzen, spitzen Schrei. Dann das dumpfe Geräusch eines fallenden Körpers.

Kurz darauf kamen die Fremden wieder aus der Nische. Sie blickten sich kurz im Raum um und verließen ihn gleich darauf ohne ein Wort, so wie sie ihn betreten hatten.

Raffim beschloss, seine Suche nach Henoch unverzüglich abzubrechen und die Taverne sofort zu verlassen. Eine Begegnung mit Vertretern der zu erwartenden Stadtwache musste er unbedingt vermeiden.

Ziemlich gehetzt und beunruhigt lenkte Raffim seine Schritte zum Hafenbecken. Er wollte den eben erlebten Mord schnell vergessen, und der Anblick ihres gemeinsamen Schiffs *Gublas Stolz* brachte ihn auf andere Gedanken.

Zerberuh beaufsichtigte gerade mit Argusaugen das Beladen.

Einst hatte die *Gublas Stolz* mit Soldaten bemannt als Wachschiff des Fürsten in den Gewässern vor Byblos gekreuzt. Doch der hatte es sich leisten können, seine Flotte zu erneuern, und so war das altgediente Schiff zur Renovierung in die Hände der Zimmerleute gelangt. Über den Rumpf waren schon die Bohrwürmer hergefallen, sodass viele Planken der Erneuerung bedurft hatten. Auch der große Rammsporn am Bug hatte abgesägt werden müssen, denn eine derartige Bewaffnung war Handelsschiffen verboten.

In der Mitte Galeere ragte ein Mast auf, den an der Spitze eine Mondsichel zierte, das Wappen von Byblos. Bei Flaute oder ungünstigen Winden konnten bis zu zwanzig Ruderer das Schiff dennoch voranbringen. Am Heck und auf dem Vorderschiff befanden sich nun Zeltaufbauten, die Passagieren und Besatzung Schutz boten. Unter Deck gab es indessen genügend Stauraum, der eine Handelsfahrt lohnend machte.

Der Stoffhändler Mani und sein Sohn Ben Mani standen mit einigen Ballen auf dem Vorderschiff, das vor Raffim aufragte. Als Fracht für diese Reise hatte sich Mani auf dunklen Wegen ganz erlesene Ware besorgt. Sogar wertvolle Purpurstoffe und Seide aus den Ländern jenseits von Babylon befanden sich darunter.

Raffim dachte daran, den für seine Waren vorgesehenen Stauraum zu inspizieren. Doch als er den schmalen, schwankenden Holzsteg sah, nahm der übergewichtige Mann schnell von diesem Ansinnen Abstand. Man sollte sich nicht einer Gefahr aussetzen, die man vermeiden konnte. Stattdessen rief er nach oben: »Heute Nachmittag kommt meine Ladung. Lasst mir bloß genügend Platz übrig!«

Dann machte er kehrt und ging Richtung Oberstadt nach Hause. Leider wich die Vorfreude auf die zu erwartenden Gewinne der Handelsreise schnell wieder düsteren Gedanken angesichts der Erinnerung an den Todesschrei in der Taverne.

Maduk, der Kommandant der Stadtwache von Byblos, steckte in einer Zwickmühle. Im Hafenviertel schlichen zwei Gestalten umher, die zwar einen Teil seiner eigenen Arbeit sehr effektiv erledigten, aber andererseits konnte er nicht dulden, dass Fremde Bewohnern seiner Stadt einfach die Kehle durchschnitten.

Engidu, der Assyrer, den man in der übel beleumundeten Taverne *Baals Rachen* umgebracht hatte, war nun schon das dritte Opfer seit dem vergangenen Abend.

Maduk fuhr sich mit den Fingern durchs graue Haar, auf das er sehr stolz war, denn kein Kommandant der Wache vor ihm hatte es geschafft, im Dienst zu ergrauen. Seine Vorgänger verprassten entweder ihre Bestechungsgelder im Ausland oder lagen als Helden in der Nekropole von Byblos in einem bescheidenen Grab.

Zweifellos waren Kain, Jakub und Engidu üble Burschen gewesen, deren Tod keinen Verlust für die Stadt bedeutete. Aber es waren *seine* üblen Burschen gewesen. Maduk mochte es gar nicht, wenn man ihm ins Handwerk pfuschte.

Auch wenn er es nach außen hin nicht zeigte, interessierte es Maduk doch brennend, wer da im Hafenviertel unter den Mitgliedern der *Schatten von Byblos* wütete. Der Kommandant beschloss, der Sache auf den Grund zu gehen und einige seiner Informanten zu befragen.

Amentet erlebte die größte Ansammlung von Göttern seit Bestehen des Totenreichs. Anubis hatte geladen, und fast alle waren seiner Einladung gefolgt. Die geringen Götter sowieso, die kamen immer, um ihrer Bedeutung Ausdruck zu verleihen. Und von den hohen Göttern fehlte nur Osiris. *Natürlich,* dachte sich Anubis. *Der Herr Obergott ist sich wieder einmal zu fein für einen Besuch.*

Dabei lag es keineswegs an Anubis, dass Osiris auf die Teilnahme verzichtete. Er verzichtete grundsätzlich auf Festivitäten jeglicher Art, er hasste sie regelrecht. Genauso, wie er Götteransammlungen mied. Seit seiner Ermordung durch Seth litt er nämlich an Depressionen und zeigte sich nur noch in Mumienbinden gewandet. Außerdem umgab er sich mit einem schwachen, morbiden bläulichen Schein und verbrachte die meiste Zeit philosophierend in einer Höhle unter der großen Pyramide von Gizeh.

Anubis beschloss, sein Fest trotzdem zu genießen, und begrüßte überschwänglich seine Gäste. Voller Stolz präsentierte er ihnen das Badehaus und seine Vorzüge. Da gab es Warmwasserbecken und Kaltwasserbecken, Becken mit sprudelndem Wasser und mit aromatisch duftendem Wasser, Räume mit heißem Dampf und andere mit Massagebänken aus feinstem Marmor.

Überall luden Ruhezonen zum Entspannen ein, und in Nischen versteckte Uschebti warteten darauf, den Gästen Handtücher oder Erfrischungen zu reichen. Aram dirigierte souverän, aber unsichtbar im Hintergrund seine Mannschaft.

Dann kam der große Augenblick, die Becken sollten eingeweiht werden. Isis hielt eine kleine Rede; sie lobte das Engagement von Anubis für das Allgemeinwohl der Götter, und die Menge applaudierte, sofern sie über Hände verfügte. Tiergestaltige Gottheiten, wie der Stier Apis, stampften mit den Hufen, oder sie schlugen mit den Flügeln. Der Gott der Gelehrsamkeit Thot hatte es wie meist vorgezogen, in zweifacher Gestalt anwesend zu sein – zum einen als Mensch mit Ibiskopf, zum anderen als Pavian. So konnte er sicher sein, wenigstens einen vernünftigen Gesprächspartner zu haben.

Suchos, der sich vom zeitweiligen Verlust seines Ankhs inzwischen gut erholt hatte, war in seiner rein animalischen Krokodilform erschienen, damit er das Wasser ganzkörperlich genießen konnte.

Um Eifersüchteleien zu vermeiden, wurde ausgelost, wem die Ehre zuteil wurde, das große Hauptbecken einzuweihen. Die beiden Lose fielen auf die Fruchtbarkeitsgöttin Hathor, die zu diesem Anlass ihre Menschengestalt angenommen hatte, und auf den falkenköpfigen Horus, Sohn der Isis und des Osiris.

Hathor, sich ihrer blendenden Schönheit und Attraktivität voll bewusst, ließ sich lasziv ins Becken gleiten, Horus folgte ihr etwas steif, aufrecht schreitend, über Treppenstufen ins Wasser. Gerade als Anubis das Becken für alle freigeben wollte, geschah etwas Unfassbares. Hathor und Horus blickten verwirrt um sich, so als ob sie nicht ganz bei Sinnen wären, und einen Lidschlag später entschwanden die beiden vor den Augen des irritierten Publikums. Von einem Augenblick zum anderen lösten sie sich im Wasser auf.

Ein Schrei des Entsetzens aus allen Kehlen ließ das Badehaus erzittern. Und dann riefen, brüllten, plapperten und kreischten sämtliche Münder, Mäuler, Rachen, Schlunde und Schnäbel durcheinander.

Schließlich gebot Isis mit einer herrischen Geste allen zu schweigen. Hapi, der androgyne Geist des Nils, kniete am Beckenrand und beugte sich hinunter, um vielleicht eine Spur der beiden zu finden. Dabei berührten seine schweren Brüste fast das Wasser. Mit der Nase und herausgestreckter, pendelnder Zunge sondierte er den Geruch des Wassers. Nach dieser Prüfung fragte Hapi besorgt: »Anubis, woher kommt dieses Wasser?«

Anubis war ratlos und schickte nach Aram, der sich, bescheiden wie er war, in einen der verborgenen Versorgungsgänge zurückgezogen hatte. Der schakalköpfige Duamutef, ein Sohn des Horus, brachte schließlich den Bademeister herbei.

»Woher stammt das Wasser für dieses Bad?«, wollte Anubis drohend wissen.

»Es ist ganz frisch, o Herr. Ich habe es von dem klaren Fluss hinter dem Palast von Month abgeleitet.«

Month, der Kriegsgott, erschrak. Die anderen Götter sahen ihn fragend an. Als er sich gefasst hatte, begann er zu erklären: »Der Fluss hinter meinem Haus ist meine neueste Errungenschaft. Ich brachte die Idee dafür von einer Reise in den Norden mit. Im Jenseits der Achäer, dem Hades, gibt es einen *Fluss des Vergessens*, Lethe genannt. Ich dachte mir, dass ich als Kriegsgott schließlich die Verantwortung für den Gemütszustand der gefallenen Krieger habe. Es wäre doch gut für uns, wenn sie durch ein Bad in meinem neuen Fluss ihre traumatischen Erlebnisse vergessen könnten. Einfach vergessen, wie schmerzvoll sie starben und wie grausam sie einst agierten. Damit sie danach als unbelastete, gute, zufriedene Uschebti für uns arbeiten. Es gibt nichts Schlimmeres als grüblerisches Personal.«

»Gute Idee«, sagte Thot anerkennend. »Aber was ist schiefgegangen? Warum haben sich Hathor und Horus in deinem Vergessensfluss aufgelöst?«

»Ich glaube nicht, dass sie sich aufgelöst haben«, wandte Isis ein. »Es könnte doch sein, dass sie einfach vergaßen, Götter zu sein.«

»Und was geschieht mit Wesen, die weder Götter noch erlöste Verstorbene sind, in Amentet? Sie müssen von hier verschwinden, irgendwohin«, beendete Thot ihren Gedankengang.

»Und wo denkst du, befinden sie sich jetzt?«, fragte Anubis besorgt.

»An ihrem Ursprung. In der Menschenwelt.«

Nach der Stunde des Dankes blieb Nostr'tut-Amus in Seshmosis' Zimmer zurück. Der kleine, spindeldürre, bucklige Seher hatte sich damals im ägyptischen Chmun der Karawane der Tajarim angeschlossen, weil er endlich einmal eine erfüllte Prophezeiung erleben wollte. Er bezeichnete sich als persönlichen Schüler des Gottes Thot, und niemand wagte diese Aussage anzuzweifeln. Ein Blick in das Gesicht des Sehers strapazierte auch vorurteilsfreie Menschen: Das eine Auge lag wesentlich tiefer als das andere, und die Hakennase hätte einem Falken alle Ehre gemacht. Die Lippen waren aufgeworfen und entblößten gewaltige Schneidezähne. Der Seher trug stets einen schwarzen Kapuzenmantel.

»Es ist gut, dass du uns begleiten wirst«, sagte Nostr'tut-Amus beiläufig.

»Ich wusste nicht, dass auch du dich den Aasgeiern anschließen willst«, wunderte sich Seshmosis.

»Ich sehe die Reise mehr unter kulturellen Aspekten. El Vis wird die Menschen mit seinen Liedern erfreuen, und wir werden fremde Götter, Sitten und Gebräuche kennen lernen.«

»Mein Bedarf an Fremdheit ist eigentlich für viele Jahre gedeckt«, wehrte Seshmosis ab.

»In Byblos wirst du das Geheimnis deines neuen Amuletts nie lösen. Bedenke, die Schrift darauf stammt aus Kreta. Nur dort wirst du die Lösung finden«, prophezeite der Seher.

»Woher weißt du von dem Amulett?«, fragte Seshmosis verwundert.

»Lässt dich dein Gedächtnis im Stich? Ich bin ein Seher.«

»Du bist sicher, dass die Reise uns nach Kreta führt?«

»Ja. Das erste Ziel ist Knossos, wo der berühmte König Minos residiert, und das schon seit Generationen. Dort triffst du sicher Gelehrte, die dir bei den Zeichen auf dem Amulett weiterhelfen können.«

Die Hoffnung, Antworten auf seine Fragen zu erhalten, schwächte Seshmosis' Widerstand. Langsam fand er sich zähneknirschend mit den Reiseplänen ab, obwohl er genau wusste, was auf ihn zukam:

Er würde von einer Gefahr in die nächste stolpern, hungrig sein Nachtlager im Nirgendwo aufschlagen und ständig gegen Raffims ›Verbesserungsvorschläge‹ kämpfen.

Reisen war für ihn noch schlimmer als unerfüllte Sehnsüchte.

Raffim bewohnte das ehemalige Verwalterhaus neben Kalalas Palast. Mit ihm unter einem Dach lebten seine ebenso treuen wie kräftigen Diener Jabul, Jebul und Jubul. Dazu die alte, etwas verwirrte Hataha, die für ihn als Köchin arbeitete, und die beiden jungen Frauen Gomer und Rachel als Servicekräfte. Ungefähr die Hälfte des Hauses nutzte er als Lager für seine Handelswaren.

Raffim beendete soeben sein üppiges Mittagsmahl, als ihm Jubul einen Besucher ankündigte. Der Diener führte den Gast ins Arbeitszimmer seines Herrn und trat diskret zur Seite, blieb aber deutlich sichtbar im Raum stehen.

»Mein lieber Henoch!«, rief Raffim erstaunt aus, als dieser den Raum betrat. »Ich habe nicht erwartet, dich so schnell wiederzusehen. Eigentlich wähnte ich dich bereits auf einer längeren Reise in den Süden.«

»Du treibst Scherze mit mir! Du wusstest genau, dass ich noch in Byblos bin, und hast deine Bluthunde auf mich gehetzt!«

»Meine Bluthunde?« Raffim sah wie zufällig in Richtung Jubul. »Ich besitze keine Bluthunde.«

»Deine verlausten Laufburschen meine ich nicht. Es geht um die beiden Kreter, die du engagiert hast. Du willst mich umbringen lassen!«, warf ihm Henoch mit bebender Stimme vor.

In Raffims Gehirn arbeitete es blitzschnell. Henoch glaubte also, die dunklen Männer handelten in seinem Auftrag. Diesen Irrtum gedachte er für sich zu nutzen.

»Du bist nicht zu unserer Verabredung gekommen. Ich habe dich und mein Eigentum schon schmerzlich vermisst.«

»Und deshalb willst du mich gleich ermorden lassen?« Die Angst stand Henoch deutlich ins Gesicht geschrieben.

»Sagen wir so, ich verabscheue es, wenn man mich übervorteilt. Wo sind meine Rollen? Und wo ist das Gold für die Kopien?«

»Ich schlage dir einen Handel vor, Raffim. Du pfeifst deine kretischen Mörder zurück; dann bekommst du die Rollen und das Gold, das ich bisher eingenommen habe«, schlug Henoch vor.

»Einverstanden!«, willigte Raffim ein.

»Aber ich brauche Sicherheiten!«

»Mein Wort muss dir genügen. Und jetzt gib mir mein Eigentum!«

»Nicht ohne eine Garantie!« Henoch feilschte um sein Leben.

»Gut, ich stelle dir ein Papyrus aus. Wenn du irgendwelchen Kretern begegnest, kannst du ihnen ja diesen Schutzbrief zeigen.«

Raffim gab Jubul ein Zeichen, und der holte Schreibzeug. In ungelenken Hieroglyphen schrieb Raffim auf einen Papyrusfetzen und drückte ihn Henoch in die Hand.

Dieser fragte: »Was steht da? Was hast du geschrieben?«

»Da steht, dass kein kretischer Meuchelmörder dem Besitzer dieses Schutzbriefs, dem ehrenwerten Henoch, auch nur ein Haar krümmen darf, weil er sonst einer fürchterlichen Bestrafung durch den Unterzeichner Raffim anheim fällt.«

»Das alles soll in den paar Kritzeleien stehen?«, argwöhnte der Hehler.

»Na ja, ich habe es ein bisschen kürzer und deutlicher ausgedrückt. Eigentlich steht da: Nicht schlagen diesen Mann, ich habe geschrieben diesen Papyrus Raffim.«

»Können die Kreter das überhaupt lesen?«, fragte Henoch zweifelnd.

»Kreter sind gebildete Leute«, beruhigte ihn Raffim. »Also, wie geht es weiter?«

Henoch zog einen Lederbeutel aus seinem Gewand und legte ihn auf den Tisch.

»Das Gold. Alles, was ich bisher bekam. Die Rollen stecken in der großen Vase neben deiner Eingangstür.«

Raffim wog die Goldklumpen sorgfältig einzeln mit einer Waage ab. Er schien mit dem Ergebnis zufrieden zu sein. Währenddessen verließ Jubul das Arbeitszimmer und kehrte bald darauf mit den Rollen zurück. Raffim prüfte sie sorgfältig.

»Gut, es sind wirklich die Originale. Und was wirst du jetzt tun?«

»Ich besitze noch einen kompletten Satz Kopien. Mit dem reise ich ganz schnell nach Timna. Zippora wird mich für die Rollen reich belohnen. Und dich hoffe ich nie wiederzusehen!«

Ein Ruderboot mit fünf Insassen legte längsseits des kretischen Schiffs an. Die unheimlichen Besucher von der »Insel der Seligen« hatten sich zurückgezogen, und ihr schwarzer Segler ankerte inzwischen außerhalb des Hafenbeckens vor der Kaimauer im tieferen Wasser, so als wollten sie jeden Kontakt mit anderen Schiffen vermeiden.

Kommandant Maduk erklomm mit den ihn begleitenden Wachsoldaten die Bordwand und begrüßte den Kapitän, der ihn schon an Deck erwartete. Nach dem Austausch knapper Höflichkeiten kam Maduk zur Sache.

»Es gibt in meiner Stadt gewisse Vorfälle, die in Zusammenhang mit Eurem Schiff gebracht werden. Darüber würde ich gerne mit Euch reden«, eröffnete Maduk das Gespräch.

»Selbstverständlich, gerne«, erklärte der Kapitän, der sich als Kamares vorgestellt hatte.

»Um es von vornherein klarzustellen, ich bedauere das Ableben der drei Subjekte keineswegs, ihr Tod ist kein Verlust. Allerdings auch kein Gewinn. Die Bande *Schatten von Byblos* ist wie eine Hydra. Wenn man ihr einen Kopf abschlägt, wachsen sofort zwei neue nach. Aber diese drei Verbrecher wurden in meiner Stadt entleibt. In der Stadt, in der ich für Recht und Ordnung verantwortlich bin!«

»Ich verstehe«, sagte Kamares höflich. »Am besten ist es, wir holen meine Herren Nelos und Pelos zu diesem Gespräch. Sie sind die eigentlich Betroffenen.«

Maduk nickte zustimmend und setzte sich ungefragt auf einen dreibeinigen Hocker neben dem Mast.

Kurz darauf erschienen zwei groß gewachsene, völlig in Schwarz gekleidete Männer. Maduk musterte sie mit dem Blick, der allen Polizisten seit Erschaffung der Welt eigen ist. Schnell war ihm klar, dass die beiden keine gewöhnlichen Mörder waren. Er kannte diese Art von Tätern. Ihre Motive waren weder Gewinnsucht noch Lust, sondern eiskalte Berechnung. Und sie wussten mit der distanzierten Professionalität von Kriegern damit umzugehen.

Nachdem die beiden sich nicht setzten, stand Maduk wieder auf. Er wollte keinesfalls, dass sie während des Gesprächs auf ihn herabblickten. Dann fragte er nur: »Warum?«

»Es ist die lange Geschichte eines wohl gerühmten Mannes, der in Eurer Stadt ein unrühmliches Ende fand«, sagte der, den man ihm als Nelos vorgestellt hatte.

»Lasst hören!«, forderte Maduk ihn auf.

»Jedes Kind auf Kreta kennt den weisen Telos, den Berater von König Minos, und die Sänger jubilieren ob seiner großen Klugheit und seiner guten Taten. Wir sind stolz darauf, seine Söhne zu sein. Vor einigen Tagen nun kam unser Vater mit einem geheimen Staatsauftrag nach Byblos. Ich darf Euch darüber nichts verraten, nur so viel, dass er sich in dieser Angelegenheit mit Fürst Qazabal und dem Oberpriester des Baal-Tempels traf.«

Maduk verstand. Die Sache roch nach internationaler Diplomatie, bilateralen Problemen und religiösen Interessen auf höchster Ebene. Und dann war etwas so Banales wie ein Raubmord geschehen.

»Und mitten in diesen Verhandlungen fiel dann Euer Vater leider einem Verbrechen zum Opfer«, warf Maduk ein.

»Es scheint so, aber wir sind uns nicht sicher, ob nicht mehr dahintersteckt als ein simpler Raubüberfall.«

»Wenn die *Schatten von Byblos* morden, ist es immer simpel. Es tut mir wirklich leid für Euch, aber Euer Vater befand sich zur falschen Zeit am falschen Ort. Könnt Ihr mir sagen, was er ausgerechnet im Hafenviertel wollte? Oder ist das auch geheim?« Der Ermittler in Maduk ließ nicht locker.

»Er wollte einen alten Gelehrten besuchen, der unerkannt und völlig verarmt in diesem Viertel lebt. Warum er das wollte, darf ich Euch nicht sagen.«

»Schon gut.« Maduk winkte ab, da er genau wusste, dass es sich bei dem Gelehrten nur um Orakles von Phaistos handeln konnte. Er war der Einzige, der in Frage kam. Ohne sein Wissen preiszugeben, fuhr er fort: »Doch nun zu etwas anderem. Ihr habt binnen vierundzwanzig Stunden drei Männer getötet. Meine Fragen: Erstens, seid Ihr sicher, dass es die Richtigen waren, und zweitens, seid Ihr mit Eurem Rachefeldzug nun fertig?«

»Wir sind sicher. Alle drei gestanden vor ihrer Fahrt in den Hades die Tat. Und Ihr könnt beruhigt sein, unsere Rache ist vollbracht. Wir suchen nur noch nach einem Gegenstand aus dem Besitz unseres Vaters.«

»Um welchen Gegenstand es sich dabei handelt, ist natürlich geheim.«, fügte Maduk ironisch hinzu. »Aber darf ich zumindest erfahren, ob Ihr eine heiße Spur habt?«

»Ja. Wir sind dem Gegenstand auf der Spur. Sein jetziger Besitzer soll ein ägyptischer Schreiber sein, der in der Oberstadt wohnt.«

Maduk wusste sofort, wen der Kreter meinte, denn er hatte alle Tajarim gleich nach ihrer Ankunft unter die Lupe genommen. Aber er würde sich hüten, den Namen preiszugeben. Maduks Devise lautete: »Eine Hand wäscht die andere, aber wenn du nichts preisgibst, erfährst du auch nichts von mir.« Stattdessen fragte er: »Falls Ihr den Mann finden solltet, wird er die Begegnung mit Euch überleben?«

Nelos warf seinem Bruder Pelos einen kurzen Blick zu, bevor er antwortete: »Er wird leben. Falls er den Gegenstand freiwillig herausgibt.«

»Dann wünsche ich Euch viel Erfolg bei Eurer Suche. Und bitte, schont künftig Eure Waffen und die Einwohner meiner Stadt.« Mit diesen Worten gab Maduk seinen Wachen ein Zeichen. Gemeinsam kletterten sie in ihr Ruderboot, das kurz darauf vom kretischen Schiff ablegte.

☥

Henenu saß unter einer Dattelpalme und beaufsichtigte seine zwanzigköpfige Kuhherde, die in einiger Entfernung graste. Er genoss die abendliche Ruhe dieses Fleckchens Erde etwas außerhalb von Dendara. Am gegenüberliegenden Nilufer lag, von der tief stehenden Sonne beschienen, die Stadt Qena mit ihren prächtigen Villen und gepflegten Gärten. Während Dendara, das die Eingeweihten Iunet nannten, vor Heiligkeit nur so strotzte, fand in Qena das wahre Leben statt – im Bazar, im Badehaus, in den Quartieren der nichtgöttlichen Dirnen. Mehr und mehr Menschen bevorzugten es in den letzten Jahren, am Ostufer in komfortablen neuen Häusern zu wohnen, und überließen die Tempelstadt Dendara den Priestern. Und denen, die es sich nicht leisten konnten, auf der anderen Seite des Flusses zu leben. So wie er, der arme Hirte.

Plötzlich erschien mitten in der Herde eine Frau aus dem Nichts. Henenu rieb sich die Augen, doch die Erscheinung verschwand nicht. Die Frau war überaus attraktiv, strahlte große Sinnlichkeit aus, und sie war – völlig nackt. Normalerweise reagierten Henenus Kühe auf die geringste

Störung, das kleinste Schwanzwedeln eines Schakals versetzte sie in Panik. Doch jetzt zeigten sie keinerlei Regung.

Die Frau, es handelte sich um keine geringere als Hathor, blickte irritiert um sich. Sie wusste weder, woher sie gekommen war, noch, wo sie sich gerade befand.

Henenu winkte ihr zu und forderte sie auf, die Kuhherde zu verlassen. Daraufhin ging die Frau auf den Hirten zu. Die Kühe folgten ihr. Henenu war vom Anblick der nackten Schönheit sichtlich fasziniert. Krampfhaft versuchte er, der Fremden lediglich ins Gesicht zu schauen, während er sie misstrauisch fragte: »Wo kommst du denn auf einmal her? Und was willst du von meinen Kühen?«

»Von deinen Kühen will ich nichts, und woher ich komme, weiß ich selbst nicht. Vielleicht kannst du mir helfen?«

Die Verwirrtheit der Frau machte Henenu mutiger, und er betrachtete sie nun doch genauer. Diese Frau war gewiss keine Sklavin und auch keine Magd, sie schien etwas ganz Besonderes zu sein.

Er senkte den Blick zu Boden, nicht ohne ihn vorher über ihre Weiblichkeit schweifen zu lassen. Dann ging er zu seinem Lager, nahm die Decke heraus, mit der er sich des Nachts immer wärmte, und reichte sie der Fremden, damit sie sich darin einhüllen konnte.

»Wie heißt du?«, wollte der Hirte wissen.

Hathor überlegte kurz, dann schüttelte sie traurig den Kopf. Nicht einmal an ihren eigenen Namen konnte sie sich erinnern.

»Lass uns in die Stadt gehen!«, schlug Henenu vor. »Die Priesterinnen im Hathor-Tempel können dir sicher helfen.«

Wortlos folgte Hathor dem Hirten, und zwanzig Kühe trotteten den beiden hinterher.

Edfu lag südlich von Theben, auf halber Strecke nach Elephantine am ersten Katarakt. Nahe am Fluss erbaut, wo das Ufer schnell anstieg, blieb der Ort von den Nilüberschwemmungen unberührt und gehörte doch zur fruchtbaren Zone vor der Wüste. Also ein idealer, uralter Siedlungsplatz.

Auf dem Marktplatz von Edfu saß ein etwas blasser, nackter junger Mann und starrte gebannt auf das Treiben um ihn herum. Falken umkreisten ihn, andere hockten zu seinen Füßen, einer sogar auf seiner Schulter. Die Menschen – Händler und Kunden – wurden bald auf den seltsamen Fremden aufmerksam. In Edfu schätzte man Falken über alles, denn der hiesige Tempel beherbergte das Hauptheiligtum des Gottes Horus.

Ein Mann, der von Falken geliebt wurde, wurde bestimmt auch von Horus geliebt, trotz seiner Nacktheit, da waren sich die Menschen ganz sicher. Das Auftauchen des sonderbaren Fremdlings machte schnell die Runde, und so erreichte die Kunde von ihm auch bald den Oberpriester Horhernecht, dessen Name ›Horus ist stark‹ bedeutete. Der schickte seine Tempelwache aus, den Falken-Mann zu ihm zu bringen.

So kam es, dass kurz darauf Horus den ihm geweihten,

gigantischen Tempel betrat, gefolgt von einem ganzen Schwarm Falken, nicht wissend, dass er selbst der Gott dieses Heiligtums war.

Staunend sah er sich um. Jede einzelne Säule berichtete von den Heldentaten des göttlichen Falken, nur dass dieser keine Hieroglyphen lesen konnte. Aber dazu brauchte es keinen Fluss des Vergessens, das war gottbedingt, außer bei Thot.

Beeindruckt folgte Horus dem Oberpriester durch zahllose Gänge, jeder davon so hoch, dass man mehr als zehn Männer übereinander stellen musste, um die Decke zu erreichen. Horhernecht warf dem jungen Mann immer wieder misstrauische Blicke zu. Noch konnte er dessen plötzliches und ungewöhnliches Erscheinen nicht einordnen. Vor allem der Falkenschwarm irritierte ihn über die Maßen. Heiligkeit war *sein* Fachgebiet, und er hasste es, wenn sich Amateure einmischten.

Unzählige Fackeln erleuchteten den nächtlichen Garten des Palasts von Kalala. Es galt, Abschied zu nehmen und diesen mit einem Fest zu feiern. Viele Tajarim, aber auch neue Freunde aus Byblos, waren in der lauen Frühlingsnacht der Einladung gefolgt, um sich zu amüsieren und um Lebewohl zu sagen. Kalalas Küchenpersonal bot hundertundeine Köstlichkeit an, und der Kellermeister servierte edelste Tropfen aus Kanaan. Kalala ging durch die Menge, begrüßte alle Gäste freundlich, wobei sie ihr Lieblingssklave und Leibwächter Tafa begleitete und nie aus den Augen ließ. Der hünenhafte, dunkelhäutige Nubier sorgte allein durch seine körperliche Präsenz für Sicherheit. Nach einem ausgiebigen Rundgang kehrten die beiden ins Haus zurück.

El Vis, der Sänger aus Memphis, bereitete sich mit seinen Musikern für den großen Auftritt vor. Seit zwei Jahren arbeitete er nun schon an seinem neuen Programm, und er freute sich, die Lieder bei der Tournee auf den vielen Inseln des großen Meeres zum Besten zu geben.

Auf der zum Garten gewandten Terrasse stellte Mumal seine beiden großen Trommeln auf, und Elimas putzte noch einmal sein Shofarhorn. Die beiden würden El Vis auch auf der Tournee musikalisch begleiten.

Kalala und Tafa betraten die Terrasse, und der Nubier lud die Gäste mit seiner gewaltigen Stimme zum Konzert.

Dann sprach Kalala zum aufmerksamen Publikum: »Liebe Freunde! Als Höhepunkt unseres Festes wird nun El Vis einige Lieder für uns anstimmen. Bald wird er die Könige der Inseln erfreuen, doch heute Nacht singt er für euch, nur für euch. Dieses kleine Konzert ist unser Dank an alle, die uns so treu begleitet haben, und an die, die unseren Neuanfang in Byblos ermöglichten.«

Applaus brandete auf, und Seshmosis drängte sich durch die Menge, um näher an der Musik zu sein. Er liebte die Lieder von El Vis.

Der Sänger trat in den Schein der Fackeln. Sein pechschwarzes Haar glänzte von frischem Öl, und der gewaltige Backenbart säumte sein attraktives Gesicht. Eine fliederfarbene Toga unterstrich die gute Figur, und sein Lächeln bezauberte das Publikum. Kein Wunder, dass sich Kalala diesen Mann als Gefährten erwählt hatte.

Mumal begann mit gleichmäßigen Trommelschlägen, dann entlockte Elimas seinem Shofarhorn einen sonoren Bordunton. El Vis griff in die Saiten seiner Harfe und begann mit samtweicher Stimme zu singen:

Trommeln der Inseln,
ihr seid der Rhythmus meines Herzens.
Ihr seid bei mir, wo immer ich bin.
Wenn ich je auf Fahrt gehe,
wenn ich je fern von hier bin,
ich weiß, ihr geleitet mich heim.

Und wenn ich über die tiefe blaue See reise,
werde ich nie die Purpurküste vergessen.

Trommeln der Inseln, ich höre euch rufen,
und ich kehre für immer heim.

Ich liebe jedes Tal, jedes Sandkorn, jeden Hügel,
die Blumen und die Musik der Küste.
Hier sind die Dinge, die ich liebe und begehre,
und bin ich auch tausend Meilen von hier.

Trommeln der Inseln …
Trommeln der Inseln …
Trommeln der Inseln … [1]

Leise verklangen El Vis' Stimme, Mumals Trommelschläge und Elimas' klagender Shofarton in der Nacht. Einige Herzschläge lang schwieg das Publikum ergriffen, dann brach ein Sturm der Begeisterung los, und alle forderten eine Zugabe.

El Vis ließ sich nicht lange bitten und sang, bis die Sterne verblassten.

Hatemhat, die Hohepriesterin des Hathor-Tempels von Dendara, betrachtete eingehend die Frau, die man zu ihr gebracht hatte. Das Alter der Fremden war schwer zu schätzen. Einmal schien es, als stünde ein soeben erblühtes Mädchen vor ihr, ein andermal eine reife Frau. Ebenso verhielt es sich mit ihrer Ausstrahlung. Je nach Blickwinkel veränderte sich die Schönheit der Fremden, und das irritierte Hatemhat über die Maßen. Deshalb fragte sie schließlich:

»Bist du noch Jungfrau?«

Die namenlose Schönheit überlegte kurz, dann zuckte sie mit den Achseln. Sie wusste einfach nicht, was die Priesterin mit dieser Frage meinte.

»Egal, wir werden sehen«, sagte Hatemhat sachlich und befahl, die Frau in ein Quartier zu bringen.

Die wie vom Himmel gefallene Fremde kam ihr wie gerufen, denn am nächsten Tag begann der Höhepunkt des Jahres, die große Prozession auf dem Nil. Jedes Jahr wurde ein Mädchen oder eine Frau ausgewählt, die bei diesem Fest die Göttin Hathor darstellte. Ursprünglich wollte Hatemhat dafür wie jedes Jahr eine ihrer Novizinnen auswählen, doch nun würde diese Rolle die schöne Unbekannte übernehmen. Ihre Ausstrahlung übertraf alle Ansprüche, die man an eine Hathor-Darstellerin haben konnte.

Nachdem man die fremde Schönheit in ein Quartier gebracht hatte, beaufsichtigte die Hohepriesterin persönlich die Vorbereitungen für die feierliche Reise mit der großen Barke, in der am folgenden Morgen die goldene Hathorstatue zusammen mit ihrer menschlichen Personifikation nilaufwärts fahren sollte. Es waren nur noch fünf Tage bis zur Neumondnacht im Monat Epiphi, dem elften im altägyptischen Kalender, den andere Völker den Wonnemonat Mai nannten. Es galt das große Fruchtbarkeitsfest zu feiern, auf dass die Saat aufgehen und sie eine reiche Ernte bringen würde. Dies war das Anliegen der *Heiligen Hochzeit*, zu der Hathors Stellvertreterin morgen reisen würde.

Pünktlich zur achten Stunde am nächsten Vormittag legte die prächtig geschmückte Barke im Hafen von Dendara unter Anteilnahme der gesamten Bevölkerung ab. Zwanzig Sklaven ruderten das Boot gegen den Strom Richtung Süden. Die goldene, überdimensionale Kuhstatue der Hathor glänzte in der Morgensonne auf dem Deck. Neben ihr stand Hathor in menschlicher Gestalt, ohne Erinnerung und ohne Namen. Ihren Kopf schmückte eine gehörnte Krone mit einer glänzenden Sonnenscheibe, ihr Körper war von den Schultern bis zu den Knöcheln mit einem hauchdünnen Schleier mehr entkleidet als bekleidet. Dennoch empfand sie keine Scham, sich derart freizügig dem Volk zu zeigen. Im Gegenteil, sie fühlte sich sogar sehr wohl.

Selbstbewusst blickte die Göttin, die ihre Göttlichkeit vergessen hatte, zu den jubelnden Menschen, die das Ufer säumten. Sie genoss die leidenschaftliche Verehrung der Menschen, konnte sich den Grund dafür aber nicht erklären.

Die Hohepriesterin Hatemhat blickte vom Bug des Schiffs aufs Wasser, und ihre Gedanken schweiften über die Wellen voraus nach Edfu, dem Ziel der Prozession. Dort würde die Personifikation der Hathor auf die des Horus treffen und die *Heilige Vereinigung* begehen.

Der Name der Hohepriesterin ›Hatemhat‹ bedeutete ›Hathor ist an der Spitze‹, und das war auch ihre Überzeugung. Keine andere Gottheit verehrte sie so sehr wie Hathor.

Hatemhat war sich sicher, dass Horhernecht, der Oberpriester des Horus in Edfu, erstaunt sein würde, welch außergewöhnliche Hathor sie in diesem Jahr präsentieren konnte. Triumph blitzte in den Augen der Priesterin. Seit Jahren bestand zwischen beiden mehr als ein sportlicher Wettstreit, wer die überzeugenderen Götterdarsteller aufbot. Von einer gelungenen Vorstellung profitierten die Tempel auch direkt. Bei diesem Ritual pflegte das Volk eine überzeugende Darstellung zu würdigen, und so floss entsprechend mehr Geld in die Kasse, je besser die Darbietung war.

Nach der Hochzeitsnacht der Götter begann das eigentliche Fest, und das dauerte die gesamten vierzehn Tage des zunehmenden Mondes. Vierzehn Tage mit einer unablässigen Abfolge von Zeremonien, Opferungen, Tempelbesuchen, Gedenkfeiern, Ritualen und vor allem für die Priesterschaft einträglichen Spenden der Gläubigen für die Tempel.

Hatemhat lächelte. In diesem Jahr hatte Horhernecht keine Chance. Eine überzeugendere Gottpersonifikation wie ihre Hathor gab es in ganz Ober- und Unterägypten nicht.

Der Horustempel von Edfu war von beeindruckender Größe. Die mit reichen Reliefs verzierte Hauptfassade ragte hoch in den Himmel und zeigte Szenen aus dem Kampf von Horus gegen seinen Feind Seth und den Sieg des Falkengottes. Im Innern des Tempels erwartete den Besucher nicht nur eine imposante Architektur, sondern auch eine dramatische Lichtführung. Diese rief bei den Gläubigen starke Gefühle hervor. Einige Räume lagen völlig im Dunkeln, andere erhielten ein wenig Licht aus den Säulenhallen oder von Öffnungen in der Decke. Alle Wände zeigten in farbenfroher Bemalung Episoden aus Horus' göttlichem Leben. Im Allerheiligsten stand eine riesige, aus einem Block gearbeitete Falkenstatue des Gottes aus Syenit. Dieser harte, auf Hochglanz polierte Stein aus dem Sinai zeigte eine wunderschöne Sprenkelung mit hellen Flecken auf dunklem Grund.

Horhernecht rieb sich siegessicher die Hände. Einen besseren Horus hatte es seit Menschengedenken nicht gegeben. Der junge Mann war wirklich die Verkörperung des Gottes. Nicht nur, weil ihn auf Schritt und Tritt mindestens ein Dutzend Falken begleitete; auch in seinem ganzen Auftreten schien er nicht von dieser Welt. Keiner der Priester, nicht einmal Horhernecht, konnte dem durchdringenden Blick des Namenlosen standhalten.

Dabei verhielt sich der Unbekannte keineswegs aggressiv, im Gegenteil wirkte er eher apathisch und desorientiert. Dennoch ging von ihm eine eigenartige, fast erhabene Ausstrahlung aus. Inzwischen hatte man dem Fremden ohne Gedächtnis den Namen Horusanch gegeben, was ›Horus lebt‹ bedeutete. Willig, aber ohne große Anteilnahme, befolgte er alle Anweisungen. Doch seine Augen nahmen alles wahr, und er registrierte die kleinste Kleinigkeit, die in seiner Umgebung vor sich ging. Horhernecht fand den Fremden fast unheimlich und daher genau richtig für diese Rolle. Sein Horus würde die Feierlichkeiten überstrahlen, egal wie schön und erotisch die Hathor-Darstellerin von Hatemhat in diesem Jahr auch sein mochte.

Der Priester beobachtete die Einkleidung des jungen Mannes. Wobei Einkleidung eine ziemliche Übertreibung war, denn Horusanch trug lediglich einen reich bestickten Lendenschurz und einen goldenen Stirnreif. Obwohl sich immer wieder Falken auf seinen nackten Schultern niederließen, verursachten ihre Krallen nicht den kleinsten Kratzer in der Haut. Auch jetzt saß wieder einer der Greifvögel auf der Schulter des sonderbaren Fremdlings.

Nach dem Einkleiden führte man Horusanch vor den

großen Tempel, von wo aus ihn eine Prozession zu einem kleineren Tempel direkt am Nil im Norden der Stadt Edfu begleitete. Dort würde er auf seine Braut Hathor treffen.

Horus war nun allein in dem Tempel, der nur spärlich durch ein Oberlicht beleuchtet wurde. Er saß in einem thronähnlichen Sessel, und ein Falke knabberte an seinem Ohrläppchen.

Während er wartend dasaß, versuchte er sich seiner Herkunft zu erinnern, doch vergeblich. Resigniert strich er dem Vogel über das Gefieder, als sich die Tür des Tempels plötzlich öffnete und das Sonnenlicht in den düsteren Raum eindrang. Im Gegenlicht sah er viele schemenhafte Gestalten, die sich auf ihn zu bewegten. Horusanch erhob sich aus dem Sessel, um die Ankömmlinge zu begrüßen.

Eine Stimme verkündete: »Horus, wir bringen dir deine Braut, Hathor!«

Hatemhat und Horhernecht führten Hathor an den Händen zu Horus und nahmen ihr dort den Körperschleier ab.

Dann ergriff die Priesterin das Wort: »Bevor du Hathor zur Gattin nehmen darfst, musst du sie als Mutter anerkennen.«

Dieses Ansinnen steigerte Horus' Verwirrung noch mehr. Wie sollte er das tun?

Fragend sah er Hatemhat an, die ihn aufforderte: »Du musst an der Brust deiner Mutter saugen!«

Horus war entsetzt. Wie ein Säugling sollte er vor den Augen der Leute an der Brust dieser Frau nuckeln. Nicht genug, dass er sein Gedächtnis verloren hatte, nun wollte man ihn auch noch zum Narren halten. Vehement lehnte er ab.

Horhernecht trat ganz nahe zu ihm und flüsterte ihm drohend ins Ohr: »Wehe, du machst mir mein Ritual kaputt! Wenn du nicht sofort an der Brust saugst, werfe ich dich den Tempelhunden zum Fraß vor!«

In Horus' Gehirn kämpfte sich eine Erinnerung ins Bewusstsein. Irgendwie kam ihm dieses Ritual bekannt vor. Andererseits hatte der Priester nicht das Recht, so mit ihm zu reden oder ihm gar zu drohen. Widerwillig näherte er sich mit dem Mund der Brustwarze der Frau. Das Saugen war dann aber gar nicht so unangenehm, wie er erwartet hatte. Nach einer Weile legte sich eine Hand auf seine Schulter, und eine Stimme sagte: »Genug! Nun könnt ihr hinaustreten ins helle Licht des Tages, auf dass die Gläubigen sehen, das Hathor und Horus wieder vereint sind!«

Die Priesterin hängte Hathor erneut den Schleier um, dann wurden die beiden Götter ins Freie geführt. Mehr als zwanzig Falken kreisten über ihren Häuptern. Hatemhat fragte sich im Stillen, wie Horhernecht diese grandiose Falkennummer hinbekommen hatte.

Eine große Menschenmenge empfing das Paar vor dem Tempel und huldigte seinen Göttern mit Musik und Lobpreisungen:

»Beglückende Hathor, du Goldene, du Herrin der Göttinnen, du Meisterin des Rausches, der Musik und des Tanzes, du Göttin der Wonnen der Liebe! Heil dir, Horus, Sohn der Isis und des Osiris, Bezwinger des finsteren Seth, Herr der Ewigkeit und des Lichts, heil dir, großer Falke, dessen Samen Frucht bringt!«

Hathor und Horus grüßten segnend die Menge. Sie taten dies zum Erstaunen von Hatemhat und Horhernecht mit einer Souveränität, als hätten sie ihr Leben lang nichts anderes getan. Danach wurden die beiden in den kleinen Tempel zurückgeführt.

»Bevor ihr die mystische Hochzeit vollziehen dürft, müsst ihr noch den toten Göttern von Edfu die Reverenz erweisen.«

Hathor und Horus sahen sich verunsichert an, doch Horhernecht erklärte den beiden, worum es dabei ging.

»Als der große Demiurg, der Weltengestalter, die Schöpfung plante, schuf er sich Urgottheiten, die ihm bei seinem Werk assistierten. Nach der Schöpfung waren diese natürlich überflüssig, und so ließ er ihre Seelen gen Himmel steigen und hieß sie zwischen den Sternen wohnen. Ihre Körper befinden sich jedoch immer noch in der Nekropole von Edfu. Diesen göttlichen und ehrwürdigen Körpern, die für immer in Edfu ruhen, müsst ihr nun ein Opfer darbringen und euren Dank für ihren Beitrag zur Schöpfung abstatten, stellvertretend für alle Menschen, denn sie sind die Vorfahren der Götter. Und sollten sie euch um etwas bitten, so müsst ihr dies erfüllen.«

Dann trug man Hathor und Horus gemeinsam in einer Sänfte zur Nekropole an das ›Grab der toten Götter‹. Horus nutzte die Zeit, seine neue Gefährtin näher zu betrachten. Das also war seine Mutter und künftige Gattin. Hoffentlich war sie nicht auch noch seine Schwester, dachte er bei sich. Ihr Gesicht war fein geschnitten, und ihr Körper besaß die faszinierende Mischung aus distanziert verlockender Erotik und üppiger Sinnlichkeit. Je länger er die

Frau betrachtete, desto bekannter und vertrauter erschien sie ihm. Wenn er sich doch nur erinnern könnte!

Die von acht Sklaven getragene Sänfte erreichte die Nekropole, wo bereits viele Gläubige darauf warteten, dem ›Ritual der toten Götter‹ beizuwohnen. Nachdem Hathor und Horus die Sänfte verlassen hatten, orientierten sie sich an dem ungewöhnlichen Ort. Vor ihnen führte eine lange, sanft ansteigende Rampe zu einem schroff aufragenden Berg. Der Weg endete mit einigen Stufen an einem reich verzierten Portal, das anscheinend ins Innere des Felsens führte.

Eine unübersehbare Menge säumte die Seiten der Rampe, an deren Beginn sich nun die Prozession in Bewegung setzte. Hathor und Horus schritten voran, gefolgt von Hatemhat und Horhernecht, etlichen Priesterinnen und Priestern, begleitet von einem Schwarm Falken. Als sie endlich das Portal erreichten, hielten sie vor dem verschlossenen Tor an. Feierlich öffneten zwei Priester die beiden Flügel, und Horhernecht wandte sich an das Paar.

»Geht nun hinein und folgt dem Gang. Ihr werdet einen Raum mit steinernen Sarkophagen erreichen. Legt auf jeden einige Samen!«

Ein Novize reichte den beiden Göttern einen kleinen Beutel.

Vorsichtig spähte Hathor in den Gang, der von einigen Fackeln sparsam beleuchtet wurde. Auch Horus zögerte, das Innere des Bergs zu betreten.

»Ihr könnt ruhigen Herzens gehen, das heilige Paar ist noch jedes Jahr wohlbehalten zurückgekehrt«, beruhigte Hatemhat die beiden.

Horus griff nach Hathors Hand, und gemeinsam betraten sie mutig den Gang. Auch hierhin folgten ihnen merkwürdigerweise etliche Falken.

Nach einiger Zeit mündete der Gang in einen Raum, in dem zehn Sarkophage standen. Auf jedem ließ sich einer der Falken nieder. Wortlos öffnete Hathor den kleinen Beutel und entnahm einige Samenkörner. Dann reichte sie Horus den Beutel, der das Gleiche tat. Gemeinsam gingen sie von Sarkophag zu Sarkophag und legten einige Körner darauf. Horus sagte feierlich:

»Wer immer Ihr gewesen sein mögt, wir danken Euch im Namen aller Menschen für Euren Beitrag zur Schöpfung.«

Nach diesem Dankspruch an die uralten Götter verneigten sich Hathor und Horus vor jedem einzelnen Sarkophag.

Gerade als sie die Zeremonie beendet hatten, erklang eine Stimme:

»Namenlos wandelten wir auf Erden, das Werk des Demiurgen zu vollbringen. Namenlos schufen wir alles, was lebt – die Pflanzen, die Tiere, die Menschen und die Götter. Ohne Dank wurde uns das eigene Leben genommen, und namenlos verschwanden wir wieder vom Angesicht der Erde. Alles, was von uns blieb, ist diese Kammer und eine flüchtige Erinnerung. Unser einziger Lohn ist der alljährliche Dank zweier junger Menschen. Doch heute sind die höchsten unserer Kinder zu uns gekommen, und unser Werk hat sich vollendet. Gehet nun hin und feiert freudig eure Hochzeit!«

Der Raum schien auf einmal viel heller und wärmer.

Horus nahm Hathor wieder bei der Hand, und sie machten sich auf den Rückweg. Auf den zehn Sarkophagen blieben zehn steinerne Falken zurück.

Brandender Jubel empfing die beiden Götter bei ihrer Rückkehr ans Tageslicht. Stolz und gemessenen Schrittes gingen sie die Rampe herab und bestiegen die Sänfte, die sie zum großen Horustempel brachte. Dort führte man Hathor und Horus sogleich ins vorbereitete Hochzeitsgemach und ließ sie allein. Die beiden wussten, was die Priesterschaft und das Volk von ihnen erwarteten, und sie waren keineswegs abgeneigt, diese Pflicht zu erfüllen. So ließen sie sich ein auf das uralte Spiel des Lockens und Verweigerns, des Hingebens und Nehmens. Und sie gelangten bis zu jener Sphäre, wo der Mensch zum Tier wird. Oder zum Gott. Erkennen und Erkenntnis erfüllten den kleinen Raum, und gleißendes Licht umhüllte die beiden Gottheiten. Sie verwandelten sich wieder in ihr göttliches Selbst – Hathor zu Hathor und Horus zu Horus.

Als die Priester am nächsten Morgen nach den beiden Personifikationen der Gottheiten sehen wollten, waren diese verschwunden. Das prunkvolle Hochzeitsbett war nur noch eine Ruine: das Holz, die Laken und Kissen verbrannt, das goldene Gestell geschmolzen.

»Diese Wahnsinnigen haben das Bett in Brand gesetzt!«, rief der Oberpriester wutentbrannt.

Auch bei einer intensiven Suche im ganzen Tempelbezirk konnte man die beiden nicht finden. Hatemhat und Horhernecht waren der festen Überzeugung, dass sich die beiden besten Götterdarsteller aller Zeiten nach einer orgiastischen Nacht heimlich aus dem Staub gemacht hatten.

Die Insel der Seligen

Etwas später als geplant erlebte der Hafen von Byblos die größte Ansammlung von Tajarim seit deren Ankunft zwei Jahre zuvor. Vielen der Anwesenden waren die Spuren der durchfeierten Nacht noch anzusehen, allen voran Raffim, der schrecklich verkatert aussah. Aber Barsil und Mani standen ihm nicht viel nach.

Seshmosis hatte am frühen Morgen mit großer Erleichterung die *Heiligen Rollen* von Raffim entgegengenommen und sie Shamir, dem Bäcker, zur sicheren Aufbewahrung in Byblos anvertraut. Er wollte die wertvollen Dokumente auf keinen Fall den Gefahren einer Reise aussetzen, und Shamir war ihm über die Zeit ein treuer, zuverlässiger Freund geworden. So balancierte der Schreiber nun über den Bootssteg aufs Schiff, unter dem einen Arm sein Bündel, unter dem anderen GONs Schrein.

Die Schiffseigner der Tajarim AG standen allesamt am Bug, wo Zerberuh bedeutungsvoll, doch von allen ignoriert Kommandos erteilte. Der Flussschiffer verfügte zwar über jahrzehntelange Erfahrung auf dem Nil, aber das Hochseesegeln war ihm völlig fremd. Vor zwei Jahren hatte er Byblos nur mehr zufällig, sich die Küste entlangtastend und mit gnädiger Hilfe etlicher Götter erreicht.

Raffims drei Diener verschwanden ebenso unter Deck wie die anderen ruderpflichtigen Reiseteilnehmer Tafa, Mumal, Elimas, Almak, Aruel und Elihofni. Unterstützung würden sie von sechs phönizischen Seeleuten erhalten, die man zusammen mit dem Steuermann Uartu angeheuert hatte. Letzterer war der wirkliche Kapitän des Schiffs.

Insgesamt beherbergte die *Gublas Stolz* vierundzwanzig Besatzungsmitglieder und Passagiere. Die Eigner hatten bewusst auf die übliche Sollstärke an Ruderern verzichtet, um mehr Platz für Ladung zu gewinnen.

Der erste Streit unter den am Bug stehenden Besitzern entbrannte noch vor dem Auslaufen, als es um die Verteilung der Schlafplätze unter den Zeltaufbauten ging. Kalala beharrte darauf, dass das Oberdeck des Hecks ausschließlich für sie und ihren Gefährten El Vis reserviert sei. Raffim argumentierte, dass Kalala für zwanzig Prozent der Anteile unmöglich fünfzig Prozent der besten Schiffsfläche zustünden. Es sei mit dem Gleichheitsprinzip unvereinbar, dass sie allein das Heck beanspruche, die anderen Eigner sich aber zu viert den Bugaufbau teilen müssten. Schließlich siegte Kalala mit ihrem überzeugenden Plädoyer: »Ich bin die einzige Frau an Bord und weigere mich, mit anderen Männern zu schlafen als mit El Vis! Außerdem bringen Frauen an Bord bekanntlich Unglück. Da wollt ihr mir doch sicher nicht zu nahe sein, oder?«

Von all dem bekamen die Tajarim, die sich zur Verabschiedung im Hafen eingefunden hatten, nichts mit. Als sich nun die *Gublas Stolz* mit kräftigen Ruderschlägen Richtung Hafenausfahrt in Bewegung setzte, winkten die Menschen und riefen: »Gute Fahrt!« und »Auf Wiedersehen!«

Seshmosis stand wehmütig an der Reling und blickte auf Byblos. Dort, auf der obersten Stufe der in Terrassen angelegten Stadt, hatte er seine neue Heimat gefunden, Sicherheit und ein bequemes Nachtlager. Von diesem Glück hieß es nun für unbestimmte Zeit Abschied nehmen. Doch seine Wehmut verflog schneller, als ihm lieb war, denn sie passierten jenseits der Kaimauer den schwarzen kretischen Segler. Beklemmung ergriff Seshmosis, und er bemühte sich angestrengt, in eine andere Richtung zu schauen. Krampfhaft interessiert betrachtete er die gegenüberliegende Hafenfestung, die trutzig gegen die See stand. Erst als das Segel der *Gublas Stolz* gesetzt war und sie Fahrt aufnahmen, wagte er wieder einen Blick zum kretischen Schiff. Zu seiner Beruhigung lag es unverändert vor Anker und wurde zusehends kleiner, je länger sie nach Westen fuhren.

Der Gebäudekomplex des *Großen Gerichts* war mit Abstand der imposanteste in ganz Amentet. Die gewaltige Fassade ragte zehn Stockwerke in die Höhe, und sie war schwärzer als schwarz. In jahrelangen, einsamen Experimenten in der Wüste hatte Seth diese ganz spezielle Farbe entwickelt, und nicht einmal die Götter wagten zu fragen, woraus sie gemacht war. Die meterhohen erzenen Tore öffneten sich automatisch, wenn ein Verstorbener eine Stunde lang davor gestanden hatte. Eine Stunde kann zermürbend lang sein, vor allem, wenn man soeben verstorben und in Amentet angekommen ist. Obwohl Thot, der Gott der Gelehrsamkeit und des Wissens, stets behauptete, die Erfindung der sich wie von Geisterhand öffnenden Tore sei »eine seiner leichtesten Übungen« gewesen, steckte doch viel Tüftelei dahinter. Denn auch Götter haben so ihre Probleme mit technischen Errungenschaften.

Nun stand Aram schon mehr als zwei Stunden einsam vor dem großen, schwarzen Tor, und es wollte und wollte sich nicht öffnen. Dabei war es bei ihm nun schon das dritte Mal, dass er hier auf seine Verhandlung vor dem *Großen Gericht* warten musste.

Beim ersten Mal hatte ihn Raffim wieder ins Leben zurückgeholt, noch bevor das Tor sich geöffnet hatte, beim zweiten Mal hatte er mit Anubis hier gestanden, und der hatte ihn während der ganzen Prozedur begleitet. Beide Male waren sein Gewissen rein und sein Herz leicht gewesen. Doch nun stand er am Rande des Abgrunds. Beinahe hätte man ihn zum »Gott der Badefreuden« erkoren. Sicher, nur ein geringer Gott, aber immerhin ein Gott. Und jetzt? Wegen seiner Fahrlässigkeit vergaßen Götter, dass sie Götter waren. Konnte es ein schlimmeres Verbrechen geben?

Quietschend und knarrend öffnete sich schließlich das große Tor. Niedergeschlagen und mit gesenktem Blick betrat Aram, flankiert von zwei löwenköpfigen Wächtern, das Gebäude. Bald erreichten sie die große Halle, in der das Gericht tagte.

Aram wagte es, sich vorsichtig umzusehen. Zu seinem Entsetzen führte Osiris persönlich den Vorsitz. Neben ihm standen Thot, Anubis, Month und Seth. Zu deren Füßen warteten gierig die »Verschlingerin der Seelen«, der »Zahnreiche Babi« und etliche der geringeren, wenn auch nicht weniger hungrigen Dämonen auf einen vernichtenden Urteilsspruch. Überrascht stellte Aram fest, dass auch Hathor und Horus dem Gericht beiwohnten. Ohne große Hoffnung ergab er sich seinem Schicksal. Dann ergriff Osiris das Wort:

»Heute steht ein besonderes Verfahren auf der Tagesordnung. Denn wir richten nicht über einen Toten ...«

Ein unüberhörbares Räuspern unterbrach den Gott, der unwirsch wissen wollte, warum man es wagte, ihn zu unterbrechen.

Thot deutete auf Aram und erklärte: »Ich möchte darauf hinweisen, dass es sich bei dem Angeklagten durchaus um einen Toten handelt. Er ist sogar schon zweimal gestorben.«

»Gut, dann will ich es anders formulieren«, fuhr Osiris fort. »Der Angeklagte ist kein Neutoter, sondern wurde bereits von diesem Gericht beurteilt. Durch den Einfluss eines Fürsprechers aus unserem Kreise entging er den Verschlingern.« Dabei warf Osiris dem Totengott Anubis einen zornigen Blick zu. Dieser sah aus, als wäre er am liebsten im Boden versunken.

»Doch nun zum Verfahren! Die Anklage übernimmt Seth, die Verteidigung Thot, und als Zeugen sind Month und Anubis geladen; Hathor und Horus sind die Geschädigten. Seth, ich bitte dich um die Anklage.«

»Der Uschebti Aram hat zwei Götter durch seine Tat ihrer Göttlichkeit beraubt. Nur glücklichen Umständen ist es zu verdanken, dass sie wieder unter uns weilen. Ein größeres Verbrechen gibt es nicht! Zu seinen Gunsten spricht nur, dass sein Herr, Anubis, ebenfalls angeklagt werden sollte, weil er die Verantwortung für dieses ruchlose Tun trägt!«

»Thot, gibt es irgendetwas zur Verteidigung dieses Wurms?«, fragte Osiris mit Verachtung in der Stimme. Aram verlor endgültig jede Hoffnung und starrte voll Verzweiflung auf den dämonischen Rachen des »Zahnreichen Babi«, der ihn begierig erwartete.

Thot begann mit seiner Verteidigungsrede. »Nun, Aram wollte nur unser Bestes. Er wollte sich nützlich machen und uns erfreuen. Im Prinzip ist der wahre Schuldige Month mit seiner groben Fahrlässigkeit. Er hätte uns über die Gefahr des Wassers aus dem ›Fluss des Vergessens‹ in Kenntnis setzen müssen. Aram ist nur ein einfacher Uschebti, der seinem Herrn einen Gefallen tun wollte.«

»Genau!«, rief Anubis nun wieder selbstbewusster. »Month ist der eigentliche Schuldige!«

Der falkenköpfige Month hackte mit dem Schnabel wütend in die Luft, bevor er krächzte: »Das ist typisch für diesen Ibiskopf! Alles verdreht er! Ich war überhaupt nicht in Amentet, als mein Fluss unerlaubterweise angezapft wurde. Man hat mir einfach das Wasser abgegraben!«

»Beruhigt euch, und zwar alle!«, rief Osiris genervt dazwischen und hob drohend seine blaue Funken sprühende, bandagierte rechte Hand. »Hathor, bitte berichte du, was der Angeklagte dir angetan hat.«

Hathor, immer noch in Menschengestalt, trat vor und sprach: »Als ich das Bad bestieg, fühlte ich mich zuerst sehr wohl. Doch plötzlich verwirrte sich mein Geist, und ich vergaß, wo ich war und wer ich war. Dann umfing mich Dunkelheit, und als das Licht wiederkam, befand ich mich inmitten einer Kuhherde in der Menschenwelt. Man brachte mich in einen Tempel, und schließlich traf ich auf Horus, den ich aber zu diesem Zeitpunkt nicht erkannte. Später vollzogen wir die mystische Hochzeit, durch die ich meine Göttlichkeit wieder erlangte. Danach kehrten wir hierher zurück.«

»Dir ist also kein Leid geschehen?«, wollte Thot wissen.

»Nein, Leid eigentlich nicht. Aber man hat mich herumkommandiert und wie eine Sklavin behandelt!«

»Also kein Leid«, betonte Thot und ignorierte den Rest von Hathors Aussage. »Und wie war das bei dir, Horus? Hat man dir ein Leid angetan?«, wandte sich der Ibisköpfige an den Falkenköpfigen.

»Mir geschah Ähnliches, und auch ich wurde wie ein Sklave behandelt. Ich denke, ich werde den Priestern von Edfu in Bälde eine besondere göttliche Behandlung zukommen lassen.«

»Gut, gut«, wiegelte Thot ab. »So konntest du also deine Priester und ihre Unarten kennen lernen. Das ist doch überaus hilfreich. Und hattest du auch positive Erlebnisse in der Menschenwelt?«

»Durchaus. Ich bin unseren Ahnen begegnet, den toten Göttern von Edfu. Außerdem bin ich Hathor etwas näher gekommen.«

»Also ist durch Arams Handeln keinem von euch wirklich Böses geschehen! Ich beantrage Gnade, hohes Gericht!«

Erleichtert über Horus' Aussage, atmete Thot kräftig durch und klapperte noch einige Male mit dem langen Schnabel.

»Freu dich nicht zu früh!«, bremste ihn Seth warnend. »Ein Mensch, besser ein gewesener Mensch und Uschebti, hat in die göttliche Ordnung eingegriffen. Allein diese Tatsache ist verdammenswert. Dafür verdient Aram den Rachen der ›Verschlingerin‹! Wo kämen wir denn hin, wenn jeder, wie er wollte, ins göttliche Geschehen eingreifen würde?«

»Ja, wo kämen wir denn hin?«, äffte Thot Seth nach. »Ja, wo kämen wir denn hin, wenn einer nachschauen ginge, wo wir hinkämen, wenn wir gingen?«

»Keine Philosophie, bitte!«, warf Osiris ein. Dann versank er in tiefes Nachdenken, und keiner der Anwesenden wagte es, ihn zu stören. Nach einer Weile kehrte er aus der Welt seiner Gedanken zurück und blickte von einem zum anderen. Dann sah er Aram direkt an und verkündete mit ungewöhnlich fester Stimme: »Der Uschebti Aram ist schuldig der Störung der Göttlichen Ordnung.«

Nun war es an Seth zu triumphieren. Ausgerechnet sein schlimmster Widersacher Osiris gab ihm Recht.

Doch der fuhr fort: »Dennoch fällt er nicht der ›Verschlingerin‹ oder den ›Zahnreichen Dämonen‹ anheim. Durch sein Tun entstand kein Schaden. Im Gegenteil beschleicht mich das Gefühl, dass die Geschädigten die Folgen des Bades durchaus genießen konnten. Da ich aber nicht zulassen kann, dass ein Mensch, und sei er auch verstorben, mit den Göttern spielt, schicke ich Aram in die Verbannung. Seine Strafe sei die Einsamkeit! Und zudem wird er so gleichzeitig eine wichtige Aufgabe für uns erfüllen, denn das *Goldene Kalb*, Sohn von Methyer und Apis, ist in Gefahr und wird von Menschen bedroht. Daher versetze ich augenblicklich das *Goldene Kalb* an einen sicheren Ort, und Aram soll sein Hüter sein. Aram! Ab sofort bist du der Hirte des Kalbes in seinem entlegenen Refugium auf Kreta, denn auf dieser Insel liebt man Stiere.« Sprach es, und Aram verschwand unter krachenden Lichtblitzen aus der Halle des *Großen Gerichts*.

Schon am ersten Tag passierte die *Gublas Stolz* die Kupferinsel Zypern im Süden. Die Schiffseigner hatten jedoch beschlossen, diese Insel nicht anzulaufen, weil dort die Preise für ihre Waren zu niedrig und die Zölle zu hoch waren. Mit günstigen Winden im Rücken lenkte Uartu, der erfahrene Steuermann aus Sidon, das Schiff in Richtung der Insel Rhodos. Die *Gublas Stolz* führte nur Dörrfleisch und getrockneten Fisch mit sich, weil lebende Tiere Platz und Futter benötigten und Mist machten. Auf Rhodos wollte man Proviant und Frischwasser fassen.

Als das Schiff nur noch eine halbe Tagesreise von dieser Zwischenstation entfernt war, riss der Wind vollständig ab, und Zerberuh befahl, das Segel einzuholen und die Ruder zu besetzen. Kein Lüftchen regte sich mehr, und unter Deck plagten sich vierzehn Ruderer, um das Schiff noch vor Einbruch der Nacht nach Rhodos zu bringen.

Seshmosis saß mit dem Rücken an den Mast gelehnt an Deck, neben ihm der Seher Nostr'tut-Amus. Die beiden gehörten als »Geistesarbeiter« nicht zu den Passagieren, die rudern mussten. Unvermittelt fragte Seshmosis: »Weißt du eigentlich, womit Raffim bei dieser Reise handeln will?«

»Soviel ich mitbekommen habe, versucht er es mit erlesenen Schmuckstücken und ausgewählten magischen Objekten. Und Ankersteinen, die Unglück über viele Menschen bringen werden. Steine, an denen jetzt schon Blut klebt, wie ich aus meinen Visionen weiß.«

»Ankersteine?«, wiederholte Seshmosis erstaunt. »Wer bezahlt denn für Ankersteine?«

Nostr'tut-Amus schaute sich nach allen Seiten um, dann senkte er die Stimme und flüsterte verschwörerisch: »Wenn es besondere Ankersteine sind, kann man dafür viel Geld bekommen. Wir haben vier Stück an Bord, alle zentnerschwer und aus feinstem Meteoreisen. Dieses Eisen fällt mit den Meteoren vom Himmel und ist viel härter als Bronze. Ein guter Schmied fertigt daraus die besten Waffen der Welt. Waffen aus Eisen sind die Waffen der Götter! Raffim hat das Eisen mit einer Paste aus zermahlenen Steinen beschmieren lassen, sodass er es unerkannt schmuggeln kann.«

»Aber warum tarnt Raffim das Eisen als Steine?«, fragte Seshmosis irritiert.

»Weil der Zoll für Eisen noch höher ist als für Gold. Ankersteine dagegen sind zollfrei.«

Seshmosis schüttelte ungläubig den Kopf, Raffim hatte sich wieder einmal selbst übertroffen. Plötzlich schoss dem Schreiber ein Gedanke durch den Kopf: Was würde geschehen, wenn man Raffims Schmuggelware entdeckte?

Man würde sie alle zur Verantwortung ziehen und bestrafen! Im Geist sah sich Seshmosis schon in irgendeinem Hafen in Ketten gelegt und in den Kerker geworfen. Um sich von dieser schrecklichen Vorstellung abzulenken, erzählte er Nostr'tut-Amus von Raffims Diebstahl der *Heiligen Rollen* der Tajarim. Während sie plauderten, zogen immer mehr dunkle Wolken auf, und es wurde merklich kühler. Ein böiger Wind blies ihnen ins Gesicht und ließ sie frösteln. Seshmosis hüllte sich noch fester in seinen Umhang, als Uartu befahl, dass sich alle außer den Seeleuten unter Deck begeben sollten. Während Seshmosis und Nostr'tut-Amus nach unten stiegen, wurde es plötzlich Nacht. Von einem Augenblick auf den anderen hatte sich der Himmel verfinstert, und ein gewaltiger Sturm brach los. Regen prasselte auf das Schiff, der Wind riss an den Planen der Aufbauten. Gleichzeitig schlugen links und rechts des Schiffs Blitze ins Meer. Schnell wurden die Ruder eingeholt, um sie nicht in den hohen Wellen zu verlieren, die gegen die Schiffswand schlugen. Seshmosis verkroch sich in den Verschlag tief im Heck, in dem er den Schrein von GON verborgen hatte. Fest umklammerte der Schreiber den Schrein und bat den kleinen Gott inständig, er möge ihn und seine Freunde beschützen. Der Nomadengott zog es vor, bei diesem Sturm nicht zu erscheinen.

Laute Rufe drangen von oben in Seshmosis' Versteck, doch im Toben des Sturms konnte er ihre Bedeutung nicht verstehen. Der Schreiber hörte das Krachen von Donner und vermutete, dass die Blitze ganz nah am Schiff ins Meer einschlugen. Dann gab es einen fürchterlichen Knall, und etwas prallte mit einem lauten Schlag auf das Deck. Einige Wortfetzen wie »Poseidon« und »Opfer« konnte Seshmosis in dem Tosen und Brüllen verstehen. Aber wie sollten sie in dieser Not dem Meergott ein Opfer bringen, damit er den Sturm beruhigen möge? Außerdem führten sie doch gar keine Tiere mit sich, die man opfern konnte. Das Schiff knirschte und ächzte so sehr, dass Seshmosis befürchtete, es könne jeden Augenblick auseinanderbrechen. Seine Hände krallten sich fest in den Schrein von GON, seine Fingernägel gruben sich in das Hartholz, doch er fühlte keinen Schmerz. Nach einer qualvoll langen Zeit siegten schließlich Müdigkeit und Erschöpfung über die finsteren Gedanken, und Seshmosis schlief ein.

Erst nach Stunden, als der Tag schon graute, legte sich der Sturm, und Seshmosis und all die anderen Passagiere wagten sich wieder aus ihren Verstecken. Unter Deck stank es fürchterlich nach Erbrochenem, da zu allem Übel auch noch die Seekrankheit über die Mehrzahl der Tajarim gekommen war. Doch nun war die See wieder ruhig, und die Besatzungsmitglieder begutachteten gemeinsam mit den Tajarim die Schäden am Schiff. Der Mast war gebrochen, und seine obere Hälfte hatte an einer Stelle das Deck durchschlagen; schräg ragte der geborstene Stamm über die Reling. Einige Seeleute waren gerade dabei, das nutzlose Stück Holz aus den Planken zu ziehen, um es über Bord zu werfen. Zerberuh besprach sich mit Uartu, dem Steuermann, wie man weiter vorgehen wollte. Glücklicherweise waren alle Ruder unversehrt, sodass man sich wenigstens noch mit Muskelkraft fortbewegen konnte. Die Schiffseigner waren erleichtert, dass es keine weiteren großen Schäden gegeben hatte und auch die Ladung unversehrt geblieben war.

Seshmosis saß etwas abseits und beobachtete die erschöpften Besatzungsmitglieder, die trotz der Anstrengungen der schrecklichen Nacht mit ersten Reparaturarbeiten begonnen hatten. Auf einmal bemerkte er, dass einer der phönizischen Seeleute fehlte.

Der Mann war Seshmosis von Anfang an aufgefallen, denn er war sehr blass, hatte weißes, schulterlanges Haar und auffällige rote Augen. Nie zuvor war Seshmosis einem Menschen mit solch einem ungewöhnlichen Aussehen begegnet.

Mit Entsetzen brachte er nun das Wort »Opfer«, das er in der stürmischen Nacht aufgeschnappt hatte, mit dem verschwundenen Seemann in Verbindung. Konnte es sein, dass die Phönizier diesen seltsamen Mann geopfert hatten, um dem Untergang zu entgehen? Aber Seshmosis' Verstand weigerte sich, diesen Gedanken zu Ende zu denken.

Uartus Stimme riss ihn aus seinen Grübeleien: »Ich habe keine Ahnung, wo wir sind, Zerberuh. Wir könnten überall sein, nur nicht in der Nähe einer Küste. Wir müssen die Nacht abwarten, damit ich mich an den Sternen orientieren kann. Es macht einfach keinen Sinn, blindlings in eine Richtung zu rudern. Außerdem haben wir heute Nacht im Sturm einen Mann verloren.«

Man einigte sich darauf, das Schiff treiben zu lassen und die Augen offen zu halten. Die Frühlingssonne schien vom hellblauen Himmel, den kein Wölkchen trübte. Unvorstellbar, dass wenige Stunden zuvor ein schrecklicher Sturm über das Schiff gebraust war.

Seshmosis trug den Schrein von GON auf das Vorderdeck und bat die Tajarim zur ›Stunde des Dankes‹. Gerade als sich alle versammelt hatten, rief einer der Seeleute: »Land in Sicht! Dort vorne ist Land!«

Zerberuh befahl sofort, die Ruder ins Wasser zu tauchen, und Uartu steuerte auf die ferne Küstenlinie zu. Bald schon erkannte der erfahrene Steuermann, wo sie waren.

»Das kann unmöglich sein! Wir waren kurz vor Rhodos, als wir in den Sturm gerieten. Aber das sind eindeutig die Umrisse von Kreta. Seht, die schneebedeckten Gipfel des Gebirges! Das ist unverwechselbar *Berekinthos*, das ›Weiße Massiv‹! Es ist unfassbar, wir sind da, wo wir hinwollten!«

»Wir brauchen aber unbedingt einen Hafen, in dem wir gut Handel treiben können«, forderte Raffim energisch.

»Erst einmal brauchen wir überhaupt einen Hafen, um überleben zu können!«, wies ihn Uartu zurecht. »Es ist genug, dass einer von uns sein Leben lassen musste.«

Durch einen Unfall oder durch ein Opfermesser?, fragte sich Seshmosis. Trotz der widrigen Umstände und des rätselhaften Todes des Seemanns freute er sich darauf, bald wieder festen Boden unter den Füßen zu haben.

Die Ruderer legten sich mächtig ins Zeug, und so erreichten sie die Insel noch vor Einbruch der Dunkelheit.

Als ehemaliger Leiter des Badehauses zu Theben empfand Aram Gestank schon rein beruflich als widerwärtig. Sein Geruchssinn war auch nach seinem mehrmaligen Ableben immer noch sensibilisiert für Wohlgerüche, Duftwässer und erlesene Essenzen. Mit stinkendem Hornvieh zusammenleben zu müssen, erschien ihm zunächst als die größte Strafe. Doch das Stierkalb stank nicht. Ganz im Gegenteil. Wenn Aram sein gut ausgebildetes Riechorgan in das samtweiche, goldene Fell des göttlichen Tieres steckte, genoss er sogar dessen Geruch.

Seit ihrer Ankunft auf Kreta war die Sonne dreimal aufgegangen. Die ägyptischen Götter hatten Aram und das Kalb auf halber Höhe eines steilen Berghangs abgesetzt, wo die beiden eine kleine steinerne Hütte als Unterkunft vorfanden. Mensch und Tier mussten sich einen einzigen Raum teilen. Entgegen der Bedenken Arams funktionierte das Zusammenleben ganz gut. Das Stierkälbchen war sanft wie ein Lamm und sehr anhänglich. Wenn er sich des Nachts auf seine Pritsche legte, lagerte der kleine Stier direkt neben ihm auf dem gestampften Fußboden. Er konnte zwar nicht sprechen, doch Aram stellte fest, dass er jedes seiner Worte zu verstehen schien.

In der wunderbaren, einsamen Berglandschaft und in Gegenwart des Kälbchens vergaß Aram sogar zeitweise, dass er tot war. Oder besser ausgedrückt: untot.

Jeden Morgen ging er mit dem Goldenen Kalb hinaus auf die Bergwiesen, wo es zufrieden graste. Aram genoss nach all der Aufregung in Amentet die Ruhe und die Einsamkeit und vermisste weder seinen geliebten Nil noch irgendein Badehaus.

Während er den Blick nach unten schweifen ließ, wo sich ein wilder Gebirgsfluss seinen Weg durch ein tiefes Tal bahnte, dachte er wieder einmal über seine bizarre Situation nach. Ein untoter Hirte und ein göttliches Kalb aus Ägypten in einem völlig fremden, gebirgigen Land. Immerhin bedrohten ihn hier nicht die ›Großen Verschlinger‹. Wenn er an die Gefahr dachte, in der er sich noch vor kurzem befunden hatte, war es wie ein Wunder, hier in dieser friedvollen Umgebung zu sein.

Plötzlich schreckte er aus seinen Gedanken. In ziemlicher Entfernung, kurz unterhalb des steil aufragenden Gipfels, verließen einige Bergziegen fluchtartig ihre Weideplätze. Sofort erkannte Aram den Grund: Ein Mann bewegte sich dort oben. Trotz der großen Entfernung glaubte Aram dessen stechenden Blick auf sich ruhen zu spüren.

Abrupt wandte sich der Fremde um und ging weiter Richtung Gipfel. Nach einiger Zeit verschwand er aus Arams Blickfeld. Kurz darauf erschien am Himmel ein Falke und landete genau an der Stelle, wo Aram den Mann aus den Augen verloren hatte.

Seltsam berührt und nachdenklich ging der Hirte zu seinem Kälbchen und kraulte es liebevoll. Er war sich sicher, dass dort oben etwas Bedeutungsvolles vor sich ging.

V

Im Hafen von Amnissos, der zum nahen Knossos gehörte, besprachen die Tajarim das weitere Vorgehen. Sie beschlossen, dass Zerberuh und Uartu sich mit der Mannschaft um die Reparatur des Schiffes kümmern sollten. Die Arbeiten, vor allem das Setzen eines neuen Mastes, würden wohl einige Zeit in Anspruch nehmen. Barsil, Mani und Raffim wollten sich in der Hafenstadt nach guten, sprich betuchten Handelspartnern umsehen. El Vis zog es mit seinen Musikern und natürlich seiner Gefährtin Kalala samt ihrem Leibwächter Tafa nach Knossos. Sie wollten sich dort zuerst um eine Audienz und dann um ein Konzert im Palast von König Minos bemühen. Seshmosis und Nostr'-tut-Amus schlossen sich ihnen an.

Mit einigen Packeseln ausgestattet, zog die kleine Karawane ins nahe gelegene Knossos. Die Esel trugen vor allem Kalalas umfangreiches Reisegepäck, aber auch die beiden großen Trommeln von Mumal. Seshmosis, der es nicht wagte, den Schrein von GON einem Esel anzuvertrauen, nahm den hölzernen Kasten unter den Arm.

Bald lag der prächtige Palast von Knossos vor ihnen. Als sie sich nach einer Herberge erkundigten, verwies man sie an das Gästehaus des Palasts. Zum Erstaunen der Tajarim nahm man sie gegen ein geringes Entgelt herzlich auf und wies ihnen sogleich Quartiere zu. Ihre Esel gaben sie in die Obhut des Stallmeisters.

Seshmosis war überwältigt von den Ausmaßen und der Architektur des gigantischen Palasts. Mehr als tausend Räume verteilten sich über mehrere ineinander übergehende Gebäude, die zum Teil mit freien Treppen miteinander verbunden waren. Im Palast von Knossos, auch ›Labyrinth‹ genannt, was so viel wie ›Haus der Doppeläxte‹ bedeutete, verlor jeder Fremde innerhalb kürzester Zeit die

Orientierung. Dennoch durchstreifte Seshmosis neugierig allein den Palast, und nur an einigen Stellen signalisierten freundliche Wächter mit riesigen Doppeläxten und eindeutigen Gesten, welche Bereiche für Fremde tabu waren. Seshmosis erfreute sich an der faszinierenden Umgebung, als ihm plötzlich vier ganz in Schwarz gekleidete Soldaten mit ebenso schwarzen Maskenhelmen begegneten. Dem Schreiber blieb fast das Herz stehen, doch die vier marschierten an ihm vorbei, ohne ihn zu beachten.

Seshmosis beschloss, das Amulett, das er bisher immer bei sich getragen hatte, lieber im Gepäck in seinem Zimmer zu verstecken. Es wäre seiner Gesundheit sicher abträglich, wenn man ihn mit dem Artefakt am Körper erwischte.

Zum Abendessen trafen sich Kalala, El Vis, Tafa, Mumal, Elimas, Nostr'tut-Amus und Seshmosis in einem großen Speisesaal. Exotische Tiergestalten und wild wuchernde, bunte Pflanzen, gemalt auf einem kräftigen, ockerfarbenen Grund, zierten die Wände. Seshmosis war begeistert von der künstlerischen Ausgestaltung dieses Raumes.

»König Minos wird uns morgen früh im großen Thronsaal eine Audienz gewähren!«, berichtete Kalala stolz, als sie an einem Tisch Platz genommen hatten. »Bei dieser Gelegenheit werde ich ihm mein Gastgeschenk überreichen. Und danach unterbreite ich ihm das Angebot, dass El Vis und seine Musiker ein Konzert für die königliche Familie und den Hofstaat geben.«

Kalala und Nostr'tut-Amus wetteiferten in sagenhaften Geschichten, die sie über König Minos gehört hatten, wobei der Seher keine Gelegenheit ausließ, seine düsteren, rätselhaften Prophezeiungen einzustreuen. Seshmosis dagegen genoss jeden Bissen des würzigen gebratenen Lamms, das frische, duftende Brot und die süßen Früchte. Zwischen den einzelnen Gängen sah er sich entspannt in dem weitläufigen Speisesaal nach den anderen Gästen um. Außer den Tajarim mochten wohl an die zwanzig Personen anwesend sein, der Raum bot jedoch mindestens dreimal so viel Menschen Platz. An ihrer Sprache erkannte Seshmosis eine Gruppe von Ägyptern und eine weitere aus Babylon. Dazu kamen noch etliche Einzelpersonen, die der Schreiber aber nicht zuordnen konnte. Als seine Reisebegleiter nur noch dem schweren kretischen Wein zusprachen, begab sich Seshmosis auf sein Zimmer. Dort verneigte er sich wie gewohnt vor dem Schrein von GON und murmelte ein kurzes Dankgebet.

Unverhofft erschien der Nomadengott plötzlich auf seinem Schrein und hob sofort an zu sprechen: »Dass ich dir als Katze erscheine, bedeutet nicht, dass alles in Ordnung ist. Ich habe nur keine Lust, mit dir als stierköpfiger, fischschwänziger Falke zu reden. Ich mag keine Chimären, ich bin eher für Klarheit.«

»Es freut mich, dass du noch an mich denkst und dich mir wieder einmal zeigst. Klarheit schätze auch ich. Deshalb bitte ich dich, meine Frage mit Ja oder Nein zu beantworten: Hattest du etwas mit dem Sturm tun?«

Die Katze zögerte, dann erklärte sie: »Ja und nein. Ich sorgte zwar dafür, dass ihr danach schneller nach Kreta kamt, aber ich fürchte, der Sturm selbst war ein Angriff auf mich. Poseidon kann es nämlich nicht leiden, wenn andere Entitäten in sein Reich eindringen. Sogar bei den griechischen Göttern reagiert er überaus empfindlich, wenn sie sich auf sein Meer wagen. Umso zorniger wird er, wenn fremde Götter auftauchen.«

»Ich verstehe. Aber wusstest du das nicht vorher?«, fragte Seshmosis nach.

»Natürlich wusste ich das vorher! Das war ja auch der Grund, warum ich auf dem Olymp mit den anderen Göttern reden wollte. Es ging mir um freies Geleit.«

»Heißt das, dass wir jetzt auf Kreta festsitzen und die Insel höchstens unter Lebensgefahr verlassen können?«, befürchtete Seshmosis.

»Nicht unbedingt. Aber darum geht es im Augenblick gar nicht. Es gibt da noch andere Probleme, die dich persönlich betreffen.«

»Ich hasse Probleme! Ich hätte doch zu Hause bleiben sollen!«

»Jeder muss sich seinen Aufgaben stellen. Du kannst dich nicht einfach verkriechen und das Leben an dir vorbeiziehen lassen. Ich werde dir helfen, vertrau auf mich!«

Obwohl aufs Neue Angst in Seshmosis aufstieg, empfand er GONs letzte Worte als sehr tröstlich. Wieder etwas gefestigt, fragte er: »Was soll ich nun tun?«

»Lass die Dinge auf dich zukommen. Es warten große Aufgaben auf dich. Vieles ist anders, als es scheint. Und verliere nie die Zuversicht!«

Die rot getigerte Katze verschwand und hinterließ einen völlig verwirrten Propheten. Seshmosis nahm das geheimnisvolle Amulett aus der Tasche seines Gewandes und verbarg es in einem unscheinbaren Kleiderbündel. Dann legte er sich müde auf sein Lager und schlief sofort ein.

Der Falke landete vor einer Grotte und verwandelte sich augenblicklich in einen Menschen. Nicht ganz in einen Menschen, denn der Kopf blieb der eines Falken. Der falkenköpfige Sopdu war der ägyptische »Gott der Fremdländer«, quasi der göttliche Außenminister, und er stand vor einer schweren Aufgabe. Er musste mit Zeus verhandeln, der ihn bereits in der Grotte erwartete. Die griechischen Götter waren im Verhältnis zu den ägyptischen wie trotzige Kleinkinder, denn genauso verhielten sie sich nach Sopdus Meinung: launisch und völlig unberechenbar. Für die uralten, abgeklärten bis dekadenten Gottheiten vom Nil war der Olymp nichts anderes als ein göttlicher Kindergarten. Aber auch die griechischen Götter hegten keine besondere Zuneigung für die ägyptischen Götter, die ihnen arrogant und überheblich vorkamen.

Die Begrüßung der beiden verlief dementsprechend kühl und distanziert höflich, der Olympier kam schnell zur Sache. »Wir mögen es ganz und gar nicht, wenn Fremde in unsere Domäne einbrechen! Wir sehen dies grundsätzlich als feindseligen Akt an. Dies hier ist unser Spielfeld!«

»Gemach, gemach, verehrter Kollege! Es ist doch nicht so, dass wir hier auf Kreta einen neuen Kult errichten wollen. Es geht lediglich darum, einer kleinen, noch nicht einmal richtig erwachten Gottheit Asyl vor Verfolgung zu gewähren«, beschwichtigte Sopdu den griechischen Chefgott.

»Asyl für eine kleine Gottheit?«, fragte Zeus. »Das erinnert mich an meine eigene Kindheit auf Kreta. Meine Mutter Rhea verbarg mich hier in der *Idäischen Grotte* vor meinem Vater Kronos, der mich verschlingen wollte. Dieser Ort hier ist sozusagen meine Kinderstube.«

Wehmütig blickte er um sich. »Hier war es, wo mich die Ziege Almathea mit ihrer Milch nährte, die wohltätige Hirten mit stärkendem Bienenhonig süßten. Man erzählte mir, dass draußen fortwährend Priesterkrieger mit ihren Schwertern auf ihre Schilder trommelten, um mein Geschrei zu übertönen, auf dass mein Vater mich nicht hören konnte. O selige Kindheit!«

»Dann habt Ihr sicher Verständnis für unsere Notlage. Dem *Goldenen Kalb* ergeht es jetzt ähnlich. Das arme Wesen wird verfolgt und bedroht. Wir bitten Euch deshalb, ihm hier Asyl zu gewähren.«

»Und wer garantiert, dass es nicht dereinst auch zur obersten Gottheit aufsteigen will, so wie ich es getan habe, und versuchen wird, die Herrschaft über unseren Olymp zu erlangen?«

»Es wird stets eine mindere Gottheit bleiben. Die Zeit der Stiergottheiten ist vorbei. Selbst hier auf Kreta gehören sie doch nur noch zur Folklore.«

Zeus ging nachdenklich in der Grotte auf und ab. Nach einer Weile blieb er stehen und wandte sich wieder an Sopdu: »Gut, das Kalb kann bleiben. Doch wie steht es mit dem anderen fremden Gott, der auf Kreta weilt? Er stammt doch auch aus Ägypten.«

Sopdu war erleichtert. Das *Goldene Kalb* war in Sicherheit. Leidenschaftslos sagte er: »Mit dieser Gottheit haben wir nichts zu schaffen. Keiner von uns weiß, woher sie kommt und was sie will. Sie entstand vor unendlich langer Zeit, und wir wussten bis vor kurzem gar nicht, dass es sie gibt. Außerdem erscheint sie uns zu unbedeutend, um sich Gedanken über sie zu machen.«

»Ich mag keine fremden Götter in meiner Nähe«, polterte Zeus. »Er muss sich mir unterwerfen, oder ich werde ihn vernichten!«

»Das ist Eure Sache, edler Zeus. Wie gesagt, wir ägyptischen Götter interessieren uns nur für die Sicherheit des *Goldenen Kalbes*, Sohn von Apis und Methyer.«

»Gut, dann ist die Angelegenheit zwischen uns geklärt. Mögen die Gläubigen mit Euch sein!«

Noch bevor Sopdu den Gruß erwidern konnte, war der Gebieter des Olymps verschwunden.

Ziemlich unhöflich, dieser achäische Gott, dachte sich Sopdu, verwandelte sich wieder in einen Falken und flog Richtung Süden.

Beim Frühstück gab Nostr'tut-Amus eine weitere sagenhafte Geschichte von König Minos zum Besten, aber er wäre nicht er gewesen, hätte er es versäumt, dabei dunkel raunende Andeutungen über dessen baldiges Ende einzuflechten. Jede seiner Anekdoten schloss er mit der Bemerkung: »Seht, auch Könige finden ihr Ende, wenngleich ihr Schicksal in einem anderen Buch steht als das unsere!«

Dann betrat ein halbes Dutzend Krieger den Speisesaal. Sie trugen langstielige Doppeläxte und postierten sich neben der großen Tür, wo sie regungslos verharrten. Als der letzte Tajarim die Mahlzeit beendet hatte, kam einer der Krieger zu ihrem Tisch und forderte Kalala, El Vis, Nostr'-tut-Amus und Seshmosis auf, ihm zu folgen.

Die Eskorte führte die Tajarim über den großen zentralen Innenhof zu einem beeindruckenden zweigeschossigen Bau, dessen Fassade von zwei übereinanderstehenden Säulenreihen gestützt wurde. Über eine breite Treppe erreichten sie einen Raum, dessen Wände von Steinbänken gesäumt waren. Dort bat man sie zu warten.

Bald darauf erschien ein Mann von etwa dreißig Jahren. Er trug ein einfaches, mit einer Goldborte gesäumtes Gewand und ein rotes Stirnband.

»Seid gegrüßt! Ich bin Glaukos, Sohn des Minos«, stellte er sich vor. »Bevor das Ritual mit anschließender Audienz beginnt, erkläre ich euch noch einige Regeln, die ihr unbedingt beachten müsst. Wenn der König den Raum betritt, beugt ihr das rechte Knie. Sobald der König sich von seinem Thron erhebt, müsst auch ihr euch erheben. Sprecht nur, wenn euch der König dazu auffordert! Soweit die Etikette des Rituals. Folgt mir nun in den Thronsaal!«

In dem Raum standen bereits einige Kreter, anscheinend Angehörige des Hofstaats. Seshmosis sah sich neugierig im Thronsaal um. Die Wände waren mit exotischen Greifen und Pflanzen auf dunkelrotem Grund prächtig bemalt. Zu seiner Überraschung entdeckte Seshmosis ein großes, mehrere Meter langes Wasserbecken zur Linken. Ein

Schwimmbad in einem Thronsaal fand er doch ziemlich extravagant. Es wurde von einer niedrigen Mauer, an der entlang steinerne Sitzbänke verliefen, vom übrigen Raum abgetrennt. Gegenüber dem Wasserbecken stand ein Thron aus Alabaster mit einer ungewöhnlichen, gewellten Rückenlehne.

Das Geräusch einer sich plötzlich öffnenden Türe holte den Schreiber aus seinen Betrachtungen. Zwei Axtträger betraten den Raum, gefolgt von einem gebeugten alten Mann in einem prächtigen Umhang. Alle Anwesenden knieten ehrfürchtig nieder. Eine junge, überaus attraktive Frau trat zu dem Greis und nahm ihm den Umhang ab. Seshmosis stockte der Atem. Vor ihnen stand Minos, der König von Kreta und Halbgott, ein nackter, hagerer, gebrechlicher Mensch. Müde gab er den Anwesenden das Zeichen, sich zu erheben.

Dann stieg der entblößte Herrscher über Stufen in das Becken hinab, tauchte unter und kehrte vor den Thron zurück.

Die junge Frau trocknete den König ab, hüllte ihn wieder in sein Gewand, und der Minos nahm auf seinem Thron Platz.

Glaukos trat vor seinen Vater, verbeugte sich und sprach: »Verehrter Minos, Gäste aus dem Land über dem Meer entbieten dir ihren Gruß und bitten um eine Audienz. Es sind Kalala, die Prinzessin von Gebel Abjad, die schwarze Perle Nubiens, der Stern der Oase Salima, und ihr Begleiter El Vis, ein Sänger aus Memphis in Ägypten. Des Weiteren der weise Seher Nostr'tut-Amus, Schüler des Thot, und der Gelehrte Seshmosis.«

Seshmosis war überrascht von dieser Vorstellung und fühlte sich geehrt und geschmeichelt, dass man ihn als Gelehrten bezeichnet hatte. Glaukos hatte sich wirklich gut über die Tajarim informiert. Die vier Gäste verneigten sich vor dem König, der sie willkommen hieß.

Dann überreichte Kalala dem Herrscher eine kleine goldene Kassette, die dieser würdevoll und dankend entgegennahm, ohne hineinzusehen.

Der Minos hieß sie mit einer Geste Platz zu nehmen und begann mit einer hohen Altmännerstimme zu sprechen: »Seid willkommen in meinem Reich! Ich freue mich, dass unsere geliebte Insel immer wieder besondere Menschen anzieht und sie unsere Sitten und Gebräuche studieren wollen. So bleibt Kreta auch in Zukunft der Stern, der den Menschen leuchtet. Ich weiß, dass ihr als Fremde diesem Ritual zum ersten Mal beiwohnt. Es findet jeden Morgen statt. Der Minos steigt vor Zeugen unbekleidet ins Wasser dieses Beckens, taucht für eine Weile unter und dann wieder auf. So wie der Herbstgott in die Unterwelt hinabsteigt und nach einiger Zeit als Frühlingsgott wiedergeboren wird. Dieses Ritual ist für mich eine große Verantwortung, denn die Existenz unserer Welt hängt davon ab. Inzwischen ist es aber auch eine große Last für mich. Ich finde, ein Mann meines Alters sollte sich nicht mehr dieser täglichen Mühsal unterziehen müssen.«

»Warum tut Ihr es dann dennoch?«, fragte Kalala, gegen die Etikette verstoßend.

Der König lächelte und antwortete milde: »Weil es die Tradition verlangt, mein Kind. Und weil ich Angst habe, es nicht zu tun. Es heißt nämlich, wenn ich es nicht mehr täte, würde die Sonne nicht mehr aufgehen und die Insel im Meer versinken. Ich habe einfach nicht den Mut auszuprobieren, ob es wirklich so einträte. Was würde geschehen, wenn ich nicht ins Wasser stiege? Würde die Sonne dann für immer entschwinden? Ich möchte nicht am Untergang Kretas oder gar der ganzen Welt schuld sein.«

Seshmosis hatte Verständnis für die Ängste des Alten. Der König war kein Narr, und die Zweifel nagten an ihm mindestens so stark wie die Zeit. Eigentlich glaubte der Minos nicht mehr daran, dass das Bad eines Greises die Fortdauer der Welt gewährleistete, und doch hatte er Angst, mit der Tradition zu brechen. Er kannte sehr wohl die Unberechenbarkeit der Götter.

Während sich Seshmosis noch gedanklich mit dem Ritual beschäftigte, waren die anderen bereits bei einem anderen Thema. Kalala unterbreitete dem König den Vorschlag, El Vis ein Konzert für König und Hofstaat geben zu lassen. Minos beriet sich kurz mit seinem Sohn Glaukos und der hübschen jungen Frau, dann stimmte er zu. Schon am morgigen Abend sollte das Ereignis stattfinden. Zwar hatte der König noch nie von El Vis und seiner Musik gehört, doch die Schönheit Kalalas war für ihn Argument genug.

»Meine Tochter Ariadne wird euch das Theater zeigen und euch bei den Vorbereitungen zur Seite stehen«, versprach der König und deutete auf die junge Frau, die ihn vorher abgetrocknet hatte.

Seshmosis war von Ariadne sehr angetan. Sie war sympathisch und hübsch und erinnerte ihn von der Ausstrahlung an *seine* beiden Rachels: die Rachel, die im Badehaus zu Theben als Handtuchhalterin gearbeitet hatte, und Rachel, die Tochter seines Schreiberkollegen Elias, die er in Jericho kennen gelernt hatte.

Unvermittelt sprach ihn der König an: »Werter Seshmosis, wie ich höre, interessierst du dich für die alte Schrift unserer Insel.«

Der Schreiber verbeugte sich tief vor dem Minos und antwortete ehrfürchtig: »Ja, durchaus. Ich bin Schreiber, und Sprachen faszinieren mich seit meiner Jugend.«

»Leider kennen nur noch wenige die Bedeutung unserer alten Zeichen, da wir selbst seit langer Zeit schon eine andere, moderne Schrift verwenden. Im Augenblick ist mein weiser Berater Telos in Byblos unterwegs, um sich dort mit einem Experten unserer alten Schrift zu treffen. Daher wird dir zurzeit hier leider niemand bei deinen Studien weiterhelfen können.«

Der König blickte ihn mit seinen weisen und wissenden Augen durchdringend an. Seshmosis wurde es siedend heiß. Wusste der Minos von dem Amulett, das sich in seinem Gepäck im Quartier befand? Schnell versuchte er das Thema zu wechseln.

»Verzeiht meine Neugier, großer König, doch es gibt noch eine andere Frage, die schon lange in mir brennt.«

»Nur zu, frag!«, forderte ihn der Herrscher auf.

»Ich fand Euren Namen ›Minos‹ in den alten ägyptischen Archiven. Bereits zur Zeit der Hyksos-Pharaonen vor etlichen Generationen tauchte er auf. Nun darf ich Euch zu meinem Erstaunen hier leibhaftig begegnen. Seid Ihr unsterblich?«

»Nein, keineswegs. So wie bei euch in Ägypten der König den Titel ›Pharao‹ trägt, so bin ich der ›Minos‹ meines Volkes. Das bedeutet, dass ich Herrscher und oberster Priester zugleich bin. Bevor man mich mit dieser Würde und Bürde bedachte, trug ich einen anderen Namen, doch der ist nur noch ein Schatten in dunkler Nacht. Ausgelöscht mit dem ›Trank des Vergessens‹ bei meiner Amtseinführung. Hinweggespült mein Name, meine Kindheit und Jugend, geraubt aus meinem Gedächtnis. Ab diesem Tag spielte die Person, die ich war, keine Rolle mehr, die Aufgabe ist alles: König, Minos und Sohn des Zeus, Liebling der Götter und Bewahrer der Tradition. Was bedeutet dagegen schon eines Menschen Glück? Doch gerade jetzt im Alter schmerzt es mich, dass ich vergaß, welcher Knabe und Jüngling ich war. Hat meine Mutter mich geliebt? Habe ich selbst geliebt? Und wenn ja, wen? Nach meiner Thronbesteigung musste man mir erzählen, dass ich mit Pasiphaë verheiratet bin, weil ich sogar das vergessen hatte. Was gäbe ich für meine eigene Erinnerung!«

Der König versank in Melancholie. Ariadne ergriff seine Hand und streichelte sie sanft. Glaukos reagierte sofort, erhob sich und erklärte die Audienz für beendet.

Sichtlich berührt von der Offenheit und Verletzlichkeit des Königs, verließen die Tajarim den Thronsaal.

Gemächlich näherte sich Aram einem kleinen Bergbach; das Kalb folgte ihm in einigem Abstand. Da drang eine leise

Melodie an sein Ohr. Verwundert sah er sich um, doch er konnte nirgends einen Spieler entdecken. Aram wanderte den Bachlauf entlang bergauf, und die Musik wurde deutlicher. Als er um einen Felsvorsprung bog, entdeckte er den Musikanten: ein Wesen, halb Mensch, halb Ziegenbock, am ganzen Körper behaart, zwei mächtige Hörner auf dem Kopf und Bocksfüße, die in Hufen endeten. Das Zwitterwesen saß unter einer Weide und blies mit geschlossenen Augen auf einer Flöte. Aram setzte sich vorsichtig ins Gras, um ja kein Geräusch zu verursachen, das den Spieler stören könnte. Das Kälbchen ließ sich ebenso lautlos neben dem Hirten nieder. Die fröhliche Melodie entführte Aram aus seiner bisherigen Welt, weit weg von Leben und Tod, Göttern und Gerichtsverhandlungen, sogar ganz weit weg von allen Badehäusern des Diesseits und des Jenseits. Die Töne trugen ihn in eine friedliche Sphäre, und auf einmal erschienen Nymphen, Satyrn und Silenen. Sie tanzten um das *Goldene Kalb*, um es zu begrüßen und ihm Ehre zu erweisen. Und sie tanzten um ihn, Aram, und sangen dabei ein Loblied auf den guten Hirten, der für sein Vieh sorgte und es liebte und hegte und pflegte. In diesem Augenblick spürte Aram, was Glück bedeutete. In dieses wohlige Gefühl gehüllt, schlief er ein.

Plötzlich riss Aram ein gellender Pfeifton aus seinem wunderschönen Traum. Erschrocken schaute er sich um. Hinter ihm stand der Flötenspieler.

»Ich grüße dich, Aram, Hüter des *Goldenen Kalbes*.«

»Ich grüße Euch, Fremder, der Ihr so wunderbar auf Eurer Flöte spielt!«

»Der Fremde bist wohl du, denn ich bin hier zu Hause. Mein Name ist Pan, und dort oben, in der *Idäischen Grotte*, gebar mich meine Mutter Almathea. Hier ist meine Heimat!«

»Verzeiht, Ihr habt Recht, der Fremde bin wirklich ich. Ein seltsames Geschick und die Launen der Götter führten mich von Ägypten über das ›Reich der Toten‹ hierher«, erklärte Aram.

»Ja, ja, die Launen der Götter, ich kenne sie nur zu gut. Wie oft schon half ich meinem Milchbruder Zeus, den die gleiche Zitze nährte wie mich, aus großer Not. Ohne mich hätte er nie den schrecklichen Drachen Typhon mit seinen hundert Feuer speienden Köpfen besiegt. Ohne mich wäre er auch im Kampf gegen die Titanen unterlegen. Doch was ist mein Lohn? Dass man mich vom Tisch der Götter verbannte und mich auslacht und verhöhnt. O ja, ich kenne den Undank der Götter und bin doch selbst einer!«

Wütend stampfte Pan dabei mit einem Ziegenhuf so mächtig auf den Boden, dass Funken sprühten und sich ein glühender Hufabdruck im Felsen zeigte. Aram wich ängstlich zurück.

»Fürchte dich nicht, meine Wut richtet sich nicht gegen dich!«, beruhigte ihn der Gott. »Berichte mir nun von dir und deinem göttlichen Tier, damit ich weiß, wer Gast in meiner Heimat ist.«

Ariadne, die schöne Königstochter, führte die Tajarim zum Theaterareal in den nördlichen Palastbereich. In kurzem Abstand folgte ihnen eine neugierige Schar von Kindern und Heranwachsenden. Seshmosis beäugte sie mit gemischten Gefühlen. In Byblos waren ihm nämlich Gerüchte zu Ohren gekommen, dass es in Knossos nicht mit rechten Dingen zuging. Angeblich mussten die Athener alle neun Jahre sieben Knaben und sieben Mädchen nach Kreta schicken, wo sie einem Untier namens Minotaurus zum Fraß vorgeworfen wurden.

Verunsichert wandte sich Seshmosis an Ariadne: »Die Kinder, woher kommen sie und was tun sie hier?«

»Du meinst unsere Zöglinge? Sie kommen aus den Fürstenfamilien der achäischen Stadtstaaten und der Inseln. Im Alter von sieben Jahren bringt man sie hierher, und wir bilden sie neun Jahre lang aus. Sie lernen bei uns alles, was zu einem zivilisierten Leben gehört – Lesen und Schreiben, Lyra und Flöte spielen, Sport und Tanz, wie man ein Haus entwirft, ein Bild malt und wie man höflich miteinander umgeht.«

Die Prinzessin faszinierte Seshmosis so sehr, dass es ihm schwer fiel, sich auf ihre Antwort zu konzentrieren. Bewundernd betrachtete er Ariadne von der Seite.

Während El Vis mit seinen Musikern und Kalala das lang gestreckte Rechteck des Freilufttheaters besichtigten, setzten sich Ariadne und Seshmosis nebeneinander auf die Steinstufen der Zuschauertribüne. So nahe war der Schreiber einer begehrenswerten Frau schon lange nicht mehr gewesen, und wohlige Schauer durchströmten ihn. Um sich abzulenken, sagte er: »Ich habe von einem Untier namens Minotaurus gehört, das hier in einem Labyrinth leben soll. Das ist doch sicher nur ein böswilliges Gerücht?«

»Ach, du meinst die Geschichte von meinem Halbbruder Asterion, den alle Welt ›Minotaurus‹ nennt.« Ariadne lachte.

Seshmosis fragte sich, was daran lustig sei, ein weltbekanntes, blutrünstiges Scheusal als Halbbruder zu haben, doch die Prinzessin fuhr fort.

»Das ist eine lange Geschichte, willst du sie hören?«

Seshmosis wollte. Er hätte sich sogar die Liste aller kretischen Steuerzahler angehört, so lange Ariadne so nah beim ihm saß.

»Der letzte Minos war kinderlos und nahm deshalb meinen Vater an Sohnes statt an. Dieser heiratete schon in jungen Jahren meine Mutter Pasiphaë, und als der alte Minos starb, wollte natürlich mein Vater die Herrschaft über Kreta antreten. Allerdings gab es zwei weitere Fürsten auf unserer Insel, die ebenfalls König werden wollten – Sarpedon von Mallia und Rhadamanthys von Phaistos. Mein Vater behauptete nun, er sei von den Göttern persönlich auserwählt worden, weil diese ihm jeden Wunsch erfüllten. Als Beweis hielt er ein Fest zu Ehren von Poseidon und bat diesen um einen Stier aus den Tiefen des Meeres, um ihn dann als Opfer darzubringen. Und wahrhaftig, Poseidon sandte einen prächtigen weißen Stier. Das Volk brach in Begeisterungsstürme aus, und mein Vater wurde zum Minos erwählt. Sarpedon ging voll Zorn nach Lykien, und Rhadamanthys ließ sich grollend auf Thera nieder. Sie haben nie wieder einen Fuß auf kretischen Boden gesetzt. Mein Vater fühlte sich nun als Herrscher sicher und trieb den prächtigen Stier lieber zu seiner Herde, als ihn auf dem Altar schlachten zu lassen. Doch das erzürnte Poseidon, und zur Strafe ließ er meine Mutter Pasiphaë in Liebe zu seinem Stier entbrennen. Tag und Nacht begehrte sie das göttliche Tier und überlegte, wie sie sich mit ihm vereinen könnte. Ich war damals zwölf Jahre alt und habe ihre Anfälle von Liebeswahn selbst erlebt. Wie oft lief sie liebestrunken zur Weide, um seine Nähe zu spüren, oder verzehrte sich weinend des Nachts in ihrem Gemach nach ihrem Geliebten. Schließlich bat sie Daedalos, den großen Baumeister und Erfinder, um Hilfe. Widerstrebend baute er ihr eine hölzerne Kuh auf Rädern, die er mit Fellen bespannte. Dann rollte er das Gestell auf die Weide des Stiers, und meine Mutter schlüpfte hinein. Der Stier besprang das Bildwerk wie eine echte Kuh, und Pasiphaë schenkte daraufhin Asterion das Leben. Manche nennen ihn auch Minotaurus, also den ›Stier des Minos‹, weil er den Kopf eines Stieres und den Körper eines Menschen hat. Aber von meinem Vater Minos hat Asterion wirklich nichts.«

»Und was geschah mit deinem Bruder weiter?«, fragte Seshmosis, um Ariadnes Gegenwart zu verlängern. Allerdings passierte dann etwas, was bei Seshmosis zum Blackout führte: Die Prinzessin nahm seine Hand. Ihre folgenden Worte versanken bei Seshmosis in einem Sturm heftiger Gefühle; lediglich einige Fetzen erreichten die Restfunktionen seines Gehirns – Labyrinth, Asterion, Daedalos, Kerker, Ikaros, Gefangene.

Aram genoss das leise Plätschern des Gebirgsbachs, als ihn ein Juchzen und Johlen aus seinen Gedanken riss. Verwundert blickte er um sich und staunte über das, was er sah: Pan saß auf dem *Goldenen Kalb* und tobte mit ihm über die steile Bergwiese.

Aram beobachtete amüsiert das ausgelassene, lebenslustige Paar. Der Naturgott trug über seinen Schultern einen Umhang aus geflecktem Leopardenfell. Mit lautem Lachen und Rufen feuerte er das Kalb zu immer tolleren Kapriolen an. Das Stierlein schien ebenfalls Gefallen an der wilden Hatz zu haben. Dann sprang Pan mit den Füßen auf den Rücken des galoppierenden göttlichen Tiers und balancierte schließlich auf einem Bein. Zu guter Letzt machte der Hirtengott einen Handstand und sprang mit einer Drehung in der Luft ab. Aram applaudierte begeistert. Nach dem anstrengenden Ritt tätschelte Pan das *Goldene Kalb* am Hals und flüsterte ihm etwas ins Ohr, bevor er sich zu Aram setzte. Sobald er wieder zu Atem gekommen war, holte er aus seinem Lederbeutel eine kleine Flöte. Er legte sie flach an seine wulstigen Lippen und blies ein fröhliches Lied.

Aram gefiel das Spiel, und er betrachtete das Musikinstrument genauer. Es bestand aus nichts anderem als sieben unterschiedlich langen, mit Grashalmen zusammengebundenen Schilfröhrchen. Nach einer Weile reichte Pan dem Hirten die Flöte, damit dieser sie ausprobieren konnte. Aram gelang es sofort, dem Instrument wunderbare melancholische Melodien zu entlocken, denn die Flöte des Pan war magisch. Während sich das Kälbchen, von den Tönen angelockt, zu ihnen gesellte, holte Pan einige Schilfröhrchen aus seinem Beutel und band sie zu einem neuen Instrument zusammen. Dann gab er es Aram mit den Worten: »Für dich! Diese Flöte funktioniert genauso wie meine eigene Syrinx. Von nun an werden dich die Tiere des Waldes und des Feldes als meinen Stellvertreter anerkennen. Ich kann Hilfe gut gebrauchen, weil ich viel unterwegs bin, und du hast die besten Voraussetzungen: einen lebendigen Geist, einen toten Körper und ein warmes Herz.«

Aram war gerührt. Er, ein Untoter, der in Ägypten fast zum Gott aufgestiegen wäre, der aber furchtbar gescheitert und hierher verbannt worden war. Und nun ernannte ihn dieser lebensfrohe, kleine Hirtengott zu seinem Stellvertreter.

»Ich danke Euch, großer Pan. Nie wurde mir eine größere Ehre und Freude zuteil.«

Plötzlich wechselte Pan das Thema. »Ein alter Freund von dir weilt auf Kreta. Seshmosis, du solltest ihn besuchen.«

»Seshmosis ist auf Kreta? Wurde auch er verbannt?«

»Nein, er ist freiwillig hier. Nun, nicht ganz freiwillig, aber er glaubt es zumindest. Doch nun ist er in großer Gefahr, und du solltest ihn warnen.«

»Wovor? Und wie soll ich das anstellen? Ich bin doch dazu verurteilt, auf immer beim *Goldenen Kalb* zu bleiben.«

»Der Weg nach Knossos ist nicht weit, ein Tagesmarsch nur. Und ich werde so lange bei deinem Stierlein bleiben. Es hört auf mich, wie du gemerkt hast.«

»Ich weiß nicht, ob ich das schaffe. Ich bin noch nie so weit zu Fuß gegangen.«

»Körperlich gesehen bist du tot, Aram, mausetot! Du musst weder essen noch trinken und auch nicht schlafen. Du schläfst nur noch aus reiner Gewohnheit.«

»Ich schlafe aber gern!«, wandte Aram ein.

»Ja, sicher, aber du müsstest es nicht tun. Du könntest Tag und Nacht rennen, ohne müde zu werden. Wenn es sein müsste, wochenlang.«

Aram war verblüfft. Diese Vorteile seiner neuen Existenzform waren ihm neu. Sein Widerstand erlahmte.

»Würdet Ihr wirklich gut auf das Kalb aufpassen? Ich fürchte den Zorn der ägyptischen Götter und noch mehr die Zähne der ›Großen Verschlingerin‹ von Amentet.«

»Sei beruhigt! Du bist ein guter Hirte, Aram, und ich werde dich bestens vertreten. Doch nun eile zu deinem Freund Seshmosis und warne ihn. Er soll Kreta so schnell wie möglich verlassen. Eile, mein Freund, eile!«

Seshmosis spazierte durch den weitläufigen Palastpark und gelangte zu einem ungewöhnlichen Platz. Zuerst dachte er, dies sei ein weiteres Theater, doch dann erkannte er, dass es sich um einen Kultplatz handeln musste. Wie in Trance bewegten sich einige junge Frauen, sich an den Händen haltend, in einer Art Reigentanz. Die Frau an der Spitze der Formation war Ariadne. Am Rande des Tanzplatzes saßen drei Männer, und als Seshmosis sich ihnen näherte, erkannte er, dass es der Minos und sein Sohn

Glaukos waren. Der dritte – ein junger Mann von etwa zwanzig Jahren – war ihm fremd. Mit angemessenem Respekt ging er auf sie zu und verbeugte sich ehrfürchtig. Der König bat ihn, Platz zu nehmen. Aufmerksam beobachteten sie nun zusammen den Tanz der Frauen, der in einem Kreis endete.

Ariadne sprach noch einige Worte mit den Tänzerinnen, dann kam sie zu ihnen herüber.

Sie läuft nicht, sie schwebt. Sie ist eine Göttin, dachte sich Seshmosis. Als ihn Ariadne unverhofft ansprach, zuckte er zusammen.

»Darf ich dir Theseus vorstellen? Er ist der Sohn von König Ägeus von Athen und hat wieder einige Kinder zu uns gebracht. Theseus wurde übrigens bis vor wenigen Jahren ebenfalls hier ausgebildet, und seither sind wir gut befreundet.«

Dann umarmte sie Theseus. Seshmosis spürte einen schmerzhaften Stich in seiner Brust. Der Athener war ihm absolut unsympathisch. Er mochte keine Männer, die Frauen mochten, die er mochte. Doch bevor er sich weiter in seine Abneigung gegen den jungen Mann steigerte, sprach ihn der Minos an.

»Kommst du mit deinen Studien voran, werter Seshmosis?«

»Ehrlich gesagt, überhaupt nicht. Ich traf noch keinen, der mir bezüglich der alten Schrift helfen konnte. Alle Aufzeichnungen scheinen verschollen. Außerdem gibt es für mich hier so viel Neues und Aufregendes zu entdecken, dass mein Interesse für die alte Schrift etwas in den Hintergrund gerückt ist.«

Während Seshmosis zum König sprach, verließen Ariadne und Theseus Hand in Hand den Tanzplatz und verschwanden im Park. Auch Glaukos entfernte sich.

Seshmosis übermannte die Eifersucht, dennoch versuchte er, sich auf seinen Gesprächspartner zu konzentrieren, so schwer es ihm auch fiel. Vor allem, um sich selbst abzulenken, sagte er: »Mich berührt die Geschichte Eures Landes sehr, edler Minos. Allenthalben erzählt man sich von Ägypten bis nach Kanaan faszinierende Legenden. Die Götter nehmen wohl großen Anteil am Geschehen auf Kreta. Man sagt, Ihr sprecht mit Zeus persönlich.«

Der König sah Seshmosis nachdenklich an und erkannte die Neugier des Forschers in dessen Gesichtszügen.

»Das stimmt, junger Mann«, sagte er schließlich. »Es gibt wahrlich Menschen, denen die Gnade zuteil wird, direkt mit Göttern zu reden.«

Wie Recht du hast, dachte sich Seshmosis und hatte dabei GON vor seinem inneren Auge.

Der König fuhr fort: »Alle sieben Jahre gehe ich ins Gebirge zur Idäischen Grotte, in der Zeus aufwuchs, um mich mit ihm zu treffen. Ich muss allein hinaufsteigen, und nur ich darf die Grotte betreten. Der Weg dorthin wird mir immer beschwerlicher, aber der Brauch verlangt es.«

»Verzeiht meine Neugier, edler Minos, aber worüber sprecht Ihr mit dem Gott?«

»Ja, worüber sprechen wir eigentlich? Zeus sagt nie viel. Es ist mehr ein beredetes Schweigen. Ich glaube, er will wissen, ob ich noch lebe. Vielleicht weidet er sich auch an meinem Verfall und meiner Sterblichkeit, weil dadurch seine Göttlichkeit noch heller strahlt.«

Seshmosis war klar: Der Minos litt eindeutig an Depressionen.

»Ihr meint, er spricht nie ein Wort mit Euch?«

»Doch, doch, anfangs zumindest schon. Es ging damals um meine Auseinandersetzung mit Poseidon. Zeus meinte, dass ich es nur ihm zu verdanken hätte, dass die Insel noch nicht im Meer versunken sei. Später redete er dann immer weniger. Ich glaube, er kommt auch nur noch, weil es Tradition ist. Wir bestehen doch alle fast nur noch aus hohlen Traditionen. Die Lebensfreude hat enorm abgenommen.«

»Aber was vermisst Ihr denn in Eurem Leben, edler Minos? Ihr regiert über ein wunderschönes Land, Ihr wohnt im prächtigsten aller Paläste und seid mit vielen gesunden, gut aussehenden Kindern gesegnet.«

»Denkst du, ich merke nicht, wie die Aasgeier bereits über mir kreisen? Wie sie hinter meinem Rücken um das Erbe feilschen? Ich bin zwar inzwischen ein wehleidiger Greis mit morschen Knochen, doch einen aufrechten Mann erkenne ich immer noch. Du bist so einer, Seshmosis, das spüre ich.«

Seshmosis freute sich über das Lob des Alten.

»Ich traue niemandem mehr außer Glaukos, Ariadne und meinem Freund Telos.«

Der inzwischen auch schon tot ist, ergänzte Seshmosis in Gedanken, hütete sich jedoch, diesen auszusprechen.

Minos fuhr fort: »Du musst wissen, einem Fremden wie dir traue ich inzwischen mehr als den Menschen meiner Umgebung. Mit dem Erben ist es immer das Gleiche. Einst waren Sarpedon, Rhadamanthys und ich wie Brüder. Doch als es um das Erbe des Königs ging, gab es nur noch Krieg. Von einem Augenblick auf den anderen waren wir Todfeinde. Mit meinen Kindern ist es nicht anders. Ich habe Glaukos als Nachfolger ausgewählt, weil er der fähigste von allen ist. Androgeos ist schon tot, ermordet in Athen; Katreus, der Älteste, ist ein raffgieriger Leuteschinder, und Deukalion spielt lieber Theater und mit den Knaben, als sich um Staatsgeschäfte zu kümmern. Aus meiner Sicht ist dies die beste Lösung, weil es für Glaukos göttliche Zeichen gibt.«

Die Gedanken des Minos wanderten zurück und versetzten den König in die Vergangenheit.

Die Sonne Kretas stand brennend am Zenit, und jeder im Palast suchte den Schatten und die Kühle der Gemächer. Nur ein kleiner, abenteuerlustiger Knabe namens Glaukos erkundete unbeobachtet die Vorratskammern. Dabei entdeckte er einen Raum, gefüllt mit mannshohen Amphoren. Der süße Duft lockte den Jungen, und er erklomm eines der Gefäße und öffnete es. Keiner störte ihn beim Naschen, und keiner bemerkte, dass er das Übergewicht bekam und schreiend im Honig versank.

Nach der Mittagsruhe entdeckte man das Verschwinden des kleinen Prinzen und suchte ihn überall, fand ihn jedoch nicht. Da befragte Minos das Orakel, und er erfuhr, dass nur ein Wahrsager den Knaben finden und auch wieder zum Leben erwecken könne. Zufälligerweise hielt sich gerade der Seher Polyidos im Palast von Knossos auf. Diesen befragte der König, und der Wahrsager offenbarte den Ort, wo bald darauf die Leiche des jungen Glaukos gefunden wurde. Unter lauten Klagerufen brachte man den Prinzen in den königlichen Grabbau. Der Minos erinnerte sich an den zweiten

Teil des Orakels und sperrte Polyidos mit den Worten »Nun mach ihn wieder lebendig!« zu dem Jungen in die Gruft. Der Seher war ratlos. Plötzlich attackierte ihn eine Schlange, und Polyidos tötete das giftige Tier. Nach einer Weile erschien eine weitere Schlange. Diese griff jedoch nicht an, sondern hatte Kräuter im Maul, die sie ihrer toten Artgenossin in deren Maul schob. Bald darauf erwachte die Schlange zum Leben. Polyidos nahm einige der Kräuter und legte sie dem Knaben unter die Zunge. Wenig später begann Glaukos zu röcheln und zu husten, bis er schließlich die Augen aufschlug. Erleichtert klopfte Polyidos an das Tor der Grablege, um die Wächter zu rufen. Die eilten zum Minos, um ihm die frohe Kunde von der Erweckung seines Sohnes zu melden.

Polyidos hätte wahrlich Dank und reiche Geschenke verdient gehabt, doch der Minos war weder mitfühlend noch milde. Ganz im Gegenteil, er suchte ständig rücksichtslos seinen Vorteil. So forderte er vom Seher, dass dieser Glaukos seine Kunst lehre. Wenn nicht, so drohte er Polyidos, sei sein Leben verwirkt. Zähneknirschend willigte Polyidos ein und vermittelte dem Knaben seine Gabe. Schon nach einer Woche beeindruckte Glaukos den ganzen Hofstaat mit seinen Künsten. Da ersuchte der Seher den König, Knossos verlassen zu dürfen, und der Minos willigte ein. Zum Abschied bat Polyidos den Knaben, ihm in den Mund zu spucken. Dann ging er fort.

Als Glaukos jedoch wieder einmal dem Publikum sein Können demonstrieren wollte, war die Gabe des Sehers verschwunden. Er hatte sie ihm ohne sein Wissen zurückgegeben. Der Minos tobte und ließ nach Polyidos suchen, doch der listige Seher war unauffindbar. Dennoch hoffte der König, dass die Gabe des Wahrsagens eines Tages zu Glaukos zurückkehren werde, spätestens an dem Tag, an dem der Prinz zum neuen Minos ernannt würde.

Der Minos kehrte aus seinen Erinnerungen zurück und nahm den Gesprächsfaden wieder auf.

»Ich weiß, Katreus und Deukalion werden es nicht hinnehmen, dass Glaukos mein Nachfolger wird. Aus ihrer Sicht ist meine Wahl ungerecht. Ich bin den Göttern dankbar, dass ich dann schon tot sein werde, wenn sie sich in die Haare geraten.«

»Ich danke Euch für Euer Vertrauen, edler Minos. Ihr lenkt meinen Blick auf Dinge, die ich bisher nicht wahrgenommen habe«, bedankte sich Seshmosis.

»Schon gut, junger Mann. Es tut gut, sich einmal aussprechen zu können, ohne auf jedes einzelne Wort achten zu müssen. Ich hoffe, dass es mein Nachfolger leichter haben wird. Zumindest habe ich den ›Trank des Vergessens‹ abgeschafft. Nie wieder soll ein Mensch so leiden wie ich, der ich weder Vater noch Mutter kenne, sondern nur Eltern, gesponnen aus Mythen und Legenden. So vornehm es klingen mag, der Sohn des Zeus zu sein, ein richtiger Vater wäre mir lieber. Jeder künftige König von Kreta soll seinen Namen behalten. Der Titel ›Minos‹ soll bleiben, doch stets verbunden mit dem eigenen Namen des Königs.«

»Eine weise Entscheidung«, lobte Seshmosis.

»Ich bin müde, werter Seshmosis. Bitte führ mich in mein Gemach«, bat der alte König, und Seshmosis bot ihm seinen Arm als Stütze an.

Auf dem Weg zu den Privatgemächern des Königs begegneten sie einer Gruppe schwarz gekleideter Soldaten mit schwarzen Maskenhelmen. Sofort spürte Seshmosis ein heftiges Ziehen im Bauch, und sein Magen verkrampfte sich. Die Bewaffneten beäugten ihn misstrauisch, und auch der Minos schien Seshmosis' Nervosität zu spüren, sagte aber nichts. Der Schreiber verfluchte sich zum wiederholten Mal, dass er das geheimnisvolle Amulett erworben hatte.

Zurück in seinem Quartier, rief Seshmosis GON an, der sogleich erschien, und zwar als auffällig gefleckter Leopard.

»Herr, kann es sein, dass ein Mann wie ich eine Prinzessin liebt?«

»Du kannst alles lieben, wonach dir der Sinn steht, Seshmosis.«

»Ich meine, ist es möglich, dass sie meine Liebe erwidert?«

»Alles ist möglich, vor allem in der Liebe, obwohl ich mich damit nicht so gut auskenne.«

»Die Liebe scheint mir als das höchste Glück, das ein Mensch auf Erden erreichen kann.«

Der kleine Leopard schüttelte weise das Haupt.

»Zu mir sagte einmal ein Ozelot: ›Die Liebe! Ein Jahr Feuer und Flamme und dann dreißig Jahre Asche.‹ Klingt für mich nicht wie das höchste Glück.«

»Dein Freund scheint nicht die richtige Frau getroffen zu haben. Mit der Richtigen ist es bestimmt anders!«

»Ich wünsche dir, dass du die Richtige triffst, mein lieber Seshmosis. Aber erst mal solltest du dich um andere Dinge kümmern als um die Liebe.«

»Ich verstehe nicht. Was kann wichtiger sein als mein Glück?«

»Dein Leben vielleicht? Was auch immer in nächster Zeit geschehen wird, vertrau auf mich, auch wenn ich nicht so frei agieren kann, wie ich möchte. Poseidon blickt nämlich argwöhnisch auf diese Insel, und wenn ich als fremder Gott hier wirke, zieht er sofort alle anderen Olympier auf seine Seite. Ich werde dir aber auf jeden Fall mit meinem Rat helfen.«

»Danke, Herr, so sei es!«

Als Seshmosis am Abend zum Theater eilte, versperrte ihm unerwartet Nostr'tut-Amus den Weg. »Ich muss ganz dringend mit dir reden, Seshmosis!«

»Nicht jetzt, lieber Freund. Ich möchte frühzeitig im Theater sein, um einen guten Platz beim Konzert zu bekommen.«

In Wirklichkeit ging es Seshmosis nicht um einen guten Platz beim Konzert, sondern um einen guten Platz in der Nähe von Ariadne.

»Es ist aber wichtig! Enorm wichtig!«, bestürmte der Seher ihn und zog ihn hastig in einen Seitengang. Nostr'-tut-Amus sah sich vorsichtig nach allen Seiten um, dann flüsterte er verschwörerisch: »Ich habe den ›Trank des Thot‹ genommen, um in die Zukunft zu sehen.«

»Aber du hast mir doch neulich selbst gesagt, wie gefährlich die Nebenwirkungen dieses Tranks sind. Dass einem Haare zwischen den Fingern wachsen, dass das Rückenmark schwindet und die Potenz versagt.«

»Ja, ja, aber in Wirklichkeit ist es nicht ganz so schlimm.

Ich habe das nur erzählt, damit Raffim und Barsil die Finger von meinen Tränken lassen. Sie enthalten nämlich auch Alkohol. Aber zur Sache! Ich habe schreckliche Dinge gesehen!«

»Vielleicht ist der Trank doch gefährlicher, als du dachtest?«

»Nein! Jetzt hör mir doch bitte endlich zu! Ich habe dich in meinen Visionen gesehen, dich zusammen mit einem furchtbaren Ungeheuer. Da waren schwarze Krieger mit blanken Schwertern und noch mehr Krieger, die sich gegenseitig erschlugen. Und ich sah eine brennende Stadt und hörte schreiende Menschen. Es war schrecklich!«

Seshmosis erblasste. »Hast du wirklich mich gesehen?«

»Zweifellos! Wir müssen unbedingt etwas dagegen unternehmen!«

»Aber was sollen wir tun?«, fragte Seshmosis beunruhigt.

»Fliehen! Bei neunundneunzig Prozent meiner Visionen hilft nur noch die Flucht. So habe ich es immer gehalten, und ich lebe noch, wie du siehst.«

Seshmosis betrachtete den Seher. Gut, der lebte noch, wenn man eine sehr weitläufige Definition von Leben zugrunde legte. Das Gesicht sah aus, als hätten die Götter damit Ball gespielt, und der Körper wirkte wie zigmal vom Himmel gefallen, aber irgendwie lebte Nostr'tut-Amus noch. Aber das spielte im Augenblick keine Rolle, denn die Vision der Liebe überstrahlte bei Seshmosis alle Visionen des Grauens.

»Ich kann jetzt nicht fliehen, ich muss zum Konzert!«, wehrte er deshalb ab.

»Du bist in Gefahr, nicht ich. Dich habe ich mit dem Ungeheuer gesehen, nicht mich! Flucht ist deine letzte Chance!«

»Ich will jetzt aber nicht fliehen! Ich will zu Aria …, äh ich will zum Konzert!«

Der Seher versuchte mit seinen Krallenfingern Seshmosis am Gewand festzuhalten, doch der riss sich trotzig los und eilte zum Theater.

Als Seshmosis endlich das Theater erreichte, waren die Zuschauerränge schon gut gefüllt. Lediglich die Tribüne der königlichen Familie war noch leer. Seshmosis ergatterte einen Platz ganz in der Nähe. Dann erschien Minos mit seinem Gefolge. Neben ihm betrat eine attraktive, reifere Frau das Theater.

Das muss Pasiphaë sein, dachte sich Seshmosis. Die Mutter des Minotaurus.

Dem königlichen Paar folgten die Söhne Glaukos und Deukalion und die Töchter Akale, Xenodike und Phaedra. Katreus und Ariadne fehlten. Seshmosis war irritiert. Immerhin hatte Ariadne das Konzert mit vorbereitet, sie würde sich das Ereignis doch sicher nicht entgehen lassen. Unruhig suchten seine Augen die Prinzessin auf den Rängen. Dann sah er sie: inmitten des normalen Publikums, Händchen haltend mit Theseus, dem Schönling aus Athen. Seshmosis' Herz klopfte bis zum Hals. Doch bevor er sich weiter in seinem Schmerz suhlen konnte, sprach ihn jemand von der Seite an. Widerstrebend wandte Seshmosis seinen Blick von Ariadne zu dem Störenfried. Es war ein Knabe von ungefähr sechzehn Jahren, der erste Bartflaum bedeckte seine Wangen.

»Man sagte mir, dass du ein Freund von El Vis bist.«

Die Stimme des Jungen klang samtweich und einschmeichelnd.

»Ja, wir kennen uns, und wir sind zusammen unterwegs. Warum?«

»Ich will nämlich auch Sänger werden. Ich bin Demetrios Georgious, meine Freunde nennen mich Katze. Ich werde ganz bestimmt auch Sänger. Könntest du mich vielleicht mit El Vis bekannt machen? Ich möchte ihm unbedingt vorsingen. Bitte!«

Hastig versprach Seshmosis dem jungen Demetrios, ihn am nächsten Tag El Vis vorzustellen, denn die Musiker betraten gerade die Bühne.

El Vis trug das traditionelle, um die Hüfte geschlungene ägyptische Wickeltuch. Allerdings reichte es bei ihm nicht wie üblich bis zum Knie, sondern war wesentlich kürzer und noch dazu knallrot. Mumal und Elimas trugen nichts weiter als lederne Lendenschurze mit glänzenden Kupfernieten. Auf ihren Körpern spiegelte sich das Feuer der hundert Fackeln, die die Bühne säumten. Das Publikum applaudierte frenetisch.

Zuerst begrüßte El Vis den Minos und die königliche Familie, dann das übrige Publikum.

»Ich beginne mit einem Lied, das ich extra für dieses Konzert auf eurer schönen Insel Kreta geschrieben habe.

Es handelt von euren sportlichen Wettkämpfen mit edlen Stieren und heißt: *Der Stierkämpfer war eine Dame.*«

Mumal begann einen stampfenden Rhythmus zu trommeln, Elimas blies einen lang gezogenen, aufreizenden Ton auf seinem Shofarhorn, und El Vis sang:

Petrus, der Stier, war ein Mörder,
König im Ring der Kämpfer.
Er bedeckte den Boden mit tapfren Männern
und aß sie als Gehacktes zum Mahl.

Er hörte die Menge schreien: Olé!
Doch an diesem Tag traf er auf seinen Meister.

Der Stierkämpfer war eine Dame,
und es war Liebe auf den ersten Blick.
Sie wedelte mit ihrem roten Tuch vor Petrus,
und dieser wollte nur noch bei ihr sein. Olé!

Petrus, der Stier, war hingerissen,
erstmals hatte ihn der Liebeskäfer gebissen.
Einst war er ein verrückter Stier,
ein wildes und ein böses Tier,
doch nun war er zahm wie ein Kätzchen.

Die Leute begannen zu pfeifen,
doch Petrus wollte nur küssen.

Der Stierkämpfer war eine Dame
und Petrus verliebte sich in sie.

Er schwebte auf Wolken mit einer Rose im Fell,
als er mit der süßen Dame tanzte.

Sein Schicksal war tragisch, seine Geschichte traurig.
Sein Schwanz hängt nun über ihrer Tür. Olé![2]

Als der letzte Trommelschlag verhallt war, brach das Publikum in Begeisterungsstürme aus. El Vis hatte die Herzen der Menschen gewonnen, und sie würden ihm an diesem Abend folgen, wohin er auch wollte. Und er führte sie mit seiner Musik weit in die Welt der Gefühle und Träume.

Selbst Seshmosis konnte für eine Weile seinen Liebeskummer und die dunklen Prophezeiungen vergessen. Nach dem Konzert strich er durch den mondbeschienenen Park in der Hoffnung, Ariadne zu begegnen. Plötzlich knackte es hinter ihm im Gebüsch. Verwundert blickte er sich um und sah direkt vor sich einen schwarzen Maskenhelm.

Dann verschwand der Mond und alles andere. Seshmosis sank zu Boden.

Im Labyrinth

Seshmosis erwachte mit einem Brummschädel. Er befand sich in einem vollkommen kahlen Raum, die Wände waren grob gemauert, und eine einsame Fackel verbreitete spärliches Licht. Er versuchte sich zu erinnern. Nachdem er die elementare Frage »Wer bin ich eigentlich?« geklärt hatte, wandte er sich weiterführenden Aspekten zu, wie: »Wo bin ich und warum?«

Bei diesen Überlegungen unterbrach ihn ein Mann, der plötzlich auftauchte.

»Entschuldigt bitte die Störung, aber ich dachte, Ihr seid das Essen.«

Seshmosis horchte erstaunt auf. Mit Essen hatte ihn noch nie jemand verwechselt. Er beschloss jedoch diesen Umstand zu ignorieren und zuerst herauszufinden, wo er sich befand. Deshalb fragte Seshmosis: »Wo bin ich?«

»Ah! Ihr seid anscheinend neu hier. Ihr befindet Euch im Labyrinth von Knossos.«

»Im Labyrinth? Im Gefängnis? Wie komme ich hierher?«, fragte Seshmosis entsetzt.

»Das solltet Ihr eigentlich selbst am besten wissen. Übrigens, ich bin Daedalos, Architekt und Erfinder«, stellte sich der Fremde vor.

Langsam kehrten Seshmosis' Erinnerungen zurück. Ariadne hatte ihm erzählt, dass Daedalos der Erbauer des Labyrinths sei. Des Labyrinths, in dem der schreckliche Minotaurus hauste. Furcht und Schrecken stiegen in Seshmosis hoch.

»Ich erinnere mich nur noch an einen Schlag auf den Kopf, sonst an nichts, an gar nichts.«

»Keine Gerichtsverhandlung? Das ist nicht vorschriftsmäßig, dann seid Ihr illegal hier«, stellte der Architekt seines eigenen Gefängnisses indigniert fest. »Wer seid Ihr überhaupt?«

Die Furcht in Seshmosis wich langsam dem Zorn. »Mein Name ist Seshmosis, und ich will wirklich nicht hier sein. Man hat mich entführt!«

»Beruhigt Euch!«, forderte ihn Daedalos auf. »Es ist nur so, dass manchmal irgendwelche dahergelaufenen achäischen Helden hier eindringen und versuchen, Asterion zu erschlagen. Das kann ich natürlich nicht dulden.«

»Sehe ich etwa aus wie ein Held?«, fragte Seshmosis und blickte dabei an sich herab. »Aber erklärt mir bitte, warum habt Ihr mich mit Essen verwechselt? Wolltet Ihr den Minotaurus mit mir füttern?«

»Asterion mag die Bezeichnung *Minotaurus* überhaupt nicht. Ihr solltet sie unbedingt vermeiden, wenn Ihr ihn trefft. Und was das Essen anbelangt: Die Wächter verstecken es jeden Tag an einer anderen Stelle, sodass wir danach suchen müssen.«

»Das ist ja Schikane!«, empörte sich Seshmosis.

»Nein, keineswegs, das ist ein gnädiger Akt von ihnen. Das bringt nicht nur Abwechslung in den langweiligen

Alltag, sondern verschafft mir auch noch Bewegung. Jeden Tag die Aufgabe, im Labyrinth unser Essen zu suchen, hält mich geistig und körperlich jung.«

»Warum habt Ihr das Gefängnis eigentlich als Labyrinth gebaut?«, wollte Seshmosis wissen.

»Weil es den Insassen Hoffnung schenkt. Eine normale Gefängniszelle ist in ihrer Grundform so endgültig, so primitiv, so deprimierend perspektivlos. Ein Labyrinth dagegen gibt dir immer das Gefühl, dass hinter der nächsten Biegung eine Tür in die Freiheit führen könnte.«

»Und gibt es diese Tür?«

»Ja, natürlich, aber sie ist streng bewacht. Sonst hätte ich ja wohl ein ziemlich schlechtes Gefängnis geplant«, erwiderte Daedalos mit sichtlichem Architektenstolz.

»Eine ganz andere Frage: Wie viele Menschen leben denn in diesem Gefängnis?«

»So rund fünfzig werden es wohl sein.«

»Und die irren jeden Tag durch die Gänge und hoffen einen Weg in die Freiheit zu finden, den es überhaupt nicht gibt?«

»Nicht alle irren umher. Einige haben irgendwann aufgegeben, und andere sind wahnsinnig geworden.«

»Das beruhigt mich ungeheuer. Das gibt mir wirklich Hoffnung«, bemerkte Seshmosis deprimiert.

Aram war den ganzen Tag von seiner Bergwiese über Stock und Stein nach Knossos gerannt. Pan hatte Recht behalten: Er spürte nicht die geringste Müdigkeit. Nun suchte Aram in den verwinkelten Gängen des Palasts verzweifelt nach Seshmosis. Endlich fand er dessen Zimmer. Als auf sein mehrmaliges Klopfen keine Reaktion kam, trat er einfach ein. Das Zimmer bot ein Bild der Verwüstung. Das Bett war umgestürzt, eine große Truhe sichtlich aufgebrochen, und Seshmosis' Habseligkeiten lagen auf dem Boden verstreut. Aram wollte gerade wieder gehen, als eine Stimme erklang:

»Halt, Aram! Seshmosis braucht deine Hilfe. Bitte nimm den kleinen Schrein, der hinter der Tür steht. Ich werde dir sagen, wohin du ihn bringen sollst.«

»Wer spricht da?«, wollte Aram wissen.

»Ein Freund von Seshmosis, ein sehr mächtiger, göttlicher Freund. Das muss dir für den Augenblick genügen. Nun mach endlich!«

Aram suchte eine Zeit lang, dann fand er den Schrein unter einer Decke. Er war unbeschädigt, und Aram nahm ihn beim bronzenen Griff.

»Wohin?«, fragte er.

»Zuerst raus aus dem Zimmer. Dann wird dich der Schrein in die richtige Richtung lenken.«

Die Stimme kam eindeutig aus dem Schrein, doch Aram wunderte sich nicht. Er hatte sich lange genug in der Nähe von Göttern aufgehalten, um auch sprechende Schreine ohne weiteres zu akzeptieren.

Nach einiger Zeit erreichte er eine Tür, die auf eine Terrasse führte. Von hier aus hatte man einen Blick über den Freiluftteil des Labyrinths. Aus dieser Perspektive erkannte man deutlich die komplexe Struktur dieses Bauwerks, man konnte jedoch nicht auf seinen Grund blicken. Außerdem ließ die Stimme Aram keine Zeit, die wunderbare Architektur von Daedalos mit ihren verwinkelten Gängen und kleinen Kammern zu bewundern, selbst wenn sie ihn interessiert hätte.

»Du musst oben auf der Mauer entlanglaufen, bis ich ›Halt!‹ sage. Dann kletterst du hinunter!«

Aram sprang auf die Mauer und tat, wie ihm geheißen. Vorsichtig balancierte er auf der Mauerkrone, bis die Stimme wieder erklang und ihn stoppte. Aram sah nach unten. Es ging bestimmt mehr als sechs Meter in die Tiefe, und die Wände waren fugenlos glatt. Selbst ein erfahrener Kletterer hätte hier keine Chance zum Abstieg gehabt.

»Da komme ich nie runter! Kein Mensch schafft das!«, lamentierte Aram.

»Spring einfach!«, befahl die Stimme.

»Bist du wahnsinnig? Ich werde mir alle Knochen brechen!«

»Das macht gar nichts. Du bist doch tot. Nun spring endlich!«

Und Aram sprang. Den Schrein hielt er dabei mit ausgestreckten Armen, damit er nicht beschädigt würde. Der Aufprall war hart. Aram hörte das Krachen seiner Knochen, doch er spürte nichts. Nachdem er sich von dem Schreck erholt hatte, versuchte er vorsichtig aufzustehen. Alles schien wieder in Ordnung zu sein.

Es hat doch gewisse Vorteile, tot zu sein, dachte er sich und sah sich um. Dann zog ihn der Schrein wieder in eine bestimmte Richtung, und Aram folgte dem Ziehen.

In dem Bereich des Palasts, der ausschließlich für die königliche Familie reserviert war, trafen sich in einem Zimmer mehrere Männer. Zwei von ihnen waren ganz in Schwarz gekleidet und trugen ebenso schwarze Maskenhelme unter den Armen.

»Wir konnten dieses verfluchte Amulett nirgends finden, Katreus. Wir haben das ganze Zimmer durchwühlt.«

»Und bei sich hatte er es mit Sicherheit auch nicht«, sagte eine heisere Stimme.

»Wo ist der Kerl jetzt eigentlich, Nelos?«, fragte Katreus.

»Im besten Versteck, das es auf Kreta gibt: im Labyrinth.«

»Ohne das Amulett funktioniert unser Plan nicht«, jammerte ein junger Mann, der unruhig im Raum auf und ab ging.

»Beruhige dich, Theseus! Wir werden das Ding schon noch finden. Und hör endlich auf, dauernd hin und her zu laufen, du machst mich ganz nervös!«, befahl Katreus.

»Mein Vater Ägeus wird mich enterben, wenn ich versage. Ihr müsst das Amulett finden, ihr müsst!«

»Als Trostpreis bleibt dir immer noch Ariadne«, spöttelte Pelos.

»Ein Achäer gibt sich nicht mit Trostpreisen zufrieden. Außerdem liebe ich sie gar nicht. Ich liebe Hippolyte, die Königin der Amazonen! Ich mag dominante Frauen.«

»Dein Liebesleben interessiert mich nicht im Geringsten, Theseus!«, unterbrach ihn Katreus unwirsch. »Wenn Glaukos der nächste Minos wird, kannst du dein attisches Dorf vergessen! Ohne mich wird Athen nie zur Großmacht aufsteigen!«

»Ihr solltet das Fell des goldenen Widders nicht verteilen, bevor er geschlachtet ist«, warnte Telos. »Zuerst müssen wir leider noch eine Kleinigkeit erledigen, falls ihr euch erinnert.«

»Ruhig Blut, Bruder! Irgendeiner von den Fremden muss das Amulett ja haben. Also werden wir sie uns der Reihe nach vorknöpfen. Und sobald wir das Amulett in Händen halten, schlagen wir los.«

Die Tajarim saßen beim Frühstück, und Kalala schwärmte von dem Konzert am vergangenen Abend. El Vis, Mumal und Elimas sonnten sich in ihrem Erfolg und labten sich an der Begeisterung des kretischen Publikums. Mumal erzählte: »Und dann hat mich dieser Prinz, dieser Deukalion, nach dem Konzert doch glatt am Oberarm gepackt und gesagt: ›Wie stark du bist, du großer, schöner Trommler‹, und ich bekam Angst, dass er mir gleich unter den Lendenschurz fasst. Ha, ha!«

Die anderen fielen in sein Lachen ein. Auf einmal fragte Nostr'tut-Amus besorgt: »Wo ist eigentlich Seshmosis?«

»Der hat sicher verschlafen. Ich sah ihn im Park verschwinden, vielleicht hatte er ein Techtelmechtel«, wiegelte Elimas ab.

Kalala schüttelte bedächtig den Kopf. »Seshmosis und ein Techtelmechtel? Das glaubst du doch selbst nicht! Das sieht ihm gar nicht ähnlich. Mumal, geh in sein Quartier und sieh nach!«

Mumal ging und kehrte kurz darauf ziemlich verstört zurück. Er berichtete vom Zustand des verwüsteten Zimmers und dass Seshmosis nirgends zu finden sei. Nostr'-tut-Amus murmelte finster: »Ich hatte ihn gewarnt, aber er wollte ja nicht auf mich hören.«

»*Wovor* hast du ihn gewarnt«, fragte Kalala besorgt.

»Ich hatte eine Vision. Ich sah Seshmosis zusammen mit einem Ungeheuer. Aber er wollte nicht fliehen, er wollte lieber in der Nähe der Prinzessin bleiben.«

»Wo gibt es denn auf Kreta ein Ungeheuer?« Kalala hatte noch nie von den Gerüchten um den Minotaurus gehört.

»Im Labyrinth!«, antworteten mehrere Tajarim gleichzeitig.

»Dann müssen wir sofort in dieses Labyrinth!«, forderte El Vis.

»Das dürfte nicht so einfach sein. Der bessere Weg führt sicher über den Minos«, schlug Nostr'tut-Amus vor.

So machten sich die Tajarim auf den Weg zum König. Als sie dabei den großen Innenhof überquerten, kam ihnen ein junger Mann entgegen und stellte sich ihnen in den Weg.

»Ich grüße Euch, edle Prinzessin Kalala, und ich grüße dich, großer El Vis. Und natürlich auch Eure Begleiter«, sprach er sie an.

Tafa, der hünenhafte Leibwächter von Kalala, trat zu dem jungen Mann und wollte ihn gerade zur Seite schieben, als Kalala rief: »Halt! Ich möchte wissen, was er will!«

»Mein Name ist Demetrios Georgious, und ich unterhielt mich gestern mit Eurem Freund Seshmosis. Er sagte, dass er mich mit Euch bekannt machen würde, aber ich kann ihn nirgends finden. Ich bin Sänger und möchte Euch gern vorsingen.«

»Dafür ist jetzt keine Zeit!«, wehrte El Vis ab und wollte weitergehen, doch Kalala entgegnete: »Der Minos wird uns sicher nicht alle empfangen. Gehe du mit dem jungen Sänger und deinen Musikern in den Park, ich werde dem König zusammen mit Tafa und Nostr'tut-Amus unsere Bitte vortragen. Danach treffen wir uns alle beim Theater wieder.«

Damit trennten sich ihre Wege.

☥

»Danke, großer El Vis, dass du mir dein Ohr leihst. Meine Freunde nennen mich *Katze*, und das ist auch mein Künstlername.«

Dann nahm Demetrios Georgious seine Leier, ging auf die Bühne und sang:

Der Morgen ist angebrochen,
wie der allererste Morgen.
Die Amsel hat gesprochen,

wie der allererste Vogel.
Preise das Singen, preise den Morgen,
preise das Entspringen der ganzen Welt.

Süß ist der Regen, Sonnenlicht vom Himmel,
fällt wie der erste Tau aufs erste Gras.
Preise die Anmut des frischen Gartens.
Alles ist vollkommen, wo immer ER ging.

Mein ist das Sonnenlicht, mein ist der Morgen.
Geboren aus dem Licht, das in Eden gestrahlt.
Preise mit Stolz, preise jeden Morgen,
der Götter Schöpfung des neuen Tags.[3]

El Vis, Mumal und Elimas, die auf den Stufen der Tribüne saßen, waren beeindruckt. Dann erhob sich El Vis, ging zur Bühne und umarmte den jungen Sänger.

»Deine Freunde sollten dich nicht Katze, sondern Orpheus nennen! Dein Lied ist ganz großartig. Ich denke, man wird in Zukunft viel von dir hören«, prophezeite El Vis.

Der Minos war nicht zu sprechen. Glaukos teilte ihnen mit, dass sein Vater sich gleich nach dem morgendlichen Wasserritual zurückgezogen habe. Doch als sein Stellvertreter wolle er sich gern die Sorgen der Tajarim anhören.

»Unser Freund Seshmosis ist spurlos verschwunden. Wir sahen ihn zuletzt gestern Abend beim Konzert. Wir sind sehr in Sorge, denn sein Zimmer wurde durchwühlt«, erklärte Kalala.

»Habt ihr einen Verdacht, wer hinter ihm her sein könnte? Hat er Feinde in Knossos?«

Die Tajarim verneinten. Sie konnten sich absolut nicht vorstellen, wer Seshmosis Böses wollte. Außer Raffim vielleicht, aber der war ja nicht hier. Dann ergriff Nostr'tut-Amus das Wort und erzählte von seiner Vision von Seshmosis und dem Ungeheuer und äußerte den Verdacht, dass sein Freund vielleicht im berühmten Labyrinth sein könnte.

Glaukos wirkte sehr besorgt, als er sagte: »Leider ist es in Knossos gar nicht so harmonisch, wie es nach außen hin scheint. Der Minos ist alt, wie ihr wisst, und hinter seinem Rücken sind längst die Kämpfe um seine Nachfolge entbrannt. Zwar hat mein Vater mich dafür ausgewählt, doch meine Brüder Katreus und Deukalion sind damit nicht einverstanden. Ich weiß auch nicht, welche Bündnisse die beiden geschlossen haben, um meine Thronbesteigung zu verhindern. Nun fürchte ich, dass euer Freund zwischen die kretischen Fronten geraten ist.«

»Könnt Ihr uns nicht ins Labyrinth einlassen, damit wir dort nach Seshmosis suchen?«

»Das ist nicht so einfach, wie ihr denkt. Es ist viel zu gefährlich, nicht nur, weil man sich dort hoffnungslos verirrt. Kein Mensch geht freiwillig hinein, weil noch keiner je wieder daraus zurückgekehrt ist. Ich kann lediglich die Wächter anweisen, dass, wenn ein gewisser Seshmosis von innen an die Tür klopft, sie ihn sofort herauslassen sollen. Mehr kann ich im Augenblick nicht für euren Freund tun.«

Kalala dankte dem Prinzen, dennoch war sie enttäuscht. Sie hatte sich mehr Hilfe erwartet. Entmutig und in großer Sorge um ihren Freund, verließen Kalala und Nostr'tut-Amus den Palast.

»Jetzt kann uns nur noch GON helfen«, sagte der Seher. »Der Schrein ist in Seshmosis' Quartier. Wir sollten uns dort versammeln und zu unserem Gott beten. Lass uns die anderen vom Theater abholen.«

Seshmosis trottete wie blind hinter Daedalos durch das unterirdische Labyrinth. Längst hatte er die Orientierung verloren. Unzählige Male bogen sie in dem unübersehbaren Gewirr von Gängen nach rechts und links ab, passierten kleine Kammern und größere Räume. Endlich erreichten sie ihr Ziel. Es war einer der größeren Räume, und hier hausten wohl mehrere Menschen, denn es standen einige Pritschen an den Wänden. Dazwischen lagen Stoffbündel, Teller, Krüge und Unrat herum. Von einer der Pritschen erhob sich ein junger Mann, eher noch ein Knabe, von ungefähr fünfzehn Jahren. Gähnend schlurfte er auf sie zu und schaute frustriert auf ihre leeren Hände. Dann sagte er verärgert: »Was soll das? Warum habt ihr kein Essen mitgebracht?«

»Mein Sohn Ikaros«, stellte Daedalos den Jungen vor.

»Bitte entschuldigt seine grobe Art, aber er lebt schon fast sein ganzes Leben hier. Da ist es schwer, ihm den Sinn von guten Manieren zu vermitteln.«

Wortlos wandte sich Ikaros ab und legte sich wieder auf seine Pritsche.

Seshmosis fühlte mit dem Jungen, der schon als kleines Kind in dieses furchtbare Labyrinth gesperrt worden war, obwohl er nichts verbrochen hatte. Der Minos kam ihm inzwischen gar nicht mehr so weise und gut vor. Wie konnte man einem Kind nur so etwas antun? Es hätte wahrlich genügt, den Vater zu bestrafen.

Auf einmal entdeckte Seshmosis einige mit Eisen gespickte Holzkeulen, die auf dem Boden lagen.

»Wozu braucht ihr Waffen?«, wollte er wissen.

»Zu unserer Verteidigung«, antwortete Daedalos sachlich.

»Verteidigung? Gegen wen? Gegen den Minotaurus?« Die alte Angst befiel Seshmosis wieder.

»Ich habe Euch schon einmal davor gewarnt, diesen Namen in den Mund zu nehmen. Asterion kann sehr, sehr, sehr zornig werden, wenn er ihn hört. Nein, vor ihm müssen wir uns nicht fürchten. Er ist mein Freund. Aber es gibt andere hier, Gefangene, die meinen, Gewalt sei eine schöne Abwechslung.«

»Vielleicht wäre dies ein guter Zeitpunkt, edler Daedalos, mir etwas über die Mitbewohner Eures Labyrinths zu erzählen?«

»Nun, das wäre sicher angebracht. Also, da wäre zuallererst Asterion, für den das Labyrinth ja ursprünglich gebaut wurde. Mit ihm bin ich befreundet, obwohl ich sein Gefängnis entwarf. Aber er liebt mich und meinen Sohn. Dann gibt es die *Hocker*. Das sind die, die sich irgendwann aufgegeben haben und einfach irgendwo herumhocken. Die sind nicht gefährlich, weil wahnsinnig apathisch. Dann gibt es die *Renner*, die sind wahnsinnig mobil. Sie rasen die ganze Zeit rücksichtslos durch die Gänge und rennen jeden über den Haufen, der ihnen in den Weg kommt. Am schlimmsten aber ist die *Gäng*, die sich nach den Gängen benannt hat. Die *Gäng* ist bewaffnet und wahnsinnig grausam. Gewalt ist für sie Zeitvertreib, und Zeit haben sie jede Menge.«

»Und wie viele von den fünfzig Gefangenen gehören zur *Gäng*?«

»Ungefähr die Hälfte.«

»Gibt es eigentlich außer den wahnsinnigen *Hockern*, den wahnsinnigen *Rennern* und der wahnsinnigen *Gäng* noch normale Menschen in diesen Mauern?«

Daedalos strahlte. »Natürlich! Alexandros und Neros. Sie leben hier mit uns.«

Seshmosis war erschüttert. Der Wahnsinn umgab ihn, und er spürte, wie seine Krallen auch nach ihm griffen.

Nelos und Pelos waren hocherfreut, als sie alle Tajarim beim Theater trafen. Das ersparte ihnen eine langwierige Suche nach den Fremden im weit verzweigten Palast. Die wie immer schwarz gekleideten Brüder gingen forsch auf die Gruppe zu.

»Da haben wir ja die ganze Reisegruppe! Wir müssen mit euch reden!«, forderte Nelos.

»Uns steht aber nicht der Sinn danach, mit euch zu reden«, erwiderte Kalala kühl und mit majestätischer Arroganz.

Tafa, der hünenhafte Nubier, stellte sich sofort vor seine Herrin. Obwohl unbewaffnet, strahlte er doch die wilde Entschlossenheit aus, Kalala bis auf den letzten Blutstropfen zu verteidigen. Sofort griffen Nelos und Pelos zu ihren Schwertern. Da stürzte plötzlich Mumal, der ehemalige Steinbrucharbeiter, mit fürchterlichem Geschrei nach vorn und rammte Nelos den gesenkten Kopf in den Bauch. Dessen Schwert flog in weitem Bogen davon. Pelos, der seinem Bruder zu Hilfe eilen wollte, fand seine Hände unvermittelt in zwei dunklen Schraubstöcken gefangen, die unerbittlich zudrückten, bis auch er sein Schwert fallen ließ.

»So schwarz wie ich bin, kannst du dich gar nicht anziehen«, zischte ihn Tafa an.

Kalala nickte ihren Verteidigern huldvoll zu, dann wandte sie sich an die beiden Gestalten am Boden.

»Gut gemacht, Tafa, gut gemacht Mumal! Meine Herren in Schwarz, ich denke, wir müssen nun doch miteinander reden.«

Aram wusste nicht, wie lange ihn der Schrein schon durch das Labyrinth zog, er hatte jegliches Zeitgefühl verloren. Irgendwann lenkte ihn der Kasten zu einer Treppe, die nach unten führte. Der Himmel verschwand, und das Labyrinth verwandelte sich in ein von Fackeln schwach beleuchtetes Gangsystem.

Langsam verlor Aram das Vertrauen in die Kommandos des Schreins. Der schien sich hier auch nicht auszukennen, und Aram konnte sich des Gefühls nicht erwehren, die eine oder andere Stelle im Labyrinth schon mehrmals passiert zu haben. Plötzlich bogen fünf Männer um die Ecke, rasten auf ihn zu, warfen ihn zu Boden und trampelten einfach über ihn hinweg. So schnell, wie sie aufgetaucht waren, verschwanden sie auch wieder.

Mühsam rappelte sich Aram auf und untersuchte den Schrein. Doch der schien unversehrt. Kopfschüttelnd ging Aram weiter. Nach drei weiteren Ecken stieß er auf einen Mann, der an die Mauer gelehnt am Boden hockte.

»Guter Mann, kennst du dich hier aus?«, fragte Aram.

Der Mann starrte ihn mit ausdruckslosen Augen an. Aram wiederholte seine Frage.

Endlich reagierte der andere: »Wenn ich mich auskennen würde, säße ich nicht hier. Ich bin ein Verlorener des Labyrinths. Alles ist Weg, nichts ist Ziel. Zu viele Wege, die doch nur zu neuen Wegen führen. Bin ein wegvoller, zielloser *Hocker*.«

Aram gab auf. Der Kerl war eindeutig verrückt. Da wollte er sich doch lieber wieder auf die Anweisungen des Schreins verlassen.

Als er nach vielen Gängen einen kleinen Raum erreichte, setzte er sich auf eine wurmstichige Holzbank, die dort einsam herumstand. Es war nicht die körperliche Müdigkeit, sondern die geistige, die ihn zu einer Pause zwang. Selbst wenn er die Augen schloss, sah er immer nur Mauern vor sich.

Klappernde Geräusche rissen ihn aus seinen Gedanken. Dann standen sie vor ihm: zerlumpte, dreckige Gestalten, bewaffnet mit Knüppeln, Messern und undefinierbaren, aber scharfen Gegenständen. In ihren Gesichtern stand ein einziges Wort: Mord!

Ohne Vorwarnung griff die *Gäng* an. Aram spürte Schläge und Stiche, und nach einiger Zeit ließ er sich einfach umfallen. Die Angreifer schlugen, stachen und hackten weiter auf den am Boden Liegenden ein, bis Aram sich nicht mehr rührte. Erst dann wandten sie sich von ihm ab und brachen in ein Triumphgeheul aus. Dieses wurde jedoch jäh unterbrochen, als Aram fragte: »Seid ihr jetzt fertig?«

Wütend stürzten sie sich erneut auf ihn und wiederholten die Prozedur nun noch wilder, noch wütender und noch brutaler. Als sie endlich von ihm abließen, sprang Aram auf die Holzbank und brüllte: »Ihr Idioten könnt mich nicht umbringen, weil ich nämlich schon zwei Jahre tot bin!«

Lähmendes Entsetzen ergriff die Mitglieder der *Gäng*, das sich nach einigen Herzschlägen in Bewegungsenergie verwandelte. Wie von Furien gehetzt, rasten die Männer davon.

Aram klopfte sich den Staub aus den Kleidern, als er hinter sich schwere Schritte hörte. Nicht schon wieder!, dachte er und machte sich auf eine weitere Ermordung gefasst. Doch wer immer dort war, er blieb stehen und griff ihn nicht an.

Vorsichtig drehte sich Aram um. Und schloss sofort die Augen. Langsam öffnete er sie wieder, doch der Anblick veränderte sich nicht. Vor ihm stand ein hünenhafter Mann mit dem Kopf eines Stiers.

»Bei Apis und allen kuhgestaltigen Göttern Ägyptens, wer bist du?«, stammelte Aram.

»Ich bin Asterion, der Herr des Labyrinths, und du bist tot.«

»Meinst du das als Drohung oder als Feststellung?«, fragte Aram.

»Als Feststellung. Ich habe noch nie einen lebenden Toten getroffen. Eine interessante Lebensform«, sagte Asterion sachlich.

»Und wie lebt es sich mit einem Stierschädel?«, erkundigte sich Aram nun sichtlich beruhigt.

»Man kann sehr schlecht auf der Seite liegend schlafen, aber sonst ist es ganz angenehm. Allerdings weiß ich nicht, wie es außerhalb des Labyrinths wäre. Ich vermute, die Leute würden Steine nach mir werfen. Was führt dich eigentlich in mein Reich? Wurdest du verurteilt?«

»Nein. Dieser kleine Schrein wollte unbedingt, dass ich ihn zu meinem Freund Seshmosis bringe, der ebenfalls hier sein soll. Hast du ihn vielleicht gesehen?«

»Bis jetzt noch nicht. Aber früher oder später begegne ich jedem, der sich im Labyrinth aufhält. Wenn du jemanden treffen willst, bleib einfach bei mir!«, bot Asterion an.

Seshmosis brütete dumpf vor sich hin. Er sah keinen Ausweg, und auf sein Flehen an GON kam keine Reaktion. Er hatte es befürchtet, denn Seshmosis kannte die begrenzte Wirkungsweite seines kleinen Gottes. Nach etlichen ereignislosen Stunden erschienen Alexandros und Neros, die er inzwischen kennen gelernt hatte, und brachten Essen und zwei Krüge mit Wein. Nachdem er gesättigt war, fragte Seshmosis seinen neuen Freund Daedalos, warum die beiden im Labyrinth sein mussten.

»Alexandros erschlug im Rausch seinen Geliebten, und Neros versuchte, den Palast von Knossos in Brand zu stecken«, erklärte der Architekt.

Das sind also, außer mir und Daedalos, die beiden normalen Menschen im Labyrinth, dachte Seshmosis. Laut sagte er: »Warum Ihr hier seid, weiß ich von Ariadne.«

»Meine Beihilfe zum Ehebruch seiner Gattin mag wohl für den Minos der Grund gewesen sein, mich hier einzusperren. Für mich ist die Ursache für meine Bestrafung eine andere. Ich büße für meine Vergangenheit. Einst hatte ich einen Assistenten, meinen Neffen Perdix. Ein genialer junger Mann, der mich schon bald in allen Künsten übertraf. Aus Eifersucht und Neid stürzte ich ihn von der Akropolis in Athen. Dafür verbannte man mich, und König Minos gewährte mir Asyl. Das ist für mich meine wahre Schandtat, für die ich das Leben im Labyrinth verdiene!«

»Kam Euch nie der Gedanke zu fliehen?«, fragte Seshmosis vorsichtig.

»Doch, durchaus. Und ich habe auch schon einen Plan, den ich eines Tages ausführen werde. Doch nicht um meinetwillen werde ich fliehen, sondern um Ikaros die Freiheit zu schenken.«

Plötzlich raste eine Gruppe von *Rennern* durch den Raum, ohne jedoch jemanden umzustoßen oder etwas zu beschädigen. Einer von ihnen kam nicht mehr rechtzeitig um die Ecke und lief voll gegen eine Wand. Er stand jedoch sofort wieder auf, schüttelte sich und rannte den anderen hinterher.

»Sie sind inzwischen sehr widerstandsfähig«, kommentierte Daedalos. »Früher kamen sie nicht so schnell wieder hoch. Sie scheinen sich zu einer eigenen, wesentlich robusteren Spezies zu entwickeln.«

»Zurück zu Eurem Fluchtplan, werter Daedalos. Könntet Ihr nicht den Termin Eures Vorhabens ein wenig vorziehen? Auf heute oder morgen vielleicht?«, bat Seshmosis.

»Bevor Ihr mich um *diese* Fluchtmöglichkeit bittet, lieber Seshmosis, solltet Ihr sie erst einmal kennen lernen. Es könnte durchaus sein, dass Ihr sie ablehnt.«

»Ich werde jede Möglichkeit nutzen, hier rauszukommen!«

»Gut. Ikaros, zeig unserem neuen Freund die Schwingen!«

Ikaros holte unter einer Pritsche zwei merkwürdige, armlange Stangen hervor, an denen mit Schnüren und Wachs unzählige Federn befestigt waren.

»Das ist unser Weg in die Freiheit!«, verkündete Daedalos stolz.

»Wie soll das denn funktionieren?«, fragte Seshmosis ungläubig.

»Es gibt oben im Labyrinth einen großen Freiluftbereich. Dort sind die Mauern zwar über fünfzehn Fuß hoch, aber mit diesen Schwingen können wir sie überwinden. Man schnallt sie sich an die Arme und schlägt dann wie ein Vogel mit den Flügeln.«

Seshmosis verstummte. Jetzt war er sich endgültig sicher, dass hier alle außer ihm verrückt waren.

»Ihr solltet diesen Fluchtplan vielleicht noch ein wenig reifen lassen«, schlug er schließlich vor.

Tafa und Mumal sorgten dafür, dass Nelos und Pelos möglichst unversehrt zu Glaukos gebracht wurden. Der Prinz schickte umgehend einen Diener, um seinen Vater und seine Brüder zu holen. Bald darauf erschienen Pasiphaë, die Frau des Minos, und Deukalion, ihr jüngster Sohn. Der Minos litt unter Migräne und ließ sich entschuldigen. Katreus war nirgends zu finden. Die Tajarim hielten sich höflich im Hintergrund. Dennoch erspähte Pasiphaë zielsicher El Vis und warf ihm begehrliche Blicke zu. Das alte Feuer, das sie einst für den Stier des Poseidon entflammen ließ, loderte wieder in ihr auf. Doch Kalalas blitzende Augen machten ihr klar, wo dieser Stier weidete und wo nicht.

Glaukos ergriff das Wort: »Nelos und Pelos! Was, in aller Götter Namen, veranlasst euch, unsere Gäste mit dem Schwert anzugreifen?«

Die beiden Angesprochenen schwiegen.

»Um eures Vaters Telos willen, der zu den größten aller Kreter gehört, bietet mir eine ehrenvolle Erklärung, die ich akzeptieren kann!«

»Unser Vater ist tot! Ermordet in Byblos. Wir sind sicher, dass diese Leute da, die sich Tajarim nennen, etwas mit seinem Tod zu tun haben!« Mit diesen Worten ergriff Nelos die Flucht nach vorn.

»Telos ist tot?«, rief Pasiphaë entsetzt. »Das wird der Minos nicht überleben!«

»Ja, er ist tot. Wir waren selbst in Byblos und haben in diesem Mordfall Nachforschungen angestellt«, berichtete nun Pelos. »Jener, der sich Seshmosis nennt, ist nämlich im Besitz des *Heiligen Amuletts von Phaistos*. Des Amuletts, das die wahre Königswürde begründet. Wir suchen nach diesem Seshmosis, um es ihm wieder abzunehmen und ihn zur Rechenschaft zu ziehen. Diese hier, die sich Tajarim nennen, wollten wir nur befragen, wo er sich aufhält, als sie uns plötzlich angriffen.«

Kalala spürte, dass die Situation zu kippen drohte. Hilfe suchend sah sie zu Nostr'tut-Amus.

Der Seher nickte ihr zu, trat nach vorn und sprach: »Es stimmt, dass Seshmosis das Amulett hat. Er kaufte es vor einiger Zeit von einem Händler im Hafenviertel von Byblos. Als Schreiber ist er eben ein Schriftfanatiker. Er wollte hier auf Kreta etwas über die Schriftzeichen auf dem Amulett erfahren, um sie zu entziffern. Er wäre doch niemals freiwillig hierher gekommen, wenn er es durch ein Verbrechen erworben hätte.«

»Oder er ist besonders abgebrüht!«, warf Nelos ein.

»Nein, das ist er nicht. Er ist ein sensibler, gottesfürchtiger und zurückhaltender Mann, der niemandem etwas zu Leide tun würde!«, verteidigte Kalala ihren Freund.

»Was sollte er außerdem als Fremder mit unserem heiligen Amulett anfangen können?«, fragte Glaukos die Brüder.

»Er könnte zum Beispiel für jemanden arbeiten, der gern auf dem Thron sitzen würde. Nicht wahr, Deukalion?«, unterstellte Nelos. Deukalion stieg die Zornesröte ins Gesicht. Er schrie die Söhne des Telos an: »Ihr Elendigen! Ich weiß genau, dass ihr Freunde unseres Bruders Katreus seid. Keiner sehnt sich mehr nach dem Thron als er. Wo ist er überhaupt?«

»Haltet ein!«, befahl Glaukos. »Diese Angelegenheit bedarf der Klärung. Nelos und Pelos, ihr steht unter Hausarrest und dürft eure Gemächer nicht verlassen. Wachen!«

Ein Trupp Wächter mit langstieligen Doppeläxten betrat augenblicklich den Raum.

»Bringt die beiden in ihre Unterkunft, entwaffnet sie und sorgt dafür, dass sie in ihrem Quartier bleiben. Postiert vier Wachen vor ihrer Tür! Jeder Fluchtversuch gilt als Schuldeingeständnis.«

Nachdem Nelos und Pelos abgeführt waren, wandte sich Glaukos wieder an die Tajarim. »Für euch spricht, dass ihr mir gleich vom Verschwinden eures Freundes Seshmosis berichtet habt. Selbst wenn *er* mit der Sache zu tun haben sollte, glaube ich jedoch an *eure* Unschuld. Ihr dürft euch weiterhin frei im Palast bewegen, ich bitte euch aber, diesen nicht zu verlassen. Und unternehmt nichts auf eigene Faust!«

Inzwischen war es Nacht geworden. Aber der Unterschied zum Tag war für die Bewohner des Labyrinths nicht zu bemerken, außer in dem kleinen, oberen Bereich mit seinen hohen Mauern, der unter freiem Himmel lag. Doch das Gemach von Asterion lag fern vom Blick auf die Sterne, verborgen im großen, unterirdischen Trakt. Eine einzige Fackel warf spärliches Licht auf den Halbgott und seinen Gast Aram.

Die Wände hier waren, im Gegensatz zum übrigen Labyrinth, bemalt. Sie zeigten junge Menschen, die über Stiere turnten. Asterion saß auf einem thronähnlichen Stuhl, dessen Lehne eine große Kopfstütze für seinen riesigen Schädel besaß. Zahlreiche Truhen deuteten darauf hin, dass der Mischling aus Mensch und Stier über etliche Besitztümer verfügte.

Aram saß neben Asterion, den Schrein auf seinen Oberschenkeln. Auf einmal kam aus dem Schrein eine Stimme: »Öffne mich!«

Asterion sah Aram verwundert an. »Was hast du denn da in deinem Kasten? Hältst du darin vielleicht einen Satyr gefangen?«

»Nein, er sagt, er sei ein Freund von Seshmosis.«

Erregt öffnete Aram den Schrein. Sein Inneres war von Licht erfüllt, und im Licht schwebte ein Amulett.

»Aram, gib dieses Amulett Asterion! Er soll sein Bewahrer sein«, befahl die körperlose Stimme.

Asterion betrachtete ehrfürchtig das Amulett. »Es ist das *Heilige Amulett von Phaistos*. Es taucht immer nur dann auf, wenn ein neuer Minos bestimmt werden muss. Dieses Amulett entscheidet, wer König von Kreta wird.«

»Heißt das, dass du jetzt König von Kreta wirst?«, fragte Aram verwundert.

»Nein. Du hast doch die Stimme gehört. Ich soll das Amulett nur aufbewahren, um es zu gegebener Zeit dem richtigen Thronfolger zu überreichen.«

»Und woher weißt du, wer der Richtige ist?«

»Ich denke, der göttliche Teil in mir, der Teil, der von meinem Stiervater stammt, wird es mir verraten. Doch nun, lieber Aram, erzähle mir doch bitte von den Freuden eines Badehauses!«

9

Seshmosis erwachte erholt aus einem tiefen, traumlosen Schlaf. Schon sein Vater hatte immer gesagt: »Erschöpfung ist ein gutes Sandmännchen.« Und die ägyptischen Sandmännchen waren wirklich Experten, bot doch die Wüste einen idealen Arbeitsplatz für sie.

Eine Gruppe von *Rennern* brachte Seshmosis schnell wieder in die Realität des Labyrinths zurück. Haarscharf trampelten ihre stampfenden Füße an ihm vorbei, als sie wie ein Sturmwind den Raum durchquerten. Verdrossen kaute Seshmosis auf einem Stück Dörrfisch, als Daedalos gut gelaunt zu ihm sagte: »Heute ist der wöchentliche *Gabentag*, wir sollten uns gleich einen guten Platz sichern.«

Auf dem Weg durchs Labyrinth erklärte Daedalos, was es mit dem *Gabentag* auf sich hatte: »Einmal in der Woche dürfen die Menschen von einer Terrasse aus etwas ins Labyrinth werfen. Es ist die Stelle, von der aus man die ganze Schönheit meines Bauwerks erkennen kann«, erklärte der Architekt stolz. »Angehörige und Freunde nutzen die Gelegenheit, den Gefangenen die verschiedensten Dinge zukommen zu lassen. Leider gibt es in letzter Zeit mehr und mehr Gesindel, das uns bei diesem Anlass mit Eiern, verfaulten Essensresten und Blumen bewirft.«

»Was ist an Blumen so schlimm?«, wollte Seshmosis wissen.

»Damit können wir nichts anfangen. Außer Asterion, der isst sie ganz gern. Aber lasst uns jetzt eilen, damit wir einen guten Platz in Wurfweite bekommen, der nicht von der *Gäng* bedroht ist.«

Bald erreichten sie eine Treppe, die hinaufführte in den Bereich des Labyrinths, wo die Mauern zum Himmel aufstiegen. Seshmosis freute sich an dem sonnigen Morgen. Nach einigen Abzweigungen trafen sie Ikaros, Alexandros und Neros, die sich mit Knüppeln bewaffnet hatten, um die ergatterten Gaben gegebenenfalls zu verteidigen. Nicht weit von ihnen saß ein *Hocker* im Endstadium, das bedeutete, dass er sich überhaupt nicht mehr bewegte und an diesem Platz auf sein Ende wartete. Zumindest war es ein

Warten mit der Aussicht, einmal in der Woche von etwas getroffen zu werden, das von der Terrasse geflogen kam.

Seshmosis indes hoffte, dass seine Freunde vielleicht auf die Idee kämen, sich an dem ungewöhnlichen Ereignis zu beteiligen, und er die Gelegenheit hätte, sie auf sich aufmerksam zu machen.

Lautes Gejohle kündigte an, dass das Werfen der Gaben unmittelbar bevorstand.

Seshmosis reckte den Hals, doch er konnte beim besten Willen die Hoffnung verheißende Terrasse nicht sehen, die Mauern waren einfach viel zu hoch. Und dann prasselten die Gaben hernieder. Irgendwie hatte sich Seshmosis die Segnungen, die aus dem Himmel kamen, immer anders vorgestellt. Neben ihm zersplitterte ein Stuhl auf dem Boden, genau über seinem Kopf zerplatzte ein Weinschlauch an der Wand. Seshmosis ging in Deckung und versuchte, sich mit den Armen zu schützen. Genau in diesem Augenblick hörte er jemanden seinen Namen rufen. Ganz eindeutig, jemand rief: »Seshmosis!«

»Ich bin hier«, brüllte er zurück. »Ich bin hier unten!«

Die Stimme von oben rief etwas, aber in dem allgemeinen Geschrei konnte Seshmosis nicht verstehen, was sie rief. Er formte die Hände zu einem Trichter und schrie zurück: »Hier ist Seshmosis! Ich bin in Gefahr! Holt mich hier raus!«

Dann lauschte er angestrengt, doch er konnte die Antwort wieder nicht verstehen. Zumindest kehrte die Hoffnung zurück. Ein Käse traf ihn an der Stirn, er bückte sich und steckte ihn automatisch in sein vom Wein durchnässtes Gewand. Auch seine Leidensgenossen sammelten irgendwelche Dinge vom Boden auf, dann machten sie sich gemeinsam auf den Rückweg.

Als sie ihre Kammer schon fast erreicht hatten, sah Seshmosis eine kleine, rot getigerte Katze durch den Gang huschen.

Die Tajarim drängten sich auf der überfüllten Terrasse, und Kalala musste Tafa bitten, etwas Platz für sie zu schaffen. Durch den körperlichen Einsatz des Nubiers gelang es ihnen schließlich, ganz vorne zu stehen. Doch auch von hier aus konnte man lediglich die Mauerkronen und die Struktur des Labyrinths erkennen, nicht jedoch, was weiter unten vor sich ging und wer sich dort aufhielt. Die Menschen auf der Terrasse riefen alle möglichen Namen durcheinander, wohl um ihre Angehörigen auf sich aufmerksam zu machen. Aus dem Labyrinth drang ein kaum verständliches Stimmengewirr nach oben.

»Ruf ihn! Ruf Seshmosis, Tafa!«, befahl Kalala.

Der mächtige Nubier brüllte mehrmals: »Seshmosis!«

Nach einer Weile glaubte Kalala, die Stimme des Schreibers zu hören, war sich aber nicht sicher.

»Ich denke, er war es. Wir müssen einen Weg finden, ihn dort rauszuholen.«

»Aber Glaukos hat uns verboten …«

Kalala unterbrach ihren Freund El Vis unwirsch.

»Wenn ich mich jedes Mal an Verbote gehalten hätte,

säße ich immer noch in Theben. Und du hättest mich nie getroffen.«

Die Leute um sie herum johlten immer lauter, und die Gaben, die sie ins Labyrinth warfen, wurden immer absurder. Gerade wuchteten zwei Männer ein riesiges Scheibenrad von einem Ochsenkarren über den Rand der Terrasse. Dass sie damit einem *Hocker* die Freude der Erlösung bereiteten, konnten sie nicht sehen.

In einer Villa in der Nähe des Palasts von Knossos haderte Theseus mit seinem Schicksal. Dabei war der Plan doch so genial! In seinen Vorstellungen gab es keine Schwierigkeiten: Katreus wird der neue Minos, er, Theseus, heiratet pro forma Ariadne, und schon ist ganz Kreta ein Vasall des Königs von Athen. Wobei in Theseus' Fantasie dieser König nicht mehr sein Vater Ägeus war, sondern er, Theseus. Wenn da nur nicht dieses verflixte Amulett wäre! Seit Menschengedenken tauchte es kurz vor dem Ableben des alten Minos auf, um den neuen Minos zu bestimmen. Leider konnte man sich das Amulett nicht einfach umhängen und sagen: »Ich bin jetzt der Minos und herrsche über Kreta.« Das verdammte Ding war magisch und hatte die Eigenschaft, jeden unrechtmäßigen Träger sofort ins Jenseits zu befördern. Eine Kopie des Amuletts half auch nichts, denn das echte leuchtete, wenn es der rechtmäßige Minos trug. Nur wer die Schrift auf dem Amulett beherrschte, konnte die Magie bannen. Deshalb war auch der alte Telos nach Byblos gereist, um Hilfe bei der Entzifferung der verschollenen Schrift zu finden. Denn nur wer die Inschrift aussprach, konnte das Amulett nach seinem Willen einsetzen. Alles hatte so gut angefangen, alles war perfekt gewesen. König Ägeus hatte bei einem Staatsbesuch Telos, den Berater und Freund des Minos, auf seine Seite ziehen können, und Prinz Katreus war mit Freuden ins Boot zur Macht gestiegen. Der sagte sich nämlich: »Lieber ein König von Athens Gnaden als gar kein König.« Und dann ließ sich der alte Trottel Telos in Byblos umbringen und das Amulett abnehmen!

Theseus schlug wütend mit der Faust auf ein kleines Tischchen, das mit einem protestierenden Krachen zusammenbrach. Katreus, der seit Stunden düster in einem Sessel brütete, zog missbilligend eine Augenbraue hoch.

»Ich mag es gar nicht, wenn du meine Einrichtung zertrümmerst!«

»Dann unternimm endlich etwas! Nelos und Pelos sitzen im Palast fest wie Mäuse in der Falle. So sind sie völlig nutzlos für uns. Und Glaukos weiß sicher längst, dass du hinter der Sache steckst.«

»Ja, mein Bruder ist nicht dumm. Er weiß genau, dass Deukalion viel zu schwach ist, sich gegen den Willen des Minos aufzulehnen. Natürlich verdächtigt er mich, aber er kann mir nichts beweisen.«

»Schön für dich!«, kommentierte Theseus hämisch. »Aber das hilft uns nicht weiter. Ohne das Amulett ist unser Plan gescheitert.«

»Richtig! Also müssen wir es beschaffen. Die Fremden

haben es sicher nicht, sonst hätten sie bei Glaukos anders reagiert. Also, wo könnte das Amulett sein? Es gibt nur einen Ort, wo wir noch nicht gesucht haben: im Labyrinth! Das Amulett ist magisch, und im Labyrinth lebt ein magisches Wesen, der Minotaurus.«

»Dann ist es ja ganz einfach«, höhnte Theseus.

»Genau, es ist ganz einfach. Du gehst ins Labyrinth und holst das Amulett!«

Während die anderen ihre erbeuteten Gaben sichteten, jagten sich in Seshmosis' Kopf die Gedanken. Hatten ihn seine Freunde gehört, und nahte schon die Rettung? Gab es rot getigerte, kleinwüchsige Katzen im Labyrinth? Oder war GON vielleicht wirklich hier?

»Wir gehen nach oben, um noch mehr Federn für weitere Schwingen zu sammeln. Wollt Ihr uns begleiten?«, fragte Daedalos.

Seshmosis dachte kurz nach. Doch in dem armseligen Flügelersatz sah er keine reelle Chance zu entkommen, und so beschloss er, lieber hierzubleiben. Außerdem verspürte er überhaupt keine Lust, der *Gäng* zu begegnen.

Als Daedalos und Ikaros gegangen waren, betete Seshmosis zu GON. Und der kleine Gott erschien! Ein dreißig Zentimeter großer, besser gesagt kleiner Mann mit Stierschädel sprach zu Seshmosis: »Es freut mich, dass du wohlbehalten bist. Du wirst bald Asterion begegnen, der so aussieht wie ich jetzt, nur etwas größer. Fürchte dich nicht vor ihm! Er ist ein Freund.«

Bevor Seshmosis auch nur eine seiner hundert Fragen stellen konnte, verschwand GON mit einem leisen Plop. Dennoch war der Schreiber erleichtert, denn er vertraute GON und wusste, der kleine Gott würde ihn auch weiterhin nicht im Stich lassen.

»Bitte, Ariadne, bitte hilf mir!«, flehte Theseus. »Ich muss unbedingt ins Labyrinth.«

»Aber was willst du dort, mein Geliebter? Es ist ein schrecklicher Ort.«

»Ich muss ein Zeichen setzen. Ich muss den Minotaurus erschlagen!«

»Aber Asterion ist doch mein Bruder. Und er tut niemandem etwas zuleide.«

»Das glaubt doch keiner außer dir, und es ist auch völlig egal. Wichtig ist, was die ganze Welt denkt. Und die Welt denkt, dass der Minotaurus ein kinderverschlingendes Ungeheuer ist. Das ist die Realität! Wenn ich ihm den Garaus mache, ernte ich den Ruhm des Befreiers. Das wird der Grundstein für meine Heldenkarriere!«

Theseus suhlte sich in der Vorfreude auf seinen künftigen Heldenstatus.

»Aber er ist doch mein Bruder!«, jammerte Ariadne.

»Dein Halbbruder! Er ist ein Bastard, das Produkt eines

ruchlosen Ehebruchs. Der Minos wird mir dankbar sein, wenn ich diese Schande endlich tilge, und mir umso lieber deine Hand geben.«

»Ich mag ihn aber!«, rief die Prinzessin trotzig.

»Wie oft hast du ihn überhaupt schon gesehen? Du kennst ihn doch kaum. Du weißt überhaupt nicht, was er im Labyrinth treibt. Warum ist denn noch nie einer von dort zurückgekehrt? Ich sage es dir: weil keiner mehr in der Lage ist zurückzukehren! Alles, was dort noch existiert, sind ein paar jämmerliche Gestalten, die am *Gabentag* um Almosen betteln.«

»Und was ist, wenn Asterion dich besiegt?«, fragte Ariadne verunsichert.

Theseus triumphierte innerlich, er wusste, dass er gewonnen hatte. »Er wird mich nicht besiegen, wenn du mir hilfst, liebe Ariadne! Ich brauche aber noch Nelos und Pelos als Verstärkung. Das Schwierigste wird jedoch der Weg zurück. Ich weiß nicht, wie ich ihn finden soll.«

»Da habe ich eine gute Idee. Du musst ein Wollknäuel mitnehmen. Den Faden bindest du am Eingang fest und wickelst ihn ab. Beim Weg aus dem Labyrinth musst du dann nur noch den Faden zurückverfolgen, und du bist schnell wieder am Eingang.«

»Genial! Aber wie befreien wir Nelos und Pelos? Sie stehen unter Hausarrest, und ihre Tür wird von vier Bewaffneten bewacht.«

»Ein Schlummertrunk für die Wächter zur rechten Zeit ist die Freude jedes Gefangenen«, antwortete Ariadne verschmitzt. Sie konnte ihrem geliebten Theseus wirklich nichts abschlagen.

»Sehr gut! Du bringst den Axtträgern den Trunk und lässt dann meine Freunde heraus. Sag ihnen, sie sollen mich beim Tor zum Labyrinth treffen!«

Aram berichtete Asterion wehmütig über sein Leben mit dem *Goldenen Kalb* und seiner Begegnung mit dem lebenslustigen Gott Pan. Und als er von seiner Sehnsucht nach dem Kalb, der Weide und der Hütte erzählte, rann ihm eine Träne über die Wange.

»Ich hoffe, am Berg ist alles in Ordnung. Ich müsste eigentlich schon längst zurück sein.«

Asterion wollte Aram gerade trösten, als Pan plötzlich auftauchte. Ein sehr kleiner Pan allerdings, noch kleiner als sonst. Verwundert blickten die beiden auf die Erscheinung.

»Sorge dich nicht, Aram! Dem *Goldenen Kalb* geht es gut.«

»Pan? Bist du es?«, fragte der Hirte ungläubig.

»Nein, ich bin nicht Pan. Aber ich bin ein guter Freund von ihm. Du kannst ganz beruhigt sein.«

»Du bist die Stimme, nicht wahr?«, vermutete Asterion.

»Ja. *Die Stimme* ist auch ein guter Name für mich. Seshmosis nennt mich GON – Gott ohne Namen. Kein lebendes menschliches Wesen außer Seshmosis kann mich sehen.«

Asterion strich sich mit der Hand nachdenklich über

seine großen Stierhörner. Das tat er immer, wenn er unsicher war.

»Mir scheint, hier passieren ungewöhnliche Dinge«, sagte er leise. »Alles ist anders als sonst. Ich spüre, dass sich etwas Großes, etwas Bedeutendes anbahnt. Mein Inneres vibriert. Ich fühle, dass es auch um mein Schicksal geht.«

»Womit du absolut Recht hast, Asterion. Es geht um alles – um dich, um Kreta, um die Menschen und um die Götter. Es geht sogar um mich«, sagte die Miniaturausgabe von Pan und verschwand.

Poseidon zürnte. Nun, das war bei ihm der Normalzustand, aber jetzt zürnte er besonders heftig. Wütend stieß er seinen Dreizack ins Wasser, wo er knapp einen Delfin verfehlte, der erschrocken das Weite suchte. Von den Spitzen des Dreizacks machte sich ein kleiner Tsunami auf den Weg zu den Säulen des Herakles, der Meerenge von Gibraltar, und jagte eine ängstliche Affenfamilie in höhere Regionen.

»Ich lasse mir diese Vaterschaft nicht anhängen! Jedes Mal, wenn eine achäische Frau einen Bastard gebiert, ist er angeblich der Sohn eines Gottes. Die Könige von Sparta über Mykene bis Athen haben inzwischen mehr Halbgötter in ihren Familien als normale Kinder.«

»Es ist eben ehrenvoller, von einem Gott geschwängert zu werden, als von einem gewöhnlichen Liebhaber. So wird aus der vermeintlichen Schande ganz schnell eine große Ehre für die Familie«, versuchte Dionysos zu erklären.

»Ich bin aber nicht der Vater des Theseus. Wer auch immer Aithra beschlief, ich war es nicht! Soll König Ägeus doch besser auf seine Frauen aufpassen!«

»Aber die Vaterschaft von Asterion kannst du wohl nicht leugnen!«, warf Zeus ein.

»Das will ich auch gar nicht. Asterion sieht man wenigstens an, dass er ein Halbgott ist.«

Erneut stieß Poseidon seinen Dreizack ins Wasser, und vor Rhodos klammerten sich kurz darauf überlebende Seeleute an die Planken ihres zerstörten Schiffes.

»Dann sei froh, dass du nicht gegen dich selbst spielen musst«, versuchte Dionysos den Meeresgott zu besänftigen. »Allerdings will ich den Theseus auch nicht, das gäbe für mich einen Loyalitätskonflikt. Schließlich ist Ariadne meine Priesterin.«

»Dann übernehme ich eben den Knaben«, verkündete Zeus. »Die Athener liegen mir sehr am Herzen.«

»Weil sie dir einen großen, neuen Tempel gebaut haben und dir fette Opfer darbringen«, spottete Dionysos.

»Was sonst sollte eines Gottes Herz erfreuen?«, fragte Zeus und erwartete keine Antwort.

Ariadne erschien mit einem Tablett vor dem Quartier von Nelos und Pelos. Darauf standen ein Krug und vier Becher für die vier Wächter. Natürlich kannten sie die Prinzessin, und jeder von ihnen schwärmte für die schöne junge Frau.

Als Ariadne nun auftauchte und ihren langweiligen Wachdienst unterbrach, freuten sie sich ungemein, und auch die Erfrischung nahmen sie dankbar an.

»Garantiert ohne Alkohol!«, beruhigte Ariadne.

»Dann kann ja nichts passieren«, sagte einer der Wächter, erhob den Becher zum Dank und trank. Seine Kameraden taten es ihm gleich. Und Augenblicke später sanken die vier gleichzeitig zu Boden und fielen in einen tiefen Schlaf. Sie würden nicht nur etliche Stunden schlafen, sondern danach auch nicht mehr wissen, wer ihnen den Trank gereicht hatte. Die Familie des Minos kannte sich gut aus mit Tränken, die vergessen machten.

Ariadne entriegelte die Tür und ging in das Quartier von Nelos und Pelos. Die Brüder saßen an einem Tisch und sahen die Prinzessin erstaunt an.

»Theseus schickt mich, euch zu holen. Er erwartet euch beim Tor zum Labyrinth. Macht schnell! Er braucht eure Hilfe.«

Die Brüder sprangen hoch und eilten zur Tür. Dort nahm jeder eine langstielige Doppelaxt und ein Kurzschwert der Wachen an sich, und schon verschwanden sie in den Gängen des Palasts. Ariadne lächelte. Ihr Verlobter konnte sich auf sie verlassen.

Daedalos saß trübsinnig auf seiner Pritsche. Alexandros, Neros und Ikaros waren unterwegs, um die Stelle zu suchen, an der die Wächter das Essen heute versteckt hatten.

»Was bekümmert Euch, Daedalos?«, fragte Seshmosis leise.

»Das Schicksal meines Sohnes. Ihr wisst, er wurde schon als kleines Kind hier eingesperrt. Nie lernte er Mutterliebe kennen. Als allein erziehender Vater bin ich einfach überfordert. In letzter Zeit wird Ikaros immer abweisender und aggressiver. Ich fürchte, er will sich der *Gäng* anschließen.«

»Wie kommt Ihr denn darauf?«

»Er baut viel lieber Waffen, als Schreiben zu lernen. Er stürzt sich förmlich auf alles, was spitz oder scharf ist. Und er übt heimlich den Umgang mit selbst gebauten Speeren und Äxten.«

»Vielleicht ist ihm einfach nur langweilig«, versuchte Seshmosis die Angelegenheit herunterzuspielen.

»Nein, nein, ich kenne meinen Sohn. Es ist etwas in seinen Augen, das mir sagt, dass er sich verändert hat. Früher befürchtete ich, dass er eines Tages ein *Hocker* werden könnte. Ikaros neigt zur Melancholie, das hat er von seiner Mutter. Ich fing an, mit ihm die Schwingen zu bauen, damit er auf andere Gedanken kommt und die Hoffnung kennen lernt. Aber seit einigen Wochen interessiert er sich überhaupt nicht mehr dafür und ist total verschlossen. Und er hat diesen Waffentick entwickelt.«

»Er ist eben in einem schwierigen Alter. Ihr dürft nicht verzagen, Daedalos, er wird diese Phase sicher überwinden.«

»Wenn er doch wenigstens eine Freundin hätte«, seufzte Daedalos.

»Ich hatte in dem Alter auch keine Freundin und habe deshalb auch nicht zu Waffen gegriffen«, sagte Seshmosis verständnislos. »Gibt es denn im Labyrinth überhaupt Frauen?«

»Ja, doch, einige schon. Zwei Kindsmörderinnen, ein paar militante Dirnen und eine praktizierende Ehebrecherin.«

»Was ist denn eine *praktizierende Ehebrecherin*?«, fragte Seshmosis neugierig.

»Eine Gattin, die ihrem Ehemann den Schädel gebrochen hat.«

»Scheint mir nicht die Richtige für Euren Sohn zu sein.«

»Das finde ich auch, aber er ist vielleicht anderer Meinung. Alle Frauen leben bei der *Gäng*. Erstaunlicherweise werden Frauen weder zu *Hockern* noch zu *Rennern*.«

Seshmosis begriff. Nicht die Liebe zu Waffen, sondern die erwachte Männlichkeit trieb Ikaros zur *Gäng*.

»Mir fällt nichts mehr ein, womit ich Ikaros halten könnte«, beklagte Daedalos.

»Vielleicht solltet Ihr Eure Flucht doch etwas früher durchführen?«

In diesem Augenblick kehrten Alexandros und Neros mit Lebensmitteln schwer bepackt zurück.

»Wo ist Ikaros?«, fragte Daedalos besorgt.

»Ich weiß nicht«, sagte Neros schulterzuckend. »Gleich nachdem wir die Vorräte entdeckt hatten, ist er verschwunden. Er griff sich einige Portionen und einen Krug Wein und bog in einen Seitengang ein. Als wir ihm nachgehen wollten, blockierte eine Gruppe von *Rennern* unseren Weg.«

Daedalos erbleichte. »Er hat sich tatsächlich der *Gäng* angeschlossen. Ich wusste es!«

»Vielleicht hat er sich nur verlaufen«, versuchte Seshmosis den Erfinder zu beruhigen, aber Neros blieb hartnäckig: »Er hat sich eindeutig abgesetzt! Und als Einstandsgeschenk bringt er der *Gäng* von unseren Vorräten mit.«

»Ich habe es die ganze Zeit gewusst. Ich habe ihn verloren!«, lamentierte Daedalos.

Theseus, Nelos und Pelos erreichten den Vorraum zum Labyrinth, der wie immer mit der Dienst habenden Wachmannschaft gut gefüllt war. Einige der Wächter putzten ihre Waffen, andere würfelten um ein paar Kupfermünzen.

Der Kommandant kannte die Söhne des Telos gut und fragte: »Wen bringt ihr denn heute? Das ist doch Theseus, der junge Athener? Was hat er denn angestellt?«

»Nichts«, antwortete Nelos mit seiner immer heiseren Stimme. »Wir müssen mit ihm ins Labyrinth.«

»Es gibt keine Besuche im Labyrinth, das wisst ihr doch. Wer hineingeht, der bleibt drin!«, erklärte der Kommandant entschieden.

»Willst du uns etwa aufhalten?«, fragte Nelos drohend.

»Nein. Es ist eure freie Entscheidung«, sagte er kühl.

»Wenn jemand meint, er müsse auf diese Art und Weise aus der Welt verschwinden, ist das seine Sache. Es kümmert mich nicht. Schreiber! Notiere ab morgen drei zusätzliche Essensrationen! Und du da!«, befahl er einem der würfelnden Wächter, »öffne das Tor und mach es ganz schnell wieder zu, wenn die drei durchgegangen sind!«

Nach einem kurzen Zögern durchschritten Theseus, Nelos und Pelos das Tor. Ganz wohl war ihnen bei der Sache nicht, und sie hatten nicht die leiseste Ahnung, ob sie je zurückkehren würden.

2

Das Tor hatte sich kaum hinter Theseus und seinen Kumpanen geschlossen, da erreichten schon Nostr'tut-Amus, Tafa und Mumal den Wachraum.

»Ist heute eigentlich Tag der offenen Tür?«, fragte der Kommandant genervt. Argwöhnisch beäugte er die Besucher. Vor allem Nostr'tut-Amus erweckte sein Misstrauen.

Der ergriff das Wort: »Wir müssen unbedingt ins Labyrinth! Ein Freund von uns wurde dort irrtümlich eingesperrt.«

»Das Labyrinth kennt keine Irrtümer. Und Besuche gibt es auch nicht! Wer hineingeht, bleibt drin!«

»Aber wir müssen zu ihm, es ist wichtig. Außerdem sind wir Touristen. Wir sind Gäste des Minos. Ihr müsst uns wieder herauslassen.«

»Sie müssen uns erst einmal hineinlassen«, mischte sich Mumal ein.

»Ja! Aber dann müssen sie uns wieder herauslassen«, erklärte Nostr'tut-Amus.

»Ich muss gar nichts! Viele möchten gern Gefangene besuchen – Mütter ihre Söhne, Frauen ihre Männer, Männer ihre Geliebten. Ihr könnt hinein, aber nicht mehr heraus. Basta!«

»Hauptsache, wir kommen erst einmal hinein. Alles Weitere wird sich zeigen«, sagte Tafa ruhig. »Bitte öffne das Tor.«

»Bitte sehr, wie ihr wünscht.« Der Kommandant gab einem Wächter ein Zeichen, das Tor zu öffnen. Als die Tajarim verschwunden waren, sagte er zu seinem Schreiber: »Notiere ab morgen noch drei weitere Essensrationen.«

Eine innere Unruhe ließ Seshmosis rastlos auf und ab gehen. Daedalos beobachtete ihn besorgt und sagte schließlich: »Ich hoffe, Ihr werdet nicht zum *Renner*. Bei denen fängt es auch immer so an. Ich erinnere mich noch lebhaft an einen gewissen Ibykos. Anfangs war er ein ganz ruhiger Typ, fast schon ein *Hocker*, schrieb dauernd Gedichte. Bis er anfing, beim Deklamieren seiner Lyrik auf und ab zu gehen, so wie Ihr gerade. Seine Gedichte nannte er sodann *Raptoren*, das ist aus der Sprache der Menschen, die im Westen leben, und heißt so viel wie *Räuber*, weil Ibykos meinte, der Dichter sei ein Dieb, der den Menschen die Wörter stiehlt. Seine Sätze wurden immer abgehackter, seine Sprache zum Singsang, seine Schritte immer schneller. Während er rappte, wie er seine Art des Vortragens bezeichnete, machte er die wildesten Verrenkungen und flatterte wie ein liebeskranker Kranich durchs Labyrinth. Und eines Tages rannte er los, einfach so.«

»Nein, nein, keine Angst, ich werde bestimmt kein *Renner*, das widerspricht meinem Temperament. Mein Gefühl sagt mir nur, dass es falsch ist, hier tatenlos herumzusitzen. Ich muss etwas tun! Sagt, ist dieser Asterion wirklich kein blutrünstiges Ungeheuer? In Byblos erzählt man sich nämlich, dass er Menschen verschlingt.«

»Lieber Seshmosis, habt Ihr jemals ein Rind beim Fressen beobachtet?«, fragte ihn Daedalos.

»Ja, natürlich, durchaus«, antwortete Seshmosis irritiert, weil er nicht wusste, worauf der andere hinauswollte.

»Und was haben diese Rinder gefressen? Kleine Kinder? Mit Sicherheit nicht! Kühe und Stiere sind nämlich keine Raubtiere, sondern Vegetarier. Sie fressen Gras oder Heu. Noch niemand auf der ganzen Welt hat jemals ein Fleisch fressendes Rindvieh gesehen.«

Seshmosis verstand. Ein Gerücht musste nur sensationell genug sein, und schon glaubten die Menschen die grausamsten Dinge, selbst wenn sie im Widerspruch zur eigenen Erfahrung und den Tatsachen standen.

»Dann bringt mich bitte zu Asterion«, bat Seshmosis.

Für Daedalos war dies eine willkommene Ablenkung in seinem Gram um Ikaros, und er stimmte sofort zu. Der Erbauer kannte sein Labyrinth wirklich gut. Nie zögerte er, wenn sich der Weg gabelte, nie musste er nachdenken, ob er nach links oder rechts abbiegen sollte. Nach einiger Zeit erreichten Daedalos und Seshmosis eine Tür, die mit Stoff verhangen war.

Daedalos rief: »Ich bin es, Daedalos! Bist du zu Hause, Asterion? Ich habe einen Freund bei mir.«

»Kommt herein!«, antwortete eine tiefe Stimme von drinnen.

Seshmosis schob den Vorhang beiseite und war wie vom Donner gerührt. Sein Bewusstsein konnte sich nicht zwischen zwei Ungeheuerlichkeiten entscheiden. Mit *einem* ungewöhnlichen Wesen hatte er zwar gerechnet, schließlich hatte sich GON als Mann mit Stierschädel gezeigt. Allerdings war das Original weit mehr als zwei Meter groß, und Seshmosis verstand auf Anhieb, wie die Legende von der kinderverschlingenden Bestie hatte entstehen können. Doch weit mehr als der riesige Halbgott warf ihn der Anblick von dessen Begleiter aus der Bahn: Aram!

Aram war tot! Freiwillig ertrunken im Badehaus von Theben, von Raffim ins Leben zurückgeholt und von Anubis persönlich wieder ins Reich der Toten gebracht. Die Tajarim hatten ihn bestattet, bevor sie sich auf ihre große Reise gemacht hatten. Er konnte einfach nicht hier sein!

Seshmosis' linke Hand verkrallte sich immer noch im Vorhang, als sein alter Freund Aram langsam auf ihn zuging und sanft an den Schultern rüttelte.

»Seshmosis! Ich bin es wirklich! Ich bin Aram!«

Das Rütteln holte Seshmosis allmählich aus seiner Agonie.

»Aram? Das ist unmöglich …«

»Nichts ist unmöglich, wenn es die Götter wollen, mein lieber Freund. Es ist eine lange Geschichte, und ich freue mich darauf, sie dir zu erzählen«, strahlte ihn Aram an.

»Normalerweise gibt es keinen besseren Ort für lange Geschichten als das Labyrinth«, sagte Asterion. »Aber ich fürchte, im Augenblick bleibt für die Vergangenheit wenig Zeit. Wir haben ziemlich viel Gegenwart zu bewältigen.«

Erst jetzt betrachtete Seshmosis den Halbgott genauer. Und er entdeckte, dass dieser ein Amulett um den mächtigen Stiernacken trug. *Das* Amulett. *Sein* Amulett.

Theseus befestigte den Faden der Ariadne an einem Fackelhalter. Siegessicher sah er seine Gefährten an. »Damit finden wir garantiert zurück!«

Dann begannen sie ihren Weg durchs Labyrinth. Immer tiefer drangen sie ein, und das Fadenknäuel war schon beängstigend klein, als sie auf das erste menschliche Wesen, einen *Hocker*, trafen.

»He! Du da!«, rief ihn Nelos an. »Du kennst dich doch hier aus. Wo halten sich denn üblicherweise die Gefangenen auf?«

»Aufhalten ist aushalten. Wer es nicht mehr aushält, hält sich nur noch auf«, antwortete der Mann mit schwacher Stimme.

»Mir dünkt, der Kerl ist wahnsinnig. Von dem erfahren wir nichts«, sagte Theseus resigniert.

»Erfahrung ist nichts. Nichts ist Erfahrung. Der Weg ist nichts. Alles ist Erfahrung«, brabbelte der *Hocker* weiter.

»Lasst uns schnell von hier verschwinden«, forderte Pelos. »Vielleicht ist es ansteckend.«

»Alles verschwindet. Der Weg ist verschwunden. Die Erfahrung ist das Verschwinden. Das Nichts ist Erfahrung. Der Weg ist verschwunden.« Irritiert ließen Theseus, Nelos und Pelos den *Hocker* zurück, der immer noch murmelte, und gingen weiter.

»Ob die hier alle so sind?«, spekulierte Theseus. »Ich habe von Schimmelpilzen gehört, die so etwas auslösen können.«

Plötzlich fiel die *Gäng* völlig unvermittelt über sie her. Nur mit Mühe gelang es Nelos und Pelos, die brüllende Horde mit ihren langstieligen Doppeläxten auf Abstand zu halten. Nach einem nur kurzen Gefecht zogen sich die Angreifer zurück.

»Ich fürchte, die kommen wieder«, stellte Pelos sachlich fest. »Ich kenne solches Gesindel. Die wollten nur testen, ob wir uns wehren können.«

Noch vorsichtiger als bisher schlichen die drei weiter. Theseus spulte automatisch das Knäuel ab, das ihre Rückkehr garantierte. Auf einmal merkte er, dass auf dem Faden keine Spannung mehr war. Er zog daran, und es dauerte nicht lange, bis er ein abgerissenes Ende in den Fingern hielt. Jemand hatte den Faden durchtrennt.

Bei allen Göttern, dachte Theseus entsetzt, diese Wahnsinnigen haben uns den Rückweg abgeschnitten. Wütend und enttäuscht warf er den Rest des Knäuels weg. Theseus fühlte, wie sein eigener Lebensfaden dünner wurde.

Seshmosis freute sich ungeheuer, als ihm Aram den Schrein von GON zeigte. Das warme Gefühl der Erleichterung durchströmte seinen Körper. Nun war alles gut! Sicher würde der Nomadengott ein Wunder wirken, und er könnte diesen furchtbaren Ort doch noch mit heiler Haut verlassen.

Asterion zeigte sich als guter und gesprächiger Gastgeber. Er plünderte seinen geheimen Vorrat an Leckereien und bot diese seinen Gästen an. Während sie genüsslich schmausten, erzählte der Halbgott die Geschichte des *Heiligen Amuletts von Phaistos* und dessen ungeheuere Bedeutung für die kretische Politik.

Nach einer Weile bewegte sich der Vorhang, der Asterions Gemach vom übrigen Labyrinth abtrennte. Ein Gesicht erschien, um sofort wieder mit einem Entsetzensschrei zu verschwinden. Seshmosis glaubte, Mumal zu erkennen.

»So läuft es meistens ab«, sagte Asterion. »Sobald sie mich erblicken, fangen sie an zu laufen. Das ist ein Reflex bei den Menschen. Muss an meinen göttlichen Anteilen liegen.«

»Ich denke, es liegt an deinen *sichtbaren* göttlichen Anteilen, Asterion. Ich vermute, sie verwechseln dich mit dem Minotaurus«, versuchte Seshmosis zu scherzen.

Der Halbgott brach in dröhnendes Gelächter aus. »Das ist gut! Das ist wirklich gut! *Sie verwechseln mich mit dem Minotaurus!* Das gefällt mir!«

»Mumal! Ihr könnt hereinkommen«, rief Seshmosis ins Dunkel. »Asterion, den ihr Minotaurus nennt, ist unser Freund!«

Nach kurzer Zeit bewegte sich der Vorhang erneut, wurde zur Seite geschoben, und Nostr'tut-Amus, Tafa und Mumal betraten den Raum.

Sofort begann Mumal beim Anblick von Aram hysterisch zu schreien: »Wir sind im Reich der Toten! Wir sind gestorben, ohne es zu merken! Die Dämonen werden über uns kommen und uns verschlingen! Wir sind tot!«

»Mumal, beruhige dich«, befahl Seshmosis.

Der ehemalige Steinbrucharbeiter reagierte nicht. Er war zwar von beeindruckender Gestalt, vor allem für Mädchen, doch seine geistigen Fähigkeiten verhielten sich umgekehrt proportional zu seinem blendenden Aussehen. Manche in der alten Heimat sagten auch, er wäre dumm wie Stein. Wobei daraufhin stets alle Steine von Ober- und Unterägypten heftig zu protestieren pflegten.

Erst als Tafa dem Trommler eine kräftige Ohrfeige gab, verstummte dieser.

»GON sei gedankt, Seshmosis!«, rief Nostr'tut-Amus erleichtert.

Seshmosis klärte die drei Tajarim kurz über die Situation auf, und diese erzählten ihm, was inzwischen draußen passiert war.

»Ich habe Theseus von Anfang an misstraut«, sagte Seshmosis und fühlte sich in seiner schlechten Meinung über den jungen Athener voll bestätigt.

»Was wieder einmal zeigt, dass ein völlig falscher Ansatzpunkt durchaus zur richtigen Einschätzung führen kann«, stellte Nostr'tut-Amus in Anspielung auf Seshmosis' Eifersucht fest.

Der Schreiber bedachte daraufhin den Seher mit einem flehenden Blick, nicht weiter auf diese Angelegenheit einzugehen.

Auf einmal betrat ein zerlumpter, schwer bewaffneter Mann vorsichtig um sich blickend den Raum. Er gehörte eindeutig zur *Gäng*. Er gab Asterion ein Zeichen, der ihn daraufhin zu sich winkte. Bedeutungsvoll flüsterte der Zerlumpte ihm etwas in das unter einem gewaltigen Horn liegende Ohr. Asterion nickte ruhig, dann erhob er sich.

»Wir gehen zum großen Raum im Zentrum des Labyrinths und erwarten dort unsere Feinde. Ich will nicht, dass sie hierherkommen und bei einer Auseinandersetzung meine Wohnung verwüsten. Es ist so weit!«

Auf dem Weg befragte Seshmosis Asterion nach dessen Verhältnis zur *Gäng*.

»Es ist hervorragend, sie sind mir treu ergeben. Anfangs versuchten sie, mich umzubringen, aber sie ließen ihre Attacken schnell bleiben.«

Seshmosis verstand. Asterion war hier eindeutig der Chef.

Im Gänsemarsch bewegten sie sich durchs Labyrinth. An vielen Stellen waren die Gänge so eng, dass Asterion mit seinen Hörnern kaum hindurchpasste. Asterion führte die Gruppe an, gefolgt von Aram, Daedalos und Seshmosis, der GONs Schrein trug, dahinter gingen Nostr'tut-Amus, Tafa und Mumal. Das schwer bewaffnete *Gäng*-Mitglied bildete zur Sicherung nach hinten den Abschluss.

Als sie endlich den großen, zentralen Raum des Labyrinths erreichten, erwarteten sie dort schon Alexandros und Neros. Auf dem Boden des Raums befand sich ein Mosaik mit dem Plan des Labyrinths.

Seshmosis musterte die Runde. Außer ihm, Daedalos und Nostr'tut-Amus waren alle mehr oder weniger schwer bewaffnet. Asterion trug zwar auch keine Waffe, aber mit seinen mehr als zwei Metern Größe und den gewaltigen Hörnern konnte man ihn nicht gerade als wehrlos einstufen.

»Und jetzt?«, fragte Seshmosis. Ihm war mehr als mulmig zumute.

»Wir warten. Sie werden bald eintreffen«, antwortete Asterion ruhig.

Und er behielt Recht. Aus einem der vielen Gänge, die in die große Halle mündeten, traten Nelos, Pelos und Theseus.

Die beiden Gruppen standen sich schweigend gegenüber. Theseus erkannte das Amulett um Asterions Hals und wähnte sich bereits am Ziel seiner Wünsche. Dann sagte er großspurig: »Heute werde ich in die Geschichte eingehen.«

»Heute ist für dich ein guter Tag zu sterben!«, entgegnete ihm Asterion.

»Das wird sich zeigen, wer heute stirbt, Minotaurus!«

»Mein Name ist Asterion«, knurrte der Halbgott wütend, und seine mächtigen Hörner bebten. »Willst du einen ehrenhaften Zweikampf, Theseus?«

»Nein! Kein ehrenhafter Kampf!«, lehnte dieser ab. »Nelos und Pelos werden diese Sache für mich erledigen.«

»Willst du armseliger Wicht nicht einmal deine Kämpfe

selbst ausfechten?«, fragte Asterion mit Verachtung in der Stimme. »Aber du kannst sicher sein, in regelwidriger Kampfführung sind meine Freunde wahrlich Meister.«

Auf dieses Stichwort tauchten aus drei weiteren Gängen gleichzeitig Mitglieder der *Gäng* auf, darunter auch der junge Ikaros.

Sie sahen Furcht erregend aus. Die meisten trugen lediglich schmutzstarrende Fetzen am Leib. Umso mehr Sorgfalt verwendete die *Gäng* auf die Pflege ihrer Waffen. Sie bestanden aus allem, was scharf oder spitz war. Man sah Ikaros an, dass er erst kurz zur *Gäng* gehörte, denn noch war seine Kleidung intakt, sein Gesicht einigermaßen sauber und seine Waffe nicht mit Blut befleckt. Seshmosis vermeinte Zweifel in den Augen des Jungen zu erkennen und ein Zittern der Hand, in der er eine selbstgebaute, mit Metalldornen gespickte Keule hielt.

Theseus verlor angesichts der Übermacht einiges von seinem Selbstbewusstsein und blickte forschend zu seinen Freunden. Nelos senkte seine langstielige Doppelaxt und wandte sich zu Asterion:

»Können wir statt eines Kampfes vielleicht verhandeln?«

Dieser Rückzieher brachte Theseus in Rage und motivierte ihn aufs Neue.

»Wir sind keine Feiglinge! Wir sind hier, um den Minotaurus zu erschlagen! Wir werden uns das Amulett holen, das er um den Hals trägt. Ich werde diesen Ort nur als Held verlassen. Folgt mir, meine Freunde! Angriff!«

Theseus hob sein Schwert und stürmte auf Asterion los. Dieser schnaubte bedrohlich, senkte seinen mächtigen Schädel und machte einen Schritt nach vorn. Dann nahm er Theseus auf die Hörner und schleuderte den Angreifer mit einer fast lässigen Bewegung zur Seite. Theseus prallte gegen die Wand und sank bewusstlos zu Boden.

Pelos kniete neben Theseus nieder und schlug ihn mit der flachen Hand auf die Wangen, bis dieser wieder erwachte. Sein Bruder Nelos blickte unruhig zu Asterion, dann zur *Gäng* und wieder zu Asterion.

Plötzlich erfüllte eine Stimme den ganzen Raum, und eine kleine Feuersäule schwebte über ihnen:

»Theseus! Ich mache dir ein Angebot. Du hast nicht lange Zeit zu überlegen, und ich hoffe, du triffst die richtige Entscheidung. Verlass mit deinen Kumpanen sofort das Labyrinth und verkünde draußen, du habest Asterion erschlagen. Einige werden dich dafür verfluchen, aber die meisten werden dich dafür bewundern und dir zujubeln. Inzwischen sorge ich dafür, dass Asterion unauffindbar wird. Verschwindet und folgt dem Licht, das euch den Weg zum Ausgang zeigt! Falls ihr euch anders entscheidet, wird dieser Raum euer Grab.«

Der Stimme folgte ein kleiner Erdstoß, der das Labyrinth erschütterte. Theseus rappelte sich mit Hilfe von Pelos auf und floh mit seinen beiden Freunden in den Gang, in dem ihnen ein helles Licht leuchtete.

Ein weiterer Erdstoß ließ Boden und Wände erzittern; die Mitglieder der *Gäng*, Alexandros und Neros stieben in Panik nach allen Seiten auseinander. Auch Daedalos packte seinen Sohn am Arm und floh mit ihm gemeinsam aus der Halle. Nur Asterion, Aram und die verängstigten Tajarim blieben zurück. Irgendetwas bannte sie an diesen Ort.

Seshmosis flehte laut: »GON, bitte errette uns!«

»Das tue ich gerade«, antwortete dieselbe Stimme, die sie bereits vorher gehört hatten. »Asterion, du musst sofort dieses Labyrinth verlassen! Denn bald werden viele Achäer kommen und dir nach dem Leben trachten. Dein Vater toleriert mein Eingreifen nur, weil er dich liebt. Aber auch er wird dich nicht auf ewig schützen können. Du musst unbedingt fliehen!«

»So geschehe es, kleiner Gott!«, sprach Asterion.

»Dann haltet euch fest!«, befahl die Stimme. »Gleich kracht es!«

Ein dritter Erdstoß brachte erste Wände zum Einsturz. Asterion, Aram, Seshmosis, Nostr'tut-Amus, Tafa und Mumal standen im Kreis, hielten sich fest an den Händen und erhofften ihre Rettung. Die Luft flirrte und flimmerte, und das Tosen nahm zu. Ein großer Stein fiel neben Seshmosis zu Boden und zerstörte das Mosaik. Plötzlich löste sich das ganze Labyrinth vor ihren Augen auf, und sie fühlten sich in die Luft gehoben. Wenig später stand die Gruppe auf einem sanften, grünen Hügel in der Nähe des Palasts, genau in ihrer Mitte ein kleiner, hölzerner Schrein.

Die Tajarim knieten nieder, und auch Asterion beugte das Knie. Stumm dankten sie GON für ihre Errettung.

Das von GON verursachte Erdbeben war vorbei, und Daedalos hastete mit Ikaros durch das schwer beschädigte Labyrinth. Wegen des Staubs konnte man sich nur sehr schwer orientieren. In der Nähe sahen sie eine Gruppe von *Rennern,* die sich noch zielloser als sonst durch die Trümmer bewegten.

Immer wieder mussten Vater und Sohn über Schuttberge klettern, und dem Architekten fiel es schwer, sich in den Resten seines eigenen Bauwerks zurechtzufinden. Schließlich stießen sie auf eine intakte Treppe, die hinauf zum Freiluftbereich führte. Doch ihre Hoffnung, dass an irgendeiner Stelle die Außenmauer zerstört sein würde, erfüllte sich nicht. Daedalos hatte das Labyrinth zu solide gebaut, und selbst das Erdbeben hatte die äußere Umfassung nicht zum Einsturz gebracht. Enttäuscht kehrten Daedalos und Ikaros in ihr unterirdisches Quartier zurück. Dieser Raum war von den Auswirkungen des Erdbebens weitgehend verschont geblieben. Daedalos holte die beiden Schwingenpaare unter der Pritsche hervor und legte sie zwischen sich und seinen Sohn auf den Boden.

»Ich weiß, dass du mit deinem Leben unzufrieden bist, Ikaros. Und du sollst wissen, dass ich das gut verstehen kann. Die chaotischen Verhältnisse bieten uns eine gute Gelegenheit zu fliehen. Ich werde sie nutzen und biete dir an, mit mir zu kommen. Es ist deine freie Entscheidung. Du kannst natürlich hier bei deinen neuen Freunden bleiben. Aber ich würde mich freuen, wenn wir gemeinsam an einem anderen Ort einen Neuanfang machen könnten.«

Ikaros, der während der ganzen Zeit in seiner rechten Hand immer noch die furchtbare Keule gehalten hatte, legte diese nun wortlos zu Boden und ergriff ein Schwingenpaar. Daedalos war erleichtert. Hoffnungsfroh, aber auch mit schwerem Herzen machten sie sich auf den Weg nach oben. Erst als sie die Schwingen anlegten, fragte Ikaros:

»Werden sie uns verfolgen?«

»Nein. Sie werden erzählen, dass wir gescheitert sind. Ihr Stolz lässt es nicht zu, dass wir Erfolg haben. Sie werden behaupten, dass wir abgestürzt und ertrunken sind oder mit zerschmetterten Knochen irgendwo auf einer Insel liegen. Sie brauchen diese Lügen, damit die anderen den Mut verlieren.«

Ikaros verstand. Geschichte hatte nichts mit Tatsachen zu tun, sondern nur mit den Absichten der Mächtigen. Ihnen war es letztendlich egal, ob ihm und seinem Vater die Flucht gelang – Hauptsache, es erfuhr niemand. Wichtig war für die Herrschenden nur, dass die Leute glaubten, sie seien gescheitert.

Und so erhoben sich zwei ungewöhnliche Vögel aus dem Labyrinth von Knossos und flogen mit kräftigen Flügelschlägen gen Norden.

Ein schwarzer kretischer Segler, der vor nicht allzu langer Zeit noch im Hafen von Byblos gelegen hatte, stach von Amnissos aus ziemlich eilig in See. Am Bug standen Theseus, Katreus, Nelos und Pelos.

»Ich bin zuversichtlich! Nach meinem Sieg über den Minotaurus wird Athen von Kreta die Vorherrschaft über das Meer übernehmen«, prahlte Theseus.

»Dein Sieg über den Minotaurus?«, fragte Nelos hämisch. »Habe ich irgendetwas verpasst? Das letzte Mal, als ich den Minotaurus sah, nahm er dich gerade auf die Hörner und knallte dich gegen die Wand.«

»Das ist doch völlig egal«, wehrte der Athener ab. »Es zählt nur das, was die Menschen für wahr halten. Die Realität spielt überhaupt keine Rolle. *Ich* bin aus dem Labyrinth zurückkehrt, und der Minotaurus ist verschwunden. Also ist *meine* Version der Geschichte die Wahrheit. Außerdem brauchen die Menschen Helden.«

»Dann hast du meinen Bruder gar nicht erschlagen?«, fragte plötzlich eine weibliche Stimme. Ariadne, die sich als blinder Passagier an Bord geschlichen hatte, kroch aus ihrem Versteck.

»Ariadne! Was willst du denn hier?«, rief Theseus erschrocken.

»Ich will bei dir sein! Ich will mit meinem geliebten Verlobten in seine Heimat segeln und ihn dort heiraten. Ich will mit ihm mein Leben lang glücklich sein!«

Theseus wandte sich wortlos von Ariadne ab und schaute aufs Meer hinaus. Die Prinzessin starrte ihn beunruhigt an. Eine Ahnung, die sie nicht wahrhaben wollte, stieg in ihr auf. Dann schrie sie Theseus an: »So sprich doch mit mir! Was ist los mit dir?«

Langsam drehte sich Theseus um und antwortete trocken: »Aus der Hochzeit wird nichts.«

»Aber warum? Wir lieben uns doch!«

»Ich habe dich niemals geliebt. Ich wollte nicht dich, ich wollte immer nur Kreta.«

»Du hast mich schamlos ausgenützt, du Schuft!«

»Ja. Manchmal ist es notwendig, eine Verbindung aus politischen Gründen einzugehen. Aber die Situation hat sich geändert, und du bist nun überflüssig. Ich kehre als Held nach Athen zurück und werde der Nachfolger meines Vaters.«

Ariadnes Finger krallten sich um die Reling, und sie ließ ihren Tränen freien Lauf. Doch es waren nicht Tränen der Trauer, sondern Tränen der Wut. Trotzig sagte sie: »Wenigstens konntest du meinen Bruder nicht töten.«

»Das ist richtig. Aber das wird dir keiner glauben«, entgegnete Theseus, gab Nelos einen Wink und ließ Ariadne stehen.

Als das Schiff kurz darauf die nahe vor Kreta gelegene Insel Dia passierte, fragte Nelos die Prinzessin wie beiläufig:

»Kannst du schwimmen?«

»Ja, warum?«

»Weil du gleich schwimmen wirst«, sagte Pelos, riss Ariadne mit einem Ruck das Kleid vom Leib und warf sie über Bord.

Asterion blickte vom Hügel zum Palast hinüber und nahm stumm Abschied. Sein ganzes bisheriges Leben hatte er dort verbracht und keine einzige Stunde davon in Freiheit. Bedächtig nahm er die Kette mit dem *Heiligen Amulett von Phaistos* ab und reichte sie Seshmosis.

»Bitte bring das Amulett Glaukos. Er ist der rechtmäßige Nachfolger des Minos«, bat er den Schreiber. »Ich selbst werde mich mit Aram in die Einsamkeit der Berge zurückziehen.«

Ehrfürchtig steckte Seshmosis das Amulett in sein Gewand. Zum Abschied umarmte er Aram. Zögernd ging er auf Asterion zu, umarmte auch ihn und legte dabei seinen Kopf auf dessen bepelzte Brust. Eine ungewöhnliche Wärme strömte von Asterion zu Seshmosis, mehr Wärme, als er je bei einem Menschen verspürt hatte.

Schweigend brach das ungleiche Paar auf. Ein Halbgott und ein Untoter machten sich auf den Weg in die Berge.

Seshmosis nahm den Schrein von GON und verließ mit Nostr'tut-Amus, Tafa und Mumal den friedlichen Platz, um das Amulett seinem rechtmäßigen Besitzer zu bringen.

Der Minos lag geschwächt danieder und war nicht ansprechbar. Doch Glaukos, sein Stellvertreter, zeigte sich hocherfreut über das *Heilige Amulett von Phaistos* und dankte den Tajarim überschwänglich. Er legte es ehrfürchtig in eine Schatulle und sagte: »Hier wird das Amulett ruhen, bis der Minos von uns gegangen ist. Danach wird es seine uralte Aufgabe erfüllen und den Kretern den neuen, wahren Minos zeigen. Wer immer dies sein mag!«

Nach der Flucht von Katreus, Theseus, Nelos und Pelos war allen klar, wer die Verräter waren. Allerdings herrschte allgemeine Ratlosigkeit über das Verschwinden von Prinzessin Ariadne. Glaukos schickte mehrere Suchtrupps aus, um nach seiner Schwester zu forschen. Doch alle kehrten ergebnislos zurück. Schließlich vermutete der Prinz, dass Ariadne gemeinsam mit ihrem Verlobten Kreta verlassen hatte, denn Boten brachten die Nachricht, dass das Schiff von Nelos und Pelos zusammen mit Theseus von Amnissos aus in See gestochen sei.

Seshmosis bat den Prinzen Glaukos unter vier Augen sprechen zu dürfen. In einem kleinen Nebenraum verriet der Schreiber:

»Euer Halbbruder Asterion ist nicht tot. Theseus konnte ihn nicht besiegen, ganz im Gegenteil. Das Ganze war eine List, um Asterion in Sicherheit zu bringen!«

»Wenn er noch lebt, wo ist er jetzt?«

»In Freiheit. Er möchte endlich sein eigenes Leben führen, und die Götter sind mit ihm, das kann ich Euch versichern.«

»Ich wünsche ihm, dass er glücklich wird. Er hat es nach all den Jahren im Kerker verdient. Doch lasst uns nun zu deinen Freunden zurückkehren, ich möchte euch zum Dank noch einige Erinnerungsstücke überreichen. Wie ich hörte, schätzt ihr Tajarim Souvenirs.«

Glaukos lächelte dankbar, als er jedem Tajarim ein eigenes Geschenk überreichte. Kalala erhielt ein Schmuckstück, das zwei kretische Bienen darstellte, El Vis eine kleine goldene Leier und Nostr'tut-Amus einen prächtigen, mit goldenen Sternen bestickten Umhang. Tafa, Mumal und Elimas bekamen je eine kleine, ziselierte Doppelaxt aus purem Gold und Seshmosis schließlich eine originalgetreue, ebenfalls goldene Nachbildung des *Heiligen Amuletts von Phaistos*.

Nun war es an den Tajarim, Dank zu sagen. Nach einem

kräftigen Abschiedsmahl brachen sie mit einigen Eseln zum Hafen von Amnissos auf.

»Theseus, es ist an der Zeit, die Segel zu wechseln! Die attische Küste ist schon in Sichtweite«, rief Nelos.

»Kein Grund zur Hektik«, reagierte der Angesprochene gelassen.

»Aber erinnere dich doch an das Zeichen, das du mit deinem Vater Ägeus vereinbart hast! Ein weißes Segel als Zeichen, dass deine Mission geglückt ist, ein schwarzes, wenn du den Tod gefunden hast. Es ist höchste Zeit, das weiße Segel zu setzen!«

»Lass das schwarze Segel am Mast, ich habe meine Gründe«, befahl Theseus und verschwand unter Deck.

Ägeus, König von Athen, hatte Kunde erhalten, dass das Schiff seines Sohns Theseus gesichtet worden war. Schnell zog er mit seinem Gefolge zur höchsten Klippe am Strand und hielt gespannt Ausschau. Endlich sah er das Schiff. Doch statt des weißen Segels des Erfolgs fuhr es mit dem schwarzen Segel des Todes. Die Trauer kam über den König, und seine Augen füllten sich mit Tränen.

»Ist Theseus an Bord?«, fragte er besorgt seinen Berater.

»Nein! Ich kann Katreus erkennen, aber Theseus ist nirgends zu sehen.«

»Kommen sie an Land?«, wollte der verzweifelte König wissen.

»Ja, jetzt ziehen sie das Schiff an Land und gehen von Bord.«

»Ist Theseus dabei?«

»Nein, mein König, Theseus ist nicht dabei.«

»Dann ist alles zu Ende«, seufzte Ägeus und stürzte sich von der Klippe in den Tod.

Seither nennt man dort das Meer ihm zu Ehren *Ägäis*.

Theseus überlegte derweil im Bauch des Schiffes, wie er die fünfzig Söhne seines Onkels Pallas, die ihm den Thron von Athen sicher streitig machen würden, am schnellsten beseitigen könnte. Der Tod seines eigenen Vaters hingegen berührte ihn überhaupt nicht.

Die *Gublas Stolz* lag mit neuem Mast im Hafen von Amnissos. Zerberuh begrüßte herzlich seine Freunde und präsentierte freudig das renovierte Schiff.

»Wie ist es euch denn in Knossos ergangen?«, fragte er schließlich.

»Das Konzert von El Vis war ein voller Erfolg. Ansonsten war es sehr *interessant* am Königshof«, spielte Kalala die Ereignisse der letzten Tage herunter. Sie verspürte nicht das geringste Bedürfnis, ihre wahren Gefühle vor den anderen auszubreiten. »Und wie war es bei euch? Habt ihr gute Geschäfte gemacht?«

»Barsil und Mani sind vollauf zufrieden, nur Raffim scheint enttäuscht zu sein«, antwortete Zerberuh.

Ein enttäuschter Raffim verhieß nichts Gutes, das wusste Seshmosis. Der Händler war dann noch unausstehlicher als sonst. Und da erschien er auch schon an Deck mit einem Gesicht wie sieben Tage Orkansturm.

»Schön, dass die Herrschaften endlich zurück sind. Damit können wir uns ja wohl wieder den wichtigen Dingen des Lebens zuwenden. Schließlich will ich Handel treiben und nicht Inseln besichtigen!«, maulte Raffim.

Seshmosis war neugierig und beschloss, in die Offensive zu gehen:

»Raffim, was bekümmert dich? Wollten die Kreter deine Ankersteine nicht kaufen?«

»Hör mir mit den Kretern auf! Dieses Volk hat keinen Sinn für das Praktische! Interessieren sich nur für Schnickschnack und Kultur. Ständig fragen sie nach Stoffen, Schmuck, Färbemitteln und Keramiken. Die Kunst der Waffenschmiede liegt auf dieser Insel völlig danieder. Eine Schande für die zivilisierte Welt!«

»Es gibt noch andere Inseln«, tröstete Seshmosis spöttisch. »Wir werden die Zivilisation schon noch finden.«

Schadenfroh begab sich der Schreiber unter Deck. Er verstaute gerade den Schrein von GON in seinem Verschlag, als der Nomadengott materialisierte. Das vertraute Gesicht der rot getigerten Katze beruhigte Seshmosis.

»Ich bin stolz auf dich, Seshmosis«, sagte die Katze. »Du hast den ersten Teil der Aufgabe mit Bravour erledigt.«

»Den ersten Teil?«, echote Seshmosis. »Soll das heißen, das Abenteuer ist noch nicht zu Ende?«

»Würde es dir besser gefallen, wenn ich sagte, alles ist vorbei, und du stolperst unvorbereitet von einer Gefahr in die nächste? Sicher nicht. Wir haben wichtige Aufgaben vor uns. Versuch es von der positiven Seite zu sehen: In den nächsten Wochen wird es dir bestimmt nicht langweilig werden.«

Eine Stunde später gab Zerberuh den Befehl: *»Leinen los!«*

Pan beobachtete fasziniert eine Familie von Stachelmäusen, die sich mit einigen Schneckenhäusern beschäftigte. Mit ihren spitzen Zähnen knackten die kleinen Nager geschickt die versiegelten Behausungen und machten sich sodann genüsslich schmatzend über ihre schlafende Beute her.

Als er hinter sich ein tiefes Schnauben hörte, drehte Pan sich um.

Erfreut begrüßte er Asterion und seinen Freund Aram.

Das *Goldene Kalb* hob den Kopf, erkannte Aram und rannte ihm freudig entgegen. Aram kraulte glücklich sein Kälbchen und knuddelte sein Fell.

»Ich bin so froh, dass ich wieder zu Hause bin!«, rief er. »Sieh, Asterion! Das ist das *Goldene Kalb,* von dem ich dir so viel erzählt habe.«

»Es ist wirklich herrlich und unverwechselbar«, stellte der Halbgott fest und näherte sich dem Kalb. Er senkte den mächtigen Stierschädel und berührte ganz behutsam mit seiner großen Stirn die Stirn des Kleinen. So verharrten sie eine Weile und schienen für Menschen unhörbar zu kommunizieren.

Nach einer Weile erfüllter Stille wandte sich Asterion an Aram: »Ihr beide seid untrennbar miteinander verbunden. Das Kalb, das den Anfang der Lebensreise symbolisiert, und du, der du für das Leben im Tod stehst.«

Gerührt streichelte Aram *sein* Stierlein. Was immer Asterion ausdrücken wollte, er, Aram, brauchte keine Worte dafür. Er war einfach nur Hirte, und hier war sein Schützling. Was interessierte ihn das Treiben der Menschen oder der Götter? Er verstand, dass seine über den eigenen Tod hinausreichende Besessenheit für Badehäuser in Wirklichkeit die unerfüllte Sehnsucht nach einem vollkommenen Leben gewesen war. Einem Leben, das er überschauen und in dem er sich einrichten konnte, mit festen Regeln und ohne Ängste. Es war wie die Jagd nach der einen großen Liebe, ohne die man nicht vollständig ist. Und hier hatte er sie und das Leben gefunden, auch wenn er schon jenseits des Todes war. Alles, was für ihn jetzt zählte, war das Kälbchen, eine gute Weide, ein warmer Unterschlupf und die gemeinsame Freude.

Pan verstand ihn und lächelte. Dann sagte er zu Asterion: »Leider ist dein Besuch hier schon zu Ende. Wie gern würde ich noch länger mit dir zusammen sein, doch dein Vater Poseidon ruft nach dir.«

Noch während Pan sprach, löste sich Asterion langsam auf, bis er ganz verschwunden war und nur noch ein Abschiedslächeln in der Luft schwebte.

Anfangs ließ sich Ariadne einfach treiben, unentschieden, ob sie leben oder sterben wollte. Doch dann siegte die Wut, und sie schwamm zu dem kleinen Eiland. Erschöpft und nackt lag sie am schmalen Strand, das Blut pochte in ihren Ohren und ihr war übel. Wenigstens fror sie nicht, denn die Sommersonne wärmte ihren Körper.

Als sich Ariadne erholt hatte, setzte sie sich auf und betrachtete die steil aufragenden Felsen. Sie kannte die Insel Dia nur vom Hörensagen und wusste nicht einmal, ob diese bewohnt war. Sie versuchte ihre Fassung wieder zu finden und überlegte, was nun zu tun wäre.

Ich bin gedemütigt und entehrt, wie es nicht schlimmer geht, dachte die Prinzessin.

Auf einmal kam ein Mann den Abhang herunter. Ariadne erschrak und versuchte ihre Blöße zu bedecken. Der Fremde setzte sich wie selbstverständlich neben sie, so wie es alte Bekannte tun, wenn sie sich treffen.

»Eigentlich müsste ich dir böse sein«, sagte er ruhig.

»Du mir böse sein? Wer bist du überhaupt, Fremder?«

»Kennst du mich denn nicht, Ariadne? Ich bin dein Gatte und dein Gott, dem du Treue gelobt hast. Ich bin Dionysos, und du bist meine Priesterin.«

Nun wagte es Ariadne, den Mann neben sich genauer zu betrachten. Er war von stattlicher Gestalt, und sein Gesicht strahlte eine gewisse Heiterkeit aus. Seine schlichte Kleidung verriet nichts über seine Herkunft. Dieser

Mann sollte ein Gott sein? Ariadne zweifelte, schwieg jedoch.

»Es ist mit euch Menschen immer das Gleiche. Wenn man nicht mit Blitz und Donner auftritt, glaubt einem keiner, dass man ein Gott ist. Ohne Spektakel keine Glaubwürdigkeit. Warum muss die Begegnung mit einem Gott immer von Sensationen begleitet sein? Kann man sich denn nicht einfach treffen und miteinander reden?«

Der Mann schnippte mit dem Finger, und im gleichen Augenblick landeten zwei Dutzend Kraniche am Strand. Sofort begannen sie in einer wunderbaren Choreographie zu tanzen. Ariadne kannte diesen Tanz, denn sie hatte ihn unzählige Male angeführt. Die Prinzessin war beschämt. Sie wusste nun, dass der Fremde wirklich Dionysos war, ihr Gott, dem sie einst ihr Leben geweiht hatte. Sie wollte sich gerade für ihr Verhalten rechtfertigen, als der Gott fortfuhr.

»Wie gerne sah ich dich den *Kranich* tanzen. Keine führte die Mädchen so einfühlsam wie du. Wie ich dieses Wiegen und Wogen der Leiber im Reigen liebe! Es bereitet mir einen schöneren Rausch als der beste Wein.«

Die Kraniche flogen davon, und der Gott schien nun einen imaginären Reigen zu betrachten und beschrieb mit den Händen und dem Oberkörper die Bewegungen der Tänzerinnen. Abrupt brach er ab.

»Deine Liaison mit Theseus hat mich verletzt. Nicht, weil du dich in einen jungen Mann verliebtest, sondern weil er deiner unwürdig ist. Keiner hat mehr Verständnis für den Rausch der Leidenschaft als ich. Doch dieser Schurke hat dich einfach nicht verdient. Aber das weißt du ja inzwischen selbst«, sagte Dionysos versöhnlich.

Dankbarkeit durchströmte Ariadne. Auch wenn sie nicht wusste, wie es weitergehen sollte, hatte ihr immerhin ihr Gott verziehen.

Plötzlich schäumte, kochte und brodelte das Meer. Zwei imposante Gestalten entstiegen dem Wasser und kamen auf den Strand zu.

»*So* treten Götter auf!«, lachte Dionysos

Ariadne wagte vor Ehrfurcht kaum, die beiden anzusehen. Doch aus den Augenwinkeln erkannte sie ihren geliebten Halbbruder Asterion, und ihr wurde warm ums Herz. Immerhin hatte er durch ihren schrecklichen Verrat keinen Schaden genommen.

Vorsichtig blickte sie zur anderen Gestalt. Der Mann war ein bärtiger Gigant, der sich auf einen Dreizack stützte, obwohl er mit Sicherheit keine Stütze brauchte. Der große Poseidon persönlich stand am Strand der winzigen Insel Dia.

Asterion und Ariadne umarmten sich herzlich und warteten ergeben auf den Ratschluss der Götter.

Nach einer Weile verkündete Poseidon: »Eigentlich sollte ich dich zerschmettern, Ariadne, denn du hast meinen Sohn, deinen Halbbruder, verraten. Doch um der Liebe willen, die er zu dir hegt, will ich Gnade vor Recht ergehen lassen. Zurückkehren könnt ihr nicht mehr, und zu den Sternen will ich euch nicht entrücken, denn ich habe für euch beide eine große Aufgabe. Im Norden, im Land der Kelten, brauchen die Menschen gütige Geister. Die ehrwürdige Göttin Danu und ihr tapferes Volk, die Tuatha Dé Danann, erwarten euch bereits. Du, Asterion, sollst als *Deiotaurus*, als göttlicher Stier, Fruchtbarkeit bringen und den Kriegern, wenn nötig, im Kampf den *Furor,* die ›heilige Raserei‹ schenken. Du aber, Ariadne, sollst fortan kein Mensch mehr sein, sondern als Kranich die Seelen der Menschen aufnehmen und sie zu ihrer Zeit in Menschen zurückverwandeln. So werdet ihr, als der Stier, auf dem ein Kranich steht, für immer im Gedächtnis der Menschen bleiben.«

»So sei es!«, bekräftigte Dionysos, und auf den Gedanken der Götter reisend, verließen die Geschwister mit einem sanften Rauschen die Insel Dia.

An der Küste des Krieges

Die *Gublas Stolz* pflügte seit vielen, vielen Stunden durchs nächtliche Meer. Die Gischt am Bug deutete auf eine enorm hohe Geschwindigkeit hin. Das war insofern ungewöhnlich, weil das Segel ebenso eingeholt war wie die Ruder. Keiner an Bord wusste, was das Schiff eigentlich so schnell vorantrieb. Verunsichert starrte die Besatzung in die undurchdringliche Mischung aus Nacht und Nebel. Kein Stern verriet ihre Position, nur ein stetiges Brausen begleitete sie durch die Dunkelheit.

»Müsste die Sonne nicht schon längst wieder aufgegangen sein?«, fragte Uartu.

»Vielleicht sind wir über den Rand der Welt gesegelt«, mutmaßte Zerberuh ängstlich.

»Nein, nein, das ist unmöglich! Der Rand der Welt ist jenseits der Säulen des Herakles im Atlantik. Der ist viel zu weit entfernt!«, widersprach der Phönizier und berief sich dabei energisch auf seine Kompetenz als Navigator.

Seshmosis trat zu den beiden und kommentierte die Lage besorgt: »Ich habe schon einmal eine so lange währende Nacht erlebt. Es war die Nacht der Finsternis, als in Ägypten alle Erstgeborenen starben.«

»Und was willst du damit sagen?«, fragte Uartu. »Dass

ich sterben werde? Ich bin nämlich der Erstgeborene meiner Mutter.«

»Wenn es genauso geschähe, wärst du bereits tot. Nein, ich will damit sagen, dass ich sicher bin, dass die Götter wieder einmal ihre Hand im Spiel haben.«

»Wie meinte schon mein Vater: Auf hoher See und vor Gericht ist man in Gottes Hand.« Uartu schien zu resignieren. »Hoffen wir also, dass es einem gütigen Gott gefällt, die Sonne wieder aufgehen zu lassen. Und dass wir bis dahin nicht wirklich über den Rand der Welt fallen.«

Nostr'tut-Amus, der ebenfalls am Bug stand und in die Nacht schaute, orakelte düster: »Das wäre noch ein gnädiges und schnelles Schicksal. Ich sehe kämpfende Krieger, erschlagene Kinder, geschändete Frauen in einer brennenden Stadt. Und was das Schlimmste ist: Ich sehe uns mittendrin!«

Die junge Frau beugte sich über die Zinnen der Stadtbefestigung und spähte nach Westen zur Küste. Die Landschaft, die vom Strabons und vom Xanthos, den beiden Mündungsflüssen des Skamander, durchzogen wurde, lag friedlich im Abendlicht. Das rote Schimmern der beiden Flüsse kam heute wirklich von der untergehenden Sonne und nicht vom Blut der gefallenen Krieger.

Seit fast zehn Jahren lag dort das Heerlager der Achäer, und ebenso lange hatte Troja standgehalten. Doch Kassandra, die Tochter des trojanischen Königs Priamos, sah viel mehr als das Lager der Feinde. Sie sah immer mehr als andere Menschen. Kassandra sah die Zukunft.

Alles hatte sie vorhergesehen, alles, und doch hatte ihr keiner geglaubt. Sie hatte vor den Liebeseskapaden ihres Bruders Paris ebenso gewarnt wie vor dem Kampf ihres Bruders Hektor gegen den Achäer Achilleus.

Kassandra verfluchte Apollon und seine Gabe, die sie nie wollte. Ebenso wenig wie seine unerträgliche Liebe. Sie hasste diesen göttlichen Stalker, der ihr so lange nachgestellt und so viel Unglück über ihre Familie gebracht hatte. Um sie zu bezirzen, hatte er sie einst mit der Gabe der Weissagung bedacht, doch als sie seine Liebe nicht erwidert hatte, hatte er ihr die Glaubwürdigkeit genommen. So war sie zu Kassandra geworden, der Schwarzseherin, der chronischen Pessimistin, der königlichen Unkenruferin, der niemand glauben schenkte, die niemand ernst nahm.

Kassandra blickte auf die Ebene vor Troja, und wie so oft überlagerten sich zwei Bilder. Das eine Bild zeigte eine verlassene Landschaft, das andere eine blutige Schlacht.

Nun brauchte es dieser Tage keine seherischen Fähigkeiten, um solche inneren Bilder zu sehen. Seit einem Jahrzehnt war die Ebene zu Füßen der Stadtmauern Schauplatz blutiger Kämpfe. Viele Frauen hatten an vielen Tagen zu ihren Männern und Söhnen gesagt: »Ziehe nicht hinaus, denn du wirst den Tod finden«. Doch die Männer und Söhne wollten es ihnen nicht glauben, weil es immer die anderen waren, die nicht zurückkehrten. Bis zu dem Tag, an dem sie hinauszogen und selbst den Tod fanden.

Bei Kassandra war es anders. Wenn sie sagte: »Ziehe

nicht hinaus, denn du wirst den Tod finden«, dann war dies kein ängstliches Flehen, sondern eine sichere Vorhersage. Eine todsichere Vorhersage.

Denn Kassandra sah mehr, viel mehr als andere Menschen. Sie sah nicht die Toten von gestern, sondern die von morgen. Mit Grausen wandte sie sich ab.

Athene tobte. Athene spukte Gift und Galle. Athene schleuderte ihren Speer gegen Apollon, der ihm geschickt auswich.

»Keine Kampfhandlungen im Olymp!«, brüllte Zeus. »Ich werfe euch alle raus, wenn ihr nicht zur Vernunft kommt!«

»Aber Apollon hat meinen Achilleus umgebracht!«, kreischte Athene immer noch außer sich. »Ich habe genau gesehen, wie er den Pfeil des Paris lenkte.«

»Na und? Wie oft hast du schon zu Gunsten der Achäer eingegriffen?«, fragte der Beschuldigte. »Viel zu oft für meinen Geschmack. Eigentlich sollte man dir Punkte abziehen.«

»Punktabzug kommt nicht in Frage«, widersprach Hephaistos, der selbst schon einmal durch seinen göttlichen Eingriff nicht ganz regelgerecht den Achilleus gerettet hatte.

»Es sind schon so viele tot, und es hat noch immer keine Hochzeit gegeben«, lamentierte Aphrodite. »Dauernd mache ich Zugeständnisse, jetzt will ich mindestens drei Happy Ends dafür!«

»Haltet ein! Wir müssen praktisch denken!«, forderte Poseidon. »Uns gehen langsam die Helden aus.«

»Hat eigentlich einer von euch noch einmal irgendetwas von diesem fremden Gott gehört? Jokeros oder wie er sich nannte«, wollte Zeus wissen.

»Ich hatte kürzlich Kontakt mit ihm. Er tat mir einen Gefallen«, antwortete Poseidon beiläufig und knapp und signalisierte damit, dass er keine Lust hatte, mehr darüber zu sagen.

Doch Zeus ließ nicht nach. »Was für einen Gefallen?«

»Er half mir, einen meiner Söhne in Sicherheit zu bringen. Dieser Jokeros ist harmlos, glaubt mir. Ein regionales Phänomen, eine Provinzgottheit mit wenigen Gläubigen. Nur ein paar Nomaden beten ihn an. Er hat noch nicht einmal einen einzigen Tempel.«

Damit gab sich Zeus zufrieden, und die Götter blickten wieder auf das Spielfeld.

»In Kürze werdet ihr noch mehr Helden verlieren, Athene«, prophezeite Ares sarkastisch. »Dein so oft bevorzugter Held Aias der Große macht sich gerade auf, in seiner Wut und Enttäuschung die Anführer der Achäer zu erschlagen. Er will seine eigenen Waffengefährten niedermetzeln. Das wird ein Schlachtfest! Odysseus hat es diesmal mit seinem betrügerischen Spiel zu weit getrieben.«

»Das darf nicht sein!«, rief Athene entsetzt und sandte einen Strahl göttlicher Energie zur Erde. Der traf Aias den Großen präzise zwei Zentimeter hinter den Augen, in der

Region des Gehirns, wo der Verstand beginnt, und setzte genau diesen völlig außer Kraft.

Plötzlich war die Sonne wieder da. Sie ging nicht einfach auf, wie man es normalerweise von ihr erwartet. Statt sich langsam über den östlichen Horizont emporzuheben, stand sie unvermittelt hoch im Zenit und brannte auf die völlig überraschten Tajarim hernieder. Das Meer lag vollkommen ruhig, keine einzige Welle kräuselte die Oberfläche.

»So sollte es eigentlich nicht sein«, meinte Uartu kopfschüttelnd und kommandierte seine Männer routiniert auf ihre Positionen, denn das Schiff bewegte sich nicht mehr wie von Zauberhand, sondern lag wie festgefroren auf der Stelle.

Zerberuh, nominell der Kapitän der *Gublas Stolz* und ein wirklich erfahrener Steuermann, war verwirrt. Mehr als zwei Jahrzehnte war er auf dem Nil gesegelt. Immer wieder von Elephantine, ganz im Süden am ersten Katerakt, bis zu den Städten des Deltas im Norden und zurück.

Man sagte, dass er nicht aufs Ufer schauen musste, um zu wissen, wo in Ägypten er sich gerade befand. Ein Blick aufs Wasser genügte ihm.

Einmal nach dem Geheimnis seiner besonderen Gabe befragt, erklärte er: »Der Nil und das Leben darin sehen an jedem Ort anders aus. In Theben schwimmt kein Abfall im Wasser, weil die Leute zu arm sind, etwas wegzuwerfen. In der Nähe von Abydos lässt sich kein Fisch blicken, aus Angst vor den Göttern der Toten. In Buto siehst du das Wasser nicht mehr vor lauter Stechmücken, die sich darüber zu Milliarden paaren. Und in Sauti findest du die fettesten Krokodile von ganz Ägypten. Die mästen sich an den Gedärmen, die direkt von den heiligen Opferaltären der dunklen Götter im Nil landen.«

Doch hier, in diesen fremden Gewässern, war alles anders. Zerberuh fühlte sich hilflos und verloren.

Bald darauf erschallte es vom Ausguck: »Land in Sicht!«

Ohne zu zögern, taten die Seeleute, was sie immer taten, wenn sie in einer Bucht landeten. Seshmosis' Augen suchten unruhig die fremde Küste ab. Weit und breit war keine Menschenseele zu sehen, nicht die Spur einer Ansiedlung, und er wusste nicht, ob er sich darüber freuen oder traurig sein sollte.

Nach der Landung kam man überein, zuerst ein Lager aufzuschlagen und die Umgebung zu sondieren. Da keiner freiwillig das fremde Terrain auskundschaften wollte, mussten sie losen. Das Los traf, wie konnte es anders sein, Seshmosis. Nach zähem Feilschen und der Drohung, sich sofort ins Meer zu stürzen, erreichte Seshmosis, dass man ihm Mumal als Begleiter zusicherte. Raffim bestand darauf, dass GON an Bord blieb, um Schiff und Passagiere zu schützen.

Nachdem Seshmosis und Mumal eine gute Stunde hügelan und hügelab gewandert waren, hörten sie ein schreckliches Brüllen und Blöken. Vorsichtig schlichen sie den Rest des Weges die Hügelkuppe hinauf und versteckten sich hinter Bäumen. Was sie da sahen, ließ ihnen den

Atem stocken. Ein Krieger in voller Ausrüstung, ein Hüne von Mann, noch größer als Tafa oder Mumal, richtete mit seinem Schwert ein blutiges Gemetzel in einer Schafherde an.

Seshmosis hörte ihn schreien: »Nimm diesen Hieb, Menelaos! Der ist für dich, Agamemnon! Stirb, Diomedes!«

Mit jedem Streich tötete er ein weiteres Schaf. Auf einmal hielt er hohnlachend inne und blickte um sich.

»Lieget im Staub, den Raubvögeln zur Beute, ihr Hunde! Ihr werdet keinen ungerechten Schiedsspruch mehr bestätigen, ihr schändlichen Atriden! Und du, der du dich im Gebüsch versteckst, du bist der Schlimmste von allen, Odysseus!«

Mit diesen Worten steckte er sein Schwert in die Scheide, stürmte auf einen prächtigen Widder los und betäubte ihn mit einem Faustschlag zwischen die Augen. Dann schnappte er sich das Tier und eilte mit den Worten davon: »Dich werde ich im Lager zu Tode peitschen, arglistiger Odysseus! Dein Sterben wird ein langsames sein.«

Erst als der wütende Krieger schon lange verschwunden war, wagten sich Seshmosis und Mumal aus ihrem Versteck. Gerade als sie zur Schafherde, besser gesagt deren Überresten, gehen wollten, tauchte ein Mann mit einem Karren auf. Schnell wichen die beiden Tajarim in ihr Versteck zurück. Doch es war kein weiterer Wahnsinniger. Ganz im Gegenteil lud der Mann überaus sachlich und ruhig die gemetzelten Schafkadaver einen nach dem anderen auf seinen Karren.

»Ich weiß nicht, ob die hier immer so schlachten«, sagte

Mumal verwirrt und schloss sich Seshmosis auf dem Weg zur Weide an.

»Ich grüße dich!«, rief Seshmosis dem Mann zu und versuchte das ängstliche Zittern in seiner Stimme zu unterdrücken. Das soeben Gesehene wirkte noch in ihm nach.

»Ich grüße euch!«, entgegnete der Fremde und warf ein weiteres totes Schaf auf seinen Karren. »Wenn ihr mit anpackt, spendiere ich euch eine gute Mahlzeit. Ich bin Mursil.«

Die beiden Tajarim stellten sich ihrerseits vor, und Seshmosis überließ das Schafe-Aufladen seinem stärkeren Gefährten. Mursil schien es überhaupt nicht zu kümmern, wo die beiden herkamen, Hauptsache sie gingen ihm zur Hand.

Nachdem auch das letzte tote Tier aufgeladen war, half Mumal den schweren Karren zu ziehen. Der Weg war nicht weit, hinter der nächsten Hügelkuppe schon befand sich das Lager von Mursil.

Dieses Lager bestand aus einem Dutzend grob gezimmerter Hütten und mindestens noch mal so vielen Zelten. Auf einem kleinen Platz in der Mitte brannte ein Feuer, über dem ein Junge von ungefähr zwölf Jahren einen Fleischspieß drehte.

»Das ist Metin, mein Gehilfe. Er ist mir nach der Schlacht um die Schiffe zugelaufen. Er ist ganz brauchbar, obwohl er nicht spricht. Schock oder so.«

Mursil ging zum Fleischspieß, und der Junge hörte auf zu drehen. Der Mann säbelte mit einem langen Messer dünne Scheiben des Fleisches in eine Schale. Dann streute er ein rötliches Pulver darüber, nahm aus anderen Schalen geschnittenes Gemüse und Früchte und gab sie zum Fleisch. Schließlich packte er das Ganze in ein flaches Fladenbrot.

»Wie nennst du dieses Gericht?«, fragte Seshmosis.

»Das kommt darauf an. Wenn du Achäer bist, heißt es *Gyros*, wenn du Trojaner bist, *Döner*.«

»Was immer du damit meinst, ich stamme aus Ägypten, ich bin neutral.«

»Dann nenn es einfach *Lamm*. Willst du eine Portion?«

»Gerne!«

»Mit allem und scharf?«

»Mit allem und bitte nicht zu scharf.«

»Für mich auch! Mit allem und scharf«, bat Mumal.

Kauend fragte Seshmosis: »Woher stammst du eigentlich?«

»Aus Hattusa, der Hauptstadt des Hethiterreichs. Ich wollte hier im Westen mein Glück machen.«

»Wo ist eigentlich dieses ›hier im Westen‹?«, fragte Seshmosis wie beiläufig.

Mursil sah ihn verständnislos an. Währenddessen drehte Metin den Fleischspieß gleichmäßig und langsam über dem Feuer. Die Glut spiegelte sich in seinen Augen, und der Junge schien der Welt entrückt.

Seshmosis beschloss, behutsam vorzugehen. Er würde schon noch herausfinden, wo sie sich befanden. Deshalb fragte er: »Und? Hast du dein Glück gefunden?«

»Der Imbissstand reicht kaum, mich zu ernähren, geschweige denn meine Familie. Ist echt schwer. Also handle ich nebenbei ein wenig.«

»Und womit handelst du, wenn ich fragen darf?«

»Dies und das. Gebrauchte Streitwagen gehen derzeit hervorragend. Ich lege sie immer ein bisschen tiefer, sieht echt klasse aus. Außerdem Recycling-Pfeile und eingeworfene Steine.«

»Und was sind Recycling-Pfeile und eingeworfene Steine?«, wollte Seshmosis wissen.

»Recycling-Pfeile sind Pfeile, die schon einmal abgeschossen wurden. Und mit den eingeworfenen Steinen verhält es sich ähnlich, sie wurden schon einmal geworfen.«

»Ah! Du meinst Pfeile und Steine, die ihre Ziele verfehlten?«

»Nein, im Gegenteil. Pfeile und Steine, die gut getroffen haben und im Ziel stecken oder daneben liegen.«

Seshmosis verstand immer noch nicht.

»Wie kommst du an die Sachen, hier mitten in der Wildnis?«

»Wildnis? Welche Wildnis? Ihr seid wirklich fremd in der Troas. Diese Wildnis ist seit langem eine Fundgrube für militärische Ausrüstung. Hier tobt seit zehn Jahren der grausamste Krieg, den die Erde je gesehen hat. Nach jeder Schlacht liegt hier massenweise Zeug herum. Nur von den Rüstungen musst du die Finger lassen, da reagieren die Achäer und die Trojaner echt heftig.«

»Nostr'tut-Amus hatte Recht«, bemerkte Seshmosis.

»Wer ist dieser Nostruzmus?«, fragte Mursil.

»Nostr'tut-Amus ist ein Freund von uns. Und er ist ein Seher.«

»Sind noch mehr von euren Freunden hier?«

»Ja doch. Wir sind mit einem Schiff gelandet. Meine Freunde wollen Handel treiben«, antwortete Seshmosis.

»Handel klingt gut. Bring deine Freunde doch beim nächsten Mal mit.«

»Gerne, Mursil. Aber vielleicht könntest du mir vorher erzählen, was in dieser Gegend eigentlich los ist?«

»Ganz genau weiß ich das auch nicht. Vor zehn Jahren landete einige Meilen nördlich von hier eine riesige Flotte der Achäer. Man sagt, Paris, der Sohn des Königs Priamos von Troja, habe Menelaos, dem König von Sparta, die Gattin geraubt, die schöne Helena, und den größten Teil seines Goldes dazu. Weil alle Achäer durch irgendwelche Beistandsabkommen zur gegenseitigen Hilfeleistung verpflichtet sind, kamen sie unter dem Oberkommando von Agamemnon, dem König von Mykene, hierher, um die Frau und das Gold zurückzufordern. Aber Helena wollte nicht zu ihrem Gemahl zurück, und das Gold sieht sie wohl als eine Art Abfindung und will es auch nicht herausgeben. Deshalb schlagen sich Achäer und Trojaner samt ihren Hilfskräften seit zehn Jahren gegenseitig die Schädel ein. Vor ein paar Tagen fiel Achilleus, der größte Held der Achäer, und nach den Leichenspielen zu seinen Ehren kam es irgendwie zum Streit. Der Hüne, der vorhin die Schafe gemetzelt hat, ist Aias der Große. Der kommt oft zu mir, um ein Gyros zu essen. Dem müssen heute die Götter die Sinne total verwirrt haben. Sonst ist er eigentlich ganz umgänglich.«

Seshmosis schwirrte der Kopf, aber immerhin besaß er nun eine ungefähre Vorstellung von dem, was in dieser Gegend los war: ein furchtbarer Krieg.

»Könnte ich bitte noch eine Portion von dem gedrehten Lamm haben?«, fragte Mumal.

Aias schleifte den vermeintlichen Odysseus in sein Zelt, wo er ihn an den Armen am zentralen Mast aufhängte. Der immer noch bewusstlose Widder hing schlaff, an den Vorderbeinen gefesselt, am Pfosten, während Aias wie von Sinnen dessen Rücken peitschte. Und von Sinnen war er ja auch. Bis die Göttin Athene von hinten an ihn herantrat und seinen Kopf berührte. Augenblicklich fiel der Wahnsinn von Aias ab, und er starrte entgeistert auf den blutigen Rücken des armen Schafbocks. Als er erkannte, was man ihm angetan hatte, brach er in lautes Klagen aus.

»Wehe mir! Warum hassen mich die Unsterblichen, dass sie mir dies antun? Hier stehe ich, mit unschuldigem Lämmerblut besudelt, blamiert vor dem ganzen Heere, das Gespött meiner Feinde. Wehe mir, den die Götter in solche Schande getrieben!«

Dann durchschnitt er die Kehle des Widders, um ihn von seinem Elend zu erlösen, und verließ mit gesenktem Haupt sein Zelt. Er achtete nicht auf die Krieger, die ihn von allen Seiten anriefen; seine Schritte führten ihn ohne sein Zutun zum Strand. Manch einer von denen, die ihn aufhalten wollten, empfing einen mächtigen Schlag und ging zu Boden, sodass es bald keiner mehr wagte, Aias dem Großen in den Weg zu treten.

Am Strand angekommen, sank Aias auf die Knie und grub sein Schwert mit der Spitze nach oben senkrecht in den Boden. Er blickte zum Himmel und rief: »Um eine bescheidene Wohltat flehe ich zu dir, Vater Zeus: Sende mir meinen Bruder Teukros herbei, sobald ich gefallen bin, auf dass nicht mein Feind mich zuvor findet und mich den Hunden und Vögeln zum Fraß vorwirft. Euch aber, Erinnyen, euch Rachegöttinnen bitte ich, lasst Odysseus, der mich in diese schändliche Lage gebracht hat, durch sein eigenes, geliebtes Blut ein grausames Ende finden. Erscheine nun du, o Tod, und wirf einen Blick des Mitleids auf mich.«

Aias hielt noch kurz inne, dann stürzte er sich in sein Schwert.

Nach Seshmosis' Rückkehr und seinem Bericht berieten die Tajarim lange, wie es nun weitergehen sollte. Raffim setzte sich vehement dafür ein, das Lager der Achäer anzusteuern. Schließlich wollte er Handel treiben und war sich sicher, dass seine Ankersteine in einem Krieg einen hervorragenden Preis erzielen würden.

Kalala und Zerberuh plädierten dafür, diese kriegerischen Gestade umgehend zu verlassen und eine friedliche Insel anzusteuern. Seshmosis, sich an die letzte Prophezeiung von GON erinnernd, hielt sich im Hintergrund. Raffim setzte sich schließlich mit Hilfe von Barsil und Mani durch.

So erreichte die *Gublas Stolz* kurz darauf eine mit Schiffen übersäte Bucht. Teils ankerten sie, teils waren sie an Land aufgebockt.

Uartu steuerte das Schiff geschickt an den äußersten Rand einer Landzunge und befahl, das Boot dort festzumachen. Seine Mannschaft musste dies mit Tauen und Pflöcken tun, denn die Ankersteine waren für sie tabu.

Unsicher betraten die Tajarim den Strand. Es dauerte nicht lange, bis eine kleine Gruppe von Bewaffneten auf sie zukam. Die beiden Männer an der Spitze trugen prachtvolle Rüstungen und schwere goldene Halsketten. Der größere der beiden wandte sich an die Tajarim.

»Ich bin Odysseus, Fürst von Ithaka. Welch kühner Steuermann hat euch an diese kriegsverwüstete Küste gebracht? Oder haben euch eure Götter vollends verlassen?« Der Krieger schüttelte sich vor Lachen.

Da keiner seiner Freunde antwortete, ergriff Seshmosis das Wort: »Wir grüßen Euch, edler Fürst! Wir sind Händler aus Byblos und haben uns im Sturm verirrt.«

»Verirrt sagt ihr, verirrt? Hätte ich einen solch unfähigen Steuermann, der so weit vom rechten Kurs abkommt, ich würde ihn wahrlich auf den Grund des Meeres schicken, wo Poseidons Kühe weiden. Einem achäischen Seefahrer könnte solches nie passieren.«

Seshmosis antwortete mit Bedacht: »Nicht jeder ist ein so geschickter Steuermann wie Ihr, edler Odysseus, der seinen Weg durch alle Inseln findet. Unser guter Zerberuh ist wahrlich ein wackerer Segler, der seine *Windsbraut* viele Jahre auf dem großen Strom flussauf, flußab trieb, ohne sich je zu verirren. Auch fand er gut den Weg vom Delta des Nils bis zum großen Byblos. Doch jetzt scheinen wirklich die Götter das Steuer in die Hand genommen zu haben.«

»Ihr braucht euch nicht zu wundern, dass ihr euch verirrt habt«, entgegnete Odysseus. »Sehe ich doch, dass euer Schiff blind ist!«

Der Fürst von Ithaka deutete auf die *Gublas Stolz*. »Es hat keine Augen! Es kann ja überhaupt nicht sehen, wo es hinfährt. Wie soll es da den Weg übers Meer finden? Seht, all unsere Schiffe tragen am Bug Augen. Das ist der Grund, warum sich ein Achäer niemals auf der See verirrt.«

Seshmosis schaute auf die Schiffe in der Bucht. Erst jetzt fiel ihm auf, dass jedes von ihnen große, aufgemalte Augen am Bug besaß. Die Schiffe wirkten so wie unheimliche Meereswesen.

Der Schreiber beschloss, vom unangenehmen Thema ihrer navigatorischen Fähigkeiten abzulenken, und erklärte deshalb, dass man gern mit den Achäern Handel treiben wolle. Seshmosis berichtete auch, dass man gerade von den Gestaden Kretas käme. An diesem Punkt wurde der prächtig gekleidete Begleiter von Odysseus hellhörig.

»Kreta?!«, rief und fragte er zugleich. »Ihr wart kürzlich in Kreta?«

»Ja, wir hatten die Ehre, Gäste des Minos zu sein«, verkündete Seshmosis stolz.

»Aber ich bin doch der Minos! Ich, Idomeneus, Sohn des Deukalion!«

Seshmosis erstarrte. Hilfe suchend blickte er zu seinen Freunden, aber die schienen die Bedeutung der Worte des Mannes nicht zu begreifen.

Er selbst begriff es ja noch nicht einmal zur Gänze. Angestrengt überlegte er, dann fragte er:

»Seid Ihr wirklich der Sohn des Deukalion, des Glaukos' Bruder?«

»Ja doch! Willst du an meinen Worten und meinem Stand zweifeln?«, antwortete Idomeneus unwirsch. »Von Glaukos kam die Würde des Minos auf Deukalion, meinen Vater, und von ihm auf mich. Allerdings trage ich selbst den Titel nicht mehr so gern, weil mir die achäische Kultur näher steht.«

Achäische Kultur?, sagte Seshmosis zu sich selbst, um laut fortzufahren: »So hat sich also Euer Vater von den Knaben, äh, dem Theater abgewandt und sich doch noch den Staatsgeschäften gewidmet.«

»Dunkel ist deiner Rede Sinn, Fremder. Ich warne dich, mich zu beleidigen!« Idomeneus' Hand umfasste den Schwertgriff.

»Das liegt mir fern, edler Idomeneus«, versuchte Seshmosis schnell den Zürnenden zu besänftigten. »Mir scheint, unsere Irrfahrt hat uns ein wenig die Sinne verwirrt.«

Seshmosis befand sich in einem Zwiespalt. Wenn er Idomeneus das goldene Replikat des *Heiligen Amuletts von Phaistos* zeigen würde, wäre dieser ihm vielleicht gewogen. Andererseits gäbe es sicher unangenehme Fragen, wie er in den Besitz eines Stückes gekommen war, das einst Glaukos einem Fremden aus Ägypten gegeben hatte.

Odysseus beendete die Grübeleien des Schreibers und nahm ihm die Entscheidung ab: »Ihr solltet erst einmal euer Lager aufschlagen. Wir müssen nun weiter, denn wir haben Wichtiges zu tun. Wir müssen den großen Aias bestatten.«

Als die Achäer abgezogen waren, wandte sich Seshmosis an die Tajarim und die phönizischen Seeleute. »Ich muss euch etwas sagen. Wir haben uns total verirrt.«

»Das wissen wir bereits!«, unterbrach ihn Raffim unwirsch.

Unbeirrt fuhr Seshmosis fort: »Wir haben uns nicht nur im Raum verirrt, sondern auch in der Zeit!«

Kassandra streichelte dem jungen Metin zärtlich übers Haar. Kaum hörbar flüsterte sie. »Mein lieber Astyanax, mein kleiner Beschützer der Stadt. Keiner wird dich finden. Diesmal werde ich dafür sorgen, dass sich eine Prophezeiung *nicht* erfüllt.«

Der Junge zeigte keine Reaktion. Nichts ließ erkennen, ob er die Worte der Seherin verstanden hatte.

»Noch einen Döner, Kassandra? Mit allem und scharf?«, fragte Mursil.

»Nein, danke. Einer reicht mir. Und wie gehen die Geschäfte?«

»Ich bin zufrieden. Du weißt ja, wie es ist. Krieg ist gut fürs Geschäft. Frieden ist natürlich auch gut fürs Geschäft, aber im Krieg ist die Verdienstspanne ein bisschen höher.«

»Dann ist der Krieg wenigstens für dich und deine Familie gut. Pass mir auf den Jungen auf, treuer Mursil! Und bewahre sein Geheimnis!«, forderte Kassandra. Dann verabschiedete sie sich und ging ungehindert zurück Richtung Troja. Nur wenige Menschen streiften hier durch die Flussebene, und jeder von ihnen ging, die anderen nicht beachtend, seinen eigenen Angelegenheiten nach.

Während der langen Pausen zwischen den Kampfhandlungen besaßen die Bewohner der Stadt verhältnismäßig viel Bewegungsfreiheit. Vor allem durch das rückwärtige *Dardanische Tor* kamen ständig Nachschub und immer wieder frische Truppen nach Troja.

Den Achäern war es in den ganzen zehn Jahren nie gelungen, die Stadt von der Welt abzuschneiden.

Nach dem Abendessen versuchte Seshmosis verzweifelt seinen Gefährten klar zu machen, dass sie sich nicht mehr in ihrer eigenen Zeit befanden. Doch Raffim wischte alle Ausführungen des Schreibers als belanglos vom Tisch: »Es ist doch völlig gleichgültig, ob wir im fünften Jahr der Regentschaft von Pharao Ahmose oder im siebenundzwanzigsten von Qazabal von Byblos sind. Mir ist auch egal, ob in Kreta ein gewisser Minos herrscht oder sein Enkel Idomeneus. Ein Datum interessiert mich nur, wenn ich es als Zahlungsfrist setzen kann und beim Verstreichen meine Diener zum Eintreiben der Summe ausschicken darf.«

»Aber du könntest unter Umständen deinen eigenen Enkeln begegnen«, warf Seshmosis ein.

»Umso besser! Dann kann ich sie in meinem Geschäft einsetzen, ohne Lohn bezahlen zu müssen.«

Der Schreiber gab auf. Für Raffim gab es nur eine Zeit: die Gegenwart. Und die anderen verstanden anscheinend überhaupt nicht, worum es ging. Außer Nostr'tut-Amus vielleicht, der Seshmosis nachdenklich ansah. Aber der Seher lebte meistens in seinen Visionen, in denen Vergangenheit, Gegenwart und Zukunft sowieso durcheinanderwirbelten.

Am nächsten Morgen machten sich Kalala, Tafa, Raffim, Barsil, Mani, Nostr'tut-Amus und Seshmosis auf, das Lager der Achäer aufzusuchen. Mit Freude nahm Raffim zur Kenntnis, dass sich in der Stadt aus Holz und Tuch auch einige Schmieden befanden.

Seit fast zehn Jahren hausten die Achäer hier, manche auf den an Land gezogenen Schiffen, andere in grob gezimmerten Holzhütten oder Zelten. Die improvisierte Stadt war groß, ungefähr zehntausend Krieger lebten hier mit ihrem Gefolge an Sklaven, Gespielinnen und Dienern. Ein strenger Geruch lag über dem ganzen Lager. Die Versorgung der Massen stand immer am Rande des Zusammenbruchs, und nur die ständig durchgeführten Raubzüge bis nach Thrakien und in die südlichen Teile Kleinasiens erhielten den Nachschub aufrecht. Die Achäer zogen plündernd bis hinunter nach Ephesus, Milet und Halikarnassos. Auch keine der Inseln vom nördlichen Thasos bis hinunter nach Samos im Süden war vor ihnen sicher, wobei sie keinerlei Rücksicht nahmen, ob die Bewohner eigentlich Verbündete waren oder nicht.

Die Tajarim fragten sich bei den Wachen durch, wer für Handelskonzessionen zuständig war, und wurden an einen gewissen Nestor, König von Pylos, verwiesen.

Nestor bewohnte eine der größten Hütten der Kriegerstadt, und die Eingangstür war reich geschmückt. Vor dieser lungerte ein etwa vierzehnjähriger Knabe und sah die Tajarim gelangweilt an.

Da es um Handelsangelegenheiten ging, hatte sich Raffim ausbedungen, das Wort zu führen. Er berief sich dabei auf seine diplomatischen Erfahrungen mit höher gestellten Persönlichkeiten und seine überzeugende körperliche Statur, die seinen Argumenten von Haus aus ein großes Gewicht gab.

»Bring uns zu deinem Herrn, dem ehrwürdigen Nestor!«, befahl Raffim.

»Er ist nicht mein Herr«, antwortete der Knabe blasiert. »Er ist mein Liebhaber.«

»Dann bring uns zu deinem Liebhaber!«, forderte Raffim wütend.

»Ihr seid zu viele. Das schwarze Weib, der Neger und die Geiernase müssen draußen bleiben!« Sprach es und verschwand ins Innere der Hütte.

Kalala atmete hörbar aus. Tafa, der von Raffim zu »Werbezwecken« mit einem wertvollen Eisenschwert ausgerüstet worden war, bot an, den Knaben sofort nach seiner Rückkehr zu züchtigen. Doch Kalala lehnte vorläufig ab. Sie wollte kein Aufsehen erregen.

Als sie Nestors Behausung betraten, staunte Seshmosis über all die Pracht. Der Handel mit Konzessionen schien viel abzuwerfen. Überall glitzerte und glänzte es, und die vielen Truhen enthielten sicher nicht nur Bettwäsche. Die luxuriösen Möbel waren eines Palasts würdig. Zwischen all diesen Kostbarkeiten lagerte ein uralter Mann. Seshmosis musste unwillkürlich an den Minos denken, doch dieser Greis war sicher noch älter.

»Willkommen in meiner bescheidenen Hütte!«, rief Nestor mit brüchiger Stimme. »Was führt euch zu mir?«

»Fürst Odysseus schickt uns«, log Raffim.

»Oh, da sollte ich euch aber von meinem jungen Freund Homophilos besser durchsuchen lassen, ob ihr nicht Nattern bei euch tragt.«

Als er die irritierten Gesichter der Tajarim sah, fügte er hinzu: »Ihr scheint Odysseus doch nicht so gut zu kennen. Vergesst meine Bemerkung. Verratet mir, woher ihr seid und womit ihr handeln wollt.«

Nun waren Raffim, Barsil und Mani in ihrem Element. Seshmosis verlor schnell das Interesse an dem Gespräch und sah sich aufmerksam in der Hütte um. Der Alte hatte wirklich einen immensen Reichtum angehäuft. Während Seshmosis über die Herkunft der einzelnen Stücke rätselte, riss ihn plötzlich ein Wort aus seinen Gedanken, das Nestor während seiner weitschweifigen Ausführungen sagte – »Argo«.

Sofort hörte Seshmosis zu, was der Greis erzählte.

»Ja, ja, damals, als wir auf der Jagd nach dem *Goldenen Vlies* waren, gab es auch schreckliche Kämpfe. Ich sagte immer zu Jason, so etwas Furchtbares werden wir mit Sicherheit nie wieder erleben. Doch ich hatte mich getäuscht. Dieser Krieg ist noch viel schrecklicher als alles, was ich bisher sah. Und ich habe wahrlich viel gesehen in meinen drei Menschenaltern.«

Die Händler wussten nicht, wovon der Alte sprach, doch Seshmosis kannte die Geschichte von *Jason und den Argonauten* sehr wohl. Jetzt fiel ihm wieder ein, wo er den Namen *Nestor* schon einmal gehört hatte. Dieser Nestor war einer der legendären Argonauten, die mit Medea das *Goldene Vlies* aus Kolchis gestohlen und nach Thessalien gebracht hatten!

»Verzeiht meine Neugier, ehrwürdiger Nestor, doch was ist eigentlich aus Jason geworden?«, fragte Seshmosis.

»Ach, hör mir mit diesem Versager Jason auf. Nach unserer Rückkehr mit dem *Goldenen Vlies* hat er nur noch Mist gebaut. Zuerst hat er die Sache mit Medea vermasselt und dann die Königswürde von Korinth in den Sand gesetzt. Das Letzte, was ich von Jason hörte, war, dass er auf einer der kleinen Inseln vegetiert, bettelnd auf den Türschwellen der Bauern sitzt und den Hunden das Brot stiehlt.«

So enden also Helden, wenn sie nicht jung sterben, dachte sich Seshmosis. *Der eine zum Bettler verkommen, der andere als raffgieriger Makler und Kinderschänder.*

Der Schreiber wollte noch nach einem weiteren Argonauten fragen, dem berühmten Sänger Orpheus, doch Nestor feilschte schon wieder mit Raffim um Prozente und Beteiligungen. Kurz darauf waren die Verhandlungen beendet, und Seshmosis erkannte am Grinsen des Dicken, dass das Übereinkommen mit dem legendären Greis zu seiner Zufriedenheit ausgefallen war.

Von Homophilos angeführt, verließen sie wieder die Hütte. Aus scheinbar unerklärlichen Gründen stürzte der Knabe beim Hinausgehen, und unglücklicherweise trat Tafa dem auf dem Boden liegenden auch noch »aus Versehen« auf die Hand.

»Wie ungeschickt von mir! Verzeih!«, sagte Tafa scheinheilig und half dem Jungen wieder auf die Beine, nicht ohne ihm dabei den Arm zu quetschen. Schließlich warf ihm der Nubier noch einen warnenden Blick zu, der Homophilos dazu veranlasste, die Wörter »Weib«, »Neger« und »Geiernase« aus seinem künftigen Wortschatz zu streichen.

Kalala wollte unbedingt noch dem Heerführer der Achäer, König Agamemnon von Mykene, ihre Aufwartung machen. Vor dem prächtigen Zelt des Fürsten hieß man sie warten.

Während sie so dastanden, versammelten sich in der Nähe immer mehr Krieger, um einen Blick auf die schwarze Schönheit zu erhaschen. Ihre geflüsterten Kommentare über Kalalas körperliche Vorzüge wurden immer lauter, hörbarer und anzüglicher. Weil die Prinzessin und ihre Begleiter nicht reagierten, scheuten sich die Achäer nicht, noch dreister und obszöner zu werden. Da riss Kalala der Geduldsfaden. In ihr erwachten das feurige Temperament ihrer Wüstenheimat und die Erinnerung an die Künste der Oasenhexen.

Drohend wandte sie sich an die Krieger.

»Wer es wagt, mich zu berühren, der wird bei lebendigem Leib verfaulen. Seine Haut wird sich vom Fleisch lösen und sein Fleisch vom Knochen. Während seine Augen längst erloschen immer noch meine Weiblichkeit schauen, wird der quälende Schmerz in seinem Skelett weiter wüten. Und selbst wenn seine Kameraden voll Erbarmen seine morschen Knochen verbrennen, wird seine Asche noch in Ewigkeit Qualen leiden, denn die dunklen namenlosen Götter Afrikas schützen mich. Ich bin Kalala, die Prinzessin von Gebel Abjad, die schwarze Perle Nubiens, der

Stern der Oase Salima, Tochter der vielnamigen Göttin der Liebe und der Rache.«

Ein Mann trat aus dem Zelt und klatschte dreimal in die Hände: Agamemnon.

»Wahrlich königlich gesprochen, Prinzessin Kalala. Ich begrüße Euch in meinem verwahrlosten, nichtswürdigen Lager. Leider zwingen uns die Umstände hier zu dieser nicht standesgemäßen Lebensführung. Ich hoffe, Ihr fühlt Euch durch die Begehrlichkeiten meiner Männer nicht zu sehr belästigt. Der schlimme Krieg lässt sie verrohen, und der Sklavinnen sind stets zu wenige.«

»Ich denke, sie wissen jetzt, mit wem sie es zu tun haben«, entgegnete Kalala. »Ich freue mich, Euch kennenzulernen, König Agamemnon.«

Der Heerführer ignorierte Kalalas Begleiter und lud die Prinzessin in sein Zelt. Diese lehnte jedoch dankend ab und vertröstete den König auf ein andermal. Heute gehe es ihr nur darum, ihre Anwesenheit zu melden und sich vorzustellen. Schließlich wollten die Tajarim auf keinen Fall als Spione verdächtigt werden.

Auf dem Rückweg zum Schiff stapfte El Vis sichtlich eifersüchtig neben Kalala her. Als sie den Strand erreichten, flüsterte er ihr ins Ohr: »Ich weiß, dass ich ohne dich nichts bin. Aber wenn du weiterhin mit diesem arroganten Fürsten flirtest, werde ich nie wieder für dich singen.«

»Hast du verstanden, Menelaos?«, fragte Agamemnon seinen Bruder.

Der schüttelte verständnislos seine mächtige blonde Mähne. »Nein! Ich soll unseren Männern sagen, dass wir aufgeben und nach Hause fahren, damit diese sich weigern, nach Hause zu fahren, und hier bleiben? Das kapiere ich nicht!«

»Sieh, mein lieber Bruder! Unsere Männer sind nach zehn Jahren vergeblicher Belagerung völlig fertig. Sie wollen nicht mehr kämpfen. Seit dem Tod von Achilleus und Aias dem Großen erscheint ihnen alles sinnlos. Du musst sie bei ihrer Ehre packen und zum Widerspruch reizen. Dann kann keiner später behaupten, du hättest sie weiter in diesen Krieg getrieben. Sie wollten es ja nicht anders.«

»Ah, jetzt verstehe ich. Diese List ist wahrhaft eines Odysseus würdig.«

»Gut, dann lass die Fürsten und Unterführer zum Grabhügel des Achilleus kommen und halte deine Ansprache.«

An die hundert mürrische Männer warteten gespannt, was Menelaos, König von Sparta, ihnen verkünden wollte. Schon bald nach dem Ruf der Herolde, sich zu versammeln, waren die Gerüchte schneller als ein Pfeil durchs Heerlager gefegt. Vor allem dem Fürsten von Ithaka, Odysseus, konnte man die Anspannung ansehen. Dann erklomm Menelaos ein Podest und wandte sich an die Achäer.

»Hört mich an, ihr Fürsten und Anführer! Mir blutet das Herz, wenn ich unsere Scharen so hinsinken sehe. Für meine Ehre ist die Elite der Achäer in den Kampf gezogen, und nun muss ich befürchten, dass am Ende keiner mehr die

Heimat begrüßen wird. Solches kann ich nicht zulassen! Lasst uns deshalb diesen unheilvollen Strand verlassen und mit unserer Beute zurücksegeln, ein jeder in sein Vaterland. Seit Achilleus und Aias dahingeschieden sind, ist keine Hoffnung mehr auf den Sieg. Was mich betrifft, kümmert mich mein verräterisches Weib nicht mehr. Soll sie mit dem weibischen Paris das Lager teilen. Lasst uns aufbrechen und der blutgetränkten Troas den Rücken kehren!«

»Was ist nur in dich gefahren?«, rief Diomedes und riss sein Schwert aus der Scheide. »Hat dich die Krankheit der Feigheit befallen? Kein Achäer wird auch nur einen Fußbreit weichen, bevor nicht Troja gefallen ist! Dem Ersten, der dir folgt, werde ich persönlich das Haupt vom Rumpf schlagen!«

Nun war es an Kalchas, dem Seher, nach vorn zu treten. Mit beschwichtigenden Gesten versuchte er die aufgebrachten Krieger zu beruhigen.

»Hört auf mich, ihr tapferen Söhne Griechenlands! Ich weiß, wie wir Trojas Zinnen stürmen können. Erinnert euch des edlen Philoktetes, des Freundes des Herakles!«

Ein Raunen entstand unter den Fürsten. Einige hatten ihn gar schon vergessen. Auf ihrer Fahrt nach Troja war Philoktetes bei einem Jagdausflug auf einer kleinen Insel von einer giftigen Schlange gebissen worden. Seine Wunde hatte sogleich zu eitern begonnen und fürchterlich gestunken. Seine Schmerzensschreie waren für die anderen schier unerträglich gewesen. Deshalb hatte Odysseus den Unglücklichen auf der Insel Lemnos ausgesetzt und dessen sieben Schiffe samt seiner Männer kurzerhand dem Medon übergeben.

»Lebt Philoktetes denn überhaupt noch?«, fragte Aias, der andere, der noch nicht tot war, der Sohn des Oileus, Führer der Lokrer.

»Ja, er lebt noch!« Kalchas versuchte sich in dem Stimmengewirr Gehör zu verschaffen.

»Eine Vision hat mir verraten, dass wir Troja nur mit Pfeil und Bogen des Herakles besiegen können. Wie ihr wisst, oder wissen solltet, sind diese Waffen im Besitz von Philoktetes. Mein Rat ist daher, ohne Verzug den stärksten unserer Helden, Diomedes, und den beredtesten, Odysseus, auszuschicken. Sie sollen zuerst zur Insel Skyros segeln und den Sohn des Achilleus, den jungen Neoptolemos, dort abholen, um ihn unverzüglich hierherzubringen. Danach sollen Diomedes und Odysseus nach Lemnos fahren und den Philoktetes mit seinen Pfeilen holen. Nur gemeinsam wird es ihnen gelingen, Philoktetes zu überreden, sich uns wieder anzuschließen.«

»Aber der Kerl stinkt wie die Pest!«, rief einer der geringeren Fürsten.

»Machaon und Podaleirios, die Söhne des Asklepios, des göttlichen Heilers, der selbst Tote wieder zum Leben erwecken konnte, werden sich seiner annehmen«, versprach Kalchas.

»Sieg oder Untergang!«, brüllte Diomedes.

Und alle Achäer am Grabhügel des Achilleus stimmten ein: »Sieg oder Untergang!«

Raffim kaute seinen dritten Döner mit allem und scharf und schien rundum zufrieden. Mursil hatte ihm eine Einführung in die Handelssituation in der Troas gegeben. Der Händler beobachtete sein Gegenüber ganz genau, und auch der junge Metin, der wie immer den Fleischspieß drehte, entging ihm nicht. Ihm gefiel, dass der Knabe in Anwesenheit von Fremden ohne aufzusehen weiter arbeitete und schwieg.

Nun wusste Raffim, was in dieser Gegend lief und was nicht und in wen man sinnvollerweise Schmiergeld investieren musste. Trotz des Krieges gab es immer noch Möglichkeiten, das belagerte Troja aufzusuchen und dort Handel zu treiben. Allerdings nicht mit Waffen. Aber das störte Raffim nicht. Seine »Ankersteine« würden in den Schmieden der Achäer landen, während er andere Kostbarkeiten in seinem Kaufmannsgehirn bereits für die Gegenseite reservierte. Raffim verfügte zum Beispiel über ein treffliches Sortiment von magischen Amuletten, die vor allen Arten von Verwundungen und Krankheiten schützten. Und in der teuersten Ausführung sogar garantiert unsterblich machten. Zumindest eine Zeit lang.

»Ich danke dir für deine Auskünfte. Einen fleißigen Knaben hast du da als Helfer, Mursil«, stellte Raffim beim Abschied fest und beschloss den Faktor »Kinderarbeit« in seine künftigen Kalkulationen einzubeziehen.

In Troja herrschte große Freude. Am rückwärtigen Tor, das man das *Dardanische Tor* nannte, war Verstärkung eingetroffen. Eurypylus aus Pergamon, Anführer der Mysianer, erschien mit einem Heer von mehreren tausend Mann, um die Trojaner zu unterstützen. Nach dem Verlust ihrer Helden Achilleus und Aias würde dies ein weiterer Schlag für die Achäer sein. Vor allem weil Spione gemeldet hatten, dass sich Diomedes und Odysseus derzeit nicht im Lager der Feinde befanden.

Kassandra teilte, wie so oft, die allgemeine Freude nicht. Sie rang in ihrem speziell eingerichteten, pechschwarz ausgemalten Privatgemach um eine Vision. Normalerweise genügte eine kurze Trance, um etwas über das Schicksal einer bestimmten Person zu erfahren. Doch diesmal gestaltete sich der Kontakt zur anderen Welt schwierig, da der Name Eurypylus sowohl für den trojanischen Verbündeten aus Mysien stand als auch für einen der größten Heerführer der Achäer. *Verfluchte Namensgleichheit!*, dachte sie und versuchte weiter, die verschwommenen Bilder ihres inneren Auges klarer zu erkennen. Doch immer wieder flossen die Eindrücke ineinander. Der Seherin stand der Schweiß auf der Stirn. Dann endlich konnte sie zwei verschiedene Personen voneinander unterscheiden. Sie sah den Schemen des einen Eurypylus mit durchbohrter Kehle in der Ebene vor der Stadt liegen, der Schemen des anderen Eurypylus wanderte wahnsinnig durch einen Olivenhain.

Kassandra wagte nicht zu entscheiden, welches Schicksal das grausamere war. Vielleicht die Gnade des frühen Todes statt ewiger Wahnsinn. Welcher Eurypylus in ihrer Vision auch immer der Freund der Trojaner war, seine Zukunft näherte sich bereits jetzt einem schrecklichen Ende.

»Ich weiß, dass ich mit meinen derzeitigen Geschäften gegen die *Grundregel Nummer eins* des internationalen Waffenhandels verstoße«, gab Raffim zu.

»Und wie lautet die?«, wollte Seshmosis wissen.

»Verkaufe grundsätzlich an beide Kriegsparteien die gleiche Menge Waffen, um den Konflikt möglichst lange aufrechtzuerhalten. Na ja, in unserem Fall muss ich leider die *Grundregel Nummer zwei* anwenden: Sollte *Grundregel Nummer eins* wegen der Gefährdung der eigenen Person nicht durchführbar sein, verkaufe alle Waffen an den Kontrahenten, der zur Verfügung steht. Du siehst, Seshmosis, ich handle ganz legal nach internationalem Recht. Krieg hat etwas mit Zivilisation zu tun, da kann man nicht einfach anarchisch nach persönlichen Gefühlen wie Sympathie und Antipathie vorgehen.«

»Ich denke, das grundsätzliche Problem mit dem Waffenhandel ist der Waffen*handel*. Dir ist also völlig egal, was mit den Trojanern passiert?«

»Nein, das ist mir nicht egal. Aber ich frage einfach nicht danach. Dann beunruhigt es mich auch nicht.«

Damit war für Raffim das Gespräch über die Ethik in Kriegszeiten beendet.

Seshmosis spazierte am Strand entlang und betrachtete die Schiffe und Boote. Die meisten waren aufgebockt. Schlimme Stürme und das lange Liegen hatten ihnen sichtlich nicht gut getan. Da lugte zwischen zwei Booten ein ungewöhnlicher Bug in Form eines Drachen hervor. Seshmosis ging näher darauf zu und erkannte, dass es sich bei diesem Schiff um eine ungewöhnliche Konstruktion handelte. Zumindest, wenn diese ein Schiff werden sollte.

Daneben stand ein Mann inmitten unzähliger umherliegender Holzteile mit einem Stück Papyrus in der Hand und kratzte sich hinter dem Ohr.

Seshmosis fragte den Mann, ob er ihm helfen könne.

Der Mann lächelte erleichtert und hielt Seshmosis das Papyrus entgegen: »Gerne! Ich bin Nautos, kannst du lesen?«

Stolz bejahte Seshmosis und schaute auf das Dokument.

»Es sind Idiotgramme«, fügte Nautos hilfreich hinzu.

»Du meinst wohl Ideogramme«, verbesserte ihn Seshmosis und studierte die Bild- und Schriftzeichen des Bauplans. Ohne Zweifel sollte der Holzhaufen neben ihm einmal ein Schiff werden. Kleine Bildchen zeigten, wie man welche Teile in welcher Reihenfolge zusammenbauen sollte. Außerdem gaben Keilschriftzeichen eindeutige Anweisungen, was man zu tun hatte:

»Herzlichen Freudenwunsch! Du kauft Schiff von großer artiger Vollkommenheit was einfach ist montierbar. Befolgen unbedingt Anleitung naturgetreu in kleinste Buchstaben. Den Mastast in Planken Zentrum versenkt mit Bugspriet tauen nicht vor Festmachung von Keil von Holz am Heck. Dann spulen bis Tauwerk Ende an Bord von Steuer. Niemals rechts! Sonst Segelbrett im Kiel

rauschen. Weil Schiff weiblich Rammsporn Aufpreis kosten extra. Kein Haftung für gar nichts wenn nicht Anleitung folgen dieses wahrhaftig!«

Seshmosis sah die Bilder an, dass sagte er: »Du hast recht. Es sind Idiotgramme. Wo hast du das überhaupt her?«

»Vor ein paar Tagen kam eine Karawane mit kleinen, gelben, schlitzäugigen Händlern mit großen Karren und riesigen Kisten darauf hier vorbei. Sie verkauften alles Mögliche, auch diesen Schiffsbausatz. Und weil mein altes Schiff von Bohrwürmern versenkt wurde, habe ich zugegriffen. Alles ganz praktisch und ganz einfach. Die Verpackungsbretter bilden zugleich die Schiffsplanken. Sieh hier!«

Seshmosis näherte sich dem provisorischen Bug und las die Keilschrift: »Gemacht in Han-Tan, Chao.«

Dann trat Seshmosis einige Schritt zurück, um das ganze Chaos mit einem Blick erfassen zu können und gleichzeitig seinen Rückzug vorzubereiten.

»Mir scheint, da liegt noch viel Arbeit vor dir, mein lieber Nautos.«

Der Bastler stampfte wütend mit dem Fuß auf den Boden. »Dass immer mir so etwas passieren muss! Vor drei Jahren kaufte ich einen Schiffsbausatz von einem Nordmann namens Ikeas. Das Schiff fiel schon beim Stapellauf auseinander.«

»Was war passiert?«

»Anscheinend fehlten einige Teile. Wichtige Holzdübel im unteren Bereich des Rumpfes, vermute ich. Und Reklamation machte natürlich keinen Sinn, weil dieser Ikeas schon längst wieder über alle Berge war.«

Seshmosis wünschte Nautos noch viel Glück bei seinen Bauarbeiten und schlenderte weiter. Bald erreichte er eine kleine Holzhütte, vor der ein offensichtlich blinder Mann mit einer Schriftrolle in der Hand saß.

Irritiert und neugierig zugleich trat Seshmosis näher. Der Blinde hörte ihn und rief Seshmosis zu: »He, du da! Ich kenne deine Schritte nicht, du bist ein Fremder! Was willst du?«

»Verzeih mir, ich wollte dich nicht erschrecken. Ich bin wirklich fremd hier. Mein Name ist Seshmosis und ich bin ein Schreiber aus Byblos.«

»Ein Schreiber, sagst du? Das trifft sich gut. Ich bin ein Dichter. Homeros ist mein Name. Tritt näher und nimm Platz!«

Seshmosis setzte sich neben den blinden Dichter und sagte: »Du bist offensichtlich blind, und dennoch sitzt du mit einer Schriftrolle hier, die du doch gar nicht lesen kannst. Warum tust du dies?«

»Um einen wie dich anzulocken. Einen, der sich darüber wundert, weil er selbst lesen kann. Und das kannst du ja wohl als Schreiber.«

Seshmosis war verblüfft. Die Schriftrolle war der Köder und er selbst der Fisch, der angebissen hat. Er betrachtete Homeros genauer, dann fragte er vorsichtig: »Homeros, mir scheint, du leidest nicht schon seit deiner Geburt an Blindheit. Wer raubte dir das Augenlicht?«

»Ein Fürst, der die Dinge, die ich beschrieb, anders sah als ich. Er meinte, ein Augenzeuge solle sich besser auf seine Ohren verlassen.«

»Welch grausame Tat! War es einer der Achäer?«

»Er hat mir geboten, darüber zu schweigen. Andernfalls würde meine Zunge vor mir die Seelen im Hades langweilen. Bitte dringe nicht weiter in mich ein, ich möchte noch erleben, wie die Geschichte hier endet.«

»Aber wie kannst du die Geschichte denn aufschreiben, wenn du doch blind bist?«, fragte Seshmosis.

»Dazu brauche ich einen Gehilfen. Und da mein letzter Gehilfe gerade von uns gegangen ist, frage ich dich, ob du nicht seinen Posten annehmen würdest. Ich bezahle dich auch dafür, und du kannst bei freier Kost und Logis bei mir wohnen.«

Seshmosis überlegte. Die Aufgabe reizte ihn, und solange die Tajarim hier waren, gab es für ihn sowieso nichts zu tun. Etwas Abwechslung und geistige Beschäftigung würden ihm sicher nicht schaden.

»Ja, lieber Homeros, ich will dein Schreiber sein, solange meine Freunde hier ankern. Doch noch eine Frage: Du sprachst von deinem *letzten* Gehilfen. Wie viele hattest du denn schon?«

Homeros antwortete nicht. Nach einiger Zeit wiederholte Seshmosis seine Frage.

»Ich habe dich schon verstanden«, antwortete Homeros. »Aber ich zähle noch.«

»Und was ist mit deinem letzten Gehilfen und deinen anderen Gehilfen passiert?« Eine ungute Vermutung beschlich Seshmosis.

»Du willst es nicht wirklich wissen«, wehrte Homeros ab.

»Doch, ich will es wissen!«, beharrte Seshmosis.

»Entweder haben sie mich bestohlen und sind dann weggelaufen, oder sie sind weggelaufen, ohne etwas mitzunehmen. Und diejenigen, die nicht rechtzeitig weggelaufen sind, fielen der Zensur zum Opfer.«

»Was bedeutet das denn?«, fragte Seshmosis entgeistert.

»Das bedeutet, dass sie von den Zensoren geopfert wurden. Meist auf dem Altar der Athene.«

Seshmosis überlegte ernsthaft, ob er seine Zusage nicht zurückziehen sollte, doch irgendetwas hielt ihn davon ab. Und es war mit Sicherheit nicht sein Selbsterhaltungstrieb. Stattdessen sagte er: »Ich gehe jetzt zu unserem Schiff und hole meine Sachen.«

Kurz darauf packte Seshmosis an Bord der *Gublas Stolz* seine wenigen Habseligkeiten zusammen.

Welcher Dämon hat mich nur geritten, dass ich auf dieses Angebot eingegangen bin?, fragte er sich.

»Es ist nicht schön, dass du mich einen *Dämon* nennst«, sagte GON, der in diesem Augenblick als rot getigerte Katze auf seinem Schrein materialisierte.

»Hast *du* mich diesen Posten annehmen lassen? Ich hätte es mir denken können. Die ganze Sache wird sicher wieder furchtbar gefährlich, ich werde wiederholt in Lebensgefahr geraten und mir ein bleibendes Trauma holen, oder irre ich mich?«

»Ich werde dich nicht enttäuschen«, versprach der Nomadengott.

»Wie soll ich das wieder verstehen?«

»Vorsicht, mein lieber Prophet! Du solltest nicht so despektierlich mit deinem Gott reden. Die Gefahren und all das andere, das dir Unbehagen bereitet, sind leider unvermeidlich. Aber dir wird nichts geschehen.«

»Ist das ein Versprechen?«, fragte Seshmosis nach.

»Ja, ich habe mich versprochen«, antwortete die Katze und grinste verschmitzt. Aber bevor Seshmosis noch etwas einwenden konnte, fuhr sie fort: »Selbstverständlich stehst du wie immer unter meinem persönlichen Schutz. Du wirst jeden Tag die gewohnte ›Stunde des Dankes‹ am Strand abhalten, damit ich den Tajarim Trost und Zuversicht spenden kann. Und jetzt lass uns bei Homeros einziehen!«

Mursil zog mit einem Eselskarren und Metin durch das Lager der Achäer und suchte einen geeigneten Ort, wo er an diesem Tag seinen mobilen Gyrosstand aufbauen konnte. Als sie den Grabhügel des Achilleus passierten, spuckte der Knabe darauf.

»Vorsichtig, mein Kleiner!«, ermahnte ihn Mursil. »Einer der achäischen Hunde könnte dich sehen. Oder gar der Geist des Achilleus, was wesentlich schlimmer wäre.«

Doch Metin sah seinen Herrn nur mit flackernden Augen an, und der Hethiter fragte sich, ob dies die Vorboten des Wahnsinns waren.

Das durch die Mysianer gestärkte Heer der Trojaner sammelte sich in der Ebene vor den Stadtmauern. Eurypylus stand mit Aineias beim großen, alten Feigenbaum, der seit zehn Jahren den Kriegern als Wegzeichen diente. Aineias, der Sohn des Anchises und der Göttin Aphrodite, war nach Hektors Tod nun der stärkste und tapferste der Trojaner. Mit dem Schlachtruf »Werft sie ins Meer!« stürmten die beiden Heerführer nun mit ihren Streitwagen und ihren Männern voran zum Lager der Achäer. Deren Verteidigung war schlecht organisiert. Menelaos lag trunken in seinem Zelt, und Agamemnon, der oberste Heerführer der Achäer, vergnügte sich mit einer seiner zahlreichen Konkubinen, während vor der Mauer des Lagers die Krieger in den Staub sanken. Einer der Ersten, der fiel, war Nireus, den man »den Schönsten« unter den Achäern nannte. Durchbohrt von der Lanze des Eurypylus, hauchte er sein Leben aus. Nach alter Tradition wollte ihm der Mysianer den Brustpanzer als Trophäe rauben, doch das erzürnte Machaon, den Arzt und Krieger, und er stieß dem über Nireus' Leichnam gebeugten Eurypylus voll Zorn seinen Speer in die Schulter. Eurypylus brüllte vor Schmerz und stürzte sich wie ein verwundeter, rasender Eber auf den Achäer. Dieser versuchte sich mit einem Steinwurf zu wehren, doch Eurypylus drang unbeeindruckt weiter auf ihn ein und bohrte ihm den Speer so tief in die Brust, dass er hinten wieder austrat. Machaon, der hoffnungsvolle Spross des großen Heilers Asklepios, fiel wie vom Blitz getroffen zu Boden und verströmte sein junges Leben.

Angestachelt von diesem Erfolg, brüllte Eurypylus erneut: »Werft sie ins Meer!«, und die Mysianer und Trojaner folgten ihm. Sie erreichten die Mauer, und der Lokrer Aias wurde von Aineias mit einem Stein schwer verwundet und niedergestreckt. Nur die aufkommende Nacht rettete die Achäer und verhinderte, dass die Angreifer die Schiffe erreichen konnten.

Der siegreiche Mysianer schlug mit seinem Heer am Ufer des Strabons ein Nachtlager auf, die Trojaner kehrten durch das *Skäische Tor* in die Stadt zurück.

Unbeeindruckt vom Kriegsgeschrei draußen, saßen Homeros und Seshmosis in der Hütte des Dichters. Seshmosis war begierig, mehr über den geheimnisvollen Blinden zu erfahren. So fragte er ihn frei heraus: »Was bringt dich eigentlich an diese schrecklichen Gestade? Mir scheint dies nicht der rechte Platz für einen Poeten.«

Homeros seufzte.

»Wahrlich, dies ist kein Platz für Poesie und für einen Dichter schon gar nicht. Doch ich kam nicht freiwillig hierher. In den frühen Tagen des Krieges führte Achilleus ein Plünderungszug an der Küste Kleinasiens in meine Heimat Lydien. Mitten auf dem Marktplatz von Kolophon, wo ich gerade meine Verse vortrug, ergriffen und verschleppten sie mich. Sie wollten mich als *eingebetteten Berichterstatter* haben, wie sie es nannten. Ich sollte ihre Heldentaten im Kampf um Troja direkt erleben und in wohlgesetzten Hexametern festhalten.«

Seshmosis begann zu verstehen. »Und was veranlasste sie, ausgerechnet dich auszuwählen?«

»Dort im Regal liegen Schriftrollen, die mit einem grünen Band gekennzeichnet sind. Nimm eine und lies!«

Seshmosis tat, wie ihm geheißen, breitete eine der Rollen aus und las laut vor:

»›Nun rief Zeus die Götter im sternenreichen Himmel zusammen, zeigte ihnen die Kriegsscharen und die vielen großen und starken Kämpfer, die da mächtige Lanzen trugen, so ähnlich, wie wenn ein Kentauren- oder Gigantenheer dahinzieht.‹«

Seshmosis verstummte und las etliche Passagen quer, um sich einen Überblick zu verschaffen. Dann blickte er verwundert vom Papyrus auf.

»Ich weiß nicht, ob es an meinen Kenntnissen der achäischen Sprache liegt, aber ich habe das Gefühl, dass die Helden dieser Geschichte merkwürdige Gestalten sind.«

»Was meinst du, mein lieber Seshmosis?«, fragte Homeros mit einem verschmitzten Lächeln.

»Nun, die Namen deiner Helden. Da kämpfen die Furcht erregenden Meridarpax, Tyrophagos und Pternoglyphos gegen die waffenstarrenden Kraugasides, Borborokoites und Physignathos.«

»Und? Was ist daran so besonders? Kämpfen nicht immer Furcht erregende Krieger gegen waffenstarrende Feinde?«

»Aber wenn meine Kenntnisse deiner Sprache mich nicht vollends täuschen, so tragen all deine Krieger *sprechende Namen*, das heißt, sie sagen etwas über sie aus.« Seshmosis rang mit sich und seiner Unsicherheit. Er wurde das

Gefühl nicht los, der andere wolle ihn auf den Arm nehmen. Doch Homeros lachte nur.

»Sag mir doch, mein lieber Seshmosis, was dir die Namen meiner Helden verraten!«

»Nun, Meridarpax bedeutet meines Wissens *Bröckchenräuber*, Tyrophagos heißt *Käsenascher* und Pternoglyphos nichts anderes als *Schinkenhöhler*. Auf der anderen Seite stehen Kraugasides, also der *Quakerich*, Borborokoites, der *Schlammerich*, und Physignathos, der *Pausback*.«

»Du beherrschst meine Sprache wirklich gut, Seshmosis. Das ist alles korrekt übersetzt.«

»Und dennoch siehst du mich verwirrt. Was sollen diese befremdlichen Namen? Wer, um aller Götter willen, heißt denn so?«

Nun lachte Homeros schallend.

»Wer wird denn schon Bröckchenräuber, Käsenascher und Schinkenhöhler heißen? Mäuse natürlich! Und Quakerich, Schlammerich und Pausback sind meiner Meinung nach gute Namen für Frösche! Das Werk, weswegen mich die Achäer entführten, ist mein Epos *Batrachomyomachia*, mein ›Froschmäusekrieg‹. Dieses Epos trug ich vor, als sie mich auf dem Marktplatz von Kolophon gefangen nahmen. Sie fanden den Stil so dramatisch und heroisch, dass sie ihre eigenen Abenteuer so erzählt haben wollten. In diesem Epos geht es um einen Krieg, der durch einen unglücklichen Todesfall ausgelöst wird. Es kommt, wie immer in solchen Fällen, zum Kampf der Kulturen. Die Mäuse wollen den Fröschen die Überlegenheit ihrer eigenen Kultur beweisen und umgekehrt die Frösche den Mäusen. Mit viel Pathos und Waffengeklirr prallen die

Heere aufeinander und schlachten sich gegenseitig heldenhaft ab.«

»Also genau wie hier! Ob Maus, Frosch oder Mensch, in ihrem Verhalten sind alle gleich.« Nun schüttelte sich auch Seshmosis vor Lachen. Die Eitelkeit der achäischen Fürsten entbehrte nicht einer unfreiwilligen Komik. Um ihres Ruhmes willen ließen sie sich mit Mäusen und Fröschen vergleichen.

»Aber ich verstehe nicht, warum sie eine solche Art der Rühmung brauchen. So viel ich bisher erfahren habe, stammen etliche dieser vornehmen Fürsten von den Göttern ab«, wandte Seshmosis ein.

Aufgebracht von dieser Bemerkung, erhob sich der Blinde und ging wütend in der Hütte auf und ab.

»Jeder dahergelaufene achäische Schlächter führt seinen Stammbaum auf einen Gott zurück, weil seine Mutter sich nicht mehr erinnern kann oder will, mit wem sie geschlafen hat. Ist ja auch schwer zu erklären, wo das neue Kind herkommt, wenn der Herr Gemahl nach einem Jahr oder zwei von seinen Abenteuern zurückkehrt. Natürlich hat auch er in der Fremde Kinder mit Frauen gezeugt, die mit anderen Männern vermählt sind, die sich gerade in der Fremde befanden. Und deshalb kommen in jeder Generation neue göttliche Wechselbälger dazu. Agamemnon, Menelaos, Idomeneus und Aias der Große stammen zum Beispiel von Zeus ab, wie auch die gesamte trojanische Königsfamilie mit Hektor und Paris. Die Athener stammen natürlich von Athene ab, das heißt, ebenfalls von Zeus. Schau dir Perseus an! Er ist der Sohn von Zeus; aber der Urenkel des Perseus, Herakles, ist ebenfalls ein Sohn von Zeus. Das heißt, Perseus ist der Urgroßvater und gleichzeitig der Halbbruder von Herakles! Kein Wunder, dass man bei solchen Familienverhältnissen wahnsinnig wird. Dieser ganze verdammte Krieg hier ist nichts anderes als ein gegenseitiges Gemetzel unter Inzüchtigen! Und die Beteiligten sind allesamt von einem bösen Geist besessen: Hybris! Die absolut vermessene Selbsterhöhung und Selbstüberschätzung.«

In diesem Augenblick erschien ein behelmter Kopf in der Tür und fragte: »Ist Medon hier?«

Als der Krieger erkannte, dass niemand außer dem blinden Dichter und einem Fremden im Raum war, verschwand er wortlos.

Homeros erbleichte und suchte tastend nach seinem Sessel. Als er ihn gefunden hatte, ließ er sich hineinsinken und atmete hörbar aus.

»Homeros! Was ist mit dir? Ist dir nicht gut?«, fragte Seshmosis besorgt.

»Sie betrügen mich«, flüsterte der Dichter.

»Mit Sicherheit tun sie das. Das macht Raffim mit mir auch immer wieder. Aber was meinst du jetzt speziell?«

»Hol bitte die Schriftrolle mit dem roten Band und der Nummer 15 darauf. Dann such bitte den Vers 325 und lies vor!«

Seshmosis tat wie ihm geheißen:

»›Wie wenn ein Raubtierpaar verwirrend im nächtlichen Dunkel

Einbricht in eine Herde von Rindern oder Schafen –

Plötzlich taucht es auf, wenn der Hirte gerade nicht da ist –:

Also flohn die Achäer, abwehrlos, denn Apollon Schreckte sie, doch er gewährte Ruhm den Troern und Hektor.

Da erschlug Mann den Mann in aufgelöstem Gefechte.

Hektor tötete Stichios da und Arkesilaos,

Diesen, den Führer der erzgeschirmten böotischen Scharen,

Jenen des hochgemuten Menestheus treuen Gefährten.

Doch Aineias gewann des Medon und Iasos Waffen ...‹«

»Wusste ich's doch!«, unterbrach Homeros den Vortrag. »Medon ist bereits tot, und nun fragt dieser Krieger nach ihm. Sie erzählen mir lauter Lügen! Doch bitte fahre fort.«

»›Doch Aineias gewann des Medon und Iasos Waffen; Der war ein Bastardsohn des göttergleichen Oileus, Medon, ein Bruder des Aias, welcher in Phylake wohnte, Von der Heimat entfernt, weil er umgebracht einen Verwandten Seiner Stiefmutter, der Eriopis, der Frau des Oileus ...‹«

Seshmosis brach ab. »Nun geht es mit Iasos weiter.«

»Ich weiß«, räumte Homeros ein. »Schließlich ist es *mein* Epos. Tja, da haben sie mich ganz schön hinters Licht geführt. Erzählen mir von heroisch gefallenen Kriegern, die in Wirklichkeit quicklebendig im Lager herumlaufen. Doch auch das wird Medon nicht retten. Starb er nicht damals, so wird es ihn in einer anderen Schlacht erwischen.«

»Aber mit Geschichtsschreibung hat das Ganze ja wohl nichts mehr zu tun«, bemängelte Seshmosis.

»Mein junger Freund, du musst noch viel lernen. Wie sagte schon ein völlig vergessener Kriegsherr der westlichen Regionen: *Was ist Historie anderes als eine Fabel, auf die man sich geeinigt hat?* Und der Mann hat Recht! Die Geschichte wird nicht von den Verlierern, sondern von den

Siegern geschrieben. Bei ihnen liegt die Wortgewalt und damit die Wahrheit. Glaub mir, wer tot ist, schreibt keine Geschichten mehr auf.«

Homeros nahm einen langen Dolch und fuchtelte, blind wie er war, vor Seshmosis in der Luft herum.

»Vorsicht!«, schrie Seshmosis. »Du könntest mich umbringen!«

»Siehst du, die Wahrheit liegt *hinter* der Spitze des Schwertes. Wer *vor* der Spitze steht, hat andere Sorgen.«

»Warum schreibst du dennoch ihre Geschichte auf?«

»Deswegen!«, sagte Homeros gequält und deutete auf seine geblendeten Augen. »Weil ich schon einen sehr, sehr hohen Preis bezahlt habe und die Sache zu Ende bringen will. Und um dem ganzen Wahnsinn vielleicht doch noch einen Sinn zu geben. Vielleicht erkennen ja die Menschen, die meine Geschichten hören, was in Wirklichkeit hinter dem so genannten *Heldentum* steckt.«

Am nächsten Vormittag ging Seshmosis mit dem Schrein von GON zum kleinen Lager der Tajarim am Strand. Dort stellte er den Kasten auf einen kleinen Sandhügel und lud seine Freunde zur ›Stunde des Dankes‹ ein. Zu Seshmosis' Freude kamen alle; sogar einige der phönizischen Seeleute schlossen sich ihnen an. Ganz in der Nähe beobachteten etliche Achäer, deren Aufgabe es war, die Tajarim im Auge zu behalten, misstrauisch die Szene.

In vorderster Reihe knieten Kalala, El Vis, Nostr'tut-Amus und Elimas. Seshmosis räusperte sich, dann begann er zu sprechen.

»Wir alle sind fern unserer Heimat, und vielleicht kommt sich der eine oder andere verloren vor. Mir jedenfalls geht es so. Der Sand hier am Strand der Troas ist ein anderer als der in der Wüste von Ägypten, doch unser Herr, GON, ist derselbe, und er ist bei uns.«

Wie zur Bestätigung seiner Worte stieg der Sand rund um den Hügel hoch und bildete einen flirrenden Vorhang. Dieser teilte sich genau vor dem Schrein, während der Rest der Umgebung wie hinter einem Schleier verborgen blieb. Über dem Schrein des Gottes bildete sich eine kleine Feuersäule. Die achäischen Wachen ließen ihre Speere fallen und warfen sich ehrfürchtig auf die Knie, während die Tajarim ergriffen die Hände zum Himmel hoben.

»Seht, der Herr gibt uns ein Zeichen!«, rief Seshmosis. »Auch hier, an diesen kriegerischen Gestaden, ist er mächtig und beschützt uns. Lasst uns nun GON danken!«

Die Anwesenden murmelten leise Dankesgebete, und schließlich verblasste die Feuersäule langsam. Als das letzte Wort verklungen war, beruhigte sich auch der Sand und rieselte sanft zu Boden.

Mit einer Handbewegung beendete Seshmosis stumm die ungewöhnliche ›Stunde des Dankes‹, nahm den Schrein und kehrte zu Homeros' Hütte zurück.

Am folgenden Tag stürmten erneut die Mysianer und Trojaner gegen das Lager der erschöpften Achäer, und so wurden aus den Belagerern nun die Belagerten. Fast war schon eine Bresche in die Mauer geschlagen, als ein Schiff anlandete. Ihm entstiegen Diomedes, Odysseus und Neoptolemos. Während Diomedes sich sofort in die Schlacht stürzte, führte Odysseus den Sohn des Achilleus zu seinem nahe am Strand gelegenen Zelt und überreichte ihm die dort gelagerten Waffen seines Vaters. Keinem anderen außer dem von eigener Hand gefallenen großen Aias hätte der mächtige Brustpanzer gepasst. Neoptolemos legte die Rüstung an, sie saß wie angegossen. Dann ergriff er den prächtigen Schild, das Schwert und den Speer und eilte mit Odysseus zur Mauer. Die Trojaner glaubten, Achilleus selbst wäre zurückgekehrt, und wichen in panischer Furcht. Neoptolemos stürzte sich ins Getümmel und brachte seinem gefallenen Vater ein ums andere Schlachtopfer dar. Bis zum Einbruch der Dunkelheit erschlug Neoptolemos in seinem Blutrausch jeden, der ihm in die Quere kam.

Während draußen die blutige Schlacht tobte, fertigte Seshmosis in der Hütte des Dichters eifrig Notizen für Homeros. Am häufigsten waren dabei Wörter wie »erschlug«, »erstach« und »zerschmetterte«. Dazu eine schier endlose Liste von Namen und die Anmerkung, wer wem diese Wörter antat.

Seshmosis hatte inzwischen von Homeros erfahren, dass dieser bisher keineswegs die ganzen, nahezu zehn Jahre des Krieges in Verse gefasst hatte, sondern nur einen Teil mit dem Titel: »Der Groll des Achilleus«.

Das Epos behandelte lediglich einundfünfzig Tage des neunten Kriegsjahrs und umfasste dennoch 15 682 Verse.

Seshmosis war beeindruckt. »Wenn du die anderen Tage und Jahre ebenso umfänglich darstellen willst, hast du noch einiges vor dir.«

»Davor mögen mich die Götter bewahren! Ich plane nur einen zweiten Teil von Hektors Leichenbegängnis bis zum Ende der Geschichte, wie auch immer das aussehen mag.«

Das Gespräch der beiden wurde immer wieder von Boten unterbrochen, die mit den neuesten Meldungen kamen, wer gerade wieder wen wie erschlagen hatte. Seshmosis schrieb akkurat mit.

Erst als die Sonne an diesem Tag genug gesehen hatte und sich hinter den Schiffen zur Ruhe begab, endete der Arbeitstag für Seshmosis. Müde legte er sich auf sein Lager. Er erreichte gerade jenen Dämmerzustand zwischen Wachen und Schlafen, als er in seinem Kopf eine Stimme hörte: »Gehe bei der nächstmöglichen Gelegenheit nach Troja. Du musst dort unbedingt die Seherin Kassandra treffen!«

GON, mein Herr, bist du das?, fragte Seshmosis stumm, da er nicht wollte, dass Homeros ihn hören konnte.

»Genau der, mein lieber Prophet. Und nun schlaf gut, der morgige Tag wird ein harter Tag werden.«

Der Nomadengott sollte Recht behalten. Gleich bei Tagesanbruch begann der Kampf aufs Neue. Lange war das Gefecht unentschieden, und auf beiden Seiten mordeten und starben die Krieger. Ein Freund des Eurypylus hauchte unter den wütenden Hieben eines Achäers sein Leben aus; der Mysianer geriet daraufhin in eine noch wildere Raserei und mähte reihenweise seine Feinde nieder. Als die Sonne sich dem Zenit näherte, traf er mit seinem Streitwagen auf Neoptolemos.

»Wer bist du, Jüngling?«, wollte Eurypylus wissen. »Die Götter müssen dich hassen, dir mich in den Weg zu stellen!«

»Warum willst du meinen Namen wissen, wenn du mich doch erschlägst? Aber dies wird nicht geschehen! So wisse denn, ich bin der Sohn des Achilleus, der einst deinen Vater verwundete. Die Rosse meines Wagens sind die windschnellen Kinder der Harpyien, ich trage die Rüstung meines Vaters ebenso wie seine Lanze, und die sollst du nun schmecken!«

Neoptolemos sprang vom Wagen und baute sich drohend vor Eurypylus auf. Der hob einen schweren Stein vom Boden und schleuderte ihn gegen den Jüngling. Das Geschoss prallte jedoch von dessen goldenem Schild ab. Dann stürzten sich die beiden Kontrahenten wie Raubtiere aufeinander. Links und rechts von ihnen tobte die Schlacht in endlosen Einzelgefechten weiter. Eurypylus und Neoptolemos zerstörten mit ihren Speeren einander die Schilde, doch keiner wich zurück. Jeder der beiden schöpfte Kraft aus dem unerschütterlichen Bewusstsein, von Unsterblichen abzustammen. Schließlich waren ihre

Mütter niemals müde geworden, ihnen dies seit dem Tag ihrer Geburt zu erzählen.

Lange kämpften sie so gleich stark miteinander, und keiner erreichte einen Vorteil. Doch mit einer Finte täuschte schließlich Neoptolemos den erfahrenen Kämpfer und rammte ihm den Speer in die Kehle. Ein purpurner Blutschwall drang aus der Wunde, und Eurypylus stürzte wie ein gefällter Baum zu Boden. Er lag genauso da, wie ihn Kassandra in ihrer Vision gesehen hatte.

Die Kunde vom Fall ihres Anführers verbreitete sich schnell unter den Mysianern, und sie wären wohl wie die Schafe vor den Wölfen zu den Mauern Trojas geflohen, hätte nicht plötzlich ein neuer Verbündeter zu ihren Gunsten eingegriffen.

Für alle Beteiligten unsichtbar, fuhr Ares selbst mit seinem von Feuer schnaubenden Rossen gezogenen Streitwagen durch das Schlachtgetümmel. Unbemerkt von den anderen, hatte der gefürchtete Kriegsgott heimlich den Olymp verlassen, um den Trojanern zu Hilfe zu eilen. Als feuriger Sandsturm fegte er durch die Reihen der Achäer und warf sie reihenweise zu Boden. Die wunderten sich, welche Kraft da wirkte, konnten sie den Feind doch weder sehen noch fassen. Bei all dem rief Ares den Trojanern zu, nicht vor dem Feind zu weichen. Diese staunten, wer da für sie kämpfte, konnten auch sie den Gott doch nicht sehen. Helenos, Sohn des Priamos und Seher, erkannte mit seiner besonderen Gabe als Erster, was da vor sich ging, und rief: »Freunde! Ares selbst kämpft auf unserer Seite! Voran! Voran!«

Nun war es wieder an den Achäern zurückzuweichen.

Allein Neoptolemos hielt stand und ließ sich nicht abdrängen. Er stürmte weiter unerbittlich auf die Verteidiger der Stadt ein. Das versetzte Ares erst richtig in Zorn, und er wollte gerade die Wolke zerreißen, die ihn unsichtbar machte, und den Jüngling persönlich erschlagen, als Athene, die Beschützerin der Achäer, vom Olymp auf das Schlachtfeld eilte. Die Erde erbebte bei der Ankunft der Göttin, und die Wellen des Flusses Skamander überschwemmten die Ufer. Gleißende Blitze sprangen von den Waffen der Athene, und die züngelnden Schlangen des Gorgonenhauptes auf ihrem Brustschild standen in Flammen. »Ares!«, schrie die Göttin. »Ich schlage dich persönlich in Stücke, wenn du dich nicht augenblicklich von Neoptolemos abwendest!«

»Einen Deut werde ich tun«, entgegnete der Kriegsgott. »Ich schicke den Knaben zu seinem Vater in den Hades!« Sprach es und erhob sein Schwert gegen Athene.

Die beiden wären wohl in einem fürchterlichen Zweikampf aufeinander losgegangen, hätte nicht in diesem Augenblick Zeus mit einem warnenden Donnerschlag eingegriffen. Ares und Athene erkannten, dass sie zu weit gegangen waren, und zogen sich zurück.

In der Menschenwelt vor Troja wunderten sich beide Seiten über das Geschehen. Sie nahmen es als göttliches Zeichen, die Schlacht abzubrechen. Die Achäer suchten den Schutz ihres Lagers, die Trojaner den der Mauern ihrer Stadt. Doch schnell bevölkerte sich die verwüstete Ebene erneut, nur dass es diesmal keine Krieger waren. Das Kommando übernahmen nun die Wundärzte und Todesengel, die manchem der Schwerstverletzten den erlösenden Gnadenstoß gaben. Sklaven und Frauen beider Parteien schleppten die Gefallenen zu großen Holzstößen, sorgfältig darauf achtend, dass vor dem Schiffslager nur Achäer und vor den Stadtmauern nur Trojaner aufgeschichtet wurden. Noch eine dritte Gruppe kämpfte sich wütend mit Karren durch den Schlamm, den Athenes Überschwemmung zurückgelassen hatte, und sammelte Pfeile und Steine ein – Mursils Familie. Dass dabei auch so mancher Ring von toten Fingern rutschte, war bei dieser Tätigkeit ein häufig beobachtetes Phänomen.

Zur ›Stunde des Dankes‹ versammelten sich nicht nur die Tajarim und die phönizischen Seeleute, sondern auch noch mehr Achäer als am Vortag. Die Ereignisse am Strand hatten sich herumgesprochen, und viele Krieger, die davon gehört hatten, waren neugierig, ob vielleicht wieder eine Feuersäule erscheinen würde. Doch der Nomadengott verzichtete auf einen weiteren spektakulären Auftritt, und so trollten sich die Achäer enttäuscht zu ihren üblichen Aufgaben.

Nun fand Neoptolemos endlich die Zeit, das Grab seines Vaters Achilleus zu besuchen. Er stieg auf den aufgeschütteten Hügel und küsste die Säule, die man zur Erinnerung an den großen Helden darauf errichtet hatte. Seufzend und voll Wehmut sprach er:

»Sei mir gegrüßt unter den Toten, mein Vater! Du, der mich nie sah! Du, dem ich nie begegnen durfte! Sie sagen, ich sei dir ähnlich, und ich verspreche dir, ich will der Schrecken der Feinde der Achäer sein, so wie du es warst.«

So verließ er den Grabhügel und suchte das Zelt des Odysseus auf. Ungeduldig wurde er dort schon erwartet.

»Uns bleibt nicht viel Zeit zu ruhen, junger Freund. Der weise Seher Kalchas teilte mir mit, dass wir nur Erfolg haben können, wenn sich auch der zweite Teil seiner Prophezeiung erfüllt. Wir brauchen unbedingt die Pfeile des Herakles, die sich im Besitz des Philoktetes befinden. Es wird ein schwerer Gang für mich, weil ich es doch war, der den kranken Philoktetes auf Lemnos aussetzen ließ. Ohne deine Hilfe wird er sich bestimmt nicht mit uns versöhnen.«

»Dann lass uns aufbrechen, Listenreicher. Ich brenne darauf, die Trojaner endgültig zu besiegen!«

Die Achäer winkten dem unscheinbaren Schiff nach, das Odysseus und Neoptolemos nach Lemnos und ihnen dadurch den Sieg bringen sollte. Dann wandten sie sich wieder den Tätigkeiten zu, denen sie immer während einer Waffenruhe nachgingen.

Sie bestatteten ihre Toten, betranken sich sinnlos, stritten sich um Sklavinnen und folterten gefangene Trojaner. Natürlich nicht zu ihrem Vergnügen, wie sie stets beteuerten, sondern nur im Dienst der höheren Sache. Schließlich ging es darum, die Überlegenheit ihrer – der achäischen – Kultur gegenüber der unterlegenen trojanischen Kultur zu demonstrieren und durchzusetzen. Die Hethiter und all ihre Verbündeten an der Küste Kleinasiens waren für die Achäer einfach nur Barbaren, die man in ihre Schranken weisen musste. Da sollte es doch erlaubt sein, für lebenswichtige Informationen drastische körperliche Mittel einzusetzen. Schließlich kämpfte man gegen den trojanischen Terror.

In den Feldschmieden der Achäer verwandelten sich derweil Raffims Ankersteine nach und nach in eiserne Schwerter. In Schwerter, die den üblichen aus Bronze an Härte und Durchschlagskraft weit überlegen waren. Das Eisen, das mit den Meteoren von den Sternen kam, brachte auf der Erde den sicheren Tod. Und Raffim versteckte unter den Planken der *Gublas Stolz* mehr Gold, als er jemals gesehen, geschweige denn besessen hatte.

Homeros und Seshmosis tranken in der Hütte des Dichters mit Wasser verdünnten Wein.

»Siehst du, mein Freund, so geht dies nun schon fast zehn Jahre. Sie zerfleischen sich gegenseitig, und dann gibt es wieder eine Waffenruhe. Die Krieger beider Seiten lecken sich die Wunden, schaffen Vorräte heran, erholen sich, und dann geht es wieder von vorne los«, erklärte Homeros.

»Herrscht denn im Augenblick wirklich Ruhe?«, fragte Seshmosis aufgeregt.

»Ja, bis der nächste Anführer in einen Heldenrausch fällt und eine Schlacht anzettelt.«

»Dann muss ich die Zeit nutzen, ich muss sofort nach Troja!«

»Du willst nach Troja?« Homeros sah Seshmosis entgeistert an. »Was, um aller Götter willen, hast du denn in Troja zu schaffen?«

»Es ist nicht um der Götter willen, es ist um eines, *meines* Gottes willen. Er befahl mir, die Seherin Kassandra zu treffen.«

»Unergründlich sind auch die Ratschlüsse fremder Götter«, bekundete Homeros. »Dann bleibt mir nur, dir viel Glück und eine gesunde Rückkehr zu wünschen! Ich brauche dich nämlich noch.«

Seshmosis ging zuversichtlich zur *Gublas Stolz*. Und er wurde nicht enttäuscht. Raffim erklärte sich sofort bereit mitzugehen, weil er mit seinem Sortiment sowieso auf den Markt von Troja wollte. Natürlich begleiteten ihn seine Diener Jabul, Jebul und Jubul zum Schutz und als Träger seiner Waren. Auch Barsil und Mani packten einige erlesene Stücke aus ihrem Angebot ein, um sie den Trojanern zu verkaufen. Nostr'tut-Amus zeigte sich begierig, seine berühmte Kollegin Kassandra kennenzulernen, und schloss sich ihnen ebenfalls an.

Die anderen, allen voran Kalala und El Vis, verspürten keine Lust, die relative Sicherheit an Bord des Schiffes und im kleinen Lager für einen Ausflug in eine belagerte, ständig umkämpfte Stadt aufzugeben.

Gerade als die Gruppe aufbrechen wollte, hörte Seshmosis eine innere Stimme: *Nimm einen Ledersack mit!*

Stumm fragte der Schreiber: *Und was soll ich hineintun, Herr?*

»Nichts!«, erwiderte die tonlose Stimme. »Wage es nicht, irgendetwas in den Sack zu stecken. Denn ich werde darin sein und dich begleiten.«

An der Furt über den Skamander trafen sie auf Mursil und Metin, die am diesseitigen Ufer ihren Imbissstand aufgebaut hatten. Sie boten Kriegern beider Seiten, die mit dem Einsammeln von Waffen und Ausrüstungen gefallener Kameraden beschäftigt waren, Gyros oder Döner an, je nach politischer Zugehörigkeit. Auf Raffims Drängen bestellten sich auch die Tajarim eine stärkende Wegzehrung.

»Wenn du schon *mit allem* anbietest, solltest du auch Oliven dazugeben!«, maulte Raffim den Hethiter an. »Und mach mir gleich vier von diesen Klappbroten, sonst bin ich bis Troja verhungert!«

Während Mursil das Essen zubereitete, beobachtete Seshmosis den stummen Knaben, der geistesabwesend den Lammspieß drehte. Die dunklen, traurigen Augen des Jungen erzählten eine eigene Geschichte. Der Knabe war mit

Sicherheit keine einfache Kriegswaise und von größerer Bedeutung, als Mursil vorgab.

Als Seshmosis Mursil fragte, ob er ihm vielleicht sagen könne, wo in Troja die Seherin Kassandra zu finden sei, zuckte Metin merklich zusammen und hielt seinen Drehspieß kurz an. Seshmosis registrierte dies und war sich insgeheim sicher, dass der Junge ein Geheimnis in sich trug.

Mursil gab Seshmosis den Rat, am besten im Palast des Priamos nach der Prinzessin Kassandra zu fragen.

Daraufhin gingen die Tajarim weiter durch die Ebene und erreichten schließlich das westlich gelegene *Skäische Tor*. Vier grimmig dreinblickende Krieger musterten sie misstrauisch und fragten nach ihrem Begehr.

Raffim übernahm die Verhandlungen mit den Wachen. Man durfte den großen, übergewichtigen Mann auf keinen Fall unterschätzen. Zwar bekam er schon bei Vollmond Schweißausbrüche, und jeder, der ihn sah, hielt ihn für plump und ungelenk, doch das täuschte. Das täuschte sehr! Schon die Krokodile in Theben hatten diese Erfahrung machen müssen, als er ihnen Tränen abgepresst, diese in Gold und Silber gefasst und als Amulette verkauft hatte. Einen Mann, der Krokodile zum Weinen bringen konnte, sollte ein Mensch tunlichst nicht unterschätzen.

Raffim baute sich in seiner ganzen Größe und Breite vor dem erstbesten Wächter auf und sagte in einem Kommandoton, der keinen Widerspruch duldete: »Wir verfügen über hochwertigste Handelswaren, die wir den vornehmsten Bürgern von Troja anbieten wollen. Also lasst uns unverzüglich ein!«

Der Mann am Tor war darauf gedrillt, Befehlen zu gehorchen, und winkte die Tajarim wortlos in die Stadt. Über eine sanft ansteigende Rampe erreichten sie den Zugang zur hermetisch abgeriegelten Oberstadt Trojas. Dort befanden sich nicht nur die Paläste der königlichen Familie, sondern auch der bedeutendste Markt der Stadt.

Wieder wurden die Tajarim von Wachen aufgehalten.

Und wieder war es an Raffim, für die Gruppe zu sprechen.

»Wir bringen wichtige Informationen aus dem Lager der Achäer«, behauptete er.

Augenblicklich wurden die Tajarim von finster aussehenden Kriegern umringt. Seshmosis klopfte das Herz bis zum Hals. Seinen Plan, unauffällig zu Kassandra zu gelangen, konnte er vergessen. Im Gegenteil befanden sie sich dank Raffims Prahlerei in höchster Gefahr.

Die Krieger führten die Tajarim unter Schubsen und Stoßen in ein großes Gebäude, in dessen Eingangshalle es von Soldaten nur so wimmelte. Seshmosis' Herz bewegte sich schlagartig vom Hals in Richtung Kniekehlen.

Unsanft führte man sie in einen reich dekorierten, von unzähligen Lampen erhellten Saal: das trojanische Oberkommando.

Aineias persönlich, nach Hektors Tod der oberste Heerführer der Trojaner, wandte sich den Tajarim zu und wollte wissen, wer ihn da so unbotmäßige störte.

Seshmosis betrachtete den Krieger, von dem man sagte, er sei ein Sohn der Liebesgöttin Aphrodite, genauer. Vergeblich suchte er nach Merkmalen oder Eigenschaften, die auf dessen göttliche Abstammung schließen ließen. Sicher, sein langes schwarzes Haar umrahmte ein klassisch geschnittenes Gesicht, und seine Augen verrieten einen wachen Geist. Aineias war groß, kräftig und gut aussehend, aber das waren tausend andere Männer auch. Erst als der Halbgott mit seiner sonoren Stimme zu sprechen begann, dämmerte es Seshmosis. Nur wenn man von Kindesbeinen an eingetrichtert bekam, dass man göttlichen Ursprungs war, konnte man so selbstsicher und arrogant auftreten.

»Ihr habt also wertvolle Informationen aus dem Lager der Achäer für uns«, herrschte Aineias die Tajarim an. »Welcher Art sind denn diese Informationen?«

Nicht mehr ganz so selbstsicher wie vorher ergriff Raffim das Wort. »Die Achäer werden in Kürze über eine Vielzahl modernster eiserner Waffen verfügen«, verriet er und verschwieg dabei wohlweislich, auf wen diese plötzlich verbesserte Bewaffnung der Achäer zurückging.

Seshmosis glaubte bei dem Heerführer ein Erschrecken zu beobachten, bevor dieser auf die Neuigkeit reagierte.

»Wollt ihr uns mit dieser Nachricht erschüttern? Glaubt Agamemnon, wir würden unseren Mut verlieren, wenn seine achäischen Hunde mit Eisen daherkommen? Hat *er* euch geschickt, dieser Bastard aus Mykene?«

Nun war es Raffim, der erschrak. Mit dieser Reaktion des Kriegsherrn hatte er nicht gerechnet. Schnell bemühte er sich, Aineias zu beruhigen.

»Wir sind neutrale Händler, absolut neutral, hoher Herr! Wir wollten Euch nur in Kenntnis setzen, was Eure Feinde so treiben. Sozusagen als Beweis für unsere Vertrauenswürdigkeit, als Basis für gute Handelsbeziehungen, wenn Ihr versteht.«

»Ich verstehe sehr wohl! Ihr wollt unser Vertrauen erschleichen, um hier zu spionieren! Ihr seid Knechte des Agamemnon! Sicher hat sich Odysseus diese List ausgedacht, euch hierherzuschicken. Getarnt als Händler, wollt ihr unsere Moral untergraben mit euren Gerüchten von eisernen Waffen. Vielleicht hat es sich noch nicht bis zu euch herumgesprochen, was wir Trojaner mit Spionen machen. Wir töten sie!«

Angst stieg in Seshmosis auf. So sollte es nicht sein, absolut nicht. Irgendetwas lief hier gewaltig schief.

Plötzlich erschien eine Frau im Raum. Seshmosis hatte sie nicht hereinkommen sehen. Vielleicht war sie durch eine geheime Pforte eingetreten, vermutete der Schreiber. Neugierig musterte er die Frau, deren Alter schwer zu schätzen war. Ihre Gesichtszüge waren durchaus anmutig, und sicher war sie einst hübsch gewesen, doch nun wirkte sie hart und verhärmt. Eine unendliche Traurigkeit ging von der faszinierenden Unbekannten aus. Sie warf einen kurzen, aber durchdringenden Blick auf die Tajarim. Dann ging die geheimnisvolle Frau auf Aineias zu und flüsterte ihm etwas ins Ohr. Der machte ein ungläubiges Gesicht und schüttelte den Kopf. Erneut redete die Frau auf ihn ein, und nach einigem Zögern sagte er mit einem drohenden Unterton:

»Zu meiner Überraschung sieht Kassandra in euch keine Gefahr. Nun, ich bin davon nicht überzeugt, doch erlaube ich euch, auf dem Markt Handel zu treiben. Aber seid gewiss, ich werde euch stets im Auge behalten! Beim geringsten Hinweis auf Verrat lasse ich euch gefangen setzen!«

Mit einem unguten Gefühl wandten sich die Tajarim zum Gehen, doch Kassandra stellte sich ihnen in den Weg. Mit einer herrischen Handbewegung deutete sie auf Seshmosis und Nostr'tut-Amus. »Ihr beide kommt mit mir!«

Kalala und El Vis standen Arm in Arm an Bord der *Gublas Stolz* und schauten auf das Kriegslager.

»Dies ist kein guter Ort für uns«, seufzte die Prinzessin. »Ich verabscheue ihn zutiefst. Diese Rohheit, dieses Elend, dieser Gestank. Sieh nur, wie sie mit den Gefangenen und den Frauen umgehen! Das Essen ist furchtbar hier, und ständig bringen sich die Leute gegenseitig um. Außerdem vermisse ich alle Annehmlichkeiten des Lebens, außer deiner Gegenwart natürlich, mein Liebster.«

»Vielleicht können wir aus der Sache doch noch etwas machen«, erwiderte der Sänger. »Ich habe eine Idee! Ich werde ein Konzert für die Männer dort draußen geben. Das werden sie zu schätzen wissen.«

»Meinst du wirklich?«, fragte Kalala skeptisch. »Diese Banausen haben doch kein Verständnis für deine Kunst. Die einzige Musik, die sie mögen, besteht aus Kriegsgeheul und Waffengeklirr.«

»Nein, vertrau mir! Ein Konzert von mir als Truppenbetreuung. Das bietet uns Abwechslung und hebt die Moral der Krieger. Bitte doch König Agamemnon um Erlaubnis, er wird dir nichts abschlagen. Ich habe gesehen, wie begehrlich er dich angeschaut hat. Und wenn er zustimmt, dann bitte ihn gleich noch um einen Baumeister. Den brauche ich für meine Bühnendekoration.«

Raffim, Barsil und Mani mieteten von einem Assyrer einen Stand auf dem Markt der trojanischen Oberstadt. Der Händler weigerte sich zwar zuerst, doch Raffim überzeugte ihn mit einigen Goldstücken und einer kleinen Statue des Gottes Marduk aus der Heimat des Mannes.

Mani pries feinste Seide aus den östlichen Ländern der gelben Menschen an, ganz gemäß seiner Überzeugung: »Frauen wollen immer schön angezogen sein, und im Krieg erst recht.« Barsil zauberte aus seinem Gepäck viele kleine tönerne Flakons mit Papyrusetiketten, die den Inhalt verrieten. Da gab es Tinkturen *Für Haarwuchs und Manneskraft*, *Zum Gewinnen der Allerliebsten*, *Zum Erlangen göttlicher Visionen*, *Für das große Vergessen* und vieles mehr.

Raffim breitete seine Amulettkollektion nach Wirkungsweisen sortiert aus. Da gab es die *Eisenbrecher*, die *Pfeilabwehrer*, die *Wundheiler*, die *Mein-Gott-steht-mir-bei* und nicht zuletzt die *Unsterblichmacher*.

Alles in allem boten die drei Tajarim alles an, was man in einer belagerten Stadt brauchte. Und die Menschen in Troja brauchten es sehr, wie die Nachfrage in den folgenden Stunden zeigte.

Kassandra indes führte Seshmosis und Nostr'tut-Amus schweigend durch ein Gewirr von Gassen. Seshmosis hatte längst die Orientierung verloren und kam sich zunehmend vor wie im Labyrinth von Knossos. Endlich erreichten sie anscheinend ihr Ziel.

Die Seherin lotste sie zu einer kleinen Seitentür eines Palasts, ließ sie eintreten und schloss die Tür schnell wieder hinter sich. Dann führte sie die beiden Tajarim durch einen langen Korridor in einen großen Raum. Neugierig sah sich Seshmosis um. Die Ausstattung des Raumes war schlicht, aber sehr erlesen.

»Nehmt Platz!«, forderte sie die beiden auf. Erst jetzt brach Kassandra ihr Schweigen.

»Obwohl ich eure Namen nicht kenne, weiß ich dennoch einiges über euch. Du, mit dem Gesicht aus dunkler Nacht, bist ein Seher, der ägyptische Gott Thot hinterließ die Spuren seiner Weisheit in dir. Und du, der du schmächtig bist wie ein Schreiber, stehst unter dem Schutz einer großen Macht.«

Seshmosis wollte darauf hinweisen, dass er keineswegs schmächtig, sondern nur zart gebaut sei, ließ es aber bleiben. Stattdessen stellte er seinen Begleiter und sich selbst vor.

»Der, den Ihr Seher nennt, ist wirklich einer. Sein Name ist Nostr'tut-Amus. Und ich, der ich nach Euren Worten wie ein Schreiber aussehe, bin auch einer und heiße Seshmosis.«

Kassandra lächelte freundlich, doch dann kehrte wieder diese tiefe Traurigkeit in ihr Gesicht zurück.

»Ich weiß nicht, was euch in unsere unglückliche Stadt

geführt hat, aber meine Visionen haben mir gezeigt, dass ihr mir helfen könnt. Wollt ihr mir helfen?«

Seshmosis fühlte sich geehrt und geschmeichelt. »Gerne, Prinzessin! Stets zu Diensten. Was können wir für Euch tun?«

»Es geht nicht um mich, denn mein Schicksal ist längst besiegelt, und ich kann es nicht mehr abwenden. Es geht vielmehr um meinen Neffen Skamandrios, den Sohn meines Bruders Hektor. Man nennt ihn auch *Astyanax*, den Beschützer der Stadt, aber diese Aufgabe wird er wohl nicht mehr erfüllen können.«

»Wie können wir dem Knaben helfen?«, fragte Seshmosis eifrig.

»Skamandrios ist erst zwölf Jahre alt, und sein Gemüt ist verwirrt. Er musste vom großen Turm aus zusehen, wie Achilleus seinen Vater Hektor erschlug, die Leiche mit den Füßen an seinen Streitwagen band und dreimal um die Stadtmauern schleifte. Seither hat er die Sprache verloren.«

In Seshmosis keimte eine Ahnung, doch er behielt sie für sich.

»In einer schrecklichen Vision sah ich, wie ein Achäer den kleinen Skamandrios von eben diesem großen Turm in den Tod stürzt. Seither halte ich meinen Neffen verborgen.«

»Glaubt Ihr wirklich, dass keiner weiß, wo er sich befindet? Könnte es nicht sein, dass er sich in der Ebene bei einem hethitischen Geschäftsmann namens Mursil aufhält?«, wagte Seshmosis nun doch zu fragen.

Kassandra erschrak.

»Woher weißt du das? Niemand darf erfahren, wer dieser Knabe Metin in Wirklichkeit ist! Wissen noch andere davon? Hast du jemandem davon erzählt? Ist Skamandrios in Gefahr?«

»Ich glaube nicht, edle Kassandra. Es waren nur meine Beobachtungen und nun Eure Erzählung von Eurem Neffen, die mich zu meinem Schluss führten. Eben erst hegte ich diesen Verdacht, und ich habe ihn gewiss zuvor noch nie ausgesprochen.«

Diese Erklärung beruhigte die Prinzessin, und sie wandte sich an den Seher: »Hast du schon einmal versucht, die Erfüllung einer Vision zu verhindern?«

»Bei allen Göttern, nein!«, rief der Seher entrüstet. »Das ist gegen alle kosmischen Gesetze!«

»Aber ich werde es tun!«, verkündete Kassandra entschieden. »Ich werde es nicht zulassen! Ich werde alles dafür tun, dass sich diese Prophezeiung nicht erfüllt. Und ihr werdet mir dabei helfen.«

»Aber wie sollen wir armen, waffenlosen Reisenden solches verhindern? Ihr habt mich selbst schmächtig genannt, und schaut Euch Nostr'tut-Amus an! Sehen wir etwa aus wie Krieger?«, wehrte Seshmosis heftig ab, obwohl er dem Jungen sehr gern geholfen hätte.

»Über Krieger verfüge ich genug! Was ich brauche, sind Männer mit außergewöhnlichen Fähigkeiten. Männer, die in Verbindung mit höheren Mächten stehen und deren Wort etwas gilt. Wie steht es nun, wollt ihr mir also helfen?«

Ein glühender Blick aus Kassandras Augen, der keinen Widerspruch duldete, traf die beiden Tajarim.

»Selbstverständlich!«, riefen Seshmosis und der Seher wie aus einem Munde.

»Gut! Ich danke euch! Wenn die Stunde gekommen ist, werdet ihr die Zeichen selbst erkennen. Es bedarf dann keiner Botschaft mehr von mir, die ich höchstwahrscheinlich auch gar nicht mehr geben könnte. Ich bitte euch, Skamandrios, den ihr unter dem Namen Metin kennt, mit euch zu nehmen und in Sicherheit zu bringen. Wo immer er in dieser Welt stranden mag, auf keinen Fall darf er den Achäern in die Hände fallen!«

»Wir werden uns um Skamandrios kümmern«, versprach Seshmosis, und Nostr'tut-Amus bekräftigte das Versprechen.

»Dann werde ich bei nächster Gelegenheit Mursil informieren, dass er euch den Jungen ohne Bedenken übergeben soll. Mögen die Götter, an die ihr glaubt, euch segnen!«

Kassandra öffnete eine Schatulle und griff hinein. Dann gab sie Seshmosis und Nostr'tut-Amus je ein kleines goldenes Bildnis.

»Bitte versteht dies nicht als Bezahlung, sondern als Geste des Dankes. Dies ist ein Bildnis der Hera, der Muttergöttin. An welche Götter ihr auch immer glauben mögt, in dieser Region wird euch das Bild der höchsten Mutter schützen, erst recht, wenn ihr ein Kind rettet.«

Sodann reichte Kassandra den beiden Tajarim zum Abschied die Hand.

Agamemnon zeigte sich hocherfreut über das Konzertangebot von El Vis. Vor allem, weil es ihm von Kalala überbracht wurde. Obwohl die Prinzessin all seine Annäherungsversuche höflich, aber entschieden abwehrte, stellte der König von Mykene dem Sänger einen Zimmermann zur Verfügung. Epeios, der aus Delphi in Phokien stammte, freute sich über die Abwechslung, einmal etwas anderes als Schiffe oder Palisaden zu reparieren. Neugierig fragte er El Vis, welchen Auftrag er für ihn habe.

El Vis bat Epeios: »Bau mir ein riesiges hölzernes Pferd. So groß, dass etliche Männer darin Platz finden. Und mit Rädern daran, damit man es bewegen kann. Ich brauche es als Bühnendekoration für mich und meine Musiker.«

Mit der freundlichen Hilfe einiger Passanten fragten sich Seshmosis und Nostr'tut-Amus zu dem Marktplatz durch, wo ihre Freunde Handel trieben. Raffim war sichtlich verärgert und schimpfte:

»Wo bleibt ihr denn so lange? Wir sind schon seit einer Stunde ausverkauft!«

Der Grund für Raffims Ärger war allerdings nicht das späte Eintreffen von Seshmosis und Nostr'tut-Amus, sondern der Assyrer, von dem sie den Stand gemietet hatten. Dieser weigerte sich nämlich hartnäckig, die von Raffim geforderte Rückerstattung wegen der kürzeren Nutzungsdauer zu leisten. Doch bevor der Dicke seine Wut weiter an Seshmosis und dem Seher auslassen konnte, erschien ein Trupp Soldaten.

»Wer von euch Krämerseelen ist Raffim?«, fragte der Anführer.

Barsil und Mani gingen sofort hinter dem Stand in Deckung, und auch Jabul, Jebul und Jubul gaben sich auffällig desinteressiert und rückten etwas von ihrem Dienstherrn ab. Der war es gewohnt, wegen seiner Geschäftsgepflogenheiten von der Obrigkeit in die Zange genommen zu werden, und ging deshalb in die Offensive.

»Ich bin Raffim! Warum wollt ihr das wissen? Meine Amulette sind alle von anerkannten, rechtmäßigen, lizenzierten und zertifizierten Priestern geweiht.«

»Es geht nicht um deine betrügerischen Amulette, es geht um dein Eisen, das du den Achäern für ihre Waffenschmieden geliefert hast!«

Zum Entsetzen der Tajarim packten zwei Soldaten Raffim grob an den Oberarmen und führten ihn ab, während sie den übrigen Tajarim zuriefen: »Und ihr verlasst augenblicklich die Stadt! Ihr seid auf immer aus Troja verbannt!«

Seshmosis versuchte zu protestieren. »Ich bin ein persönlicher Bekannter von Prinzessin Kassandra. Ihr könnt nicht einfach meinen Freund verhaften!«

»Das hilft ihm gar nichts! Er wird des Hochverrats beschuldigt!«

Entsetzt starrten die Tajarim den Kriegern nach, die den jammernden Raffim mit sich zerrten.

Angsterfüllt und tief betrübt kehrten die Tajarim zur *Gublas Stolz* zurück. Einerseits freuten sie sich, selbst der Gefahr vorerst entronnen zu sein, andererseits sorgten sie sich um einen der ihren.

Doch im Augenblick gab es keine Möglichkeit, Raffim zu helfen. Wie sollten sie auch, wo doch eine ganze Armee Achäer die Stadt seit zehn Jahren belagerte und nicht einnehmen konnte?

Selbst als Seshmosis im Schutz einer einsamen Ecke GON anflehte, bekam er keine Antwort. Er wusste nicht einmal, ob der kleine Gott noch im Ledersack oder wieder in seinem Schrein steckte. Der Schreiber ging zu seinem neuen Arbeitgeber Homeros. Doch auch der weise und erfahrene Dichter wusste keinen Rat, und so beschloss Seshmosis, dieses Problem vorerst zurückzustellen.

Um sich abzulenken, ließ er sich mit Homeros auf ein wunderbares Gespräch über die Schrift im Allgemeinen und ihre Entwicklung im Besonderen ein.

»Sieh, in deiner Sprache ist *bet* ein Wort, das Haus bedeutet, aber *bet* ist auch ein Buchstabe« erläuterte Homeros »Diesen haben wir übernommen und *beta* genannt, aber dass er auch Haus bedeutet, weiß bei uns kaum jemand. Und aus eurem *lamäd*, gesprochen *el*, wurde unser *lambda*. Wenn du in deiner Sprache *bet-el* schreibst, weiß jeder in deinem Volk, dass du das *Haus Gottes* meinst. Ein Achäer liest aber, wenn er denn überhaupt lesen kann, nur ein für ihn sinnloses *bl*. Ein absolut sinnloses *bl*.«

»Heureka!«, rief Seshmosis. »Du hast soeben ein neues Wort erfunden: Bl, besser Blabla, damit man es aussprechen kann.«

»Und was soll das bedeuten?«, fragte Homeros irritiert.

»Blabla bedeutet absolut sinnloses Zeug oder nichts sagend. Blabla ist absolut nichts sagend.«

»Absolut! Da hast du Recht. Mann, bin ich genial! Ich habe ja schon viele tolle Sachen geschrieben, ich denke da meine Redewendungen ›Geflügelte Worte‹, ›Rufer im Streit‹ und ›Unter Tränen lächeln‹, von ›Glorreich und süß ist das Sterben fürs Vaterland‹ ganz zu schweigen. Aber dieses Wort Blabla wird in die Geschichte eingehen und mich berühmt machen. Ich, Homeros, der Erfinder des Blabla. Fantastisch!«

Der Himmel zeigte sich wolkenverhangen, als sich an der Zeus-Eiche in der Ebene des Skamander einige vermummte Gestalten trafen. Es waren vier Männer und eine Frau, und alle fünf hatten den gleichen Beruf: Seher.

Es trafen sich Kalchas, der Achäer, Nostr'tut-Amus, der Ägypter, Helenos und Kassandra aus Troja und Mopsos, der erst vor kurzem aus seiner Heimatstadt Milet eingetroffen war. Noch nie zuvor hatte es eine derartige Versammlung von hellsichtigen Menschen gegeben.

Keine und keiner von ihnen aber wusste, wer oder was sie zu diesem Treffen veranlasst hatte. Ohne Verabredung waren sie aufgebrochen, und ohne vorherige Absprache trafen sie sich nun bei der Zeus-Eiche.

»Ich vermute, eine höhere Macht führte uns zu dieser

Stunde an diesen Ort. Weiß jemand von euch, warum wir uns hier treffen?«, eröffnete Kalchas das Gespräch.

Alle verneinten, und die Spannung war fast mit den Händen zu greifen. Am Himmel färbten sich die Wolken von Grau zu Schwarz, und ein Donnergrollen rollte über die Ebene.

»Zeus? Meint ihr, Zeus steckt dahinter?«, fragte Helenos und suchte am dunklen Himmel nach weiteren Zeichen.

In diesem Moment schlug ein Blitz in die Eiche und spaltete sie bis auf den Boden.

»Zweifellos Zeus«, rief Kalchas. »Fragt sich nur noch, zu welchem Zweck wir hier sind.«

»Vielleicht um unsere Heerführer zu warnen?«, mutmaßte Kassandra. »Obwohl dies in meinem Fall sinnlos wäre. Auf mich hört ja doch keiner.«

»Aber welchen Sinn hätte dann mein Erscheinen?«, fragte Mopsos. »Ich bin mein eigener Herr, ich diene niemandem!«

»Vielleicht führten die Götter dich hierher, weil du mein Schicksal bist. Denn mir wurde prophezeit, dass ich in dem Augenblick den Tod finden werde, in dem ich auf einen Seher treffe, der mehr kann als ich selbst. Oder bist es vielleicht du, Ägypter?«, fragte Kalchas düster.

»Ich hatte noch nie irgendeine Vision, die deine Person betrifft!«, versicherte Nostr'tut-Amus schnell, und auch Mopsos erinnerte sich an kein Erscheinen des Kalchas in seinen Traumbildern.

»Wie dem auch sei«, beendete Kalchas das Thema seines eigenen Dahinscheidens. »Es gibt sicher einen Grund, warum wir hier sind. Lasst uns gemeinsam versuchen, diesen herauszufinden!«

»Vielleicht sollte ich euch derweil mit einer heiteren Geschichte unterhalten, bis sich der Himmel uns offenbart?«, schlug Mopsos vor und begann: »Wisset, mein Großvater war der berühmte blinde Seher Teiresias, derjenige, der einst Zeus erklärte, dass Frauen beim Liebesspiel mehr Spaß haben als Männer. Er wusste es nämlich ganz genau, weil er selbst sieben Jahre als Frau auf Erden wandelte. Als er zwei kämpfende Schlagen trennte, durchfuhr ihn ein Blitz und verwandelte ihn in eine Frau. Und das hat mein Großvater dann ziemlich ausgenutzt. Hahaha …«

Ein weiterer Blitz schlug krachend in die bereits gespaltene Zeus-Eiche ein. Diesmal fing der Baum Feuer, und seine Flammen erleuchteten die Szenerie.

»Gut, gut, dann erzähle ich euch die Geschichte eben ein andermal weiter. Hat jemand inzwischen eine Idee, warum wir hier sind?«

»Ja«, sagte Kassandra. »Wir sollen die warnen, die wir lieben. Wir sollen die in Sicherheit bringen, die uns am Herzen liegen. Und wir sollen uns vor Verrat in Acht nehmen!«

»Klingt nicht besonders aufregend«, warf Mopsos ein.

»Es ist aufregend!«, empörte sich Kassandra. »Unter uns ist nämlich einer, der alles verraten wird, was ihm im Leben lieb und teuer ist. Und unter uns ist einer, der einem anderen den Tod bringen wird. Und keiner von uns wird seine Heimat je wieder sehen, wenn geschehen ist, was geschehen wird!«

»Lass die Schwarzseherei, Kassandra!«, ermahnte Helenos seine Schwester. »Ich denke, die Göttlichen wollten einfach, dass sich die größten Seher der Menschheit einmal kennen lernen.«

Schwätzer, dachte sich Nostr'tut-Amus. Dann sagte er laut: »Ich bezweifle, dass ein Gott zweimal einen Blitzstrahl sendet, nur um einem Treffen von Sehern einen dramatischen Akzent zu verleihen und es zu illuminieren. *Ich* komme aus Ägypten und stehe deshalb nicht unter dem Bann des Apollon. *Ich* kann Kassandra Glauben schenken, auch wenn *euch* dies verwehrt ist!«

Kassandra sah Nostr'tut-Amus dankbar an.

»Das soll der Zweck dieses Treffens sein? Den Unkenrufen dieser Untergangsprophetin Gehör zu schenken? Mir reicht es jetzt wirklich, ich gehe!«, rief Mopsos und stapfte mürrisch davon.

Kalchas senkte nachdenklich den Kopf. Mehr zu sich selbst sagte er: »Denkbar ist es. Es klingt zwar unwahrscheinlich, doch es könnte sein. Götter, die nur in ihrem eigenen Kulturkreis Macht ausüben. Ein interessantes Konzept.« Dann ging auch er in die Dunkelheit der hereinbrechenden Nacht.

»Du immer mit deiner Schwarzmalerei!«, herrschte Helenos seine Schwester an. »Lass uns auch nach Hause gehen, es fängt an zu regnen.«

»Mein Bruder, warum glaubst du mir nicht? Hast du nicht gehört, was der ägyptische Seher sagte?«, fragte Kassandra enttäuscht. »Du weißt doch, dass Apollon mich verflucht hat.«

»Weiß ich das? Ich weiß nur, was du dauernd allen Leuten erzählst. Und das geht mir gewaltig auf die Nerven!«

Helenos wandte ihr abweisend den Rücken zu und ging mürrisch Richtung Troja. Betrübt und wütend zugleich folgte ihm Kassandra.

Nostr'tut-Amus stand nun allein im Regen und starrte in das lodernde Feuer der Eiche. In den Flammen erschien ihm das Holz wie berstende Mauern und brennende Häuser, und die Blätter verwandelten sich in Menschen, die herabsanken und zischend im Feuer verbrannten. Das Harz rann wie Blut den Stamm entlang, und das Knacken des Holzes klang wie das Brechen von Knochen. Die Schatten ließen augenlose Gesichter und tonlose Münder in den Tränen des Regens ersticken.

Und der Seher schaute weiter und sah die großen Feldherren und Eroberer künftiger Zeiten, die mit Homeros' *Ilias* im Kopf von heldenhaften Siegen träumten und auch in dreitausend Jahren noch ihre Krieger in der Glut der Worte des Dichters verheizten. *Fürs Vaterland,* donnerten die Stiefel auf den Straßen der Welt, *wie glorreich und süß ist das Sterben fürs Vaterland.*

Endlich fand Seshmosis einen Platz, wo er ungestört mit GON reden konnte. Das verlassene, mastlose Wrack eines achäischen Kriegsschiffes erschien ihm ideal für die göttliche Zwiesprache. Gleich nachdem Seshmosis den Schrein abgestellt hatte, materialisierte der kleine Gott, dieses Mal als Pferd.

»Herr, ich weiß, dass du mir mit deiner Erscheinungsform einen Hinweis geben willst, aber ich verstehe ihn nicht.«

»Das spielt derzeit keine Rolle und ist für dich auch unwichtig. Was bedrückt dich, mein Prophet?«, fragte der Nomadengott.

»Ich mache mir Sorgen um Raffim. Eigentlich hat er ja wegen seines Eisenhandels eine Strafe verdient, aber ich fürchte, die Trojaner werden ihn töten.«

»Das ist so vorgesehen. Aber erst nachdem sie ihn vorher … Ich möchte dir lieber weitere Einzelheiten ersparen.«

»Herr, so sehr ich selbst unter Raffims Eskapaden leide, so sehr bekümmert es mich, dass er sterben soll«, klagte Seshmosis.

»Nun, die Zukunft Raffims vorherzusagen gehört nicht zu meinen Aufgaben. Mir geht es mehr um *deine* Zukunft.«

»Werde ich Raffim retten?«, wollte Seshmosis wissen.

»Wer hat denn gesagt, dass du Raffim retten sollst? Kümmere du dich lieber um *deine* Aufgaben!«

»Und was sind meine Aufgaben, Herr?«

»Deine Arbeit bei Homeros und die Rettung des jungen Skamandrios«, sprach das Pferd, stieg mit den Vorderbeinen hoch und verschwand.

Odysseus und Neoptolemos hatten es geschafft: Philoktetes kehrte samt seiner göttlichen Pfeile zu den Achäern zurück. Allerdings litt er immer noch unsäglich unter den Auswirkungen des Schlangenbisses. Die eiternde, stinkende Wunde schmerzte fürchterlich, und die Schreie von Philoktetes hatten Odysseus und Neoptolemos während der Schifffahrt fast in den Wahnsinn getrieben. Deshalb wagte man nun nicht, den berühmten Mann ins Lager zu bringen, weil zu befürchten war, dass sein Geschrei die Krieger vollends demoralisieren würde. Man schaffte ihn daher in ein eilends errichtetes Zelt, weit weg vom Lager am Strand, und rief nach Podaleirios, dem Sohn des Asklepios, des göttlichen Heilers. Der Arzt betrauerte immer noch seinen von Eurypylus erschlagenen Bruder Machaon, und fast wäre er ihm durch eigene Hand gefolgt, wenn ihn nicht der alte Nestor davon abgehalten hätte. Nun sah er voll Mitgefühl auf Philoktetes, dem er mit all seiner medizinischen Kunst nicht zu helfen vermochte.

Zu dieser Zeit spazierte Elimas, der Shofarbläser der Tajarim, am Strand entlang und hing seinen Gedanken nach. Er freute sich, dass es bald wieder ein Konzert geben würde, bei dem er El Vis musikalisch begleiten durfte. Als er aus der Ferne Schreie hörte, ging er in die Richtung, aus der sie kamen. Bald entdeckte er die Quelle des schrecklichen Geschreis, und ein furchtbarer Gestank stieg ihm in die Nase. Trotzdem näherte er sich neugierig dem einsamen Zelt, vor dem zwei Wachen standen, mit Schafwollbüscheln in den Ohren und Stoffbinden vor Mund und Nase. Elimas kannte die beiden, sie waren bei GONs Wirken am Strand dabei gewesen.

Auf seine Frage teilten sie Elimas mit, dass der Mann, der einst den Scheiterhaufen beim Begräbnis des großen Herakles entzündet hatte, unter furchtbaren Schmerzen als Folge eines Schlangenbisses litt und dass selbst der berühmte Arzt Podaleirios, der sich gerade bei ihm im Zelt befand, ihm wohl nicht helfen könne.

Als Schaf- und Ziegenhirte verfügte Elimas über profunde medizinische Kenntnisse. Auch seine Fähigkeiten als Geburtshelfer waren schon mehr als einer Schwangeren zugute gekommen. Elimas sagte immer: »Ob Lämmlein, Zicklein oder Menschlein, bei der Geburt sind alle gleich.«

Elimas hatte viel Erfahrung mit Schlangenbissen bei seinen Schafen und Ziegen sammeln können und bot sich an, nach Philoktetes zu sehen. Da der Arzt keinen Rat mehr wusste, ließ Podaleirios den Fremden gewähren.

Elimas betrachtete lange schweigend den Patienten, der intensive Geruch störte ihn als Hirten nicht. Dann griff er zu seinem Shofarhorn und blies mit geschlossenen Augen einen langen klagenden Ton. Als er das Horn wieder abgesetzt hatte, fragte ihn Podaleirios beeindruckt: »Ist das semitische schwarze Magie?«

»Nein, keine Magie. Ich rufe nur meinen Freund Mumal, damit er mir meinen Beutel mit der Schafssalbe bringt.«

Kurz darauf traf Mumal beim Zelt ein und übergab Elimas den Medizinbeutel. Ohne sich vom Geschrei des Patienten stören zu lassen, behandelte er souverän das Bein von Philoktetes.

Bewundernd bemerkte Podaleirios, wie Elimas in dieser mehr als schwierigen Situation und bei diesem Lärm so konzentriert die Wunde versorgen konnte.

»Wenn du jemals eine wehleidige Ziege verarztet hast, stört dich das Geschrei eines Menschen überhaupt nicht mehr.«

Nach kurzer Zeit schon beruhigte sich Philoktetes, und seine schmerzverzerrten Gesichtszüge entspannten sich. Dann fiel er in einen tiefen Schlaf.

»Deine Salbe muss von den Göttern selbst stammen!«, rief Podaleirios ehrfürchtig.

»Eigentlich nicht. Zumindest ist mir nicht bekannt, ob mein Großvater ein Gott war«, entgegnete Elimas schmunzelnd. »Aber die Salbe wirkt bei Schlangenbissen immer. Das Gegengift braucht einige Zeit, der Lotos darin lindert die Schmerzen jedoch sofort und macht den Patienten dämmrig. Und gebt eurem Freund dreimal täglich einen großen Becher Ziegenmilch, damit er wieder zu Kräften kommt«, verordnete der Hirtenarzt noch und verabschiedete sich von den staunenden Achäern.

Die Anführer der Achäer staunten, als Philoktetes nach wenigen Tagen völlig gesundet, gleichsam vom Tode auferstanden, bei der Lagebesprechung erschien.

»Podaleirios und den Göttern sei Dank!«, rief Agamemnon.

Doch der Genesene widersprach: »Es war ein semitischer Ziegenhirte, der mich vom Pestgestank und den unmenschlichen Schmerzen befreite. Elimas ist sein Name, und seine Heilkünste erlernte er im geheimnisvollen Land der Pharaonen.«

»So sei uns wieder willkommen in unseren Reihen, edler Philoktetes. Ich hoffe, du hegst nicht länger Groll gegen uns, denn wir bedürfen deiner Hilfe!«, begrüßte ihn Agamemnon. »Die Götter haben uns für unsere schändliche Tat an dir genug bestraft und uns ihren Zorn spüren lassen. Nimm bitte unsere Geschenke an, mit denen wir dich um Verzeihung bitten: sieben trojanische Jungfrauen, zwanzig edle Rosse und zwölf Dreifüße. Labe dein Herz daran und beziehe dein eigenes Zelt, das wir für dich vorbereitet haben. Auch wird dir Medon deine Truppen zurückgeben, die ihn so treu und tapfer in den Kampf begleitet haben.«

Philoktetes war gerührt, und die Freude über die Genesung und die Tatsache, dass er nach fast einem Jahrzehnt Einsamkeit wieder unter seinesgleichen weilen durfte, besänftigten seinen Zorn und Hader.

»Da du mich so reich beschenkst und mir sicher auch einen guten Anteil der Beute überlassen wirst, nehme ich freudig deine Entschuldigung an und reihe mich ab sofort wieder in die Phalanx der glorreichen Achäer ein.«

Seshmosis studierte aufmerksam das Epos »Der Groll des Achilleus«. Er kämpfte sich gerade im »Zweiten Gesang« durch endlose, verwirrende Aufzählungen von Namen und Zahlen von Schiffen und Männern.

»Verzeih, mein lieber Homeros, mir scheint, diese Listen lassen dein Werk doch etwas ausufern. Auch vermag wohl kaum jemand diesem Kataloge zu folgen, und es gebricht doch ein wenig an Handlung.«

Homeros' tote Augen blickten in Richtung Seshmosis, und verständnislos fragte er: »Ich weiß nicht, was du meinst, Seshmosis. Kannst du mir bitte die entsprechende Stelle vorlesen?«

Und Seshmosis begann:

»›Wenn die olympischen Musen mir nicht, des Ägiserschüttrers
Töchter die Zahl ansagten, wie viel vor Ilios kamen.
Drum die Ordner der Schiffe genannt, und die sämtlichen Schiffe.
Führer war den Böoten Peneleos, Leïtos Führer,
Arkesilaos zugleich, und Klonios, samt Prothoenor.
Alle, die Hyrie rings, und die felsige Aulis bewohnten,
Schönos auch, und Skolos, und weit die Höhn Eteonos,
Dann Thespeia, und Gräa, und weit die Aun Mykalessos;
Auch die Harma umwohnten, Eilesion auch, und Erythrä,
Auch die Eleon sich, und Peteon bauten, und Hyle,
Rings Okalea dann, und Medeons prangende Gassen,
Kopä, samt Eutresis, und Thisbe, flatternd von Tauben;
Die Koroneia umher, und die Grasgefild' Haliartos,
Die Platäa gebaut, und die in Glissas gewohnet,
Die umher Hypothebe bewohnt in prangenden Häusern,

Auch Onchestos lieblichen Hain um den Tempel Poseidons;

Die dann Arne bewohnt voll Weinhöhn, auch die Mideia,

Auch die heilige Nissa, und fern Anthedon die Grenzstadt:

Diese zogen daher in fünfzig Schiffen, und jedes Trug der böotischen Jugend erlesene hundert und zwanzig.‹«

An dieser Stelle brach Seshmosis ab.

»So geht das noch ewig weiter, Blatt für Blatt. Wer will denn so etwas hören, geschweige denn lesen?«

»Die Sponsoren. Jeder von den Achäern, der im Epos erwähnt wird, hat dafür bezahlt. Ich muss auch leben«, erklärte Homeros.

»Und dann die Zahl der Schiffe! Und der Männer!«, erregte sich Seshmosis weiter. »Ich glaube nicht, dass die Achäer seit ihrer Landung neunzig Prozent ihrer Schiffe verheizt und fast hunderttausend Mann verloren haben.«

»Du hast keine Ahnung von psychologischer Kriegsführung!«, warf ihm der Dichter vor. »Korrigiere die Zahl deiner Truppen und Waffen nach oben, die deiner Verluste nach unten. Achte darauf, dass die Verluste deiner Feinde stets ein Vielfaches der eigenen betragen.«

»Und das Ganze nennst du dann *Heldenepos*!« Seshmosis wandte sich angewidert ab.

»Ruhig Blut, junger Freund!«, beschwichtigte ihn Homeros. »Schließlich bin ich nicht freiwillig hier. Sieh, was sie mit meinen Augen gemacht haben! Meinst du, dass es mir Spaß macht, jahrelang in einem Heerlager unter Analphabeten zu hausen, die mich auch noch über die Geschehnisse belügen? Ich versuche nur das Beste daraus zu machen. Und ich versuche einfach zu überleben. Das solltest du übrigens auch tun!«

Die Trojaner waren außerhalb der Mauern mit der Beerdigung weiterer Angehöriger beschäftigt, als die Achäer unter der Führung von Agamemnon heranrückten.

Beim markanten Feigenbaum in der Ebene stand Philoktetes zum ersten Mal in diesem Krieg an der Spitze seiner Männer. Er trug die glänzende Rüstung des Herakles, die er von diesem als Dank an dessen Grab empfangen hatte. Neben ihm führte der junge Neoptolemos die Elitetruppe der Myrmidonen an und Menelaos die Spartaner.

Mit Geschrei und geballter Wucht drangen die beiden Heere ineinander. Aineias kämpfte Seite an Seite mit seinem Freund Eurymenes; gemeinsam schlugen sie eine Bresche in die Reihen der Achäer. Polydamas, einer der tapfersten Trojaner, bahnte sich seinen blutigen Weg bis zu Medon und schickte ihn mit einem Schwerthieb in den Hades. Nun war der Stiefbruder des Aias doch noch gefallen, wenn auch nicht von der Hand Aineias, wie im Epos des Homeros geschrieben stand, sondern durch Polydamas.

Derweil tötete Paris den Demoleon aus Sparta, Begleiter des Menelaos, der seinem König Deckung bot.

An anderer Stelle wütete Neoptolemos unter den Trojanern und vergrößerte die Schar der Witwen in der Stadt gleich dutzendweise.

Paris versuchte Philoktetes mit einem Pfeil zu treffen, verfehlte diesen aber und fällte dessen Nebenmann. Nun griff Philoktetes seinerseits zum Bogen des Herakles und rief Paris zu:

»Du trojanischer Dieb! Du Urheber unseres Unheils! Nun sollst du für deine Taten büßen!«

Philoktetes zog die gedrehte Sehne bis an die Brust, sodass das Horn des Bogens sich beugte, und schickte den Pfeil auf die Reise. Das Geschoss ritzte aber nur die Haut des Trojaners, der erneut versuchte, seinen Gegner mit einem Pfeil auszuschalten. Doch da traf ihn der zweite Pfeil vom Bogen des Herakles in die Leiste.

Zwei trojanische Krieger packten den verletzten Prinzen, luden ihn auf einen Streitwagen und fuhren ihn schnell aus der Kampfzone.

Während sich die Ärzte um Paris kümmerten, hielt das Toben der Schlacht an. Doch nach einer weiteren Stunde des Tötens und Sterbens zogen sich endlich beide Seiten erschöpft zurück.

Seshmosis listete für Homeros die Namen der Toten ebenso auf wie die derjenigen, die sie ins Jenseits befördert hatten. Er, Seshmosis, ein unbedeutender Schreiber aus Theben, wirkte hier an der großen Weltgeschichte mit, doch es erfüllte ihn keineswegs mit Stolz. Die Tinte war zu sehr mit Blut versetzt, als dass er an diesem Epos Gefallen finden konnte. Welchen Nutzen hatten diese Verse für die Menschheit? Wer, außer Homeros und ihm, wurde davon satt? Wem, außer den fragwürdigen Helden und ihrem zweifelhaftem Ruhm, nutzte alle akribische Überlieferung?

Seshmosis wagte es nicht, Homeros diese Überlegungen mitzuteilen, deshalb sagte er provozierend: »Der junge Neoptolemos scheint wahrlich ein großer Held zu sein.«

»Er ist ein großer, hemmungsloser Schlächter und hirnloser Totschläger, genauso wie sein Vater Achilleus!«, empörte sich der Dichter, und Seshmosis freute sich über diese Antwort, da er nun zumindest wusste, dass er mit seiner Meinung über diesen Krieg und seine »Helden« nicht alleine dastand.

In Troja kümmerten sich die Ärzte vergeblich um die Verwundung des Paris. Das Gift, das durch die Pfeile des Herakles in seinen Körper eingedrungen war, ließ die Wunde und alles umgebende Fleisch schwarz werden. Kassandra, die am Krankenlager ihres Bruders stand und seine Hand hielt, erkannte, dass es in Troja keine Hilfe mehr für Paris gab. Eindringlich sagte sie zu ihrem Bruder:

»Erinnere dich des Orakels, das dir Önone, deine geliebte Frau, verkündete! Sie hatte dir geweissagt, dass dir einst in großer Not nur sie helfen könne. Ich lasse dich zu ihr bringen!«

Kurz darauf verließ ein kleiner Zug unter Führung von Kassandra mit dem auf eine Bahre gebetteten Paris Troja durch das rückwärtige *Dardanische Tor*. Ihr Ziel war das Gebirge hinter der Stadt, wo einst Paris in der Verbannung als Hirte gelebt und seine Gemahlin Önone geliebt hatte.

Als sie das Haus der Hirtin und Heilerin erreichten, wies Paris seine Diener an, ihn aufzurichten und zu stützen.

»Ich will ihr aufrecht gegenübertreten und nicht wie ein Schwächling vor ihr liegen!«

Die Hirten des Gebirges sagten, Önone sei eine Nymphe, aber Hirten haben viel Zeit, sich Geschichten auszudenken. Doch wenn eine Nymphe jemand war, der sich um das Land und die Menschen und Tiere darin kümmerte, dann war Önone eine. Sie war nicht mehr so jung, wie romantisch veranlagte Maler Nymphen zu malen pflegten. Sie war auch nicht mehr rank und schlank wie ein junger Baum, sondern kräftig und ein wenig ausladend wie eine Eiche, die schon viele Winter überdauert hat. Graue Strähnen durchzogen ihr pechschwarzes Haar, und die Bitterkeit hatte tiefe Falten in ihr Gesicht geschnitten.

Nun trat Önone vor ihr Haus und war überrascht vom unerwarteten Besuch ihres treulosen Gemahls. Da bemerkte sie seine Verwundung und verstand.

»Ehrwürdige Frau«, begrüßte Paris sie mit schwacher Stimme. »Bitte verdamme mich jetzt nicht, weil ich dich unfreiwillig verließ. Es waren die unerbittlichen Schicksalsgötter, die mich in die Arme einer anderen trieben. Ich beschwöre dich bei allen Göttern und bei unserer alten Liebe, heile mich von dieser schrecklichen Wunde!«

Önone sah den Prinzen von Troja lange schweigend an, bevor sie erwiderte: »Dich trifft also keine Schuld, dass dich Geilheit und Gier in die Arme von Helena trieben? Du wolltest also gar nicht den Ruhm, mit der Schönsten, von allen Männern Begehrten, im Bett zu liegen? Und das Gold des Menelaos packten wohl die Götter in deine Schatzkammer? Ich glaube dir, dass du keine Verantwortung für all dies hast, mein Gatte, weil du verantwortungslos bist! Aber was kommst du heute zu mir? Zu der, die du schnöde verlassen und dem Jammer preisgegeben hast? Wärst du mir aufrichtig begegnet, statt aufrecht in deiner Eitelkeit, hätte ich dir verziehen. Geh doch zu deiner Geliebten, der die Götter ewige Jugend verliehen! Wirf dich doch ihr zu Füßen, dass sie dir helfen möge, aber mich lass in Frieden für immer!«

Nun ergriff Kassandra das Wort und bat inständig für ihren Bruder. Sie appellierte an Önones Mitgefühl für einen leidenden Menschen. Doch die enttäuschte und zutiefst verletzte Gattin antwortete:

»Und du, Kassandra, solltest du ihn nicht ebenfalls hassen? Ihn, der dich ob deiner Weissagungen stets verspottet? Ihn, der all dies Unglück über Troja und seine Menschen gebracht hat?«

Mit diesen bitteren Worten drehte sich Önone um und ging ins Haus.

Enttäuscht und ohne Hoffnung gab Kassandra das Signal, nach Troja zurückzukehren.

Als sie die Weiden passierten, auf denen Paris einst seine

Herden gehütet hatte, schüttelten mächtige Krämpfe den Prinzen, und kurz darauf hauchte er sein Leben aus.

Hirten, die vor Jahren mit Paris hier ihr Vieh gehütet hatten, kamen herbei und betrauerten den Freund früherer Tage. Derweil schichteten die Diener einen Scheiterhaufen auf und betteten den Prinzen darauf.

Bald schon kam auch Önone zum Schauplatz des traurigen Geschehens, und das Feuer des Scheiterhaufens ließ sie die Folgen ihrer Verweigerung erkennen. Sie hatte einen Kranken abgewiesen, obwohl sie ihm hätte helfen können. Önone verhüllte ihr Gesicht und stürzte sich in die Flammen, noch bevor jemand sie daran hindern konnte. Nicht um Paris willen suchte Önone den Tod. Sie hatte einem Lebewesen des Landes, das ihr anvertraut war, wegen ihrer ganz persönlichen Rache die Hilfe verweigert. Doch eine Nymphe musste immer helfen, unter allen Umständen.

Während in den Hügeln hinter Troja die Rauchsäule des Scheiterhaufens der wieder vereinten Gatten Paris und Önone langsam zu den Göttern aufstieg, entstand im Lager der Achäer unter großer Geheimhaltung ein ungewöhnliches Bauwerk. Epeios machte es sichtlich Spaß, dieses riesige hölzerne Pferd zu bauen. Mumal und andere Tajarim schwitzten unter der Anleitung des Zimmermanns und führten dessen Anweisungen aus. Auch Jabul, Jebul und

Jubul, die Diener des in Troja inhaftierten Raffim, schleppten, sägten und stapelten Bretter und Balken.

Da kamen Odysseus und Diomedes an der Baustelle vorbei und betrachteten die merkwürdigen Vorgänge. Neugierig fragte der Fürst von Ithaka: »Was soll das denn werden? Baut ihr ein Fass, in das alle Vorräte der Troas passen?«

»Nein, edler Fürst«, erwiderte Epeios. »Dies wird ein hölzernes Pferd für die fremden Musiker, die uns mit einem Konzert erfreuen wollen.«

»Wozu brauchen diese Burschen ein so riesiges Pferd aus Holz?«

»Das ist eine Überraschung für das Konzert«, antwortete Elimas ausweichend, der den Plan von EL Vis kannte.

Nachdem Diomedes die Männer einige Zeit bei der Arbeit beobachtet hatte, wandte er sich an Odysseus: »Mir scheint, da sind einige kräftige Kerle dabei, die wir gut brauchen könnten. Sieh, Odysseus!« Er deutete auf Mumal. »Ist der dort nicht von ähnlicher Statur wie Achilleus?«

»Wage es nie wieder, einen dahergelaufenen Handwerksburschen mit dem größten Helden der Achäer zu vergleichen!«, schrie Odysseus.

»Ist ja gut, Listenreicher. Ich meinte nur, wir sollten die Kerle anwerben, damit sie für uns die Tore Trojas erstürmen.«

»Und uns Achäern den Ruhm stehlen? Wahrlich, Diomedes, du musst die Schlacht schon selbst schlagen. Kein Achäer von Ehre würde Söldner vorschicken.«

»Zweifelst du vielleicht an meiner Ehre?« Diomedes'

Hand senkte sich zum Schwertknauf, und er war nahe daran, auf Odysseus loszugehen. Glücklicherweise tauchte in diesem Augenblick ein Herold auf und rief die beiden Fürsten zu einer Lagebesprechung in Agamemnons Zelt.

Während die Tajarim mit Epeios am hölzernen Pferd bauten, malten die phönizischen Seeleute der *Gublas Stolz* zwei riesige, ausdrucksstarke Augen auf den Bug. Sie meinten, dass der achäische Brauch auf keinen Fall schaden könnte und die Augen vielleicht wirklich eine Navigationshilfe böten. Nun blickte das Schiff der Tajarim AG wie ein gefährliches Fabelwesen auf den Strand der Troas.

Seshmosis saß derweil am Meer und blickte sehnsüchtig zur Insel Tenedos. Viel lieber wäre er jetzt dort drüben an einem friedlicheren Strand. Während er seinen trüben Gedanken nachhing, vernahm der Schreiber neben sich eine wohl vertraute Stimme.

»Jammere nicht über dein Schicksal! Dass du jetzt hier bist, hat einen Sinn«, begann GON das Gespräch, ohne sich zu materialisieren.

»Aber ich sehe ihn nicht! Es ist alles so schrecklich hier! Die Achäer reden dauernd von der großen Schlacht, die bevorsteht und der Rache, die sie an den Trojanern nehmen wollen. Diese ganzen Halbgötter um mich herum machen mich nervös. Ein bisschen weniger Gott und ein bisschen mehr Mensch gefielen mir besser. Und von Raffim gibt es auch keine Nachrichten. Ich weiß gar nicht, ob er überhaupt noch lebt. Was soll ich hier?«, haderte Seshmosis.

»Ich will dir eine Geschichte erzählen, mein Lieber:

Einst warf ein Sturm Abertausende von Fischen an den Strand. Sie zuckten und japsten und waren alle am Sterben. Ein kleines Mädchen hob einen der Fische auf und trug ihn zurück ins Wasser. Ein Mann, der dies beobachtete, sagte zu dem Mädchen: ›Lass es! Sieh doch, die tausend und abertausend Fische, du kannst sie nicht alle retten! Was du tust, macht keinen Sinn.‹ Das Mädchen hielt dem Mann den Fisch entgegen und erwiderte: ›Für diesen hier macht es Sinn!‹

Verstehst du nun, was ich meine?«

»Du meinst, Skamandrios ist der Fisch?«

»Ich meine, das Mädchen hat mehr als nur einen Fisch zurück ins Meer gebracht.«

An den verkohlten Resten der Zeus-Eiche wartete der Seher Kalchas. Erneut hatte ihn eine innere Stimme hierhergeführt. Nach einer Weile näherte sich von Troja kommend eilig eine einzelne Gestalt. Helenos, der Sohn des Königs Priamos, begrüßte Kalchas mit den Worten:

»Ich bitte um Asyl.«

»Das liegt nicht in meiner Entscheidungsbefugnis«, entgegnete der Achäer. »Doch sag mir, was ist geschehen?«

»Paris ist tot. Und was danach geschah, veranlasste mich, Troja so schnell wie möglich zu verlassen.«

Dann berichtete Helenos von den Ereignissen in der Stadt nach dem Tod des Prinzen. Er erzählte, wie die schöne Helena ohne eine Gefühlsregung die Nachricht vom Ableben ihres Liebhabers aufgenommen und energisch einen neuen Beschützer gefordert hatte. Wie er, Helenos, sie gebeten hatte, dass sie ihn erwählen möge, und wie sie sich aber dafür entschieden hatte, von nun an mit seinem Bruder Deiphobos das Bett zu teilen.

Kalchas verstand. Und er erinnerte sich an die Prophezeiung der Kassandra bei ihrem letzten Treffen an der Zeus-Eiche: »Unter uns ist einer, der alles verraten wird, was ihm im Leben lieb und teuer ist.«

Hier stand nun der Verräter und bettelte um Asyl.

»Was hast du anzubieten, Helenos? Womit willst du unsere Gnade erkaufen?«, fragte Kalchas.

»Ich kann euch verraten, wie die göttergestützten Mauern Trojas fallen.«

»Dann sag es mir, und ich will mich bei Agamemnon dafür einsetzen, dass er dich am Leben lässt«, bot sich der achäische Seher als Vermittler an.

»Einverstanden! Ihr müsst die Statue der Pallas Athene aus der Burg von Troja in euren Besitz bringen. Die Statue, die einst vom Himmel gefallen ist und die kein Trojaner von ihrem Platz entfernen kann. Deshalb hat man um sie herum die Burg gebaut, deren Mauern nicht fallen, solange die Statue dort ist. Ihr müsst nur jemanden finden, der sie euch holt.«

»Gut! Der Handel gilt, Helenos. Lass uns ins Lager gehen.«

»Der Erfolg steht kurz bevor!«, rief Agamemnon. »Wir greifen heute erneut an. Troja ist reif für den Sturm!«

»Ich empfehle zu warten«, riet Kalchas. »Ich bin im Besitz neuer Informationen, wie wir Troja ohne größeren Blutzoll unsererseits einnehmen können.«

»Ich hasse diese Spielereien!«, empörte sich Neoptolemos. »Hier eine List, dort ein Trick und vielleicht noch ein kleiner Verrat. Das ist eines Achäers unwürdig! Lasst uns zu den Waffen greifen und die Trojaner in den Hades schicken, wo sie hingehören!«

Die Heerführer stimmten dem Sohn des Achilleus zu, und so formierten sich die Achäer zu einem erneuten Angriff.

Einige Götter des Olymps nutzten die derzeitige Abwesenheit von Zeus und stürzten sich verbotenerweise höchstpersönlich in die Schlacht. Sie hatten genug davon, weit entfernt vom Geschehen Spielfiguren hin und her zu schieben, und sehnten sich nach direktem Erleben. Mitten im Geschehen wollten sie sein, das Waffengeklirr hören und das Blut der Menschen riechen.

Auf Seiten der Trojaner kämpften Aphrodite, Apollon und Ares, auf Seiten der Achäer Athene, Hermes und Hephaistos, der die Gelegenheit nutzen wollte, sich bei seiner Gemahlin und ihrem Liebhaber für ihren Ehebruch handfest zu rächen. Apollon stand auf dem Streitwagen neben Aineias, dem Anführer der Trojaner, und flößte ihm Mut ein. Als ein Pfeilhagel auf sie niederprasselte, konnte selbst der Gott Aineias nicht mehr schützen, und Aphrodite persönlich entrückte ihren Sohn in einer Wolke aus der Schlacht und versetzte ihn auf die Stadtmauer.

Die Achäer versuchten die beiden großen Tore gleichzeitig zu erstürmen, und so kämpfte Diomedes am vorderen *Skäischen Tor* und Neoptolemos mit seinen Myrmidonen am rückwärtigen *Dardanischen Tor*. Aineias, der inzwischen auf den Mauern der Stadt stand, schmetterte Stein um Stein auf die Angreifer. Der Kriegsgott Ares selbst hielt sich unsichtbar neben ihm und leitete seine todbringenden Würfe auf das heranstürmende Heer. Dabei traf er Hephaistos, den göttlichen Schmied, am Kopf, sodass dieser blutend zusammenbrach. Hermes, der Götterbote, eilte hinzu und rettete ihn in die Sphäre der Götter, bevor ihm ein Trojaner das Schwert in die Brust bohren konnte. Das Eingreifen von Ares erzürnte Athene dermaßen, dass sie einen achäischen Speer direkt in die Brust des Kriegsgottes lenkte. Schmerzerfüllt floh der verwundete Ares zum Olymp.

Aphrodite verteidigte mit den Trojanern das Haupttor, bis sie von Diomedes einen Schwertstreich am Arm empfing. Und auch Athene musste vom Schlachtfeld hinken, weil ein vergifteter Pfeil ihren Fuß durchbohrt hatte.

Zwischenzeitlich kehrte Zeus in den Olymp zurück und schaute entsetzt auf die immer größer werdende Schar der verwundeten Götter und Göttinnen. Er warf einen wütenden Blick auf das Spielbrett, wo das Gemetzel unvermindert weiterging.

Nun verlor der oberste Olympier endgültig die Geduld und hüllte Troja in einen dichten Nebel. So zwang er die göttlichen und menschlichen Kämpfer, die Schlacht zu beenden.

Artemis, die uralte Göttin der Natur, kümmerte sich im Olymp um die verwundeten Gottheiten. Selbst den verachteten Pan hatte man dazugeholt, weil man seine Heilkünste dringend benötigte.

»Seid ihr alle wahnsinnig geworden?«, brüllte Zeus. »Wozu haben wir denn die Menschen? *Sie* sind unsere Spielfiguren! Aber ihr lasst euch hinreißen, euch gegenseitig abzuschlachten! Was ist nur in euch gefahren?«

Die Götterversammlung bot ein Bild des Jammers. Erstmals in der Geschichte des Olymps befleckte göttliches Blut den erlesenen Marmorfußboden. Hilfreiche Geister schleppten Verbandsmaterial und Salben herbei, und allenthalben waren Schmerzenslaute und Flüche zu hören.

Ares, vom Speer der Athene in der Brust verwundet, atmete schwer und stöhnte nur leise, doch seine Blicke in Richtung der verfeindeten Göttin sprachen dafür umso deutlicher: Rache!

Die stumm bedrohte Athene versuchte derweil vergeblich, ihre gelähmten Zehen zu bewegen. In ihrem Mittelfuß war ein von einem Giftpfeil schwarz verfärbtes Loch, und die Riemen ihrer Sandalen waren blutgetränkt. Entsetzen über die eigene Verwundbarkeit spiegelte sich in ihren Augen. Und Aphrodites viel gerühmte, makellose Schönheit wurde derzeit von einer klaffenden Wunde am Oberarm merklich beeinträchtigt. In einigen Aphrodite-Tempeln Griechenlands und Kleinasiens fielen den Statuen bereits die Arme ab und bildeten die Grundlage für einen großen antiken Torso-Fundus.

Hier wirkte das uralte Prinzip ›Wie oben, so unten‹, ohne dass die Götter selbst es bemerkten.

»Wehe, wenn eine Narbe zurückbleibt!«, warnte sie Pan, der sich besorgt um sie kümmerte.

»Da musst du dich schon beim Verursacher beschweren«, wehrte der Hirtengott ab. »*Ich* sorge lediglich dafür, dass dir der Arm nicht abfällt.«

Hephaistos, der inzwischen das Bewusstsein wieder erlangt hatte, malte sich im stummen Schmerz aus, welche Qualen er Ares bereiten würde, wenn er ihn erst in seiner unterirdischen Schmiede in Ketten gelegt hätte.

Nachdem alle Verwundeten versorgt waren, wandte sich Zeus an die versammelten Götter. »Es sind viel zu viele göttliche Waffen im Umlauf. Ihr habt eure Halbgötter und Helden mit unzähligen vergifteten Pfeilen, heiligen Speeren und magischen Schwertern ausgerüstet, die sich nun gegen uns richten. Wir müssen Inspektoren ausschicken, die diese Waffen suchen und uns zurückbringen.«

»Aber ohne göttliche Waffen ist das Spiel langweilig«, wandte ausgerechnet Apollon ein, der die letzte Auseinandersetzung nur durch seine schnelle Flucht unverletzt überstanden hatte.

»Ihr selbst habt euch ins Spiel begeben und euch angreifbar gemacht. Wo sind nur die Zeiten geblieben, als ihr euch an Bauernopfern und Heldentod erfreutet? An der List von Verrätern und der Lust von menschlichen Leibern? Nein, ihr müsst ja selbst das Schwert schwingen und Steine werfen, auf dass man euch bewirft und schlachtet. Jetzt ist

Schluss damit! Diese Waffen sind zu mächtig. Seht euch um! Wie konntet ihr zulassen, dass die Menschen über so furchtbare Waffen verfügen, die selbst uns Götter verletzen?«

»Und was ist mit deinen Donnerkeilen, die nicht gezündet haben?«, fragte Apollon.

»Auch diese müssen gefunden werden. In den falschen Händen sind sie Massenvernichtungswaffen. Ein einziger Donnerkeil kann eine ganze Stadt auslöschen!«, warnte Zeus.

»Darf ich dich darauf hinweisen, großer Göttervater, dass es *deine* Donnerkeile sind?«

Apollon ließ nicht locker, doch Zeus lenkte schnell ab.

»Ab sofort verbiete ich jegliche direkten militärischen Eingriffe in die Schlacht um Troja! Wir sind die Spieler, nicht die Opfer! Vor allem diejenigen unter euch, die eigene Nachkommen unter den Kriegern haben, will ich in nächster Zeit nicht mehr in der Menschenwelt sehen. Wer es auch nur noch ein einziges Mal wagt, den Kampf durch seinen persönlichen Einsatz vor Ort zu beeinflussen, wird von mir aus dem Olymp verbannt! Dann kann er oder sie in den Sümpfen Italiens Gott spielen. Vielleicht kriecht ja eines fernen Tages eine Zivilisation aus dem Schlamm des Tibers, die euch einen Altar aus Steinbrocken aufschichtet.«

Raffim haderte in seiner Kerkerzelle in Troja mit seinem Schicksal. Mit Wehmut dachte er an all das Gold, das unter den Planken der *Gublas Stolz* verborgen lag. Noch nie in seinem Leben war er so reich gewesen. Aber auch noch nie so hoffnungslos.

Raffim hatte in letzter Zeit abgenommen, viel abgenommen. Das erste Mal seit seiner Kindheit konnte er seine Rippen ertasten.

Der Händler fragte sich, was ihn wohl früher ereilen würde: der Tod durch den Henker oder der Tod durch den Hunger.

Im Angesicht seines nahen Endes überprüfte Raffim seine Beziehungen zu den Göttern. Baal und Astarte, die in seiner neuen Heimat Byblos das Sagen hatten, waren ihm fremd, und sein Verhältnis zu GON konnte man auch nicht gerade als gut bezeichnen. Immerhin hatte er, Raffim, die *Heiligen Rollen* der Tajarim gestohlen. Auch sonst war er dieser Gottheit schon immer skeptisch gegenübergestanden. Kein Wunder, schließlich sprach GON durch Seshmosis, und dieser war in seinen Augen sowieso ein Versager. Blieb ihm nur noch der Krokodilgott Suchos, der auch Sobek genannt wurde. Raffim erinnerte sich an seine Begegnung mit dem Gott in dessen Hauptheiligtum im ägyptischen Krokodilopolis. Damals, als er Suchos sein göttliches Ankh zurückgegeben hatte, hatte ihn eine ungeheuere Verbundenheit durchströmt.

Deshalb war sich Raffim sicher, dass nur Suchos ihm noch helfen konnte. Und so betete der Mann, der in Theben jahrelang Krokodile gequält hatte, inbrünstig ausgerechnet zu dem Gott, der stets mit einem Krokodilkopf erschien.

Plötzlich öffnete sich die Zellentür, und ein Mann trat ein, während ein weiterer, schwer bewaffneter Wächter in der Tür stehen blieb.

»Ich habe schon alles gestanden!«, schrie ihn Raffim an. »Bitte gebt mir endlich etwas zu essen!«

Der Mann ignorierte Raffims Flehen und sagte: »Ich will dir einen Handel vorschlagen. Du besorgst uns einen gewissen Gegenstand, und wir schaffen dich dafür aus Troja.«

»Gut! Was immer ihr wollt, aber zuerst muss ich etwas essen. Ich bin völlig entkräftet.«

»Dafür ist keine Zeit! Wir müssen uns beeilen, damit man uns nicht entdeckt«, drängte der Fremde.

»Ohne Essen schaffe ich das nicht! Ich will nicht befreit werden, wenn du mir nichts zu essen gibst!«, widerstand Raffim weiter.

»Willst du denn in dieser Zelle verschimmeln? Oder warten, bis dir der Henker den Kopf abschlägt?«

Raffim verneinte. Aber nun wollte er doch zuerst wissen, was man von ihm verlangte.

Der Mann erzählte Raffim von einer Statue der Pallas Athene, die vor langer Zeit vom Himmel gefallen war. Um sie herum hatten die Ahnen der jetzigen Trojaner zuerst die Burg und nach und nach die ganze Stadt gebaut. Die Statue war nicht besonders groß, dennoch konnte sie kein Trojaner vom Fleck bewegen. Unverrückbar stand das Bildnis der Göttin, die nun Feindin der Stadt war, an ihrem Platz. Deshalb war das Standbild auch völlig unbewacht, weil es sowieso kein Trojaner stehlen konnte. Und das war genau der Grund, warum sie Raffim brauchten.

Warum die beiden die Statue unbedingt in ihren Besitz bringen wollten, verrieten sie nicht. Raffim vermutete, dass sie von den Achäern dafür bezahlt wurden, aber das war ihm völlig egal. Er war es gewohnt, Geschäfte zu machen, bei denen man besser keine Fragen stellte.

»Gut, ich werde die Statue für euch holen. Aber nur, wenn wir einen Umweg über die Küche machen. Mit hungrigem Magen konnte ich noch nie stehlen!«

Die beiden Unbekannten sahen staunend zu, wie Raffim nach einem ganzen Zicklein auch noch drei gebratene Hühner vertilgte. Das alles spülte er mit einem Krug Wein hinunter.

Raffim war sich darüber im Klaren, dass dies seine Henkersmahlzeit sein mochte. Bestimmt hatte es mit der Statue eine besondere Bewandtnis, die ihm seine Befreier nicht verraten hatten, und wenn man ihn beim Diebstahl erwischen sollte, war ihm der schnelle Tod gewiss. Deshalb wollte er seinen Aufenthalt in der verhältnismäßig sicheren Küche noch verlängern und forderte zum Nachtisch einen Korb Obst.

Man sah den beiden Unbekannten an, dass sie Raffim am liebsten auf der Stelle erschlagen hätten, doch sie waren auf ihn angewiesen.

»Schluss jetzt mit der Fresserei, es ist genug! Komm endlich!«, drängte der Sprecher der Fremden. »Du hast schon genug Zeit vertrödelt.«

Widerwillig folgte Raffim seinen Befreiern durch viele Gänge und über viele Treppen kreuz und quer durch das Gebäude. Endlich erreichten sie einen kreisrunden Raum, in dessen Mittelpunkt die Statue der Pallas Athene stand. Die Figur war ungefähr einen halben Meter hoch und ziemlich unscheinbar. Kein Vergleich zu den üblichen prachtvollen Abbildern, die man sonst aus den Athene-Tempeln der Achäer kannte. Doch diese Statue besaß eine ganz besondere Ausstrahlung, die Raffim irritierte.

Vorsichtig betrachtete der Tajarim die Figur erst einmal von allen Seiten. Und da erkannte er die Magie der Statue: Sie schien lebendig, denn sie verfolgte ihn mit ihren Augen. Wo auch immer er im Raum stand, die Augen der Athene richteten sich stets auf ihn.

Auch seinen Begleitern war diese Situation unangenehm, ja unheimlich.

»Mach schon! Nimm sie und lass uns von hier verschwinden!«

Es kostete Raffim große Überwindung, sich der Statue zu nähern. Doch dann fasste er sich ein Herz und nahm sie vom Sockel.

Als er sie in Händen hielt, schienen die Augen plötzlich erloschen und der Bann gebrochen. Schnell verließen die drei Diebe den Raum und verschwanden im Gewirr der Korridore und schließlich in einer Wäschekammer.

»Was soll das? Ich dachte, ihr führt mich aus der Stadt?«, erregte sich Raffim, der die Statue noch immer in Händen hielt.

»Genau deshalb sind wir hier«, entgegnete der Sprecher der Fremden ruhig. »Zieh das an!«

»Aber das sind Frauenkleider!«, entsetzte sich Raffim.

»Genau! Und deine einzige Möglichkeit, Troja zu verlassen.«

Widerwillig zog sich Raffim die Frauenkleider an und verhüllte seinen Kopf mit einem Schleier. Er sah aus wie eine dicke Vettel, die kaum ein Mann zweimal ansehen würde.

Dann gab einer der Unbekannten Raffim ein Laken, in das er die Statue der Pallas Athene einwickeln sollte.

»So, und nun nimm die Figur in die Arme. Eine trauernde Mutter trägt ihr totes Kind zur Bestattung zum Scheiterhaufen außerhalb der Stadtmauern. Nun musst du nur noch schön jammern, und die Wachen werden dich ohne weiteres passieren lassen. Bring die Statue zur zerstörten Zeus-Eiche, wo ein gewisser Kalchas auf dich wartet, und übergib sie ihm. Du kannst den Baum nicht verfehlen, er wurde vom Blitz gespalten und verkohlt.«

In der Troas herrschte jene Art von Frieden, die entsteht, wenn die Kriegsgegner ihre Wunden lecken und ihre Schwerter neu schärfen.

Die Tajarim beschäftigten sich mit den letzten Vorbereitungen für das große Konzert von El Vis, als völlig unerwartet Raffim auftauchte.

Zerlumpt und abgemagert erschien er im Lager, und es gab ein großes Hallo.

Selbst Seshmosis freute sich, seinen alten Widersacher einigermaßen wohlbehalten wieder zu sehen. Raffims Anwesenheit symbolisierte für ihn die Normalität, er gehörte zu seiner vertrauten Welt, wie er sie von klein auf kannte.

Es spielte dabei überhaupt keine Rolle, ob er Raffim mochte oder nicht, für Seshmosis war Raffim Bestandteil der natürlichen Ordnung. Seine Gegenwart beruhigte ihn einfach, weil es sich richtig anfühlte.

Raffim jammerte zwar, welch unerträgliche Foltern er habe aushalten müssen, und prahlte, dass ihm ganz allein die Flucht aus den Kerkern Trojas gelungen sei, aber über die näheren Umstände schwieg er sich aus. Dann ließ er sich über die Geschehnisse im Lager informieren, begutachtete das große hölzerne Pferd für das Konzert und machte sich in Gedanken eine Notiz, El Vis die Arbeitsstunden seiner Diener Jabul, Jebul und Jubul in Rechnung zu stellen.

Seshmosis ordnete in Homeros' Hütte die Aufzeichnungen, während der Dichter im Sitzen eingeschlafen war. Plötzlich sagte dieser:

»Es ist schon erstaunlich, wie überzeugend sich der Mensch selbst belügen kann.«

»Wie meinst du das?«, fragte der Schreiber irritiert.

»Nun ja, ich zum Beispiel rede mir seit langem ein, dass ich durch den Verlust meines Augenlichts besser dran bin, weil ich das ganze Elend nicht mehr sehen muss. Irgendwann glaubte ich mir und empfand meinen Zustand als Gnade.«

»Und ist er das nicht?«

»Nein! Es ist schrecklich. Ich höre die Geräusche des Kampfes, das Schreien der Krieger, das Klirren der Waffen, den grausigen Klang, wenn Metall in Fleisch eindringt und Knochen zerbricht. Ich rieche den Angstschweiß, das

Blut und die Exkremente der Furcht. Ich höre das Surren der Fliegen, die sich der toten Helden bemächtigen, und spüre die Hitze des Feuers, das sie auf den Scheiterhaufen zu Asche verbrennt. Und der Gestank verbrennenden Fleisches frisst sich unauslöschlich in meine Seele.«

»Aber sind nicht gerade diese Helden dein großes Thema? Bist es nicht du, der ihnen für immer ein Denkmal setzt?«, versuchte Seshmosis zu trösten. Doch der Dichter schien ihn nicht zu hören.

»Irgendwann habe ich einen Fehler gemacht. Vielleicht hätte ich den *Froschmäusekrieg* nicht schreiben sollen. Ein Hymnus an die Liebe zwischen Fröschen und Mäusen wäre die bessere Alternative gewesen. Dann hätten sie mich sicher nicht ausgewählt, damals, auf dem Marktplatz von Kolophon, meiner geliebten Heimatstadt.«

»Unergründlich ist der Ratschluss der Götter. Auch ich habe oft anders gehandelt, als mein Herz es wollte, und es meist bereut. Aber dann fand ich doch immer wieder Trost und Hoffnung. Die bleibt uns, egal was geschieht. Schau nur, wie es Raffim erging! Wir alle dachten, er sei des Todes, und nun ist er wieder bei uns, unbeschadet und prahlerisch wie eh und je. Der Kerl ist mir ein Gräuel, so lange ich denken kann, und dennoch habe ich ihn vermisst«, versuchte Seshmosis den Dichter abzulenken und aus seiner Traurigkeit zu holen.

Als die Sonne im Meer vor der Troas versank, strömten unzählige Achäer zum Konzertplatz. Auf einem kleinen Hügel überragte ein riesiges hölzernes Pferd die Szenerie, das die Tajarim mit Hilfe der großen Räder an jedem Huf auf die Anhöhe gezogen hatten. Davor brannten Fackeln in den unterschiedlichsten Farben. Ihre Farbenpracht verdankten sie Nostr'tut-Amus' magischen Pulvern.

Plötzlich erhellte ein gleißender weißer Lichtblitz den Hügel und ließ die Gespräche im Publikum schlagartig verstummen. Eine Luke öffnete sich an der hinteren Flanke des Pferdes, und dahinter erschien der trommelnde Mumal. Dann gesellte sich der wehmütige Klang eines Shofarhorns zu den Trommelschlägen, und hinter einer geöffneten Luke am Hals des Pferdes kam der blasende Elimas zum Vorschein. Der Trommelwirbel steigerte sich, und in der Mitte des Pferdekörpers öffnete sich eine große Klappe. Aus dem Dunkel trat El Vis nach vorn, von Fackeln in ein warmes Licht getaucht. Es sah aus, als schwebe er vor dem Pferd, und der silbrige Klangteppich seiner Lyra legte sich friedlich über die Ebene. Ein lauter Trommelschlag ertönte, und in luftiger Höhe auf dem Pferderücken stehend, erschien eine schwarze Gestalt. In der einen Hand hielt sie Zügel, in der anderen eine brennende Fackel. Es war Tafa, bekleidet mit einem schwarzen Lendenschurz und einem schwarzen Umhang.

Das Publikum war beeindruckt von der unheimlichen Gestalt, die sich wie ein stehender Reiter im galoppierenden Rhythmus von Mumals Schlagwerk bewegte.

Nach einigen Takten begann El Vis zu singen:

Nachtreiter, Nachtreiter.

Man denkt, es ist das Flüstern des Windes,
der in den Bäumen rauscht.

Es ist aber der Nachtreiter,
der durch die Straßen fegt,
wenn es dunkel wird.

Nachtreiter, Nachtreiter.
Er kam in die Stadt geritten,
als die Sonne unterging.
Er lachte meine Liebste an und gewann ihr Herz.
Was soll ich tun?

Besorgt bat ich meine Liebste,
bei ihrer Mutter zu Hause zu bleiben.
Sie lachte mich aus wegen meiner Angst,
dass sie mit ihm in die Nacht reiten würde.

Nachtreiter, Nachtreiter.
Seit er die Gegend unsicher macht,
habe ich meinen Frieden verloren.
Nachtreiter, lass meine Liebste in Ruhe.
Bitte gib sie mir zurück.

Nachtreiter, Nachtreiter![4]

Die achäischen Krieger tobten vor Begeisterung. Jeder von ihnen erkannte sich selbst als »Nachtreiter«, der durch die Troas jagte und die Herzen hübscher Mädchen im Sturm eroberte. Dass sie aber im »besten« Fall widerspenstige, versklavte Frauen im Lager vergewaltigten, spielte in ihren Wunschvorstellungen und erotischen Fantasien keine Rolle.

El Vis genoss die frenetischen Beifallsstürme, und als es wieder ruhig wurde, hob er zu sprechen an:

»Männer Griechenlands! Schon lange seid ihr hier in der Fremde und führt ein hartes Leben. Damit ihr eure Mühsal und Sorgen vergessen könnt, wollen wir euch mit unseren Liedern erfreuen. Lasst in diesen Stunden die Musik über den Krieg siegen! Kommt mit auf unsere Reise in friedliche Gefilde! Auch ich bin fern meiner Heimat Ägypten, und auch ich kenne die Sehnsucht. Hört nun ein Lied über eine Frau, die ich einst dort traf. Und glaubt mir, meine Freunde, es war eine ganz besondere Frau!«

Ich betrat einmal eine Taverne und setzte mich vorn an
die Bühne.
Der Vorhang öffnete sich, und Fackeln verbreiteten
schummriges Licht.
Eine kleine Ägypterin stolzierte heraus
und trug nichts als eine Schleife im Haar.
Und sie sang ying-ying, ying-ying, ying-ying, ying-ying.

In ihrem Nabel blitzte ein Rubin und am Zeh ein Diamant.
Dann löste sie ihr Haar und drehte sich tanzend langsam
um sich selbst.
Als sie sich lasziv auf dem Zebrafell räkelte,
dachte ich, sie würden die Vorstellung abbrechen.
Und sie sang ying-ying, ying-ying, ying-ying, ying-ying.

Sie machte einen dreifachen Salto, und als sie wieder
auf dem Boden stand,
winkte sie dem Publikum zu und drehte sich um.

Auf dem Rücken trug sie das Tattoo eines Kriegers
und die Worte »Phönix von Theben«.

Nun muss ich euch erzählen, dass die kleine Ägypterin
nicht mehr tanzt.
Denn sie ist viel zu beschäftigt mit Putzen und Kochen
und Einkaufen
und unsere sieben Kinder halten sie den ganzen Tag auf Trab.
Und sie singt ying-ying, ying-ying, ying-ying, ying-ying.[5]

Die Krieger brachen in Jubelrufe aus, und es dauerte viele Minuten, bis El Vis sein nächstes Lied beginnen konnte. Und dann sang er, bis die Mitternachtsgestirne am Himmel standen.

Nach dem Konzert nahm Kalala ihren Freund energisch am Arm beiseite und sagte vorwurfsvoll: »Das Lied von der kleinen Ägypterin kannte ich noch gar nicht. Ich hoffe, es war nicht deine Rache für meinen Flirt mit Agamemnon, und die Leute denken nun vielleicht, dass das Lied von mir handelt.«

»Aber du stammst doch gar nicht aus Ägypten, meine geliebte Perle Nubiens. Und außerdem haben wir ja noch keine Kinder«, grinste El Vis, umarmte Kalala liebevoll und küsste sie auf den Mund. Dann gingen sie Hand in Hand zu ihrem Quartier an Bord der *Gublas Stolz*.

Lange nachdem die letzten Töne des Konzerts verklungen waren, »eroberten« ein halbes Dutzend betrunkener Achäer das hölzerne Pferd, unter ihnen Neoptolemos und Diomedes. Sie krochen in die verwaiste Bühnendekoration, schlossen die Klappen und legten sich schlafen. Die Unmengen schweren Weins taten ihre Wirkung, denn ihr Schlaf glich mehr einer tiefen Bewusstlosigkeit. So bemerkte keiner von ihnen, dass sich das hölzerne Pferd plötzlich in Bewegung setzte.

Die ungewöhnliche Beleuchtung in der Ebene beim Konzert hatte nämlich etliche trojanische Kundschafter angelockt. Ihr Anführer, ein gewisser Hippolytos, verarmter Adliger und Freizeitpriester des ›Poseidonischen Pferdeordens‹, bekam angesichts des hölzernen Rosses feuchte Augen und einen heftigen Glaubensanfall. Während er in den vergangenen deprimierenden Kriegsjahren immer wieder an Glaubensabfall gelitten hatte, löste der Anblick von El Vis' Bühnendekoration bei ihm einen Zustand religiöser Euphorie aus.

»Es ist ein Zeichen der Götter, Kameraden«, flüsterte er seinen Begleitern zu. »Poseidon selbst ist in diesem Pferd verkörpert. Wir müssen es unbedingt in die Stadt schaffen. Mit diesem Ross wird uns Poseidon zum Sieg verhelfen.«

Und so begann ein Trupp mutiger Trojaner, das ungewöhnliche Objekt in die Stadt zu ziehen.

Ganz in der Nähe fiel Odysseus auf, dass sich das hölzerne Pferd auf einmal wie von selbst durch die Nacht bewegte. Eilig holte er einige seiner Männer herbei; lautlos folgten sie dem Ross, das sich wankend durch die Dunkelheit auf Troja zu bewegte.

Seshmosis schreckte aus dem Schlaf. Als er die Augen öffnete, blickte er in das Gesicht einer Katze, deren Umriss sich deutlich im Mondlicht abzeichnete.

Verwirrt blinzelte er in das Angesicht seines Herrn und gähnte herzhaft.

»Die Zeit ist gekommen!«, sprach die Katze bedeutungsvoll. »Du holst noch vor Morgengrauen Homeros und Skamandrios an Bord der *Gublas Stolz,* und danach müsst ihr die Troas sofort verlassen! Jegliche Verzögerung könnte euer Tod sein, denn die Achäer werden jeden Fremden niedermetzeln.«

»Aber Homeros ist ihr Berichterstatter, sie brauchen ihn doch«, wandte Seshmosis ein.

»Darauf werden sie in ihrem Blutrausch keine Rücksicht nehmen. Tu, was ich dir sage! Eile mit Homeros zum Schiff. Dann hole Elimas als Träger für Homeros' Gepäck. Der Dichter wird ungern auf seine Werke verzichten und die Menschheit auch nicht. Und danach schaff eilends den Jungen herbei!« Die Katze sprach es und verschwand.

Seshmosis unterdrückte einen Fluch und weckte den blinden Dichter.

Als die Sonne an diesem Morgen ihre Strahlen über Troja und die Ebene schickte, staunte sie nicht schlecht, wie aktiv die Menschen bereits waren. Normalerweise konnte sich das Licht in aller Ruhe ungestört ausbreiten, bevor die Menschen die Szenerie betraten. Doch heute schien es, als habe die Sonne verschlafen. Noch vor dem ersten Hahnenschrei schleppten Seshmosis und Elimas die Habseligkeiten des Homeros und die Ergebnisse seines langen Dichterlebens zur *Gublas Stolz*. Danach ging Seshmosis zu Mursils Lager.

»Es ist also so weit«, flüsterte der Hethiter, weckte Skamandrios und gab ihm ein vorbereitetes Bündel. Skamandrios blickte in der Morgendämmerung noch einmal über die Ebene vor der Stadt, jenen Ort, an dem Achilleus seinen Vater Hektor mit den Füßen an den Streitwagen gebunden und dreimal um die Mauern geschleift hatte. Dann folgte er Seshmosis zum Schiff.

Währenddessen hatte Odysseus einen Botschafter zu Agamemnon geschickt, auf dass dieser das achäische Heer im Schutz der Nacht lautlos bis zum *Skäischen Tor* führen solle. Bisher hatten die Achäer immer nur bei Tageslicht angegriffen, sodass es die Trojaner als unnötig empfanden, die Zinnen des Torturms des Nachts zu besetzen. Lediglich eine kleine Wache von fünf Leuten stand hinter den schweren Holzflügeln des Tores und hoffte auf baldige Ablösung.

Draußen warteten derweil nervös und angespannt die Angreifer auf das entscheidende Zeichen ihrer Männer in der Stadt.

Kassandra schaute in der Dämmerung aus ihrem Fenster auf das merkwürdige riesige Pferd aus Holz, das unvermutet auf dem Platz direkt beim *Skäischen Tor* stand. Da traf sie wie ein Blitz aus heiterem Himmel eine Vision. Die Hufe des Pferdes verwandelten sich in schartige Äxte, aus seinen Flanken wuchsen tödliche Lanzen, und Blut triefte aus seinem Maul. Entsetzt wandte sich Kassandra ab. Sie wusste, dies war das Ende von Troja. Schnell rannte sie zum Tempel der Athene. Noch bevor sie ihn erreichte, hörte sie bereits Kampflärm und Schreie in der Stadt. Kassandra wollte sich im Tempel keineswegs verstecken, denn sie wusste, dass sie ihrem Schicksal nicht entrinnen konnte. Zu oft hatte sie in Visionen gesehen, welches Schicksal sie von den Achäern zu erwarten hatte.

Sie wollte aber, wenn es denn nun so weit war, in der Gegenwart ihrer Göttin Athene sein. Die Prinzessin und Priesterin war sich sicher, dass diese Zeugin als gnadenlose Richterin und furchtbare Henkerin rächen würde, was immer man Kassandra antäte. Keine Göttin der Welt lässt es ungestraft zu, dass man ihre Priesterin im Tempel schändet. Wehe dem Mann, der sich zu solcher Freveltat hinreißen ließ!

Als die *Gublas Stolz* von kräftigen Ruderschlägen angetrieben die Küste verließ, stiegen von Troja die ersten Rauchsäulen auf.

Unerwartet für Seshmosis hatte niemand gegen sein Drängen, die Troas sofort zu verlassen, Widerspruch erhoben. Als Seshmosis erzählte, dass GON ihm die Abreise befohlen hatte, hörten die Tajarim und die phönizischen Seeleute auf den Propheten. Zu gut hatten sie das Erscheinen des Gottes als Feuersäule am Strand noch im Gedächtnis.

So standen sie nun am Heck des Schiffs und starrten Richtung Land, wo sich das Morgenrot mit den Feuern des brennenden Troja vermischte.

Die Irrfahrer

Gute Winde ließen die *Gublas Stolz* schnell den Hafen von Methymna auf der südlich gelegenen Insel Lesbos erreichen, wo die Phönizier Frischwasser und Nahrung an Bord nehmen wollten. Auf dem Schiff gab es kaum Vorräte, denn die Eile des Aufbruchs aus der Troas hatte keine Zeit gelassen, diese zu ergänzen. Die Menschen in Methymna beäugten die *Gublas Stolz* misstrauisch, doch als sie erkannten, dass die Ankömmlinge keine Achäer waren, gaben sie sich freundlich. Denn auch hier hatten die Plünderungszüge des Achilleus deutlich sichtbare Spuren hinterlassen. Verkohlte Balken und rußgeschwärzte Mauerreste erinnerten noch immer an den Besuch der schrecklichen Myrmidonen des achäischen Helden, und viele Familien beklagten erschlagene Söhne und geraubte Töchter.

Seshmosis war froh, als sie die bedrückende Atmosphäre der Stadt wieder hinter sich lassen konnten und erneut in See stachen.

Der Schreiber fragte sich, ob nun die Zeit der furchtbaren Abenteuer endlich vorbei sei und sie in die heimatlichen Gefilde zurückkehren würden. Dem Krieg war er entronnen, doch noch galt es, den jungen Skamandrios und den Dichter Homeros in Sicherheit zu bringen.

Und auch die Rückkehr in die eigene Gegenwart bereitete ihm Sorgen. Deshalb beschloss Seshmosis, sich an GON zu wenden. Als er seinen Schlafplatz erreichte, wartete die kleine rot getigerte Katze bereits auf ihn.

»Herr, du weißt, was mich bekümmert«, begann Seshmosis. »Die schrecklichen Erlebnisse bedrücken mich, und ich wage mir gar nicht vorzustellen, was jetzt gerade in Troja geschieht. Vor allem aber sorge ich mich darum, wie es mit uns weitergehen wird. Werden wir Byblos jemals wieder erreichen?«

»Hast du Angst vor dem Tod, mein lieber Seshmosis?«, fragte die Katze.

»Ich habe keine Angst vor dem Tod. Ich habe einfach nur Angst zu sterben.«

»Dann wird es dich sicher beruhigen, wenn ich dir sage, dass dies in nächster Zeit nicht geschehen wird. Deine Aufgabe ist es jetzt, dafür zu sorgen, dass Homeros und Skamandrios an ihren Bestimmungsort gebracht werden. Allerdings befürchte ich, dass dies noch eine Zeit lang dauern wird. Das Meer ist in Aufruhr, weil einige Götter sehr, sehr zornig sind. Und es ist nicht nur Poseidon, der vor Wut rast. Die Götter des Olymps liegen wegen der Ereignisse in Troja miteinander im Zwist. Es ist für Menschen nie gut, wenn sich die Götter streiten.«

»Wie soll ich mich verhalten, und was soll ich tun?«, fragte Seshmosis unsicher.

»Bleib gelassen und vertrau bei allen Problemen auf deinen Instinkt. Du bist äußerst überlebenstüchtig, mein getreuer Prophet. Sei dir dessen immer bewusst.«

Mit einem leisen Plop verschwand die Katze, und Seshmosis' Anspannung löste sich langsam auf. Ausgerechnet in diesem Moment verlosch das Sonnenlicht, das durch die Fenster der Ruderbänke gefallen war, und es wurde stockfinster.

Seshmosis tastete sich Richtung Luke zum Deck, als er jemanden laut rufen hörte: »Was ist passiert! Was soll ich nur machen?«

Uartus Stimme schrie zurück: »Hände weg vom Steuer! Was immer wir tun, ist mit Sicherheit falsch!«

Seshmosis beschloss, den Rat von GON zu befolgen und sich in Gelassenheit zu üben. Vielleicht war die Finsternis ja ein Zeichen dafür, dass sie gerade jetzt in ihre eigene Zeit zurückkehrten.

Nach vielen Stunden unnatürlicher Dunkelheit wurde es schlagartig wieder hell. Neugierig ging Seshmosis an Deck. Die Sonne neigte sich im Westen schon zum Horizont, als die *Gublas Stolz* im sanften Abendlicht eine Insel mit mächtigen Küstenwäldern ansteuerte.

In der geschützten Bucht ankerten zwölf Schiffe. Die Augen am Bug wiesen sie eindeutig als achäische aus. Als die Tajarim näher kamen, erkannte Seshmosis, dass bei einem der rostroten Schiffe Bug und Rammsporn einen blauen Schnabel bildeten. Es war zweifelsfrei das Flaggschiff von Odysseus. Seshmosis' Hoffnung, in die Vergangenheit, die seine Gegenwart war, zurückgekehrt zu sein, hatte sich zerschlagen. Schlimmer noch: Da Odysseus eigentlich noch in Troja sein musste, konnte dieser unmöglich vor ihnen diese Insel erreicht haben. Die *Gublas Stolz* war also noch weiter in die Zukunft gesegelt.

Odysseus tobte. Vor zwei Tagen hatte er Kundschafter ins Landesinnere ausgeschickt, und sie waren noch immer nicht zurückgekehrt. Nach den bösen Erfahrungen bei ihrer letzten Landung in Ismaros, der Stadt der Kikonen, bei der sie zweiundsiebzig Männer verloren hatten, rechnete der Fürst von Ithaka mit dem Schlimmsten.

Da meldete ein Wachposten die Ankunft eines fremden Schiffs, und Odysseus ging zum Strand. Neugierig beobachtete er die Landung der Ankömmlinge. Zu seiner Überraschung kannte er das Schiff: die *Gublas Stolz* der merkwürdigen Händler aus Phönizien. Als die Passagiere von Bord gingen, begrüßte Odysseus die Tajarim.

»Und wieder einmal begegnen wir uns an einer Küste.«

»Und wieder einmal wissen wir nicht, wo wir sind, Fürst von Ithaka. Selbst die neuen Augen unseres Schiffs konnten uns den Weg nicht weisen«, entgegnete Seshmosis.

»Auch die Augen unserer Schiffe haben uns diesmal im Stich gelassen«, gab Odysseus zu.

Seshmosis erinnerte sich an dessen Spottrede am Strand der Troas und fragte ironisch: »Soll das heißen, die unfehlbaren Achäer haben sich verirrt?«

»Nein«, widersprach Odysseus. »Wir haben uns natürlich nicht verirrt. Wir können nur derzeit nicht feststellen, wo genau wir uns befinden.«

In diesem Augenblick kam ein merkwürdig gekleideter junger Mann aus dem Wald auf den Strand zu. Er war in ein grellbuntes Gewand gehüllt und trug Blumen im Haar.

Mit tänzelnden Schritten näherte er sich und rief: »Friede! Friede! Seid willkommen bei den Kindern des Lotos! Folgt mir in unser Dorf!«

Odysseus zog sein Schwert. »Das ist sicher einer der Kerle, die meine Männer festhalten! Ich habe das Vorrecht, ihn zu erschlagen, es geht um meine Leute!«, brüllte er den staunenden Tajarim zu.

»Liebe Freunde, legt eure schrecklichen Waffen nieder und folgt mir in unser Dorf. Wir Lotoskinder leben mit allem und jedem in Frieden. Macht Liebe, keinen Krieg! Friede!«, ermunterte der junge Mann sie lächelnd.

Odysseus flüsterte mit einigen seiner Männer, und Seshmosis besprach sich mit den Tajarim und den phönizischen Seeleuten.

Dann folgten der Achäer mit sechs seiner Krieger und Seshmosis mit Nostr'tut-Amus dem jungen Mann durch den dichten Wald. Nach etwa einer Stunde erreichten sie eine kleine Siedlung inmitten einer Lichtung.

Seshmosis fiel auf, dass alle Bewohner junge Menschen waren. Bekleidet waren sie mit Tüchern, die alle Farben des Regenbogens spiegelten, und alle sahen auf eine merkwürdige Weise glücklich aus. Die Mädchen und Frauen waren durchweg spärlich bekleidet, trugen Blumen im Haar und warfen Seshmosis eindeutige Blicke zu, die ihm die Schamesröte ins Gesicht trieben.

Plötzlich entdeckte Odysseus seine drei Kundschafter. Sie saßen unter einem Baum und lächelten selig vor sich hin. Der Fürst rannte zu ihnen, packte einen seiner Männer an den Schultern und rüttelte ihn. Doch der blickte ihn nur geistesabwesend wie ein Traumwandler an und erkannte ihn nicht.

»Was habt ihr mit meinen Männern gemacht?«, brüllte Odysseus.

Der junge Mann, der sie hierhergeführt hatte, antwortete: »Wir haben sie als Gäste behandelt und die Früchte des Lotos mit ihnen geteilt. Seht, wie glücklich sie sind!«

Er reichte ihnen einige der olivenartigen Früchte zum Empfang.

Nostr'tut-Amus nahm eine davon und betrachtete sie eingehend. Dann leckte er daran. »Süß wie Honig und Rosinen. Ich kenne diese Köstlichkeiten. Sie bescheren wunderbare Träume, und wer davon kostet, will sich sein Leben lang diesem Genuss hingeben. Auf Kreta braut man daraus den Trank des Vergessens.«

»Ihr habt meine Männer unter Drogen gesetzt!«, empörte sich Odysseus lautstark.

Ein großer, kräftiger Mann, der sich bisher im Hintergrund gehalten hatte, trat auf einmal hinzu. Er trug einen dichten, schwarzen Vollbart und war mit Abstand der Älteste der Gemeinschaft, den sie hier bisher zu Gesicht bekommen hatten. Seine Gesichtszüge waren hart wie die eines Kriegers und sein Blick, im Gegensatz zu den anderen Dorfbewohnern, nicht verschleiert, sondern klar und durchdringend.

»Gemach, gemach, Fremder! Bitte stört nicht den Frieden unserer Insel! Wir leben hier, wie es uns gefällt, und dazu gehört der Genuss dieser wundervollen Früchte.

Denn wir wollen vergessen! Wir wollen vergessen, dass dort draußen ein ständiger Krieg tobt, der unsere Liebsten verschlungen und den Besitz unserer Väter verwüstet hat. Wir wollen vergessen, dass einige von uns in diesem unsinnigen Krieg gekämpft haben und schwer verwundet wurden. Ich selbst habe meine Herkunft und meinen Namen vergessen und nenne mich nun *Pflücker*, weil ich keinen anderen Namen mehr brauche. Wer hierherkommt, will mit der Welt des Krieges nichts mehr zu tun haben. Wir nehmen uns die Freiheit, so zu leben, wie es uns gefällt!«

Odysseus überlegte kurz und entschied sich dann aber schweren Herzens gegen ein sofortiges Blutbad. Stattdessen wandte er sich wieder seinen Männern zu und versuchte energisch deren Erinnerung zu wecken. Doch sie wussten nichts mehr von Odysseus und Ithaka, von Schiffen und Kriegen. Und so sehr sie der Fürst auch beschimpfte und schüttelte, er konnte das selige Lächeln aus ihren Gesichtern nicht vertreiben, und sie weigerten sich beharrlich, ihren paradiesischen Platz am rissigen Stamm des Lotosbaums zu verlassen.

Seshmosis erwehrte sich derweil der Avancen mehrerer barbusiger Lotosesserinnen, die ihn mit Blumen schmückten und auf den rechten Weg bringen wollten. Wobei der rechte Weg direkt in eine der Hütten führen sollte.

Verzweifelt versuchte Seshmosis seine Gedanken in andere Bahnen zu lenken. So fragte er sich, ob die Lotoskinder wohl eine eigene Schrift entwickelt hätten. Aber es fiel dem Schreiber schwer, an Schriftzeichen zu denken, während vor seinen Augen blanke Brüste wogten.

Schließlich befreite ihn Odysseus aus dieser Zwangslage, indem er das Signal zum Aufbruch gab.

An den Strand zurückgekehrt, erstattete Seshmosis den Tajarim Bericht. Besonders Raffim und Barsil stellten immer wieder neugierige Fragen bezüglich der besonderen Früchte dieser Insel. Seshmosis kannte diese Art von Interesse sehr gut und wusste, die beiden planten etwas.

Am nächsten Morgen brach eine weitere, diesmal größere Expedition zum Dorf der Lotosesser auf. Der Trupp der Achäer bestand aus mehr als zwei Dutzend Kriegern, wobei ihre Bewaffnung und Ausrüstung keinen Zweifel aufkommen ließ, dass der Fürst gewillt war, seine Absichten notfalls mit Gewalt durchzusetzen. Auch die Gruppe der Tajarim zeigte sich enorm verstärkt – neben Seshmosis und Nostr'tut-Amus wollten auch Raffim mit seinen drei Dienern und Barsil, unterstützt von Mumal als Träger, das Dorf, vor allem aber ihre Bewohner und die ungewöhnlichen Früchte näher kennen lernen.

Der Mann, der sich *Pflücker* nannte, begrüßte sie trotz des martialischen Auftretens der Achäer durchaus freundlich. Sonst war von den Lotosessern niemand zu sehen.

Ohne den Gruß zu erwidern, kam Odysseus schnell zur Sache:

»Ich will meine drei Männer zurückhaben, egal ob diese es selbst wollen oder nicht.«

Der *Pflücker* war kein Dummkopf. Schließlich waren es genau die schlechten Erfahrungen mit Menschen wie Odysseus, die ihn veranlasst hatten, sich auf diese unbekannte Insel zurückzuziehen.

Deshalb antwortete er ruhig: »Es sind deine Leute, Kriegsfürst. Mach mit ihnen, was du willst, aber lass uns in Frieden.«

Odysseus gab seinen Begleitern ein Zeichen, und diese wandten sich den drei Abtrünnigen zu, die immer noch selig lächelnd unter dem Lotosbaum saßen. Als man sie ergriff, fingen sie an zu weinen und wehrten sich energisch. Doch Odysseus war unerbittlich und ließ die drei mit Stricken an Händen und Füßen zusammenbinden. Dann hängte man sie wie erlegtes Wild an lange Stangen und schleppte sie aus dem Dorf.

Als die Achäer im dichten Wald verschwunden waren, entspannte sich die Situation merklich. Seshmosis beobachtete, wie Raffim und Barsil eindringlich auf den *Pflücker* einredeten. Schließlich tauchten auch die freizügigen Frauen wieder auf.

Seshmosis hatte sich bereits gegen die zu erwartenden fleischlichen Anfechtungen gewappnet, doch zu seinem Erstaunen ignorierte ihn die Weiblichkeit des Dorfes heute völlig. Stattdessen umschwirrten die Frauen und Mädchen wie ein Bienenschwarm Mumal. Enttäuschung stieg in Seshmosis auf. Dabei hatte er sich so gut überlegt, wie er standhaft bleiben konnte. Sein Plan war es, seine eventuell aufkommenden Begierden mit der stummen Rezitation der *Heiligen Rolle* ›Die Tafel der Väter‹ und ihrer schier endlosen Aufzählung von Namen zu bekämpfen. Allerdings fiel ihm jetzt auf, dass darin die Worte »zeugte« und »gebar« sehr häufig vorkamen. Doch seine sorgfältig ausgedachte Taktik spielte nun keine Rolle mehr. Nicht eine Einzige der barbusigen, attraktiven Lotosesserinnen beachtete ihn. Wieder einmal war es der Muskelprotz Mumal, der ihn ausstach, und schon nach kurzer Zeit verschwand dieser mit zwei der Mädchen in einer Hütte.

Ein vertrauter Schmerz durchflutete Seshmosis. Er erinnerte sich an die Zeit in Theben, als er sich hoffnungslos in Rachel, die Handtuchhalterin in Arams Badehaus, verliebt hatte. Es war von Anfang an eine Liebe ohne Hoffnung gewesen, denn Rachel hatte einen anderen geliebt: natürlich Mumal, wen sonst?

Dabei hatte sich Seshmosis wegen ihr in Unkosten gestürzt und seine Angebetete an ihrem Arbeitsplatz im Badehaus besucht, ein Vergnügen, das er sich bei seinem Einkommen als Schreiber eigentlich gar nicht leisten konnte. Doch da hatte er sie dann gesehen, anmutig, wie sie von Kadesch, der ägyptischen Liebesgöttin, geschaffen worden war. Mit ihrer berauschenden Figur stand sie da und trug nicht mehr als ein Handtuch. Auf ihrem ausgestreckten Arm für die Badegäste.

Mühsam kehrten Seshmosis' Gedanken in die Gegenwart des Dorfes der Lotosesser zurück.

Raffim und Barsil einigten sich gerade mit dem *Pflücker* über den Ankauf einer größeren Menge von Lotosfrüchten. Vier riesige Amphoren lagen zum Abtransport bereit. Raffims Diener Jabul, Jebul und Jubul standen neben den schweren Tongefäßen und warteten auf das Zeichen zum Aufbruch, doch Barsils Träger Mumal fehlte noch.

Seshmosis, der wusste, wohin Mumal verschwunden war, gab Barsil einen Tipp. Schließlich wollte er ihm ja nur behilflich sein.

Barsil stürmte in die besagte Hütte, aus der kurz darauf spitze weibliche Schreie drangen. Wenig später erschien der Händler wieder und zerrte einen nackten, sehr verwirrten Mumal ins Freie. In seinem Gesicht stand ein blödsinniges Grinsen.

Es bereitete Barsil etliche Schwierigkeiten, den ehemaligen Steinbrucharbeiter dazu zu bewegen, die Amphore aufzunehmen. Doch schließlich gelang es ihm durch überzeugende Schläge auf den Rücken des Hünen. Endlich konnten auch die Tajarim das Dorf verlassen.

Mit Wehmut blickte Seshmosis zurück. Wahrscheinlich verließ er gerade eine Oase des Glücks.

V

Pallas Athene raste vor Wut. Außer sich vor Zorn lief sie vor ihrem Vater Zeus in der großen Halle des Olymps auf und ab. Bei jedem Schritt sprühten dabei aus ihren göttlichen Sandalen Funken.

»Solch ein Frevel darf nicht ungestraft bleiben! *Meine* Priesterin Kassandra vor *meinem* Standbild in *meinem* eigenen Tempel zu vergewaltigen! Noch nie wurde ich so verhöhnt und gedemütigt! Ich fordere für Aias den Lokrer den Tod! Und ich will, dass er nicht nur stirbt, sondern auch dabei leidet!«

Zeus, der sich gefreut hatte, dass das zehnjährige Kriegsspiel endlich zu Ende war und wieder etwas Ruhe einkehrte, musste seiner Tochter Recht geben. Eigentlich wollte er sich etwas vom Stress der letzten Jahre erholen und träumte schon von künftigen amourösen Abenteuern mit Nymphen und Menschenfrauen. Doch als Sachwalter der Gerechtigkeit im Himmel und auf Erden konnte er sich dem Ansinnen Athenes nicht verschließen. Eine solche Tat durfte wirklich nicht ungestraft bleiben, wollte man den Respekt der Menschen vor den Göttern wahren. Und dieser Respekt war die Grundlage der bekannten Welt, ohne ihn würde sie zugrunde gehen.

So versprach der Obergott seiner Tochter die frischesten Donnerkeile, die soeben erst aus der Esse der Kyklopen geliefert worden waren, und erlaubte ihr, Rache zu nehmen.

Augenblicklich erschien Nemesis, die Göttin der gerechten Vergeltung und eine Tochter der Nacht, begleitet von Aidos, der Göttin der Scham. Die beiden hatten zu Beginn des eisernen Zeitalters die lasterhafte Menschheit verlassen, und auch sie dürsteten nun nach Genugtuung für Aias' Frevel.

Pallas Athene übergab ihre geliebte Eule der Weisheit in die Obhut der Göttin Artemis. Sie wollte bei dem, was sie vorhatte, auf keinen Fall von Vernunft gestört werden. Dann legte sie ihren schimmernden Brustpanzer an, in dessen Mitte das Gorgonenhaupt der Medusa mit feurigen Schlangenhaaren starrte, nahm ihren großen Schild und auch die Donnerkeile, die ihr Zeus entgegenhielt. Zu guter Letzt schulterte sie ihren mächtigen, Tod bringenden Speer und trat entschlossen zum Ausgang. Als Athene die große Halle verließ, erbebte der Olymp vor gewaltigen Donnerschlägen, schwarze Wolken drängten sich um den Götterberg und hüllten das Land und das Meer in Finsternis. Athene schickte ihre Botin Nemesis zu Aiolos, dem Gott der Winde, dessen Wohnung sich auf einer Insel in den Tiefen der Erde befand. Gleich daneben, in einer ausbruchsicheren Höhle, hausten die schrecklichsten Stürme. Als nun Nemesis Athenes Befehl überbrachte, ergriff Aiolos sofort seinen Dreizack und stieß ihn in den Berg, um die hermetisch verriegelte Höhle zu öffnen. Die entfesselten Stürme stürzten sich wie ein Rudel Hunde aus der Öffnung und jagten in alle Richtungen davon. Doch der Fürst der Winde befahl ihnen, sich zu einem einzigen finsteren, tosenden Orkan zu vereinen und zur Flotte des Aias' zu fliegen, die sich auf dem Heimweg von Troja befand. Die gebündelten Stürme machten sich unverzüglich auf, und das Meer stöhnte unter ihnen. Wogen türmten sich auf wie Berge und brachen über die Schiffe der Achäer. Binnen Sekunden wurden die Segel zerfetzt und die Ruder zerbrochen. Die Lokrer jammerten und flehten zu den Göttern, nicht erkennend, dass es diese selbst waren, die ihnen so übel mitspielten. Athene warf nun die ersten Donnerkeile, die krachend in die Schiffe einschlugen. Eins ums andere barst, und die nicht getroffen wurden, schleuderte der Sturm gegeneinander und zersplitterte sie. Die Männer, die dieser Zerstörung entgingen, wurden von Böen ins Meer gespült und von wilden Strudeln verschlungen. Einzig das Schiff des Aias' schaukelte steuerlos, aber noch unversehrt wie ein Korken auf den Wellen.

Hoch erhobenen Hauptes klammerte sich Aias an den Mast seines Schiffes und schrie trotzig in den Wind: »Ich habe das große Troja besiegt! Ich lasse mich nicht von einem Sturm erschrecken! Lasst ab von mir!«

Jetzt ergriff Athene den schärfsten der Donnerkeile, den sie sich extra für Aias aufgespart hatte, und schleuderte diesen machtvoll gegen sein Schiff. Noch wollte sie ihn nicht töten.

Das Schiff des Achäers zerbrach in zwei Hälften und riss die Männer in die Tiefe. Einzig Aias gelang es, sich an einer Planke festzuklammern.

Von allen Seiten schlugen Blitze neben ihm ins aufgewühlte Wasser und brachten es zum Kochen. Schließlich erreichte Aias eine Klippe, fand Halt am nassen Fels und erklomm sie. Wieder zu Atem gekommen, brüllte er gegen die tobende Gischt:

»Seht, Ihr Götter! Selbst gegen Euren Willen bin ich entkommen! Und sollten alle Götter des Olymps gegen mich ziehen, Ihr werdet mich nicht besiegen!«

Das erzürnte den Meeresgott Poseidon, der bisher die Rettung des Aias' erwogen hatte, und er zerschmetterte mit einem einzigen Blitz die Klippe. Der Fels explodierte, und der Achäer flog in weitem Bogen ins Meer zurück. Während Aias versuchte, sich schwimmend zu retten, traf ihn ein gewaltiger Brocken und zerschmetterte ihm den Schädel.

Voller Genugtuung kehrte Athene in den Olymp zurück.

Die Schändung ihrer Priesterin Kassandra in ihrem Tempel war nun gebührend gesühnt.

»In diesen Zeiten ist viel Gesindel auf den Meeren unterwegs, das einen Teil von den Schätzen Trojas für sich haben will. Und da das Schicksal uns anscheinend zusammengeführt hat, habe ich nichts dagegen, dass ihr euch zu eurem Schutz meinem Konvoi anschließt. Zumindest eine Zeit lang«, sagte Odysseus mit großzügiger Arroganz zu den Tajarim. »Zuerst müssen wir einen Ort finden, wo wir Proviant fassen können. Diese schäbige Insel hier bietet ja nur berauschende Früchte.«

Raffim und Barsil stimmten sofort begeistert zu. Die Möglichkeit, ihren bisherigen Gewinn der Reise wieder verlieren zu können, war das Schrecklichste, was sie sich vorstellen konnten.

Kurz nach Sonnenaufgang ließen die zwölf Schiffe des Achäers und die *Gublas Stolz* die Insel der glücklichen Lotosesser hinter sich und nahmen Kurs gen Süden. Odysseus' hungrige Männer hielten erwartungsvoll nach einem geeigneten Ziel Ausschau.

Bereits gegen Mittag kamen zwei Inseln in Sicht, und Odysseus befahl, die kleinere, weil nähere der beiden anzusteuern.

Dort angekommen, zogen sie die Schiffe an Land und schlugen ein Lager auf. Sogleich schickte der Fürst von

Ithaka mehrere Jagdtrupps aus, um die in Ufernähe herrenlos umherziehenden Ziegen zu fangen und zu schlachten.

Derweil berieten die Tajarim, wie man mit dem jungen Skamandrios verfahren solle. Seshmosis war dafür, ihn an Bord vor den Achäern versteckt zu halten, doch Kalala widersprach ihm energisch: »Der Junge braucht frische Luft! Wir können ihn doch nicht wie ein Tier im Käfig halten. Außerdem glaube ich nicht, dass die Achäer ihn als Kassandras Bruder und Hektors Sohn erkennen, er ist doch noch ein Kind. Sie haben ihn bestimmt noch nie gesehen.«

»Und wenn sie wissen wollen, wer der stumme Junge ist?«, fragte Seshmosis ängstlich. »Was sagen wir dann?«

»Wir geben ihn als meinen Pagen aus«, bestimmte Kalala. »Nubische Prinzessinnen haben immer exotisches Personal, das weiß man auf der ganzen Welt. Da fällt ein stummer Knabe überhaupt nicht auf.«

Nachdem dieses Problem gelöst war, ging Seshmosis mit Homeros den Strand entlang und beschrieb dem blinden Dichter einfühlsam die Landschaft.

»Das Meer vor uns ist eigentlich ein schmaler Meeresarm, und dahinter liegt eine große, bewaldete Insel. Odysseus behauptet, diese wäre die Heimat der sagenumwobenen Kyklopen.«

»Ich habe von diesem Volk schon gehört. Da haben wir ja Glück gehabt, dass wir auf dieser Insel gelandet sind«, antwortete der Blinde. »Die Kyklopen sind primitive Riesen mit einem einzigen Auge mitten auf der Stirn. Roh und ungeschlacht und kulturlos. Sie kennen keinen Tanz, kein

Lied und keine Musik. Man sagt, dass sie weder pflügen noch säen noch ernten. Das Brot reift direkt am Halm, und die Sonne keltert ihnen den Wein in der Traube. Sie üben kein Handwerk aus und scheuen jegliche Arbeit. Aber allesamt stammen sie von den Göttern ab.«

»Glaubst du das wirklich, mein lieber Homeros?«, fragte Seshmosis skeptisch »Ich meine, dass Brot am Halm wächst und solche Sachen? Das klingt doch sehr nach Lügengeschichten.«

»Mag sein, mein junger Freund, mag sein. Aber so wurde es mir berichtet.«

Seshmosis hoffte auf eine Gelegenheit, den Wahrheitsgehalt dieser Gerüchte überprüfen zu können.

Am Abend brannten am Strand der Ziegeninsel viele Lagerfeuer.

Um eines saßen Seshmosis, Homeros, Nostr'tut-Amus, Mumal, Elimas, Almak, der Ochsentreiber, Elihofni, der Steinbrucharbeiter, und Aruel, der Wasserträger. Nebenan, etwas näher am Wasser, lagerten Kalala, El Vis, Tafa und der junge Skamandrios.

Plötzlich tauchte aus der Dunkelheit Odysseus neben Seshmosis auf. Jetzt, da seine Männer satt waren und genügend Vorräte herangeschafft hatten, wirkte der Fürst entspannt und gab sich leutselig. Ungefragt setzte er sich an das Feuer der Tajarim.

»Ohne euer verrücktes hölzernes Pferd lägen wir höchstwahrscheinlich immer noch vor Troja. Doch nun steht unserer Heimkehr nach Ithaka nichts mehr im Weg«, begann Odysseus.

»Wo liegt eigentlich Eure Heimat?«, fragte Seshmosis.

»Ithaka ist das westlichste der achäischen Königreiche. Um dorthin zu gelangen, müssen wir erst nach Süden segeln, dann zwischen Arkadien und Kreta nach Westen und dann wieder nach Norden. Es ist noch ein langer Weg, bis ich mein Weib Penelope und meinen Sohn Telemachos endlich wieder sehen kann.«

Seshmosis glaubte einen Hauch von Wehmut in Odysseus' Stimme zu hören.

»Ihr wart lange von zu Hause fort, Fürst. Fürchtet Ihr nicht, dass andere sich inzwischen Eures Landes und Eurer Güter bemächtigt haben könnten?«

»Keiner würde es wagen, Anspruch auf das Reich des großen Odysseus zu erheben! Allein dieses Ansinnen wäre schon ein Frevel!«

Seshmosis spürte, dass er einen empfindlichen Punkt des Fürsten berührt hatte. Dessen Sicherheit war keineswegs so groß, wie er vorgab. Er beschloss, schnell von etwas anderem zu reden, und fragte ihn, wie es zu seiner Teilnahme am Kampf um Troja gekommen sei. Odysseus gefiel dieses Thema besser, und er erzählte bereitwillig:

»Eigentlich wollte ich nie in diesen Krieg ziehen, Schreiber. Palamedes hatte mich überlistet, und dafür ließ ich ihn später bezahlen. Furchtbar bezahlen. Ich fälschte sehr überzeugende Beweise für einen Verrat. Man glaubte mir und meinen Anschuldigungen gegen Palamedes, und die Achäer steinigten ihn deshalb für etwas, was er in Wirklichkeit gar nicht getan hatte. Aber das sind eben meine Stärken: Taktik und List. Agamemnon brauchte mich für diesen Krieg nicht wegen meiner zwölf Schiffe und der paar Männer, die ich aufbieten konnte. Er brauchte meinen Verstand, meine Erfahrung und meine List. Ich hasse das ganze Kriegerpack, aber ich werde das Beste aus dieser Sache für mich herausholen. Das konnte ich schon immer, und so wird es auch diesmal sein.«

Seshmosis verstand. Odysseus vereinte die Gewaltbereitschaft eines Neoptolemos mit dem Instinkt für persönliche Vorteile von Raffim, die politische Rücksichtslosigkeit eines Agamemnon mit der Menschenkenntnis von Nestor.

Die Vereinigung dieser starken Eigenschaften ergab eine höchst destruktive, vernichtende Mischung. Odysseus war zweifellos der gefährlichste aller Achäer, weil er in seinem Denken so unachäisch war. Der Mann *dachte nach*, bevor er zuschlug, und er schlug dann zu, wenn der andere nicht damit rechnete.

Nach einer Pause wollte Odysseus mehr über Seshmosis erfahren.

»Als Schreiber hast du dich sicher schon mit vielen Dingen beschäftigt und verfügst über ein großes Wissen.«

»Es gibt nicht viele Dinge, die ich sicher weiß«, wehrte Seshmosis ab. »Die meisten Texte, die ich in meinem Leben gelesen habe, entsprachen nicht der Wahrheit, sondern waren Meinung oder gar Propaganda. Und ich musste lernen, dass man selbst den eigenen Augen nur bedingt trauen kann. Was ich sicher weiß, ist, dass es *meinen* Gott gibt und dass ich, aus mir unverständlichen Gründen, *sein* Prophet bin. Das mag für andere Menschen unbedeutend sein, für mich aber ist es mein größtes Wissen. Sonst gibt es wohl nicht viel, was ein Mensch wirklich wissen kann.«

»Aber ich weiß zum Beispiel sicher, dass morgen früh die Sonne aufgehen wird!«, entgegnete Odysseus provozierend.

»Woher wollt Ihr das wissen? Ihr habt sie doch noch gar nicht gesehen. Und, wie schon gesagt, selbst wenn man etwas gesehen hat, darf man seinen Augen nicht unbedingt trauen. Vielleicht ist das, was Ihr morgen früh für die Sonne haltet, in Wirklichkeit etwas ganz anderes. Vielleicht ist es ein Feuerdämon, der Euch verbrennen will.«

Odysseus schwieg betroffen. So hatte er die Sache noch nicht betrachtet.

»Aber in Eurer Welt gibt es ja überhaupt keine Dämonen«, ergänzte Seshmosis besänftigend.

»Wir brauchen keine Dämonen, denn wir haben ungerechte und grausame Götter. Warum sollten sie die Freude der Lust am Quälen anderen Wesen überlassen?«, beschloss Odysseus düster das philosophische Gespräch.

Im Laufe der Nacht erzählte der Achäer noch viele Abenteuer aus seinem Leben, schweifte dabei immer wieder ab und berichtete von unglaublichen Dingen, die ihm angeblich widerfahren waren. Schließlich stellte Homeros fest: »Mein Fürst, Eure Gedanken schlagen mehr Haken, als der flinke Hase zu folgen vermag. Doch scheint mir der Schatz Eurer Erfahrungen ein guter Stoff für ein großes Epos zu sein. Man sollte es dichten, aufschreiben und es *Odyssee* nennen.«

»Damit warte lieber noch ein paar Jahre. Es könnte ja sein, dass die Götter mir noch mehr aufregende Erlebnisse schenken, von denen es sich zu berichten lohnt«, vertröstete ihn Odysseus.

Als Seshmosis das Feuer endlich verließ, um sich hinzulegen, schwirrte ihm der Kopf. Noch lange jagten sich in seiner Fantasie die Bilder aus Odysseus' Erzählungen, bis er endlich erschöpft einschlief.

Am nächsten Morgen bereitete sich Seshmosis auf die ›Stunde des Dankes‹ vor und nahm den Schrein von GON aus seinem Versteck unter Deck. Da spürte er ein Vibrieren, und der Nomadengott materialisierte. In menschlicher Gestalt! Es war äußerst selten, dass sich GON als Mensch zeigte. Und noch nie war er als Frau erschienen.

Staunend blickte Seshmosis auf die dreißig Zentimeter große Kriegerin.

»Herr, hat deine weibliche martialische Erscheinung etwas mit Pallas Athene zu tun?«, fragte der Prophet verwundert.

»Nein! Die Mächte des Universums mögen mich davor bewahren, jemals als Olympier erscheinen zu müssen!«, sagte die kleine Gestalt energisch. »Wie immer möchte ich dir auch diesmal einen dezenten Hinweis auf bevorstehende Ereignisse geben. Ich empfehle dir, in nächster Zeit für alles offen zu sein. Und vor allem, wage es auf keinen Fall, in für dich ungewöhnlichen Situationen die ›Tafel der Väter‹ zu rezitieren!«

Ohne eine Reaktion des Schreibers abzuwarten, löste sich die Frauenfigur in fliederfarbene Nebelschleier auf, die sich nur langsam verflüchtigten. Zurück blieb ein völlig verwirrter Prophet.

Seshmosis fragte sich, was eine Kriegerin mit der ›Tafel der Väter‹ zu tun haben sollte. Er wusste ganz genau, dass in diesem Papyrus keine einzige Kriegerin vorkam. Die Aufgabe der Frauen in diesem Text bestand darin, Söhne zur Welt zu bringen, die mit den Töchtern anderer Frauen weitere Söhne zeugten. Und das über viele, viele Seiten, respektive Generationen. Und vor allem fragte sich der Schreiber, wozu eine Kriegerin seine Offenheit brauchte.

Grübelnd trug Seshmosis *GONs* Schrein zum Strand, um die ›Stunde des Dankes‹ zu zelebrieren.

Gerade als sich die Gruppe der Gläubigen nach dem Gebet wieder zerstreute, tauchte in der Bucht ein Schiff auf. Kurz darauf lief es nahezu steuerlos und ziemlich ungestüm auf den Strand zu. Knirschend kam es knapp neben der *Gublas Stolz* zum Stehen. Zerberuh blieb vor Schreck fast das Herz stehen.

»Seid ihr des Wahnsinns? Ihr hättet fast mein Schiff gerammt!«, brüllte er.

Vom anderen Schiff, das nur eine Armeslänge entfernt festsaß, kam keine Antwort. Zerberuh überlegte, ob es sich wohl um eines der berühmten ›Geisterschiffe‹ handeln mochte. Er hatte von dem Phänomen gehört, dass Schiffe ohne Besatzung steuerlos monate- und jahrelang durch die Meere kreuzten. Dann hörte er gegenüber ein Poltern und schließlich einen lauten, unverständlichen Fluch.

Eine behelmte Gestalt erschien hinter der Reling des fremden Schiffs. Wenn dies ein Geist ist, dachte Zerberuh, dann ist es ein sehr hübscher.

»Tut mir leid«, sagte die Kriegerin verlegen. »Wir wollten euch nicht rammen. Aber unser Schiff ist schwer beschädigt und fast nicht mehr steuerbar.«

Weitere Frauen mit Helmen erschienen drüben, und

Zerberuh schmolz dahin. Vor allem, als eine füllige weibliche Gestalt mit üppiger Oberweite auf dem Deck auftauchte. Der Kapitän der *Gublas Stolz* war nämlich ein Liebhaber der »vollendeten Form«, wie er es nannte. Zerberuh besaß nicht nur einen ausgeprägten Hang zur Mystik, sondern auch zu dickleibigen Wesen. Bevor er sich damals, nach der Flucht aus Theben, *GON* zuwandte, war seine persönliche Hausgottheit Thoëris, jenes opulente, aufrecht gehende Nilpferd aus dem ägyptischen Pantheon gewesen. Eine Liebe, die bis heute nicht ganz erloschen war.

Die Stimme der Frau, die schon vorher mit ihm gesprochen hatte und offenbar die Anführerin war, brachte Zerberuh in die Realität zurück.

»Wir müssen dringende Reparaturarbeiten ausführen. Gibt es auf dieser Insel Material und Proviant?«

»Ja, es ist alles reichlich vorhanden«, antwortete der Kapitän. »Meine Freunde und ich werden euch gerne helfen.«

»Das ist gut. Ich bin übrigens Cleite aus dem Volk der Amazonen. Du hast ja eine ziemlich große Flotte, Fremder«, stellte die Kriegerin fest und deutete auf die Schiffe.

»Nein, nein«, korrigierte Zerberuh. »Ich bin Zerberuh aus Byblos. Leider besitze ich nur dieses einzige Schiff. Die Flotte gehört Odysseus, dem Fürst von Ithaka.«

Die hübsche junge Frau erblasste augenblicklich. »Odysseus, der Achäer?«, fragte sie entsetzt.

»Genau der. Was hast du denn? Ist dir nicht gut?«

Seshmosis, der das Gespräch am Strand aufmerksam verfolgt hatte, erinnerte sich an GONs letztes Erscheinen als Kriegerin und trat erwartungsvoll näher.

»Sorgt Euch nicht, edle Cleite! Der Krieg um Troja ist bereits zu Ende!«, rief er der Amazone oben an der Reling zu.

Nach kurzem Zögern verließ die Frau mit zwei ihrer Kameradinnen das Schiff und kam zu ihm an den Strand. Cleite nahm den Helm ab und ließ mit einer schwungvollen Kopfbewegung ihr langes, schwarzes Haar auf die Schultern fallen. Das erste Mal seit der Begegnung mit Ariadne verspürte Seshmosis wieder jenes angenehme Gefühl, das ihn so unruhig machte.

Es bedurfte keiner großen Menschenkenntnis, um festzustellen, dass die Erfüllung dieser Frau sicher nicht darin bestand, im Hinterzimmer einer Schreibstube Kinder großzuziehen. Aber so hatte Ariadne ja auch nicht ausgesehen. Für eine Kriegerin besaß Cleite erstaunlich weiche Gesichtszüge. Ihr Oberkörper war in einen prächtigen Brustpanzer gehüllt, und mit Ornamenten verzierte Beinschienen bedeckten ihre Unterschenkel. Seshmosis war fasziniert.

Leider erstickte Odysseus' plötzliches Erscheinen alle weiteren Träume des Schreibers. Der Fürst lenkte die ganze Aufmerksamkeit sofort auf sich.

»Ich hoffe, du kommst nicht mit der Absicht, den Tod deiner Königin Penthesilea zu rächen«, platzte Odysseus unhöflich dazwischen.

»Penthesilea ist tot?«, fragte Cleite fassungslos.

»Ja, erschlagen vom großen Achilleus. Und mit ihr starben viele deines Volkes. Troja ist gefallen, wir haben gesiegt! Es gibt keine Trojaner mehr, und ihre Verbündeten sind auch alle vernichtet.«

In Odysseus' Stimme schwang unverhohlene Häme mit. Seshmosis fand es widerlich, wie er mit der jungen Frau redete.

»Gemeinsam mit unserer Königin Penthesilea sind wir nach Troja aufgebrochen«, erzählte Cleite traurig. »Doch in einem schweren Sturm verloren wir den Kontakt zu unserer Flotte. Seit vielen Monaten irren wir nun schon von Insel zu Insel und können weder Troja noch den Weg nach Hause finden. Bei einem erneuten Sturm verloren wir fast alle Ruder, und das Steuer wurde schwer beschädigt. So landeten wir schließlich hier an diesem Gestade, unser Schiff ein Wrack und wir selbst besiegt, ohne gekämpft zu haben.«

Mitleid für dieses bedauernswerte Geschöpf durchströmte Seshmosis, die Solidarität der Verirrten. Sein männlicher Beschützerinstinkt erwachte aus jahrelangem Tiefschlaf. Selbst gegen den mächtigen Odysseus würde er antreten, um diese Frau zu verteidigen.

Doch Seshmosis blieb es erspart, als Held zu sterben. Der Fürst hatte überhaupt nicht vor, die Amazonen anzugreifen. Auch er war des Krieges müde, und vor allem sah er keinen besonderen Ruhm darin, schiffbrüchige Frauen niederzumetzeln. So sagte er nur: »Diese Insel scheint der Treffpunkt aller zu sein, die nach Hause wollen«, und ging zu seinen Leuten zurück.

Erleichtert wandte sich Seshmosis wieder der Amazone zu.

»Ich bin Seshmosis aus Byblos, und Zerberuh, mit dem Ihr an Bord gesprochen habt, ist der Kapitän unseres Schiffs. Wir sind keine Achäer, wir sind Tajarim! Ihr seid sicher hungrig. Diese Insel bietet Fleisch und Früchte im Überfluss. Wie viele Leute seid ihr denn?«

»Lass das Ge-Ihrze! Unter Gestrandeten sollte es keine Standesunterschiede geben«, forderte ihn Cleite auf. »Wir sind noch vierzig, acht unserer Kameradinnen fielen den Stürmen zum Opfer. Danke, dass du uns helfen willst. Jetzt müssen wir aber unser Lager aufschlagen und uns versorgen. Später können wir uns in Ruhe unterhalten.«

Diese Aussicht brachte Seshmosis derart in Verlegenheit, dass er nur stumm nicken konnte. Wie auf Wolken schwebte er zu seinem Zelt.

Am Nachmittag ging Seshmosis an Bord der *Gublas Stolz*, weil er mit GON im Versteck des Schreins reden wollte. An Deck bemerkte er, dass eine Planke das Schiff der Tajarim mit dem Schiff der Amazonen verband. Dann hörte er ein lustvolles Kichern aus dem Zelt auf dem Vorderdeck. Neugierig schlich sich der Schreiber auf Zehenspitzen näher und spähte durch einen Spalt in der Zeltplane. Was er da sah, trieb ihm die Schamesröte ins Gesicht. Sein Freund Zerberuh lag auf dem Rücken, und auf seiner Mitte hockte eine üppige, splitternackte Amazone mit riesigen Brüsten wie eine archaische Muttergottheit. Verwirrt wandte sich Seshmosis ab. Als er leise Richtung Mast schlich, hörte er Zerberuh noch stöhnen: »Ach, Hippoxena, du bist noch gewaltiger als Thoëris!«

Plötzlich verspürte Seshmosis überhaupt kein Bedürfnis mehr, mit GON zu reden. Mit merkwürdigen Gefühlen verließ er das Schiff wieder und spazierte am Strand entlang.

Das Treiben der Menschen verdrängte langsam das eben Gesehene aus seinem Bewusstsein. Ein Trupp Amazonen kehrte gerade mit erlegten Ziegen zurück, der junge Skamandrios schlenderte mit Homeros am Waldrand entlang, und Raffim gab seinen Dienern gestenreich und lautstark irgendwelche Befehle. An einer Feuerstelle sah er Nostr'-tut-Amus mit Cleite in ein Gespräch vertieft. Seshmosis' Neugierde drängte ihn, hinzugehen, seine Schüchternheit hielt ihn aber zurück. Schließlich siegte, wie fast immer, letztere. So versäumte der Schreiber einen äußerst interessanten Dialog.

»Du wirst nur dann in deine Heimat zurückkehren, wenn du eine Nacht mit einem Mann verbringst, der noch nie in den Armen einer Frau lag«, prophezeite Nostr'tut-Amus der Amazone.

»Meinst du *verbringen* oder meinst du *richtig* verbringen?«, fragte Cleite unsicher.

»Richtig verbringen, und du wirst nicht nur in deine Heimat zurückkehren, sondern auch Ruhm und Ehre erlangen.«

»Muss ich ihn auch heiraten?«

»Nein, eine Nacht mit ihm genügt völlig. Und noch etwas, Amazone. Der Kandidat sollte die Nacht unbedingt überleben!«

»Gut, so sei es! Doch wie finde ich den geeigneten

Mann? Unter diesen Kriegern ist doch bestimmt keiner, der noch nie bei einer Frau lag.«

»Unter den Kriegern sicher nicht«, entgegnete der Seher. »Aber ich kenne da jemand, von dem ich ganz genau weiß, dass er diese Voraussetzungen erfüllt.«

»Und wer ist dieser Wunderknabe?«, fragte Cleite mit freudig erregter Stimme.

»Der dort!«, sagte Nostr'tut-Amus und deutete auf Seshmosis, der ahnungslos in Gedanken versunken am Strand stand.

Die Nacht brach herein, und wieder brannten viele Dutzend Lagerfeuer am Strand der Ziegeninsel. Durch die Ankunft der Amazonen waren es noch mehr als am Tag zuvor. Seshmosis genoss mit Homeros die friedliche Stimmung, und sie unterhielten sich, wie es mit ihnen weitergehen solle. Da näherte sich Cleite und fragte, ob sie Platz nehmen dürfe. Freudig begrüßte Seshmosis die Amazone, und sie setzte sich zu seinem Erstaunen direkt neben ihn. Sie trug zwar keinen Helm und auch auf die bronzenen Beinschienen hatte sie verzichtet, doch von ihrem Brustpanzer mochte sie sich anscheinend auch am Abend nicht trennen.

Während sich Seshmosis noch über diese ungewöhnlichen Bekleidungssitten der Amazonen wunderte, sprach ihn Cleite an: »Dein Freund Nostr'tut-Amus erzählte mir, dass du ein Schreiber bist und aus Ägypten stammst. Lebt dort deine Familie?«

»Nein, meine Familie sind die Tajarim. Ich hatte nur einen Vater und einen Onkel, aber beide sind gestorben, bevor wir von Theben nach Byblos aufbrachen.«

»Und wartet in Byblos eine Frau auf dich?«, setzte Cleite nach.

Seshmosis, der nicht begriff, worauf die Amazone hinauswollte, antwortete: »Ich bin nicht verheiratet. Ich habe es ein paarmal in Erwägung gezogen zu heiraten, aber es hat sich nicht ergeben.«

Seshmosis war stolz, sich so elegant aus der Affäre gezogen zu haben, und wurde deshalb von der nächsten Frage umso schlimmer erwischt.

»Und hattest du so schon eine Frau? Ich meine, ohne zu heiraten?«

Schlagartig verwandelte sich seine Souveränität in ein hilfloses Stottern: »Was meinst du damit, ich meine, mit *eine Frau haben* und so …?«

»Ich meine damit, ob du schon einmal mit einer Frau geschlafen hast«, erklärte die Amazone geduldig.

Seshmosis wurde rot und war froh, dass man es beim Feuerschein wahrscheinlich nicht bemerkte. Siedend heiß fiel ihm ein, was GON über Offenheit gesagt hatte und dass er jetzt auf keinen Fall die ›Tafel der Väter‹ rezitieren durfte. Daher sagte er mit fester Stimme: »Diese Freude wurde mir noch nicht zuteil. Was aber nicht heißt, dass ich etwas dagegen hätte. Ich bin nicht so einer, der …«

Verlegen brach er ab. Ausgerechnet jetzt waren ihm Nestor und sein junger Freund Homophilos in den Sinn gekommen. Und auch noch Alexandros aus dem Labyrinth von Knossos, der seinen Liebhaber erschlagen hatte.

Mit einem Unterton der Verzweiflung ergänzte er: »Ich stehe nicht auf Männer, wenn du das meinst.«

Cleite schüttelte lächelnd den Kopf.

»Aber Seshmosis, das habe ich doch überhaupt nicht vermutet. Ich wollte nur wissen, ob du Erfahrungen mit Frauen hast.«

»Ist das denn so wichtig?«, fragte Seshmosis verunsichert.

»Für manche ja. Aber ich finde es süß, wenn ein Mann unerfahren ist«, beruhigte ihn Cleite.

Seshmosis' Widerstand war endgültig gebrochen. Als Cleite nach einer Weile aufstand und ihn liebevoll an der Hand nahm, folgte er ihr wie in Trance auf das Schiff der Amazonen.

Als Anführerin bewohnte Cleite einen hölzernen Aufbau am Heck des Schiffs. Der Raum war zwar winzig, aber sehr gemütlich eingerichtet. Bunte Stoffschals schmückten die Wände, dazwischen hingen immer wieder Schwerter, Äxte, Lanzen und Schilde. Sehr kontrastreich, fand Seshmosis. In einer Ecke stand ein kleiner Altar mit einer mit Zweigen bekränzten Figur der Göttin Artemis. Das einzige Möbel in der Kabine, außer einer Truhe, war das große Bett, das in Seshmosis sofort alte Ängste aufsteigen ließ. Cleite bat ihn, es sich darauf bequem zu machen, während sie ihren prachtvollen Brustpanzer ablegte.

Etwas verlegen kommentierte sie das Edelstück: »Der Schmied hat es gut gemeint und ihn oben herum ein wenig größer ausgearbeitet als nötig.«

Dann zog sie sich weiter aus. Auf einmal hielt sie inne.

»Aber zuerst musst du dich waschen! Auch dort, wo man es nicht sieht. Ich habe keine Lust, mir die *achäische Krankheit* zu holen«, forderte ihn Cleite auf.

»Was ist das denn, die *achäische Krankheit*?«, fragte Seshmosis erstaunt.

»Diese Krankheit bekommt man, wenn man sich an bestimmten Stellen nicht wäscht. Mangelnde Hygiene nennen das zivilisierte Menschen.«

»Mein Vater hat mich zu peinlichster Sauberkeit erzogen«, sagte Seshmosis beleidigt.

»Dann ist es ja gut«, beruhigte ihn die Amazone und streifte auch ihr Unterkleid ab.

Seshmosis' bisherige Erfahrungen mit der weiblichen Anatomie beschränkten sich auf das einmalige Betrachten von Rachels nacktem Körper im Badehaus von Theben. Ansonsten stammten seine Kenntnisse lediglich von freizügigen Tempelreliefs der Göttinnen Isis und Hathor und primitiven Wandkritzeleien in den ärmeren Stadtvierteln von Byblos.

Doch was er nun sah, war absolut lebendig und echt und nah. Und es roch so aufregend. Cleite berührte ihn, und Seshmosis ließ es geschehen. Auf einmal spielte die ›Tafel der Väter‹ keine Rolle mehr. Nichts spielte mehr eine Rolle. Seshmosis versank in Gefilde, in denen Schriftzeichen keine Bedeutung mehr haben.

Am nächsten Morgen badeten Cleite und Seshmosis abseits der Schiffe im Meer. Der Schreiber bewunderte den nackten, durchtrainierten Körper der Kriegerin. Trotz aller Muskeln war Cleite überaus weiblich, und auch ihre Brüste brauchten keineswegs die Hilfe des Schmieds.

Die süßen Erinnerungen an die letzte Nacht stiegen in Seshmosis auf. Doch die Berührung einer Feuerqualle unterbrach diese abrupt. Unter Schmerzen schwamm er zum Strand zurück, setzte sich in den Sand und begutachtete seinen Oberschenkel. Der große rote Fleck brannte fürchterlich. Auch Cleite brach ihr Bad ab und gesellte sich zu ihm. Nach einem kurzen Blick auf sein Bein tröstete sie ihn: »Bis heute Abend wird der Schmerz nachlassen. Ein bisschen Ruhe im Schatten wird dir guttun. Ich muss mich nun um mein Schiff und meine Leute kümmern.«

Das war der Augenblick, vor dem sich Seshmosis schon seit Stunden fürchtete. Obwohl sich alles in ihm sträubte, wusste er doch, dass dies der Anfang vom Ende war. Sie war eine Amazone, und in ihrem Leben hatten Männer nur kurze Auftritte. Auch ansonsten spielten sie in diesem Volk eine untergeordnete Rolle als Arbeitskräfte. Für Cleite und ihn gab es keine Zukunft, nur eine Gegenwart, und die war gerade zu Ende gegangen.

Gesenkten Hauptes trottete Seshmosis neben Cleite zu den Schiffen zurück. Dabei bemerkte er nicht einmal die bewundernden und auch neidischen Blicke der achäischen Krieger.

Bei den Schiffen angekommen, umarmte Cleite noch einmal Seshmosis und küsste ihn auf die Wangen, dann ging sie zu ihren Kameradinnen an Bord.

Die phönizischen Seeleute rissen sich darum, den Amazonen bei der Reparatur ihres Schiffes helfen zu dürfen, und auch die meisten Tajarim waren mit Feuereifer dabei, die Frauen zu unterstützen. Während allenthalben Planken gehobelt und Ruder geschnitzt wurden, pflegte Seshmosis seine neue Traurigkeit und zeigte sich gegenüber allen Tröstungsversuchen äußerst resistent. Als er hörte, dass Odysseus zu einer Expedition zur Kyklopeninsel aufbrechen wollte, um von dort weitere Vorräte zu holen, kam ihm dies in seinem Liebeskummer gerade recht. Wenn sich seine Liebe schon nicht erfüllte, wollte er wenigstens ein spektakuläres Ende bei den gefürchteten Riesen finden.

Trotz seiner Depression gedachte er vor der Abreise zur großen Insel noch Zwiesprache mit GON zu halten.

»Herr, ich weiß, dass du in mein Herz sehen kannst. Endlich habe ich die Liebe gefunden und sie dennoch gleich wieder verloren. Es macht alles keinen Sinn mehr!«

Augenblicklich erschien die rot getigerte Katze auf dem Schrein.

»Wage es ja nicht, an Selbstmord zu denken. Du wirst noch gebraucht! Außerdem ist Liebeskummer als Todesursache für einen Propheten unwürdig.«

»Aber Herr, alles erscheint mir so sinnlos«, klagte Seshmosis.

»Du befindest dich momentan in einer Krise. Das Beste in deiner Situation ist Abwechslung. Es ist gut, dass du dich

Odysseus bei seinem kleinen Ausflug anschließen willst, und ich werde bei dir sein. Nimm den Ledersack mit!«, sprach die Katze und verschwand.

Wenig später überquerte das blauschnäblige Flaggschiff von Odysseus mit kräftigen Ruderschlägen den schmalen Meeresarm und landete auf der Insel der Kyklopen.

Odysseus wählte für die Erkundung zwölf seiner erfahrensten und tapfersten Männer aus und befahl den anderen: »Haltet das Schiff abfahrbereit! Jagen und Vieh zusammentreiben ist verboten! Das können wir immer noch machen, wenn ich wieder zurück bin. Jetzt müssen wir zuerst die berühmten Käsehöhlen der Kyklopen finden.«

Auf dem Weg ins Landesinnere fragte Seshmosis Odysseus: »Was sind das für berühmte Käsehöhlen? Weder in Theben noch in Byblos habe ich davon gehört.«

»Die Kyklopen sind ein primitives Volk, doch mit Hilfe der gnädigen Götter gelingt es ihnen, einen würzigen, goldgelben Käse herzustellen. Und da ich keine Lust habe, immer nur Fleisch zu essen, holen wir uns jetzt diese Köstlichkeit.«

Kurz darauf erreichte die Gruppe einen Abhang mit mehreren Höhlen. Die Eingänge waren nur mit schlichten Holztüren verschlossen, die von Odysseus' Männern mit wenigen Fußtritten zerstört wurden. Hemmungslos stürzten sich die Achäer in eine der Höhlen. Sie war bis zur Decke gefüllt mit Weidenkörben voll von goldgelbem Käse, der sein wunderbares Aroma verströmte. In einer Ecke standen Wannen und Eimer mit Milch, schneeweißer Sahne und Molke.

Wie ausgehungerte Schakale fielen die Männer über die Käselaibe her, brachen große Brocken davon ab und stopften sie gierig in sich hinein. Selbst Odysseus kannte keine Zurückhaltung.

Angewidert wandte sich Seshmosis ab, als er am Eingang einen Schatten bemerkte. Vorsichtig berührte er Odysseus am Arm, der ihn mit vollem Mund unwirsch anfuhr: »Was ist los, Schreiber? Warum störst du mich beim Essen?«

»Dort ist jemand, Fürst. Ich sah eine Bewegung«, flüsterte Seshmosis.

»Es ist nur deine Angst, die dich täuscht. Hier ist niemand außer uns.«

In diesem Augenblick ertönte ein tiefe Stimme von draußen: »Legt die Waffen nieder und verlasst mit erhobenen Händen die Höhle!«

Die Achäer fluchten und blickten ängstlich zu ihrem Anführer.

»Die Höhle ist leicht zu verteidigen, und mit all der Nahrung können wir es hier tagelang aushalten«, sagte Odysseus leise. »Wir müssen nur darauf hoffen, dass unsere Kameraden bald nach uns suchen und uns befreien. Notfalls können sie unsere anderen Schiffe von der Ziegeninsel zur Verstärkung holen.«

Die Männer nickten zustimmend; zwei von ihnen postierten sich mit gezückten Schwertern am Eingang.

Doch niemand versuchte in die Höhle einzudringen. Kurz darauf hörte man ein Poltern und Knirschen, dann schob sich ein schwarzes Etwas vor den Eingang, und alles versank in Finsternis.

»Wir sitzen in der Falle!«, rief jemand in Panik. »Sie haben die Höhle verschlossen, sie wollen uns ersticken!«

Schlagartig fiel jegliche Todessehnsucht von Seshmosis ab. Er wollte leben! Vorsichtig berührte er den Ledersack an seiner Seite. Eine vertraute Stimme erklang in seinem Kopf: »Ich bin bei dir, aber verrate es nicht den anderen. Nimm etwas Käse und beruhige dich.«

»Fürst, was sollen wir nun tun?«, fragte einer der Achäer verzweifelt.

»Ich muss nachdenken«, antwortete Odysseus, und seine Stimme klang nicht sehr zuversichtlich.

Einer der Männer am Eingang ertastete inzwischen das Hindernis, dann rief er: »Es ist ein großer Stein. Kommt her! Wir wollen versuchen, ihn wegzudrücken!«

Doch der Versuch, in dem schmalen Eingang die Kraft aller Krieger einzusetzen, endete nur mit einigen Quetschungen. Dann befahl Odysseus den Männern, die Höhle zu ertasten, um zu erkunden, ob es vielleicht noch einen weiteren Zugang oder einen Lüftungsschacht gab. Doch auch diese Mühen waren vergebens.

Seshmosis spürte, wie sich Resignation ausbreitete.

Dann ergriff der Fürst von Ithaka das Wort. »Männer, uns bleibt nur zu warten. Es tut mir leid, dass ich uns in diese Situation gebracht habe. Ich hätte taktisch klüger vorgehen müssen. Aber wer kann schon ahnen, dass diese Kyklopen so hinterhältig sind. Ach, ich wollte, mein Name wäre nicht Odysseus, sondern Oudeis, wie mich meine Amme immer scherzhaft genannt hat. Oudeis bedeutet *Niemand*. Dann würden meine Krieger dort draußen sagen, *Niemand* ist schuld, dass sie in der Höhle festsitzen. Und ihr könntet sagen, *Niemand* trägt die Verantwortung, *Niemand* hat uns ins Verderben gestürzt.«

Dann schwieg auch der Fürst, und die Erschöpfung übermannte die Eingeschlossenen. Bald schon hörte Seshmosis von allen Seiten lautes Schnarchen.

Seshmosis wusste nicht, wie viele Stunden sie schon in der Dunkelheit saßen. Der Duft des Käses war längst nicht mehr betörend, sondern betäubend. Der Schreiber döste vor sich hin, und er musste wohl eingeschlafen sein, weil er plötzlich erwachte. Seshmosis öffnete die Augen, doch er sah nichts. Es war immer noch stockfinster. Dann erinnerte er sich an seinen Traum. Vorsichtig drückte er auf seinen Ledersack und formulierte in Gedanken: »Herr, ich hatte einen wunderbaren Traum von einer Wiese mit vielen Schafen unter einem blauen Himmel. Es war merkwürdig, denn ich habe die Schafe sprechen gehört.«

Sogleich formte sich in seinem Kopf eine Frage: »Was haben sie denn Merkwürdiges erzählt?«

»Sie haben gar nichts Merkwürdiges erzählt, eher das Übliche. Von saftigem Gras, vom Bock der letzten Brunft und von Wölfen. Sie reden viel über Wölfe, wenn sie nicht gerade fressen oder du weißt schon, was sie sonst noch tun. Merkwürdig war, dass ich die Sprache der Schafe verstand.«

»Das ist überhaupt nicht merkwürdig, mein Prophet.

Immerhin atmest du seit Stunden den Geruch von Käse ein, der von Schafen stammt. Dieser besteht aus Milch, der Nahrung der Lämmer. Mit der Milch nehmen die Jungen Wissen, Erfahrungen, Erinnerungen und Gefühle des Mutterschafs auf. So lernen sie alles, was sie fürs Leben wissen müssen.«

Auf einmal hörte Seshmosis ein Poltern, und dann fiel gleißende Helligkeit in die Höhle. Der Schreiber blinzelte gegen das Licht und sah am Eingang eine große dunkle Gestalt stehen.

»Seid ihr jetzt bereit, die Waffen niederzulegen und mit erhobenen Händen herauszukommen?«, fragte die gleiche Stimme, die sie zuvor schon gehört hatten. »Wir wollen nämlich nicht, dass eure verrottenden Kadaver unseren Käse verderben!«

Leise sagte Odysseus zu seinen Männern: »Wir ergeben uns, vorerst. Bestimmt finden wir eine Gelegenheit zur Flucht.«

Klirrend ließen die Achäer ihre Waffen fallen und gingen mit erhobenen Händen zum Ausgang. Ängstlich verließ Seshmosis als Letzter die Höhle. Als sich seine Augen wieder an die Helligkeit gewöhnt hatten, musterte er ihre Bezwinger. Sie waren groß, sehr groß. Mindestens zwei Köpfe größer als er selbst und kräftig gebaut. Die Kyklopen waren also wirklich Riesen. Allerdings stellte er fest, dass sie zwei Augen besaßen. Dabei hatte Homeros steif und fest behauptet, Kyklopen würden nur über ein Auge in der Mitte der Stirn verfügen. Doch es überraschte ihn nicht. Zu oft schon hatte er erlebt, dass über fremde Völker die wunderlichsten Dinge berichtet werden. Einmal hatte ihn in Byblos ein Mann sogar gefragt, warum er, Seshmosis, als Ägypter denn keinen Vogel- oder Krokodilkopf habe.

Die Kyklopen banden ihren Gefangenen die Hände auf dem Rücken zusammen, und einer kontrollierte Seshmosis' Ledersack. Doch als er festgestellt hatte, dass er leer war, gab er ihn dem Schreiber zurück.

Dann trieben die Riesen sie mit dem stumpfen Ende ihrer Speere durch den Wald. Nach einem langen Fußmarsch auf einem Trampelpfad erreichten sie eine Bucht. Dort befand sich eine Siedlung mit Hafen, die man schon als kleine Stadt bezeichnen konnte.

Die Häuser waren aus Stein gebaut, und Seshmosis entdeckte auf dem Weg durch das Städtchen einige Werkstätten und Schmieden und auch einen kleinen Markt.

Man führte die Gefangenen in das größte Gebäude und stieß sie in der Halle zu Boden. Kurz darauf erschienen weitere Kyklopen, an ihrer Spitze ein wahrer Gigant, der auf dem Kopf einen Reif mit einer großen Scheibe trug. Diese prangte wie ein mächtiges Auge mitten auf seiner Stirn. Der Mann nahm auf einem Thron Platz und erhob seine Stimme:

»Ich bin Polyphem, der Erste unter Gleichen, Führer der Kyklopen. Ihr seid Käsediebe, doch will ich eure Namen wissen!«

Mit einem schnellen Blick bedeutete Odysseus seinen Männern zu schweigen. Seshmosis hielt sich bedeckt im Hintergrund.

»Ich bin Fürst Oudeis«, behauptete Odysseus listig. »Es ist ein sehr seltener Name, aber mein Vater und mein Großvater hießen auch schon so.«

Polyphem sah Odysseus mit einem durchdringenden Blick an.

»Fürst Käsedieb, habt Ihr in Troja nicht genug Beute gemacht, um unseren Käse zu bezahlen? Und habt Ihr nicht auch Ismaros, die Stadt der Kikonen, geplündert? Ihr solltet genug Geld besitzen, um nicht stehlen zu müssen. Nachrichten haben schnelle Beine, Fürst Käsedieb, auch wenn sie per Schiff zu uns gelangen.«

Odysseus staunte. Er hatte wirklich gedacht, die Kyklopen wären ein primitives Volk fern aller Zivilisation und ohne Kontakt zu irgendwelchen Nachbarn. Dass diese Menschen, die er lediglich für größere Tiere gehalten hatte, ihn auch noch verspotteten, verletzte seinen Stolz und erzürnte ihn.

»Ihr habt alles nur den Göttern zu verdanken!«, schrie Odysseus wütend.

»Richtig! Wir verdanken alles den Göttern, genau wie ihr. Nur dass uns die Götter zu allen anderen Gaben auch noch Manieren geschenkt haben, Sohn des Laertes, den man Odysseus nennt!«

Nun war Odysseus vollends verblüfft. Dieser Polyphem war wirklich gut informiert, gefährlich gut informiert.

Der Fürst setzte zu einer Erklärung an, doch der Anführer der Kyklopen fuhr ihm über den Mund und befahl ihm zu schweigen. Stattdessen wandte er sich Seshmosis zu.

»Du trägst keine Rüstung, du scheinst kein Achäer zu sein. Warum bist du bei ihnen? Haben sie dich versklavt?«

»Nein, ich bin nicht ihr Sklave, edler Herr. Mein Name ist Seshmosis, ich bin ein Schreiber und gehöre zu einer Gruppe Handelsreisender aus Byblos, die zufällig auf Odysseus und seine Männer gestoßen ist.«

Seshmosis beschloss vorsichtig zu sein und seinen Aufenthalt in der Troas nicht freiwillig zu erwähnen. Er befürchtete, dass sich die Rolle der Tajarim und ihres hölzernen Pferdes beim Fall von Troja schon bis zu den Kyklopen herumgesprochen hatte.

Auch wenn Polyphem dies schon wusste, ließ er es sich nicht anmerken. Er dachte kurz nach, dann befahl er: »Werft die Achäer in den Kerker! Und du, Seshmosis, darfst dich unter Aufsicht in der Stadt frei bewegen, sie aber nicht verlassen! Wir müssen erst beraten, was weiter geschehen soll.«

Mehrere riesige Kyklopen packten die Achäer und beförderten sie grob aus dem Raum. Seshmosis blickte sich unsicher um und überlegte, was er jetzt tun sollte. Da kam auch schon eine junge Kyklopin auf ihn zu und sprach ihn an.

»Ich bin Kynthia, Tochter des Polyphem. Mein Vater hat mich geschickt, dich zu begleiten.«

Seshmosis erschrak. Die Frau war gut einen Kopf größer als er und sicher fast so stark wie Mumal. Sie war also seine Aufpasserin.

»Zuerst müssen wir ein Quartier für dich finden. Man weiß ja nicht, wie lange du bei uns bleiben wirst. Folge mir!«

Kynthia führte Seshmosis durch die sauberen Straßen der kleinen Stadt zu dem Markt, den er schon bei seiner Ankunft gesehen hatte. Dort betraten sie eine kleine Werkstatt, in der Schmuck hergestellt wurde. Ein Mann saß an einer Werkbank und arbeitete an einer Kette. Auf seiner Stirn prangte eine ähnliche Scheibe wie bei Polyphem.

»Das ist Meister Polydor, bei ihm wirst du eine Bleibe finden«, stellte die Kyklopin den Handwerker vor. »Und das ist Seshmosis, ein Schreiber aus Byblos. Er wird für einige Zeit unser Gast sein, Onkel.«

Der Goldschmied musterte Seshmosis eindringlich, dann reichte er ihm seine riesige Hand. »Willkommen in meiner bescheidenen Hütte. Hinten im Lager habe ich eine Schlafstelle für dich. Einfach, aber bequem.«

»Danke, Meister Polydor. Ich möchte Euch keine Umstände bereiten.«

»Aber, aber«, wehrte der Kyklop ab. »Du machst doch keine Umstände. Ich freue mich, dass du da bist. Wir haben so selten Gäste.«

Bei dem Ruf, das euer Volk hat, kein Wunder, dachte sich Seshmosis, und laut erwiderte er höflich: »Ich bin sehr neugierig auf Euer Volk. Ihr scheint nicht nur einen vorzüglichen Käse zu machen.« Seshmosis deutete auf die fertigen Schmuckstücke.

»Ich weiß, worauf du hinauswillst«, lachte Polydor. »Die Achäer verbreiten üble Gerüchte über uns, und das führt dazu, dass viele Seefahrer aus anderen Ländern einen großen Bogen um unsere Insel machen. Aber wir sind nicht auf sie angewiesen, unsere Kunden stammen aus anderen Kreisen. Sieh diese kleinen, goldenen Donnerkeile. Sie sind derzeit bei den Zeus-Priestern Kleinasiens sehr beliebt.«

»Erlaubt mir eine Frage, edler Polydor. Was ist das für eine Krone, die Ihr da auf Eurem Haupt tragt?«, wollte Seshmosis wissen.

Polydor und Kynthia brachen in schallendes Gelächter aus.

»Krone?«, prustete der Kyklop. »Du denkst, ich trage eine Krone? Nein, die Scheibe auf der Stirn brauche ich zum Arbeiten. Es ist ein Hohlspiegel, der das einfallende Licht bündelt und auf das Werkstück lenkt, an dem ich gerade arbeite. Vor allem beim Ziselieren ist diese verstärkte Ausleuchtung sehr hilfreich.«

»Aber Euer Anführer Polyphem trug in der großen Halle auch so einen Hohlspiegel«, wandte Seshmosis unsicher ein.

»Wir sind sehr stolz auf unsere Erfindung, und deshalb ist sie auch ein Symbol für unser Volk. Bei mir ist es ein Hilfsmittel, bei Polyphem ein Symbol für den Erfindungsgeist unseres Volkes, verstehst du?«

Seshmosis verstand. Auch der ägyptische Pharao hielt zum Beispiel als Symbol der Macht bei offiziellen Anlässen immer eine Geißel in der Hand. Bei den Aufsehern beim Tempelbau war sie dagegen ein effektives Motivationsgerät. Sie peitschten damit die Menschen zur Arbeit. Der Hohlspiegel der Kyklopen gefiel ihm besser. Und nun wusste er auch, wie die Legende entstanden war, die Kyklopen besäßen nur ein einziges, riesiges Auge in der Mitte der Stirn.

»Komm, Seshmosis, ich zeige dir unsere Stadt!«, lud Kynthia ihn ein.

Sie verabschiedeten sich noch von Polydor, dann traten sie wieder ins Sonnenlicht.

Seshmosis fand, dass Kynthia für eine Frau ihrer Größe ausgesprochen weiblich war. Insgeheim wunderte er sich über seinen plötzlichen Hang zu körperlich überlegenen Frauen. Nicht dass er sich in Kynthia verliebt hätte, dazu hing sein Herz noch viel zu sehr an Cleite. Doch fing er an, die junge Kyklopin überaus sympathisch und sogar attraktiv zu finden.

Kynthia zeigte ihm verschiedene kleine Handwerksbetriebe und auch die Schmiede, in der die berühmten Donnerkeile für Zeus gefertigt wurden. Kein Mensch aber, nicht einmal ein Kyklop, konnte sie nutzen, dazu bedurfte es der Kraft der Götter.

Dann erzählte ihm Kynthia vom Leben auf der Insel, von den Herden und Hirten, und Seshmosis musste an seinen Traum von den Schafen denken. Diese Insel hatte etwas ungemein Friedliches.

Plötzlich überfiel ihn ein schrecklicher Gedanke. Die Schiffe der Achäer! Aufgeregt redete er auf die Kyklopin ein:

»Du musst deinen Vater warnen! Am Strand liegt ein Kriegsschiff von Odysseus, und elf weitere warten drüben auf der Ziegeninsel. Wenn ihr Fürst nicht dorthin zurückkehrt, werden sie euch angreifen. Es sind fast achthundert schwer bewaffnete, erfahrene Krieger!«

Kynthia erbleichte. Sofort eilten sie zum großen Haus, um ihren Vater vor der Gefahr zu warnen.

Polyphem erschrak. »Wenn die Achäer hier einfallen, gibt es ein Blutbad. Selbst wenn wir gewinnen sollten, wären die Verluste ungeheuer groß. Andererseits will ich diesen Aufschneider und Käsedieb nicht einfach ungestraft ziehen lassen.«

Sodann ließ er die Achäer aus dem Kerker zu holen.

Als Odysseus Seshmosis bei den Kyklopen stehen sah, funkelte er ihn böse an. Es war klar, dass er den Schreiber als Verräter betrachtete.

Diesmal ließ Polyphem die Achäer nicht zu Boden werfen, doch standen sie gefesselt vor ihm.

»Fürst Käsedieb, ich will Gnade vor Recht ergehen lassen. Wir Kyklopen sind, im Gegensatz zu euch Achäern, ein friedliebendes Volk. Ich biete dir die Möglichkeit, deinen Kopf aus der Schlinge zu ziehen. Bezahl den Käse und den Schaden, den ihr angerichtet habt, und dann verlasst unsere Insel! Mögest du als Kapitän Nemo über andere Inseln herfallen und deren Bewohner belästigen.«

»Was soll das? Warum nennst du mich so?«, brauste Odysseus auf.

»Oh, verzeih, ich habe vergessen, dass mir ein Achäer gegenübersteht. *Nemo* ist das Wort für Oudeis in einer anderen Sprache. Also, Kapitän Niemand, was ist? Bezahlst du?«

Zähneknirschend willigte Odysseus ein. Er nahm einige Goldstücke aus seinem Brustbeutel und warf sie Polyphem wütend vor die Füße. »Ich denke, das reicht!«

»Nehmt ihnen die Fesseln ab und bringt sie zu ihrem Schiff!«, befahl der Kyklop.

Kaum hatte man den Achäern die Fesseln abgenommen, ergriff Odysseus einen Dreifuß mit einem Feuerbecken und sprang auf Polyphem zu. Der war von dem plötzlichen Angriff völlig überrascht und versuchte, sich mit den Händen zu schützen. Doch zu spät! Odysseus rammte ihm das Becken mit den glühenden Kohlen mitten ins Gesicht.

Rasend vor Schmerz brüllte Polyphem, man solle den Unmensch ergreifen, der ihn geblendet habe. Die entsetzten Kyklopen waren wie gelähmt, und so konnten die Achäer ihnen leicht ihre Waffen entreißen und zum Ausgang stürmen.

Bestürzt verfolgte Seshmosis das Geschehen, unfähig, auch nur eine einzige Bewegung zu machen.

Kynthia kümmerte sich um ihren schwer verletzten Vater, während von draußen Kampflärm zu hören war. Nach einer Weile verebbte das Waffengeklirr, und mehrere Kyklopen betraten die Halle. Sie zeigten deutliche Spuren eines Kampfes.

»Sechs von den achäischen Hunden konnten wir töten. Aber Odysseus und die anderen sind in den Wald entkommen«, berichtete einer von ihnen.

Seshmosis war immer noch fassungslos. Sicher, er hatte die Achäer vor Troja zur Genüge kennen gelernt, aber damals war Krieg gewesen, und der war immer grausam. Doch anscheinend machte Krieg oder Frieden für Odysseus und seine Männer keinen Unterschied.

Während Ärzte den schwer verletzten Polyphem behandelten, wurde Seshmosis klar, dass er nun völlig alleine bei den Kyklopen festsaß.

Am Boden zerstört, hielt Seshmosis sich immer noch in der Halle auf. Polyphem hatte man weggebracht, und Kynthia war mit ihm gegangen. Die Tat des Odysseus erschütterte ihn nach wie vor. Sie war nicht nur schrecklich, sondern auch absolut überflüssig. Polyphem wollte ihn ja ziehen lassen, warum also diese Grausamkeit?

Eine Hand legte sich auf Seshmosis' Schulter.

»Komm mit, Fremder«, sagte eine sanfte Stimme.

Seshmosis blickte auf und sah in das Gesicht von Polydor, dem Goldschmied. Schweigend gingen sie zur Werkstatt am Markt, und ebenso schweigsam aßen sie zusammen.

Nach dem Mahl fand Seshmosis wieder Worte: »Ich verstehe das alles nicht. Es tut mir so schrecklich leid.«

»Es ist nicht deine Schuld, und dein Mitgefühl ehrt dich. Niemand von uns wird dich für diese Tat verantwortlich machen«, tröstete ihn Polydor.

Müde und innerlich völlig leer, begab sich Seshmosis auf das Lager. Er wollte und konnte mit niemandem mehr reden, nicht einmal mit GON.

Nach dem Frühstück erschien Kynthia, um Seshmosis abzuholen. Sie führte ihn zu einem kleinen Poseidon-Tempel, der ihm tags zuvor gar nicht aufgefallen war.

Vor dem Altar stand Polyphem, er sah schrecklich aus. Unterhalb seines Stirnreifs verbarg eine blutige Binde seine Augen, und sein verbranntes Gesicht war von einer dicken Salbenschicht bedeckt.

Dann erhob er seine Stimme, und sie war trotz der Verletzungen so kräftig wie zuvor: »Mein Vater Poseidon, sieh mich an! Sieh, was Odysseus mir angetan hat! Heimtückisch brannte er mir die Augen aus! Ich bitte dich, Vater, räche deinen Sohn! Strafe diesen nichtswürdigen Niemand und verfolge ihn bis ans Ende der Welt. Lass ihn keinen Frieden mehr finden auf Erden! Lass ihn büßen für die Schandtaten, die er mir und anderen zugefügt hat! Strafe ihn mit jahrelangen Stürmen und Not. Und wenn er jemals wieder seine Heimat erreichen sollte, dann nur, um von der Hand seines eigenen Nachfahren zu sterben! Räche mich, mein Vater Poseidon!«

Ein kleiner Blitz schlug in das Opferbecken, in dem ein Zicklein lag, das sofort anfing zu brennen. Steil stieg der Rauch empor, als Zeichen dafür, dass Poseidon sein Bitten und Flehen erhört hatte.

Von nun an würde der Gott Odysseus persönlich verfolgen und bestrafen.

Nach dem Opfer verließen Seshmosis und Kynthia gemeinsam den Tempel. Bedrückt sagte der Schreiber: »Ich wollte, ich könnte alles ungeschehen machen.«

»Es waren die Achäer, nicht du. Sie tragen die Verantwortung, und Poseidon wird sie zur Rechenschaft ziehen. du hast doch den Blitz gesehen. Der Meeresgott liebt uns Kyklopen, denn wir sind seine Kinder. Er wird dafür sorgen, dass meinem Vater Gerechtigkeit widerfährt.«

Seshmosis erkannte, dass diese Angelegenheit nicht die seine war. Er musste auch wieder an sich und seine Probleme denken, und so sagte er: »Ich muss unbedingt zurück zu meinen Leuten. Da Odysseus mich im Stich gelassen hat, brauche ich ein Schiff oder ein Boot, das mich zur Ziegeninsel bringt.«

»Das wird schwierig«, antwortete Kynthia bedauernd. »Wir betreiben keine Seefahrt, Poseidon selbst hat es uns verboten. Und zurzeit liegt auch kein einziges Händlerschiff in unserem Hafen. Du musst Geduld haben.«

Seshmosis überlegte, ob wohl Zerberuh mit der *Gublas Stolz* zu seiner Rettung kommen würde, doch er war sich sicher, dass Raffim das zu verhindern wusste. Dieser würde niemals seinen auf dem Schiff versteckten Profit einer Gefahr aussetzen, nur um Seshmosis zu helfen. Er musste einen anderen Weg finden.

Den Rest des Tages verbrachte er damit, die Stadt der Kyklopen weiter zu erkunden. Staunend bewunderte er ihre handwerklichen Fähigkeiten und die Dinge, die sie herstellten. Am Abend kehrte Seshmosis zu Polydor zurück, genoss mit ihm den würzigen Käse und trank von dem schweren, dunkelroten Wein der Insel.

Als er schließlich auf seiner Matte im Lager des Kyklopen lag, versuchte Seshmosis Kontakt zu GON aufzunehmen, doch der kleine Gott ließ sich weder sehen noch hören. Der Prophet interpretierte dies als gutes Zeichen dafür, dass er nicht unmittelbar in Gefahr war.

Am nächsten Morgen schlenderte Seshmosis zum Hafen und schaute sehnsüchtig aufs Meer. Als auf einmal ein

Schiff um das kleine Kap der Bucht kam, glaubte er zuerst an eine Halluzination. Er war sich sicher, dass seine Verzweiflung ihm ein Trugbild vorgaukelte. Doch das seiner Fantasie entsprungene Schiff kam immer näher, wurde immer größer und steuerte eindeutig auf den Hafen zu. In Seshmosis wuchs die Hoffnung auf Rettung. Er strengte seine Augen an, um das Schiff identifizieren zu können. Doch es war weder ein achäisches Schiff noch die *Gublas Stolz*. Aufgeregt trat er von einem Bein aufs andere. Endlich war es nahe genug, um Einzelheiten zu erkennen. Vorne am Bug stand eine Gruppe von Menschen, und als das Schiff noch näher kam, sah Seshmosis, dass es Frauen waren. Cleite und ihre Amazonen kamen zur Kyklopeninsel. Seshmosis flog regelrecht zur Kaimauer.

Die Ruder wurden eingezogen und das Schiff legte an. Kaum stand es still, sprang Cleite mit einem schwungvollen Satz über Bord an Land. Die Amazone umarmte freudestrahlend den wartenden Seshmosis und begrüßte ihn lächelnd: »Wir haben das Schiff fertig repariert und mussten natürlich eine Testfahrt machen. Da dachte ich mir, bei dieser Gelegenheit könnte ich nachsehen, ob mein lieber Seshmosis wieder zur Ziegeninsel zurückkehren möchte.«

»Das war eine hervorragende Idee von dir«, freute sich Seshmosis. »Und wie gerne ich wieder zurückkehren möchte! Ich bin ja so froh, dass du da bist! Die Kyklopen sind zwar sehr gut zu mir gewesen, und es war bemerkenswert, ihre Kultur kennenzulernen, aber nun drängt es mich wieder zu meinen Leuten.«

»Dann komm an Bord, wir bringen dich zu ihnen!«, forderte ihn Cleite auf.

»Bitte gedulde dich noch ein wenig, ich möchte mich noch verabschieden. Ich will mich nicht wie ein Dieb wortlos davonstehlen. Ich bin bald zurück.«

Seshmosis eilte zu Polydors Werkstatt am Markt. Der Kyklop saß an seiner Werkbank.

»Meister Polydor, ein Schiff ist gekommen, mich abzuholen. Ich möchte mich für Eure Gastfreundschaft bedanken und mich verabschieden.«

»Obwohl die Umstände tragisch waren, hat es mich gefreut, dich kennen gelernt zu haben. Die Begegnung mit dir wird mir immer im Gedächtnis bleiben. Ich wünsche dir viel Glück für deinen weiteren Weg! Zur Erinnerung an uns Kyklopen und als Glücksbringer.«

Mit diesen Worten reichte er Seshmosis einen kleinen goldenen Donnerkeil an einer dünnen Halskette.

Gerührt nahm Seshmosis das Geschenk an. Dann umarmten sich die beiden ungleichen Männer stumm, und der Schreiber verließ tief bewegt die Werkstatt. Vor dem Hafen begegnete ihm Kynthia, und er berichtete ihr freudig von der wundersamen Landung des Schiffs. Die junge Kyklopin schien traurig, dass Seshmosis die Insel so schnell verlassen wollte.

»Warum bleibst du nicht noch länger? Es ist Handelssaison, da kommt fast jeden Monat ein Schiff zu uns.«

»Ich muss zu meinen Freunden zurück. Wir sind schon so lange fort von zu Hause, und es wird Zeit, dass wir wieder nach Byblos segeln.«

Beim Wort *Zeit* verspürte Seshmosis einen Stich. Schlagartig wurde ihm bewusst, dass er nicht nur am falschen Ort, sondern auch in der falschen Zeit war.

»Dann bleibt mir also nur, dir eine gute Reise zu wünschen«, sagte Kynthia traurig und küsste ihn auf die Stirn. Dann drehte sie sich um und lief Richtung Stadtmitte.

Als Seshmosis seine Schritte wieder zum Hafen lenkte, fielen sie ihm schwerer, als er gedacht hätte. Er hasste Abschiede. Er hasste sie fast mehr als die Ungewissheit. Und er wusste, dass ihm ein weiterer, noch schmerzlicherer Abschied bevorstand.

Mit gemischten Gefühlen ging Seshmosis an Bord und blickte wehmütig zur Kyklopeninsel zurück. Schließlich schaute er nach vorn, hinüber zur kleinen Insel, wo seine Freunde und die *Gublas Stolz* warteten. Zumindest hoffte er, dass sie auf ihn warteten.

Plötzlich stand Cleite neben ihm und legte sanft ihre Hand auf seine Schulter.

»Meine Kameradinnen drängen mich, nach Hause zu segeln. Wir sind schon lange unterwegs, und ich weiß, dass wir daheim gebraucht werden. Nach allem, was in Troja geschehen ist …«

Sie brach ab. Dann fuhr Cleite mit belegter Stimme fort: »Zu viele sind gestorben. Es wird schwer, die Lücken zu füllen. Wir Überlebenden müssen zusammenrücken, sonst wird es das Volk der Amazonen bald nicht mehr geben.«

Seshmosis verstand. Es war also so weit. »Wann wollt ihr aufbrechen?«

»Gleich nachdem wir dich auf der Ziegeninsel abgesetzt haben. Ich werde nicht mehr an Land gehen.«

»So muss es wohl sein«, sagte Seshmosis melancholisch. »Ich hätte so gerne noch einige Zeit mit dir verbracht.«

»Ich mag dich auch, aber meine Kameradinnen brauchen mich mehr denn je. Außerdem würde dir das Leben an der Seite einer Amazone nicht sonderlich gefallen. Du musst wissen, Männer haben bei uns keinen besonders guten Status.«

»Ich hörte davon. Nach den Gerüchten ähnelt die Rolle eines Mannes bei euch sehr der Nutztier- und Zuchtviehhaltung.«

»Dann hast du ja noch einmal Glück gehabt«, konterte Cleite ironisch.

»Wie so oft. Manche behaupten, ich sei ein wahrer Glückspilz. Aber heute bin ich ein trauriger Glückspilz. Du rettest mich, und gleichzeitig verliere ich dich. Das ist ungerecht!«

»Die Liebe hat ebenso wenig mit Gerechtigkeit zu tun wie das Leben. Freuen wir uns an dem, was uns keiner nehmen kann – an unseren Erinnerungen.«

Das Schiff der Amazonen verharrte im flachen Wasser. Seshmosis umarmte Cleite noch einmal, dann sprang er ins brusthohe Wasser und watete ohne sich umzusehen zum Ufer.

Erst an Land drehte er sich um und sah, dass sich die Amazonen bereits mit kräftigen Ruderschlägen entfernten und das Segel setzten.

Plötzlich war Seshmosis von mehreren Tajarim umringt, die aufgeregt auf ihn einredeten. Jemand hüllte ihn in eine Decke, und Elimas presste ihm einen Weinschlauch an die Lippen.

»Trink, trink, mein Freund!«

Alle redeten durcheinander, und Seshmosis hatte Mühe zu verstehen, was seine Freunde eigentlich meinten.

»GON sei Dank, dass du lebst!«

»Odysseus wähnte dich tot!«

»Wie gut, dass dich die Amazonen vor den schrecklichen Kyklopen gerettet haben!«

»Bist du verletzt?«

»Hast du noch mehr Kyklopen gesehen?«

»Ist Polyphem jetzt blind?«

»Wir dachten, du seiest verloren!«

»Ist der Käse wirklich so gut?«

»Wie hast du es geschafft, dem fürchterlichen Riesen zu entkommen?«

»Wollte er dich auch verschlingen wie die Gefährten des Odysseus?«

Von allen Seiten prasselten Fragen auf Seshmosis nieder. Endlich gelang es ihm, Elimas den Weinschlauch aus der Hand zu schlagen, und er brüllte: »Halt! Was ist eigentlich los mit euch? Seid ihr alle verrückt?«

Almak, der Ochsentreiber, stammelte: »Polyphem, der Riese, hat die Achäer gefressen, Odysseus, der Held, Polyphem geblendet, Männer befreit.«

Der jahrelange ausschließliche Kontakt zu Tieren hatte Spuren in Almaks Sprachfähigkeiten hinterlassen. Normalerweise beschränkte sich sein Wortschatz auf »Vorwärts!«, »Links!«, »Schneller!«, »Rechts!« und »Halt!«. Im Verhältnis dazu war sein Gestammel von eben eine rhetorische Meisterleistung. Immerhin war Seshmosis jetzt klar, dass die Erzählungen des Fürsten von Ithaka erheblich von den wahren Geschehnissen auf der Insel abwichen. Er musste vorsichtig sein. So wie er Odysseus erlebt hatte, würde dieser einen Zeugen, der seine Version der Geschichte in Frage stellte, nicht lange am Leben lassen.

Seshmosis war klar, dass es Odysseus gern gesehen hätte, wenn er nie von der Kyklopeninsel zurückgekehrt wäre. Deshalb beschloss er, vorerst über das Erlebte zu schweigen, und sagte nur: »Danke, liebe Freunde. Ihr versteht sicher, dass ich mich erst einmal erholen muss.«

Seshmosis saß an Bord der *Gublas Stolz* und beobachtete den Strand. Er fühlte sich an Bord des Schiffes sicherer, vor allem, weil er hier nicht riskierte, Odysseus zu begegnen. Doch der war mit ganz anderen Dingen beschäftigt.

Seshmosis beobachtete, wie die Achäer in der Nähe ihres Flaggschiffs einen Holzstoß aufschichteten. Obenauf legten sie einen prächtigen Widder. Offensichtlich wollten sie den Göttern ein Opfer darbringen. Schon bald erschien Odysseus in voller Rüstung, gefolgt von seinen Unterführern, und befahl, das Holz in Brand zu setzen.

Schnell züngelten die Flammen empor. Doch zum Entsetzen der Achäer wollte der Rauch nicht zum Himmel steigen, ganz im Gegenteil senkte sich der schwarze Qualm über den Holzstoß und erstickte die Flammen. Die Götter hatten das Opfer verschmäht! Unruhe entstand unter den Kriegern, und Seshmosis hörte vereinzeltes Wehklagen. Der Fürst selbst stand starr und stumm neben dem Opferaltar und zeigte keine Reaktion. Schließlich wandte er sich ab und ging mit gesenktem Kopf davon.

Abends am Lagerfeuer setzte sich Seshmosis wie gewohnt neben Homeros. Der zeigte sich begierig, von den Abenteuern des Schreibers zu hören. Doch dieser war misstrauisch und versuchte zuerst herauszufinden, inwieweit Odysseus den blinden Dichter schon beeinflusst hatte.

»Immerhin hatte ich Recht!«, triumphierte Homeros. »Die Kyklopen sind ein barbarisches, Menschen verschlingendes Volk. Völlig primitiv und kulturlos, ohne jegliche handwerkliche Fähigkeiten und allein durch die Gunst der Götter lebensfähig. Jeder haust für sich allein in einer dreckigen Höhle und fristet ein jämmerliches Dasein.«

Seshmosis kochte innerlich vor Wut. Wegen des Abschieds von Cleite war er sowieso schon betrübt, doch was der Dichter von sich gab, verdarb ihm vollends die Stimmung. Seshmosis setzte schon an, ihn zu korrigieren, doch er brach gleich wieder ab. Wenn er Homeros widerspräche und Odysseus davon Wind bekäme, könnte dies seinen Tod bedeuten. So verzichtete er notgedrungen auf eine Richtigstellung der Geschehnisse und fragte stattdessen: »Wirst du Odysseus' Abenteuer in ein Epos fassen?«

»Ja!«, antwortete Homeros freudig. »Er hat mir sogar schon einen beachtlichen Vorschuss gegeben.«

Auch am nächsten Morgen vermied es Seshmosis, Odysseus zu begegnen. Es war der Tag des Aufbruchs, und die Tajarim wollten noch einen Teil der Strecke gemeinsam mit den Achäern segeln, bevor sich ihre Wege trennen sollten.

Die Sonne meinte es gut mit den Reisenden, und auch die Winde waren günstig, sodass sie flott vorankamen. Kurz nach Mittag meldete der Ausguck: »Land in Sicht!«

Seshmosis gesellte sich zu Zerberuh und Uartu an den Bug des Schiffs. Vor ihnen lag eine karstige Insel. Bald darauf befand sich die Insel links von ihnen. Zornig eilte Uartu nach hinten zum Steuerruder und brüllte: »Seid ihr betrunken? Ihr könnt ja nicht einmal mehr den Kurs halten!«

Die verdutzten Seeleute überließen Uartu bereitwillig das Steuer, der die *Gublas Stolz* wieder auf Kurs brachte. Kurz darauf lag die Insel rechts von ihnen. Irritiert schüttelte Uartu den Kopf. Er wusste genau, dass er das Steuer nicht im Geringsten bewegt hatte. Bevor er den Kurs erneut korrigieren konnte, lag die Insel wieder direkt vor ihnen. »Das verdammte Ding bewegt sich!«, rief der Phönizier überrascht.

Doch nun schien die merkwürdige Insel endlich stillzuhalten, und die *Gublas Stolz* und die zwölf Schiffe des Odysseus konnten anlegen.

Als sie an Land gingen, traf Seshmosis zu seinem Leidwesen auf Odysseus. Der Achäer sah ihm bedrohlich in die Augen, dann fragte er: »Hast du die schrecklichen Ereignisse bei den grauenhaften Kyklopen gut überstanden?«

Seshmosis biss sich auf die Zunge und nickte nur. Dann lenkte er ab: »Mich würde viel mehr interessieren, wo wir uns jetzt befinden.«

»Wir Achäer kennen nur eine schwimmende Insel – Aiolis, die Insel des Windgottes Aiolos.«

Der Fürst von Ithaka warf dem Schreiber noch einen misstrauischen Blick zu, bevor er wieder zu seinen Männern ging und einen Erkundungstrupp zusammenstellte. Seshmosis verspürte derweil ein dringendes menschliches Bedürfnis und sah sich nach einer geeigneten Stelle um. Die ganze Insel war schroff und felsig, kein einziger Baum war weit und breit zu sehen. Endlich entdeckte er einige karge Büsche auf einer kleinen Anhöhe und rannte sofort darauf zu.

Als er wieder zum Strand zurückkehrte, stolperte er. Und fiel in die Finsternis.

Sein Sturz schien nicht enden zu wollen, und vor seinem geistigen Auge sah er seinen zerschmetterten Körper schon auf dem Grund der Höhle liegen. Im Fallen ergriff ihn aber eine Windböe und ließ ihn sanft zu Boden schweben.

Von oben schien durch das Loch, in das er gefallen war, ein wenig Licht in die Höhle. Zu wenig, um ihre Größe abzuschätzen, aber genug, um zu erkennen, dass anscheinend keine wilden Tiere hier hausten.

Ein leichter Luftzug umstrich Seshmosis, und er vermutete, dass irgendwo im Dunkeln ein Ausgang lag. Die Brise zupfte an seiner Kleidung und fuhr ihm durchs Haar. Der Wind fühlte sich an wie etwas Lebendiges. Und etwas sehr Neugieriges. Er schien ihn genau abzutasten und zu erkunden. Als das Lüftlein auch noch unter sein Gewand fuhr, fühlte sich Seshmosis in seiner Intimsphäre verletzt. Das ging ihm doch entschieden zu weit!

»Wer immer du bist, zeig dich!«, rief er verunsichert.

Vor ihm formte sich eine transparente Gestalt. Sie bestand aus nichts anderem als Luft und wurde nur durch die Brechung des Lichts sichtbar. Es war ein junges Mädchen.

Seshmosis errötete vor Scham. Sie hatte ihm unter das Gewand gegriffen. Zwar nur als Windhauch, aber immerhin.

»Ich bin Eidona, die jüngste Tochter des Windgottes Aiolos, und meine Mutter ist Eos, die Göttin der Morgenröte. Ich wollte nur wissen, wer da in meine Wohnung eingedrungen ist.«

»Verzeih, es war keine Absicht. Ich bin gestolpert und gestürzt. Ich bin Seshmosis, ein verirrter Reisender.«

»Ich bringe dich zu meinem Vater. Der kann dir sicher helfen.« Sprach es, und eine Bö hob Seshmosis an wie eine Feder und trug ihn durch die Dunkelheit. Einige Gänge weiter erreichte er eine große, hell erleuchtete Höhle. Dort saßen zwei riesige Gestalten auf gewaltigen Thronen aus Felsgestein. Auch diese beiden schienen kaum Substanz zu haben, obwohl Seshmosis sie gut sehen konnte. Der Mann schillerte in allen Farben des Regenbogens, die Frau bestand aus irisierenden Rottönen. Eindeutig Aiolos und seine Gattin Eos. Ein letzter Windstoß setzte Seshmosis direkt vor den beiden Göttern ab.

»Willkommen in meinem Reich!«, ertönte eine kräftige Stimme.

»Auch ich heiße dich willkommen, Gesegneter!«, begrüßte ihn Eos sanft.

»Und gegrüßt sei dein Herr, der dich zu uns geführt hat«, ergänzte Aiolos und hob dabei seine luftige Hand.

Als Reaktion auf seine Worte blähte sich Seshmosis' Ledersack auf, und es entwich ein kleiner Feuerwirbel. Feurig rot schwebte er neben seinem Propheten und sprach: »Meine Ehrerbietung dir, Aiolos, du unsteter Herrscher der Winde, und deiner kinderreichen Familie.«

»Nur kein Neid, alter Freund«, antwortete der Angesprochene, und die Luft formte sich zu einem Lächeln. »Es ist schön, dich wieder im Spiel der Götter zu wissen. Was können wir für dich tun?«

»Dies hier ist mein treuer Prophet Seshmosis, und er benötigt dringend deine Hilfe. Zu lange schon irrt er über die Meere und Inseln und noch immer ist er seiner Heimat fern.«

»Ich verstehe«, sagte der Windgott und pfiff wie ein Sturm, der durch die Gassen jagt. Bald darauf brauste es in der Höhle von allen Seiten, das Feuer der Fackeln flackerte unruhig, und Seshmosis wurde fast umgeweht.

»Meine ältesten Söhne!«, verkündete Aiolos stolz. »Boreas der Nordwind, Euros der Südostwind, Zephyros der Westwind und Notos der Südwind. Sie sollen deinem Propheten zu Diensten sein!«

Seshmosis war beeindruckt von GONs guten Beziehungen zu Aiolos. Er hatte zwar keine Ahnung, wie die Dienstleistungen funktionieren sollten, aber die Götter würden es schon richten.

Aiolos befahl seinen Söhnen mit dem Blasen aufzuhören, und auf einmal schwebte ein großer, prall gefüllter Lederschlauch mitten in der Höhle.

»Dieser Schlauch ist dicht genäht aus der Haut eines neunjährigen Stieres. In ihm stecken alle Winde, die du für eine glückliche Weiterfahrt brauchst.«

Er verschloss den Windsack mit einer silbernen Schnur, und eine kurze Bö trieb ihn in Seshmosis' Arme.

»Sei eingedenk, dass nur du selbst diese Schnur lösen darfst, um den jeweils richtigen, nützlichen Wind zu befreien!«

»Herzlichen Dank, großer Aiolos! Und Dank auch dir, göttliche Morgenröte, die du den Beginn des Tages verzauberst«, sagte Seshmosis ehrfürchtig und verbeugte sich.

»Eile nun zu deinen Freunden und binde den Sack an den Mast deines Schiffes! Wir wünschen dir eine glückliche Heimkehr.«

Daraufhin erhob sich ein Sturm in der Höhle, der Seshmosis um die eigene Achse wirbelte. Schneller und schneller drehte er sich, und plötzlich stand er wieder auf der Anhöhe neben dem Loch, in das er gestürzt war.

Seshmosis wusste nicht, wie lange er in der Höhle des Windgottes gewesen war, aber es musste ziemlich viel Zeit vergangen sein, denn die *Gublas Stolz* lag einsam am Strand. Von den achäischen Schiffen war bis zum Horizont nichts mehr zu sehen. Freudig stieg Seshmosis mit dem Geschenk des Aiolos die Anhöhe hinunter und ging zu seinen Freunden, die ungeduldig in der Bucht standen.

»Ich habe es satt, ständig auf dich zu warten!«, schnauzte ihn Raffim an. »Mit deinen Extratouren hältst du die ganze Gruppe auf.«

»Ich habe den Windgott getroffen!«, verteidigte sich Seshmosis.

»Papperlapapp! Du immer und deine besondere Verbindung zu den Göttern. Reicht es dir nicht, dass du Prophet von GON bist? Musst du jetzt auch noch andere Götter ins Spiel bringen?«

»Ich habe ihn wirklich getroffen!«, sagte Seshmosis stolz und von den Vorwürfen unbeeindruckt. »Und er gab mir ein Geschenk für uns, das uns schneller nach Hause bringt!«

Triumphierend hielt er den Windsack in die Höhe.

»Mach endlich, dass du an Bord kommst. Wir wollen weiter!«, herrschte ihn Raffim an.

Seshmosis band, wie ihm von Aiolos geheißen, den Windsack in Augenhöhe an den Mast der *Gublas Stolz*, dann suchte er Nostr'tut-Amus. Er fand den Seher auf dem Vorderdeck, wo dieser besorgt aufs Meer blickte. »Meine Augen sehen drohendes Unheil«, murmelte er wie zu sich selbst.

Seshmosis verspürte keine Lust, sich neuerliche Katastrophenvisionen anzuhören, deshalb fragte er: »Warum ist Odysseus eigentlich so schnell verschwunden?«

»Hast du gedacht, dass der Fürst von Ithaka auf dich wartet?«, antwortete Nostr'tut-Amus mit einer Gegenfrage.

»Wirklich nicht! Ich bin froh, wenn ich ihn nicht sehen muss«, wehrte Seshmosis ab.

»Als Odysseus herausfand, dass es auf der Insel weder Früchte noch Vieh gibt, ist er wieder in See gestochen. Er scheint uns auch nicht mehr besonders wohlgesonnen.«

Ich ihm auch nicht, dachte Seshmosis und beendete das kurze Gespräch: »Wir brauchen seine Hilfe nicht mehr. Das Geschenk des Windgottes wird uns bald nach Hause bringen.«

Schon fünf Tage glitt die *Gublas Stolz* getrieben von günstigen Winden zügig durchs Meer. Nur hin und wieder hatte Seshmosis den Sack aufgeschnürt, um durch einen passenden Wind den Kurs Richtung Lebedus in Kleinasien zu halten, wo sie Homeros und Skamandrios absetzen wollten.

Schon seit der Abfahrt von Aiolis hatte Barsil den Sack am Mast neugierig beäugt. Er vermutete einen wertvollen Inhalt, war der Schlauch doch mit einer silbernen Schnur verschlossen.

Das Märchen von den Winden erzählte Seshmosis sicher nur, weil er seine Reichtümer nicht mit den anderen teilen wollte. Die Behauptung, dass nur er den Sack öffnen dürfe, war für Barsil denn auch der Beweis für seine Vermutung.

So schlich er sich in der Überzeugung, reiche Beute zu machen, nach Einbruch der Nacht zum Mast und nestelte ungeduldig an der Schnur. Kaum hatte er in seiner Gier den Knoten ein wenig gelockert, sausten mit einem Mal alle Winde heraus.

Barsil wurde von der Kraft der befreiten Stürme in weitem Bogen bis zum Heck geschleudert. Euros schmetterte von Osten her gegen das Segel und riss es in Fetzen, Boreas und Notos prallten von Norden und Süden aufeinander, wühlten das Meer rund um das Schiff auf und türmten es zu riesigen Wogen. Und Zephyros, der Sturm aus dem Westen, war es schließlich, der die Hälfte der Ruder zersplitterte.

Das Tosen der entfesselten Stürme riss die phönizischen Seeleute ebenso aus dem Schlaf wie die Tajarim. Panik brach auf der *Gublas Stolz* aus. Das Toben des Orkans mischte sich mit dem Geräusch von berstendem Holz. Erst als ein Feuerwirbel das Schiff mehrfach umkreiste, beruhigte sich der Sturm und flaute ab. Schließlich trieb die *Gublas Stolz* in spiegelglattem, ruhigem Wasser. Nur vereinzelte Schmerzensschreie kündeten noch von der eben überstandenen Katastrophe.

In dieser Nacht sehnte sich Seshmosis das erste Mal nicht nach Byblos zurück, sondern nach seiner Heimatstadt Theben, fernab vom Meer. Er wollte einfach keine Stürme mehr erleben und erinnerte sich an das beruhigende Plätschern des Nils. Gut, es gab einmal im Jahr eine große Überschwemmung, die fast immer seine Schreibstube unter Wasser gesetzt hatte. Außerdem gab es da Milliarden von Stechmücken. Aber diese Plage war immer noch besser als die fürchterlichen, nicht enden wollenden Stürme auf hoher See. Er fühlte sich so verloren und ausgeliefert.

Bei Tagesanbruch bot die *Gublas Stolz* ein Bild des Jammers. Das einstmals wahrhaft stolze Schiff war schwer beschädigt. Uartu lief sorgenvoll vom Bug zum Heck und wieder zurück.

»Wir müssen unbedingt einen Hafen finden, wo wir die notwendigen Reparaturen ausführen können. Zum Glück sind uns ein paar Ruder geblieben, doch das Steuer ist nur bedingt einsatzfähig. Hoffen wir auf die Gnade der Götter und eine günstige Strömung!«

Die Götter ließen sich Zeit. Der Tag verstrich ebenso eintönig wie die folgende Nacht. Zumindest konnte Uartu am Stand der Gestirne feststellen, dass sie sich Richtung Süden bewegten. Allerdings sagten ihm die Sterne auch, dass das Schiff ganz woanders war, als es sein sollte.

Gegen Mittag erhoben sich aus der Wasserwüste endlich die Umrisse einer Insel. Mit viel Mühe gelang es, die *Gublas Stolz* auf Kurs zu bringen. Erleichtert vernahm Seshmosis das laute Knirschen, als das Schiff endlich wieder auf einen Strand auflief.

Es war eine liebliche, fruchtbare Insel mit Bäumen. Freudig gingen die Tajarim von Bord. Sie waren froh, festen Boden unter den Füßen zu haben. Schnell war ein Lager aufgeschlagen, und Uartu wollte sich sofort mit seinen Leuten um die Reparatur des Schiffes kümmern, während die Tajarim für Verpflegung sorgen sollten.

Die Gruppe der Jäger bestand aus den drei Dienern Raffims, Mumal und Almak, die Gruppe der Sammler aus Seshmosis, Elimas, Elihofni und Aruel. Um Jagdunfälle zu vermeiden, schwärmten die einen nach links, die anderen nach rechts aus.

In Gedanken versunken, zupfte Seshmosis an einem Busch Beeren, als ihn jemand von hinten anstieß. Langsam drehte er sich um in der Erwartung, einen Gefährten zu sehen. Doch da war kein Mensch. Da war ein Löwe.

Ein mächtiges Tier mit prachtvoller Mähne stand vor dem kreidebleichen Schreiber. Plötzlich öffnete der Löwe sein Maul, streckte die Zunge heraus und leckte Seshmosis die Hand.

Ich träume, redete der sich ein. *Es ist alles nur ein Traum. Meine Sehnsucht nach Ägypten spielt mir einen Streich.*

Doch die große Raubkatze ließ sich nicht wegerklären und leckte ruhig weiter seine Hand. Zaghaft legte Seshmosis seine andere Hand auf die Mähne und begann das Tier vorsichtig zu kraulen. Der Löwe rieb sich genüsslich an ihm und warf ihn dabei fast um.

»Entweder bist du eine Gottheit oder ein verzauberter Mensch«, flüsterte Seshmosis. »Ebenso wie die anderen beiden, die sich gerade nähern, und das Wolfsrudel, das ihnen folgt.«

Mit diesen Worten versank Seshmosis in eine gnädige Ohnmacht.

Als er wieder erwachte, erinnerte er sich daran, dass er im Traum wahrhaft einen zahmen Löwen gestreichelt hatte. Und es waren viel mehr gekommen und dazu auch noch Wölfe. *Zu welchen Trugbildern doch der menschliche Geist fähig ist,* wunderte er sich.

Mitten in seinen Überlegungen fuhr ihm eine riesige raue Zunge quer über das Gesicht. Das Trugbild war immer noch da, und inzwischen waren auch seine anderen Halluzinationen näher gekommen und umringten ihn.

»GON steh mir bei!«, hauchte Seshmosis und drohte in eine neuerliche Ohnmacht zu versinken. Doch eine freundliche weibliche Stimme hielt ihn davon ab.

»Ich sehe, du hast dich mit meinen Freunden schon bekannt gemacht. Willkommen auf meiner Insel, Fremder. Ich bin Kirke, die Herrin von Aiaia, und Hüterin verlorener Seelen.«

Seshmosis sah vom Löwen zu der Frau, die hinter diesem stand. Sie war wunderschön. Goldenes Haar umspielte ihr feines Gesicht, sie war von schlankem Wuchs wie Isis und wirkte ebenso göttlich.

Vorsichtig erhob sich Seshmosis aus dem Gebüsch. Er wollte sich angemessen vorstellen, aber irgendetwas schnürte ihm den Hals zu, und er stammelte: »Ich bin Seshmosis aus Theben, besser Byblos, und derzeit verirrt, also weg von zu Hause. Von beiden Zuhause. Und verwirrt.«

Die Göttergleiche lachte herzlich. Anscheinend war ihr diese Reaktion auf ihr Erscheinen bei Männern nicht neu.

»Du brauchst vor meinen Lieblingen keine Angst zu haben«, sagte sie und deutete auf die Löwen und Wölfe. »Sie tun keinem etwas zuleide. Außer wenn ich es will. Du bist doch sicher nicht allein auf meine Insel gekommen, wo sind deine Freunde?«

»Auf der Suche nach Nahrung oder am Strand, unser Schiff reparieren. Es wurde in einem furchtbaren Sturm schwer beschädigt.«

»Dann eile zu deinen Freunden und richte ihnen aus, dass ich euch alle zu einem Gastmahl einlade!«

»Alle?«, fragte Seshmosis verwundert.

»Ja, alle. Ich erwarte euch vor Einbruch der Dunkelheit.«

»Aber wie finden wir den Weg zu Euch?«

»Der Weg wird euch finden«, antwortete Kirke geheimnisvoll und verschwand mit ihren Tieren im Wald.

Enttäuscht kehrte die Jagdgruppe der Tajarim zum Schiff zurück. Sie hatten kein einziges Tier zu Gesicht bekommen. Wenig später kam auch Seshmosis wieder an den Strand. Aufgeregt erzählte er von seiner Begegnung mit den Löwen und den Wölfen und schließlich vom Auftauchen der bezaubernden Herrin der Insel und ihrer Einladung.

»Willst du uns auf den Arm nehmen, Seshmosis?«, fragte ihn höhnisch Jabul, einer von Raffims Dienern. »Wir haben kein einziges Tier gesehen, nicht einmal ein verirrtes Schaf. Und du erzählst uns von wilden Löwen, Wölfen und einer Zauberin, die uns zum Mahl einlädt. Hast du von irgendwelchen Pilzen genascht?«

Jabul pflegte die gleiche Abneigung gegenüber Seshmosis wie sein Herr. Anscheinend sah er es als seine Pflicht gegenüber seinem Brotgeber an, den Schreiber zu verhöhnen.

»Ich schwöre euch bei GON, dass es genau so war, wie ich berichtete! Kirke ist die Herrin dieser Insel, die sie Aiaia nennt, und wir sind alle bei ihr zu einem Festmahl eingeladen.«

»Dann sollten wir die Dame nicht enttäuschen und ihr unsere Aufwartung machen«, beschloss Nostr'tut-Amus den Disput. »Ich habe nämlich schon viel von Kirke und ihren Fähigkeiten gehört. Und nach allem, was über sie gesagt wird, ist es ratsam, sich nicht mit ihr anzulegen.«

Uartu hatte vier seiner Leute als Wachen für das Schiff eingeteilt, und auch Raffim bestand darauf, dass zwei seiner Diener bei der *Gublas Stolz* blieben. Zu Seshmosis' Schadenfreude würde Jabul das Festmahl entgehen.

Die Tajarim hatten sich mehr oder weniger fein gemacht. Seshmosis trug sein bestes Gewand und Nostr'tut-Amus den prächtigen, mit goldenen Sternen bestickten Umhang von Glaukos.

Als die Sonne die Baumwipfel im Westen berührte, brachen sie vom Strand auf. Kaum hatten sie den Wald betreten, tat sich vor ihnen plötzlich eine Schneise auf. Links säumten lebendige Löwen, rechts Wölfe den Weg und verwandelten ihn in eine fantastische Allee. Seshmosis triumphierte innerlich. Nun sahen alle, dass er nicht gelogen hatte.

Bald schon erreichten sie eine Lichtung, auf der ein prachtvoller Palast stand. Kein Mensch war zu sehen, doch aus seinem Innern drang der wunderschöne Gesang einer Frauenstimme. Als sie sich dem goldenen Tor näherten, schwang es wie von Zauberhand auf.

Vier Dienerinnen nahmen die Tajarim in Empfang und führten sie in eine festlich geschmückte Halle. Darin stand eine lange Tafel, gesäumt von thronartigen Sesseln mit purpurnen Kissen und Lehnen. Vier nymphengleiche Frauen hießen sie Platz nehmen und servierten Essen auf goldenen Platten und in goldenen Körben. Dazu reichten sie honigartigen Wein in silbernen Bechern.

Seshmosis kam sich vor wie in einem Traum. Selbst am Hofe des Pharao konnte es nicht prunkvoller zugehen.

Dann erschien endlich die Herrin des Hauses. Kirke trug ein smaragdgrünes Kleid aus feinstem Stoff aus den Ländern jenseits von Babylon. Darauf war ein seltsames Wesen gestickt, das aussah wie eine geflügelte Echse, die Feuer spie.

Kirke begrüßte ihre Gäste freundlich und forderte sie auf, sich an den Speisen und Getränken zu laben. Sie selbst nahm nichts zu sich und musterte stattdessen lange jeden Einzelnen. Schließlich blieb ihr Blick an El Vis hängen.

Auf einmal begann Kirke zu singen, und es war der gleiche wunderbare Gesang, den sie schon draußen gehört hatten. Aber diesmal galt der magische Klang ihrer Stimme nur einer einzigen Person im Raum – El Vis. Wie von einem Zauber erfasst, erhob sich der Sänger und fiel in Kirkes Gesang ein. Die beiden Stimmen verschmolzen ineinander zu einer Melodie von unbeschreiblicher Innigkeit und Harmonie. Die Gäste unterbrachen das Essen und lauschten der wunderbaren Musik. Nur Kalala warf El Vis giftige Blicke zu. Es war eindeutig, Kirke bezirzte El Vis.

Von Eifersucht überwältigt, sprang die Prinzessin auf und schrie: »Was singst du dieses zauberische Weib an? Merkst du denn nicht, dass sie dich um den Finger wickeln will?«

El Vis hielt überrascht in seinem Gesang inne. Kirke schaute Kalala mit blitzenden Augen an wie eine Raubkatze kurz vor dem Sprung.

Inzwischen hatte auch der letzte Gast in der Halle bemerkt, dass etwas Bedrohliches vor sich ging.

Die Dienerinnen versteckten sich ängstlich hinter Säulen. Seshmosis hielt den Atem an.

»Gefällt dir etwa der Gesang nicht, schwarze Prinzessin?«, fragte Kirke lauernd.

»Der Gesang gefällt mir wohl«, entgegnete Kalala kühl. »Allein die Besetzung des Duetts behagt mir nicht.«

»Betrachte dies als Intermezzo bei Tisch, als Musik, flüchtig wie der Schall, der nur noch kurz als Echo existiert. Es diente der Unterhaltung, mehr nicht.«

Ein hörbares Aufatmen ging durch die Runde, und die Tajarim widmeten sich wieder genüsslich dem üppigen Mahl.

Kalala beruhigte sich, nur das Lodern in ihren Augen verriet, dass sie wachsam blieb. Die Prinzessin von Gebel Abjad, die schwarze Perle Nubiens, hatte ihre Krallen immer noch in Bereitschaft.

Als der letzte Gang serviert und das Geschirr abgetragen war, erhob sich Kirke und sprach zu ihren Gästen:

»Jeden, der Aiaia betritt, hat das Schicksal hierhergebracht. Denn wer meine Insel finden will, wird ein Leben lang vergebens suchen. So sind alle, die zu mir kommen, meine Gäste. Lasst mich nun das Orakel befragen, was euch zu mir geführt hat.«

Mit diesen Worten warf die Zauberin ein Bündel Kräuter in ein Becken mit glühenden Kohlen auf einem Dreifuß.

Weißer Rauch stieg empor und formte sich zu Wolken, die Schafen glichen. Konzentriert blickte Kirke in das Gebilde und verscheuchte schließlich mit einer Handbewegung die letzten Rauchfetzen. Dann wandte sie sich wieder ihren Gästen zu:

»Das Orakel hat gesprochen. Das Festmahl ist damit beendet. Ihr könnt nun zu eurem Schiff zurückkehren. Den Seher, den Schreiber, den Blinden und den Knaben bitte ich jedoch noch zu bleiben.«

Worte des Dankes murmelnd, erhoben sich die Tajarim und verließen die Halle. Gespannt wartete Seshmosis, was nun kommen würde.

»An manchen Tagen offenbart sich ein wenig von dem unerfindlichen Ratschluss der Götter«, verkündete Kirke. »Vor allem, wenn es um Menschen mit besonderen Talenten oder ungewöhnlichen Schicksalen geht.«

Aus den Augenwinkeln beobachtete Seshmosis Skamandrios, doch der Junge wirkte unbeteiligt wie immer.

Kirke gab einer Dienerin einen Wink, die daraufhin einen Becher brachte. In diesen goss die Zauberin etwas Wein, den sie mit Wasser verdünnte. Dann streute sie aus einem kleinen Flakon ein Pulver hinein und verrührte es mit einem langstieligen Löffel.

»Trink, Knabe!«, sagte sie und reichte Skamandrios den Becher. »Trink alles!«

Der Junge leerte ihn in einem Zug, dann schaute er Kirke fragend an.

»Dein Schweigen ist nicht mehr lange vonnöten. Wenn du meine Insel verlassen hast und sie hinter dem Horizont versunken ist, wirst du die Sprache wieder finden. Geht nun zu euren Freunden.«

Mit diesen Worten verabschiedete Kirke die kleine Gruppe und entließ sie in die Nacht.

Am nächsten Vormittag bereitete Seshmosis trotz der Geschäftigkeit am Strand die ›Stunde des Dankes‹ vor. Während um ihn herum Bretter und Balken bearbeitet wurden, fegte der Prophet mit einem Reisigbündel sorgfältig den Platz vor einem großen Stein. Auf diesem stand der Schrein von GON.

Mit Freude registrierte Seshmosis, dass sich die Tajarim vollzählig versammelt hatten; auch die Phönizier unterbrachen ihre Arbeit.

Während Seshmosis das Dankgebet sprach, schwebte über dem Schrein ein kleiner Feuerwirbel. GON brauchte nicht den Rauch verbrannter Opfertiere, um seinen Gläubigen zu zeigen, dass er bei ihnen war.

Nach der Andacht schlenderte Seshmosis am Waldrand entlang und beobachtete aus der Ferne die Reparaturarbeiten an der *Gublas Stolz*. Am Strand entdeckte er Homeros und Nostr'tut-Amus, die heftig miteinander diskutierten. Seshmosis bedauerte, dass sich seine Freundschaft zu dem blinden Dichter so abgekühlt hatte, aber es missfiel ihm, wie dieser Odysseus nach dem Mund redete. So sehr er auch Homeros als Autor schätzte, so sehr enttäuschte ihn dessen Käuflichkeit.

Seshmosis beschloss, beim abendlichen Lagerfeuer noch einmal mit dem Dichter zu reden und ihm zu erzählen, was wirklich auf der Insel der Kyklopen geschehen war.

Plötzlich sah er etwas auf dem Meer, und in diesem Augenblick wusste Seshmosis, dass er am Abend nicht mit Homeros reden würde, zumindest nicht über Polyphem und sein freundliches Volk. Denn der wohl bekannte blauschnäblige Segler des Odysseus näherte sich der Bucht. Angestrengt suchte Seshmosis den Horizont nach weiteren Schiffen ab, doch es tauchte keines mehr auf. Von der achäischen Flotte war nichts zu sehen.

Als das Schiff anlegte, stellte der Schreiber fest, dass es schwer beschädigt war. Und auch die Männer machten einen mitgenommenen Eindruck. Einige waren so schwer verletzt, dass Elimas hinzueilen musste, um ihnen mit seinen Heilkünsten zu helfen.

Auch Odysseus wirkte erschöpft und war sichtlich am Ende seiner Kräfte. Mit einigen seiner Krieger hinkte er zu einem der Feuer und ließ sich stöhnend nieder.

»Wurdet Ihr auch Opfer des furchtbaren Sturms?«, fragte Uartu den Fürsten.

Seshmosis hegte ebenfalls den Verdacht, dass Barsils nächtlicher Diebstahlversuch der Flotte des Odysseus Schaden zugefügt hatte.

Doch der Achäer wehrte müde ab.

»Auch wenn unsere Schicksale verknüpft sein mögen, scheinen euch die Götter doch nicht so sehr zu hassen wie mich. Seht, was mir von meiner stolzen Flotte blieb: ein einziges Schiff und fünfundvierzig Mann. Alle anderen sind verloren!«

Uartu reichte Odysseus einen Weinschlauch, und der nahm einen kräftigen Schluck, bevor er fortfuhr: »Nachdem wir Aiolis verlassen hatten, führten uns günstige Winde Richtung Heimat. Doch plötzlich brach ein Sturm über uns herein, den aber alle Schiffe gut überstanden, obwohl wir arg vom Kurs abkamen. Zu unserer Freude entdeckten wir bald eine steil aufragende Küste und die Mündung eines Flusses. Dort ruderten wir unsere Schiffe hinein und fanden einen Hafen mit einer Stadt vor hohen Bergen. Rundum geschützt, ankerten wir und wollten unsere Vorräte ergänzen.«

Der Fürst unterbrach, um seinen großen Durst zu löschen. Dann gab er Uartu den leeren Schlauch zurück.

»Mehr davon! Dann will ich euch weiter berichten, wie es uns bei den Laistrygonen erging.«

Seshmosis kramte in seinem Gedächtnis, doch von einem Volk dieses Namens hatte er noch nie gehört. Bei den Achäern gab es seiner Meinung nach sowieso viel zu viele kleine Reiche und regionale Könige. Da bevorzugte er doch Ägyptens Einheit mit einem einzigen Pharao an der Spitze. Dazu kam, dass diese Könige meist selbst nicht wussten, mit wem sie gerade noch verbündet waren und mit wem schon wieder nicht mehr.

Uartu reichte Odysseus einen weiteren Weinschlauch, und der Fürst fuhr mit seiner Erzählung fort.

»Drei Männer schickte ich aus zu erkunden, wer Herr in diesem Land sei. Diese wurden auch schnell fündig, und man brachte sie zu einem großen Haus, wo man sie zu dem König Antipathes führte. Doch dieser Gigant hielt sich nicht mit langen Reden auf, sondern packte meinen Gefährten, stopfte ihn in sein riesiges Maul und verspeiste ihn.«

Die Zuhörer gaben Entsetzensschreie von sich, und Homeros rief:

»Wie bei Polyphem, dem Kyklopen! Ihr zieht die Gefahren an wie kein Zweiter, edler Fürst. Doch sicher habt Ihr auch diese Ungeheuer in ihre Schranken verwiesen.«

Seshmosis warf Homeros ob dieser unterwürfigen Lobhudelei einen verächtlichen Blick zu. Dem Schreiber schwante, dass Odysseus wieder einmal seine Version der Wahrheit erzählte, die mit der Wirklichkeit nicht viel zu tun hatte. Dennoch hörte er der Erzählung weiter gespannt zu.

»Meine beiden anderen Männer stürmten in wilder Flucht zu den Schiffen. In der ganzen Stadt brüllten die Laistrygonen, dieses verfluchte Volk, und sie kamen aus ihren Häusern und Verstecken und warfen Felsbrocken auf unsere Schiffe. Viele meiner tapferen Männer wurden davon zermalmt oder versanken im stillen Wasser der Bucht, und ich sage euch, dies war noch ein gnädiges Los. Denn wen von meinen Kriegern die Unholde erwischten, den durchbohrten sie wie Fische und fädelten sie Leib an Leib auf eine Hanfschnur und schleppten sie zum Königspalast. Mir blieb nur noch, mein Schwert zu zücken und das Tau zu kappen, das uns am Kai festhielt. Mit aller Kraft ruderten wir aus dem Hafen und erreichten schließlich das freie Meer. Doch elf Schiffe und über siebenhundert Mann fielen den Menschen fressenden Giganten zum Opfer.«

Grauen und Schaudern ergriff die Zuhörer, und sie bedauerten Odysseus, dem all das Schreckliche widerfahren war. Seshmosis dagegen dachte sich: *Der Lügenfürst hat sich wieder einmal selbst übertroffen. Höchstwahrscheinlich wollten sie die Stadt der Laistrygonen plündern, gerieten dabei an die Falschen und erlitten eine fürchterliche Niederlage.*

Sein Mitleid hielt sich daher in Grenzen. Aber Homeros würde sicher begeistert sein, welch weiteren grandiosen Stoff ihm Odysseus für sein neues Epos lieferte.

Als sich die Blicke des Fürsten und des Schreibers zufällig trafen, glaubte Seshmosis eine unausgesprochene Drohung in den Augen von Odysseus zu erkennen. Wortlos stand der Tajarim auf und ging an Bord der *Gublas Stolz*.

Zwei Dienerinnen von Kirke kamen aus dem Wald zum Strand und fragten nach dem Fürsten Odysseus.

Die Zauberin wusste wirklich über alles Bescheid, was auf ihrer Insel vor sich ging. Seshmosis war sich sicher, dass sie den Namen und die Lebensgeschichte jedes Einzelnen kannte, egal ob Tajarim, Phönizier oder Achäer. Er empfand eine ungeheuere Hochachtung gegenüber dieser Frau, aber auch Angst.

Die beiden Dienerinnen trugen kurze, türkisfarbene Tuniken und Sandalen, die bis unters Knie geschnürt waren. Man führte sie zu Odysseus.

»Edler Odysseus, Sohn des Laertes, Fürst von Ithaka, unsere Herrin Kirke lädt Euch zu einem Festmahl. Sie würde sich freuen, Eure Bekanntschaft zu machen«, sagte eine der Frauen, und mit einem Seitenblick auf die achäischen Krieger, die sie begehrlich betrachteten, fügte sie hinzu »Und nur Eure Bekanntschaft. Bitte begebt Euch kurz vor Sonnenuntergang zum Palast.«

Dann verschwanden sie ebenso feengleich, wie sie gekommen waren.

Sechs der Achäer verständigten sich stumm mit Blicken und Handzeichen und folgten heimlich den Frauen. Nachdem sie ihnen eine Zeit lang durch das Dickicht hinterhergeschlichen waren, stürmten sie auf einmal los.

Mit den Worten: »Halt, ihr Schönen! Wollt ihr nicht ein paar starke Krieger kennen lernen?« versperrte einer der Achäer den beiden den Weg, während seine Kameraden die Frauen von hinten ergriffen.

»Solche Männer wie uns gibt es auf eurer Insel bestimmt nicht. Wir sind die Sieger von Troja!«

Erstaunlicherweise zeigten die beiden Dienerinnen keine Reaktion, auch nicht, als ihnen die Achäer die Kleider vom Leib rissen. Gerade wollte sich der erste Krieger auf die Entblößten werfen, als hinter ihm ein fürchterliches Brüllen grollte. Erschrocken blickten sich die Männer um. Ein riesiger Löwe mit gewaltiger Mähne stand auf einmal da und fletschte seine Zähne. Als er fauchend auf die Achäer zukam, ließen diese die Frauen los. Doch die machten keine Anstalten zu fliehen. Ganz ruhig sammelten sie ihre zerfetzten Kleider ein und stellten sich wartend neben einen Baum. Wieder brüllte der Löwe, und die Achäer versuchten sich langsam rückwärts zu entfernen. Doch eine Stimme ließ sie erstarren.

»Viel hörte ich schon, wie des Odysseus' Männer die Gastfreundschaft schätzen. Viel hörte ich, wie sie Freundlichkeit mit Gewalt und Blut vergelten. Ihr verdient es wahrlich, dafür belohnt zu werden!«

Entgeistert schauten die Krieger auf Kirke, die wie aus

dem Nichts erschienen war. Der Löwe saß ruhig neben ihr, zeigte aber immer noch die Zähne.

»Weil ihr so höflich und zuvorkommend meinen Dienerinnen gegenüber wart, will ich euch als Dank eine angemessene Gestalt verleihen!«

Kirke schrieb mit der Hand einige imaginäre Zeichen in die Luft. Daraufhin sanken die Männer langsam zu Boden und begannen, auf allen vieren zu kriechen. Ihre Münder formten sich zu grunzenden Rüsselschnauzen, und überall durchbohrten Borsten ihre rosige Haut. Ihre Hände und Füße verwandelten sich in gespaltene Hufe, und in ihren Nacken wölbte sich eine dicke Speckschicht.

Zufrieden blickte Kirke auf ihr Werk. Dann befahl sie ihren Dienerinnen: »Treibt die Schweine in den Koben und werft ihnen Bucheckern vor, auf dass auch sie Anteil haben am Festmahl, das ich ihrem Fürsten bereiten werde.«

Am Abend loderten die Feuer am Strand von Aiaia. Die erheblich geschrumpfte Truppe der Achäer hielt sich abseits der Tajarim auf und wartete auf die Rückkehr ihres Anführers von seinem Besuch bei der Herrin der Insel. Bisher war noch keinem aufgefallen, dass sechs ihrer Kameraden fehlten.

Seshmosis lauschte mit seinen Gefährten wehmütig den Liedern von El Vis, Mumal und Elimas, und sie träumten dabei, endlich wieder nach Hause zu kommen. Leise sang der Schreiber mit: »Trommeln der Inseln, ich höre euch rufen, und ich kehre für immer heim.«

Wie sehr wünschte er sich, wieder daheim zu sein. Morgen sollte es endlich weitergehen. Nach Lebedus und dann nach Byblos und in sein Zimmer in Kalalas Palast. Kein Krieg mehr, keine Irrfahrt von Insel zu Insel, kein schaukelndes Schiff und vor allem keine tobenden Stürme. Keine größeren Aufregungen mehr als ab und zu ein Tintenfleck auf dem Gewand oder ein bisschen Ärger mit Raffim.

Plötzlich stampfte vom Wald her eine dunkle Gestalt auf das Lagerfeuer zu, an dem Seshmosis saß.

»Warum habt ihr mich nicht vor dieser Hexe gewarnt?«, rief ihnen Odysseus wütend entgegen.

Seshmosis war neugierig, beschloss aber vorerst zu schweigen. Gespannt wartete er, was für eine haarsträubende Geschichte der Fürst diesmal erzählen würde.

»Dieses trügerische Weib ließ mir auftragen wie einem König und umgarnte mich wie ihren Liebsten. Mit Honigworten verstopfte sie mir die Ohren und weckte die Sehnsüchte eines Mannes in mir.«

»Das klingt für mich aber gar nicht bösartig«, bemerkte Nostr'tut-Amus.

»Dann höre, was mir darauf geschah! Gerade als die Dienerinnen der Kirke ein Bad für mich richteten, um mich für die Nacht vorzubereiten, säuselte mir die Zauberin ins Ohr, ich solle noch einmal in die Dunkelheit hinaustreten, die Sterne zu betrachten. Willig folgte ich ihr mit entbrannter Begierde. Da führte sie mich zu einem Koben und deutete auf sechs Schweine darin. ›Sieh, das sind Kameraden von dir. Möchtest du gerne bei ihnen sein?‹, fragte sie zuckersüß und bedrohlich zugleich. Ich wollte nicht glauben, dass dieses borstige Viehzeug edle Achäer seien, und hielt die Sache für einen üblen Scherz. Doch da berührte die Hexe ein Schwein mit einer Rute, und plötzlich stand Elpenor vor mir, mein jüngster Krieger. Ihr könnt euch sicher meinen Schreck vorstellen.«

Die Tajarim am Lagerfeuer nickten einmütig, und Odysseus, der während seiner Erzählung Platz genommen hatte, fuhr fort.

»Entsetzt fragte ich Elpenor, was geschehen sei, und er berichtete mir, dass er und seine Kameraden mit den Dienerinnen der Kirke nur hatten scherzen wollen. Doch diese haben sie augenblicklich in Schweine verwandelt. Wütend wandte ich mich an die Hexe, doch sie verhöhnte mich nur und drohte mir, mich wie meine Männer augenblicklich in ein Schwein zu verzaubern. Da zog ich es vor, wieder hierherzugehen, um einen Plan zu fassen, wie ich meine Männer retten kann.«

Die Tajarim am Feuer murmelten zustimmend. Außer Seshmosis, der ahnte, dass die Achäer den Dienerinnen Gewalt angetan hatten und zu Recht bestraft worden waren.

Nachdem Odysseus sich wieder etwas beruhigt hatte, erhob sich Nostr'tut-Amus und wandte sich an ihn: »Edler Fürst, morgen werden sich unsere Wege endgültig trennen. Wir wollen in aller Frühe lossegeln. Ich würde Euch aber gern noch unter vier Augen sprechen. Es gibt da etwas, das Ihr wissen solltet.«

Neugierig ging Odysseus mit dem Seher ein Stück abseits in die Dunkelheit.

»Wisset, Fürst, von Zeit zu Zeit führe ich das ›Ritual des Thot‹ durch, um einen Blick in die Zukunft zu erheischen. Eigentlich wollte ich wissen, ob unsere Reise glücklich enden würde, doch ich sah auch Euch in meinen Visionen. Falls Ihr interessiert seid, könnte ich sie Euch mitteilen.«

Natürlich war Odysseus interessiert.

»Gut, dann will ich Euch berichten, was ich sah. Allerdings müsst Ihr bedenken, dass die Visionen nicht unbedingt in der Reihenfolge eintreten, in der ich sie hatte. Manches gerät durcheinander, und vieles ist nur vage.«

»Erzähl schon!«, drängte ihn der Fürst ungeduldig.

»Ich sah Euch mit Kirke das Lager teilen.«

»Unmöglich! Niemals werde ich in den Armen dieser Hexe liegen!«, unterbrach ihn Odysseus.

»Ich erzähle nur, was ich sah. Wollt Ihr es hören oder nicht?«

»Schon gut, sprich weiter!«

»Ich sah auch, dass das gemeinsame Lager lange währte und nicht ohne Folgen blieb. Ein Kind wird dieser Verbindung entspringen, und es wird den Namen Telegonos tragen.«

»Bist du mit dieser Hexe im Bunde?«, fragte Odysseus drohend. »Du willst mich wohl in ihre Arme treiben.«

»Wenn Ihr mir nicht glaubt, dann kann ich ja wieder zu meinen Freunden ans Feuer gehen und mich wärmen.«

»Nein, fahr fort!«, hielt der Fürst den Seher zurück.

»Wenn Ihr nach Jahr und Tag diese Insel verlasst, so werden Euch viele Schrecknisse begegnen. Ihr werdet in den Hades hinabfahren, bevor Ihr gestorben seid. Ihr werdet wiederkommen und all Eure Männer verlieren, bevor

Ihr in den Armen einer weiteren Zauberin landet, die Euch viele Jahre umgarnen wird.«

»Jetzt hast du dich endgültig als Scharlatan entlarvt!«, hohnlachte Odysseus. »Kein Lebender kann in den Hades hinabsteigen, und keiner kann aus ihm zurückkehren!«

Nostr'tut-Amus sah den Fürsten verächtlich an, dann drehte er sich ohne ein weiteres Wort um und ließ ihn in der Dunkelheit stehen.

Bei Tagesanbruch verließ die *Gublas Stolz* Aiaia und segelte der Sonne entgegen. Zephyros, der Sohn des Windgottes, half ihnen mit einer kräftigen Brise, sodass sie zügig vorankamen.

Seshmosis saß an Deck und genoss das Gefühl, Richtung Heimat zu fahren. Nostr'tut-Amus hatte ihm verraten, dass Odysseus mit seinen letzten übrig gebliebenen Gefährten noch sehr lange bei Kirke bleiben und ihnen nicht mehr in die Quere kommen würde. Eine Bewegung neben ihm schreckte Seshmosis aus seinen Gedanken. Es war der junge Skamandrios, der sich wortlos neben ihn setzte. Der Schreiber erinnerte sich an die Worte der Zauberin und wartete gespannt.

Nach einer Weile sagte der Junge unvermittelt: »Danke, dass du mich mitgenommen hast. Ich denke, sie hätten mich erwischt und getötet.«

»Deine Tante Kassandra bat mich darum, und ihr konnte ich nichts abschlagen. Außerdem glaube ich, dass du über mehr Talente verfügst, als Lammspieße zu rösten.«

»Homeros meint, dass er meine Hilfe braucht. Und ich kann ja lesen und schreiben«, sagte Skamandrios stolz.

»Ihr beide seid ein gutes Gespann. Und jetzt, wo Homeros ein neues Epos dichten will, ist er auf deine Hilfe angewiesen.«

»Vielleicht kehre ich eines Tages in die Troas zurück. Wenn ich ein Mann geworden bin, will ich sehen, was noch da ist. Vielleicht kann man die Stadt wieder aufbauen. Immerhin ist mein zweiter Name Astyanax, das bedeutet ›Beschützer der Stadt‹. Ich denke, das ist der Grund, warum meine Tante unbedingt wollte, dass ich gerettet werde. Sie hat in ihren Visionen etwas gesehen, wofür ich gebraucht werde.«

»Kassandra hat viel für dich riskiert, sogar mehr als ihr Leben. Sie hat es gewagt, gegen die Vorsehung zu handeln, und damit die Götter herausgefordert. Allein um ihretwillen solltest du zurückkehren. Die Gegend wird gute Männer brauchen, um wieder zu erblühen«, mutmaßte Seshmosis. »Ich glaube auch nicht, dass sich die Achäer noch einmal auf so einen Wahnsinn einlassen. Ihr werdet eure Ruhe vor ihnen haben.«

»Das wäre gut. Ich möchte die Gegend und den Fluss, der mir meinen Namen gab, so gerne wieder sehen.«

Seshmosis nickte, er konnte den Jungen gut verstehen.

Einige Tage später landeten die Tajarim im Hafen von Lebedus. Die Stadt, die einst einer der westlichsten Vorposten des Hethiterreiches gewesen war, zeigte sich geschäftig und lebendig wie eh und je.

Skamandrios führte Homeros von Bord der *Gublas Stolz*, und Seshmosis besorgte einen Träger, der das überschaubare Hab und Gut des Dichters in dessen Heimatstadt Kolophon bringen sollte. Durch seinen Vorschuss von Odysseus für das neue Epos verfügte Homeros über genug Geld, um sich und Skamandrios ein sorgenfreies, bequemes Leben leisten zu können. Seshmosis verabschiedete sich von dem blinden Dichter und dem Jungen und wünschte ihnen eine friedliche Zukunft.

Derweil kümmerte sich Uartu um Proviant und Frischwasser für die weitere Reise. Nachdem alles an Bord gebracht worden war, nahm die *Gublas Stolz* Kurs auf die südlich gelegene Insel Samos.

Eines Abends, die Tajarim hatten die Insel Samos längst passiert, lag Seshmosis unter Deck, als ihm GON erschien. Er kam als die vertraute, rot getigerte Katze.

»Es ist an der Zeit, die Zeit zu wechseln«, sagte er bedeutungsvoll.

»Wird es wieder mit einem schrecklichen Sturm geschehen?«, fragte Seshmosis ängstlich.

»Nein, kein Sturm diesmal, eher ein sanftes Gleiten. Hoffe ich wenigstens«, antwortete die Katze.

»Wie funktioniert das eigentlich, in der Zeit zu reisen?

Bisher erschien mir die Abfolge unverrückbar. Der Tag geht, die Nacht kommt, die Nacht geht, der Tag kommt, immer wieder, einer nach dem anderen.«

»Das kommt auf das jeweilige Konzept an. Das Konzept der linearen Zeit sagt, dass die Gegenwart sich immer in der gleichen Geschwindigkeit von Zukunft in Vergangenheit verwandelt. Und dass auf das Gestern das Heute und dann das Morgen folgen. Das ist eine Konvention, eine Übereinkunft, die von den meisten akzeptiert wird. Aber ich war schon immer etwas unkonventionell, wie du weißt. Deshalb nehme ich mir ab und zu die Freiheit, die Reihenfolge der Zeit den Notwendigkeiten anzupassen.«

»Es liegt also an dir, dass es so geschieht?«, fragte Seshmosis.

»Ja, es liegt an mir«, bestätigte die Katze stolz und verschwand.

Seshmosis stand auf und ging an Deck. Er wollte das bevorstehende wichtige Ereignis unbedingt sehen.

Seshmosis stand an der Reling und schaute nach vorn, wo irgendwo in der Dunkelheit Rhodos liegen musste. Dann sah er auf zu den Sternen. Und dann hörte er sie. Zweifellos, sie sangen! Es war ein anderer Gesang als der von El Vis oder Kirke. Es war ein Gesang, der unter Umgehung der Ohren direkt ins Herz ging.

Das Singen der Sterne trug Seshmosis davon, bis es keinen Raum mehr gab und keine Zeit. Die Bilder in ihm wirbelten in bunten Farben, und er sah sich als Kind in der Schreibstube seines Vaters. Und er sah seinen Vater als Kind an der Hand seiner Großmutter am Ufer des Nils.

Und dann sah er den Nil als Kind, das sich ungestüm seinen Weg durch die Berge brach, in die Täler floss und das Land zum Grünen brachte. Und er sah die Berge als Kinder, wie sie sich aus der Ebene erhoben und größer wurden und zum Himmel wuchsen. Und er sah die Welt als Kind, das sich im Licht seiner Mutter Sonne wärmte. Und die Sonne war ein Kind unter Kindern, ein Stern unter Sternen.

Zollinspektor Hiram, genannt »Die Spürnase«, war einer der Lieblinge von Qazabal, dem Fürsten von Byblos, weil er stets für Nachschub in dessen immer hungriger Kasse sorgte. Als ihm sein hethitischer Assistent Hantili meldete, dass soeben die *Gublas Stolz* im Hafen eingetroffen sei, nahm Hiram seine Unterlagen zur Hand.

Schnell fand er heraus, dass das Schiff in Byblos registriert war und einer dieser neumodischen AGs, dieser Anteilsgesellschaften gehörte. Jeder glaubte, er brauche nur ein paar Zettel zu kaufen und werde im Handumdrehen reich werden. Der Zollinspektor bevorzugte Klarheit – ein Schiff, ein Eigner und basta! Mehrere Besitzer bedeutete für ihn nur, dass nicht einer, sondern gleich eine ganze Bande versuchte, ihn zu betrügen. Mit dieser festen Überzeugung betrat er die *Gublas Stolz*.

»Hantili, trommle die Eigner zusammen und lasse sie neben dem Mast antreten«, befahl Hiram seinem Assistenten.

Zerberuh, Raffim, Barsil, Mani und Kalala fanden sich teils angespannt, teils gleichgültig ein. Zerberuh und Kalala hatten ein reines Gewissen, weil sie Waren weder gekauft noch verkauft hatten. Die drei Händler dagegen waren sichtlich nervös.

Hiram erkannte sofort, wer seine »Kunden« waren, und richtete deshalb seine Ansprache ausschließlich an Raffim, Barsil und Mani.

»Ich weiß, dass ihr betrügen wollt. Ihr denkt, der Fürst Qazabal wird es schon nicht merken, wenn ihr wertvolle Dinge heimlich in die Stadt bringt. Aber da täuscht ihr euch! Denn ich, Hiram, bin das Auge des Fürsten, und mir entgeht nichts! Egal, was ihr schmuggeln wollt und wo ihr es versteckt habt, ich werde es finden! Und wenn ihr nicht kooperiert, lasse ich euer Schiff auseinandernehmen, bis kein Teil davon mehr größer ist als ein Zahnstocher!«

Seshmosis, der die Szene von der Reling aus verfolgte, amüsierte sich köstlich. Raffims Schweißausbruch war deutlich zu sehen. Er gönnte es den dreien, dass sie jemand einmal so richtig in die Zange nahm.

Raffim beschloss in seiner Angst, alles anzugeben, was er mitführte. Zu seinem Trost hatte er ja bei der Ausfuhr des Meteoreisens den ganzen Zoll gespart. Die anderen beiden taten es ihm zähneknirschend gleich. Allerdings deklarierten sie die berauschenden Lotosfrüchte als überschüssigen Proviant und konnten so die Drogen völlig legal und zollfrei einführen.

»Also gut«, sagte Hiram zufrieden. »Mein Assistent wird euch ein Papier geben, auf dem steht, was jeder von euch zu bezahlen hat. Damit geht ihr zur Hafenmeisterei und entrichtet die Gebühren!«

Da fiel der Blick des Zollinspektors auf den vergessenen Windsack des Gottes Aiolos, der immer noch am Mast hing. Mit den Worten »Und was haben wir denn noch da« löste er die silberne Schnur. Da ergriff eine plötzliche Windbö Hiram und warf ihn über Bord ins Wasser.

Die Tajarim brachen in schallendes Gelächter aus, und einer der phönizischen Seeleute hielt dem um Hilfe schreienden Zöllner ein Ruder hin, damit dieser sich daran festhalten konnte.

Derweil entdeckte Seshmosis neben dem Mast eine transparente Gestalt aus Luft, die nur durch die Brechung des Lichts sichtbar wurde. Neugierig näherte er sich und erkannte Eidona, die jüngste Tochter des Windgottes.

»Wie kommst du denn hierher?«, fragte Seshmosis verwundert.

»Ich bin heimlich mit in den Sack geschlüpft. Als meine Brüder plötzlich ausbrachen, blieb ich zurück, weil ich die Stürme nicht noch verstärken wollte. Doch irgendjemand hat die Schnur dann wieder fest zugebunden, sodass ich gefangen war.«

Seshmosis fühlte Mitleid mit dem ungewöhnlichen Geschöpf und fragte: »War es schlimm, die ganze Zeit in diesem Sack gefangen zu sein?«

Einige Luftwirbel formten ein Lächeln in Eidonas Gesicht, als sie antwortete: »Nein, keineswegs. Wir Windgeister schlafen sehr viel, wenn wir nicht wehen. Die Windstille ist unsere Traumzeit.«

»Schön, dass du nun wieder frei bist und nach Hause

zurückkehren kannst. Grüße bitte deine Familie von mir und habt alle noch einmal Dank für eure Hilfe!«, rief ihr Seshmosis nach, während der glitzernde Luftwirbel Richtung Westen aufs offene Meer verschwand.

Seshmosis saß in seinem Zimmer in Kalalas Palast und freute sich. Nicht nur, dass er endlich wieder zu Hause war, sondern auch, dass er mehr besaß als jemals zuvor. Die Prinzessin hatte ihm nämlich seinen Anteil am Gewinn der Fahrt ausbezahlt. Seshmosis war gar nicht klar gewesen, dass alle am Profit beteiligt wurden, nicht nur die Schiffseigner. So sah er sich nicht nur im Besitz eines Replikats des Amuletts von Phaistos, einer kleinen Statuette der Göttin Hera und eines Anhängers in Form eines göttlichen Donnerkeils, und das alles aus massivem Gold, sondern auch eines Beutels mit reichlich Gold- und Silberstücken. Während er schon zum dritten Mal glücklich seinen Anteil zählte, erschien GON auf seinem Schrein.

»Nun, bist du zufrieden?«, fragte die rot getigerte Katze.

»Ja, ich hätte nie gedacht, dass sie mir etwas abgeben.«

»Ich meinte nicht das Geld, mein lieber Prophet. Ich dachte eher an die Reise.«

»Es war sehr aufregend«, antwortete Seshmosis. »Und ich weiß gar nicht, wie lange wir unterwegs waren. Hier in

Byblos sagen sie, wir wären ein halbes Jahr weg gewesen, aber mir kommt es viel länger vor.«

»Du kennst ja inzwischen die Tücken der Zeit«, kommentierte die Katze nur und fuhr fort: »Du hast deine Aufgaben gut gemeistert. Nicht nur, dass du Skamandrios gerettet und dadurch ein neues Troja ermöglicht hast. Du kannst nun auch berichten, was vor Troja und bei der Heimfahrt des Odysseus wirklich geschah. Es wäre doch schade, wenn die Menschheit nur von Homeros erfahren würde, wie es angeblich gewesen ist.«

»Herr, du meinst, ich soll die ganze Reise aufschreiben?«, fragte Seshmosis beunruhigt. »Das ist aber eine gewaltige Aufgabe!«

»Du kannst es dir doch jetzt leisten, dich diesem Vorhaben zu widmen.«

Seshmosis wusste, dass es zwecklos war, mit GON in dieser Angelegenheit weiter zu verhandeln, und er ergab sich seinem Schicksal.

»Ich würde gern noch wissen, wie es den Leuten ergangen ist, die ich auf der Reise kennen gelernt habe«, wandte er sich daher einem anderen Thema zu.

»Ich denke nicht, dass du das wirklich wissen willst«, entgegnete der kleine Gott.

»Doch! Ich bin neugierig.«

»Dann soll dein Wille geschehen!«, rief GON, und vor Seshmosis' Augen explodierten Farben. Seine Gedanken rasten durch einen Strudel von Landschaften und Gesichtern. Er sah Kassandra, wie sie im Tempel die Statue der Göttin Athene umklammerte und von Aias vergewaltigt wurde. Plötzlich stand Seshmosis inmitten des Meeres auf einem sturmumtosten Riff. Donnerkeile zertrümmerten die Schiffe des Lokrers, und der selbst kämpfte um sein Leben. Gegen das Brüllen des Sturmes verhöhnte Aias die Götter, bis ihn schließlich Poseidon vernichtete. Und Seshmosis wurde weitergerissen in einen achäischen Palast. Er sah Agamemnon, den König von Mykene, im Bad. Zwei Frauen traten von hinten an ihn heran. Die eine war seine Gattin Klytaimestra, die andere die versklavte, geschändete Kassandra. Und Seshmosis musste zusehen, wie sie den Heerführer der Achäer erwürgten und gleichzeitig ertränkten. Auf einmal befand sich Seshmosis an Bord eines Schiffes, das einem schweren Sturm trotzte, und er hörte Menelaos zu Helena sagen, sie solle sich nicht grämen, dass man sie beide aus der Heimat gejagt hätte und sie nun schon sieben Jahre auf dem Meer umherirrten, es sei alles der Götter Wille. Und Seshmosis wurde weitergerissen in eine steinige Ödnis und sah Diomedes weinend auf einem Fels sitzen und sein Schicksal beklagen. Sein treuloses Weib hatte nicht nur Ehebruch begangen, sondern auch dafür gesorgt, dass man ihn hierherverbannt hatte. Und Seshmosis' Geist flog nach Kreta, um Idomeneus zu begegnen. Der hatte in einem Sturm Poseidon für seine Rettung gelobt, als Dank die erste Person, die er bei seiner Rückkehr treffen würde, zu opfern. So lag nun sein eigener Sohn Idamant auf dem Altar, und Idomeneus führte weinend das Opfermesser. Seshmosis stand noch einmal in der Ebene vor Troja und erblickte Kalchas und Mopsos, die beiden Seher. Dem Kalchas war einst prophezeit worden, er werde in dem Augenblick sterben, in welchem er einem Seher begegne, der mehr könne als er. Mopsos verkündete gerade, wie viele Früchte ein Feigenbaum tragen und wie viele Ferkel eine Sau werfen würde. Und so starb Kalchas, der größte Seher der Achäer, als Opfer der Statistik mit dem Wort »Erbsenzähler« auf den Lippen. Und weiter wirbelte Seshmosis durch Raum und Zeit und traf Neoptolemos, den Sohn des Achilleus, in seinem letzten Augenblick, als ihn Orestes, der Sohn des Agamemnon, im Kampf um ein Weib erschlug. Und Seshmosis landete auf Ithaka, wo Telegonos, Sohn des Odysseus und der Kirke, eine Rinderherde stahl und von seinem eigenen Vater dabei erwischt wurde. Sich gegenseitig nicht erkennend, tötete der eigene Sohn Odysseus und erfüllte damit Polyphems Wunsch.

»Genug! Genug! Halt ein!«, rief Seshmosis erschöpft. »Ich will nichts mehr sehen!«

»Wirklich nicht? Ich denke doch, dass du auf das Schicksal einer ganz bestimmten Person neugierig bist.«

»Bitte keine Gewalt mehr! Ich ertrage keine weiteren Grausamkeiten.«

»Nein, keine Gewalt mehr und keine Grausamkeiten, mein lieber Seshmosis. Wage noch einen einzigen Blick!«

Wieder trug ein bunter Wirbel Seshmosis' Geist fort, und er sah Cleite.

Sie war nun die Königin der Amazonen, und an ihrer Seite stand ein heranwachsender Knabe.

»Ist der Knabe …?«, fragte Seshmosis unsicher.

»Der Junge hat ein ausgesprochenes Talent für Sprachen und Schriften«, antwortete GON geheimnisvoll.

In der großen Halle des Olymps standen die Götter um das dreidimensionale Spielbrett. Schwarze Fähnchen markierten zahlreiche Punkte, und vielerorts stiegen dunkle Rauchfahnen von dem Modell auf.

»Es sind nicht mehr viele übrig«, sagte Aphrodite bedauernd. »Und eine Hochzeit hat es immer noch nicht gegeben.«

»Wir brauchen neue Helden!«, forderte Ares, der Kriegsgott. »Mit so wenig Material macht es doch überhaupt keinen Spaß.«

»Ich habe schon ein Konzept«, mischte sich Apollon ein. »Ich denke da an viele junge Halbgötter, die aufeinander eifersüchtig sind.«

»Und du willst sicher deinen selbstlosen Beitrag leisten, damit diese Halbgötter geboren werden«, höhnte Poseidon.

Auf einmal ertönte lautes Geschrei vor dem Eingang der Halle. Kurz darauf flogen die riesigen erzenen Tore auf; ein Pferd galoppierte mitten in den Raum, ein geflügeltes Pferd, und auf seinem Rücken saß ein Reiter. Erst knapp vor dem Spielfeld zügelte der Mann sein Pferd so heftig, dass es mit den Vorderbeinen aufstieg und seine Hufe nur um Haaresbreite neben Apollons Kopf in die Luft schlugen.

»Was soll das?«, »Wer ist das?«, »Wer wagt es?«, riefen die Götter durcheinander. Und selbst der unerschütterliche Zeus erhob sich beunruhigt von seinem Thron.

»Kennt ihr eure eigenen Kinder nicht mehr?«, rief der Reiter und hatte immer noch Mühe, sein Pferd unter Kontrolle zu bringen.

»Dieses feurige Ross ist Pegasus, und ich bin sein Bruder Bellerophon! Wir sind die Söhne der Medusa, von Poseidon gezeugt. Doch bei all euren amourösen Abenteuern habt ihr ja den Überblick über eure Nachkommen verloren. Auch wir dienten euch einst als Figuren in eurem Spiel, bis ihr unserer überdrüssig wurdet. Doch nun sind wir aus dem Schatten des Vergessens zurückgekehrt.«

»Wie könnt ihr es wagen!«, schrie Zeus. »Nur den Göttern ist es vorbehalten, den Olymp zu betreten!«

Da erschien neben Bellerophon GON als Feuerwirbel und sprach:

»*Ich* habe sie mitgebracht, mit Verlaub. Erinnert ihr euch nicht an unsere erste Begegnung hier?«

»Jokeros!«, rief Athene entrüstet. »Du hast dich schon genug eingemischt. Außerdem hast du im Olymp nichts zu suchen!«

»Joker, bitte! Und ich suche auch nichts; alles, was ich brauche, ist schon da«, antwortete die Stimme aus dem Feuer. »Maßlose Götter, die rücksichtslos ein egoistisches Spiel spielen.«

»Unser Spiel geht dich nichts an! Verschwinde!«, befahl Ares.

»Es geht mich sehr wohl etwas an. Die Menschen sind nämlich nicht euer Besitz. Und wenn ich sehe, wie ihr mit euren ›Lieblingen‹ umgeht und wie ihr eure eigenen Kinder behandelt, kommt mir das Grausen. Seht diese beiden: Pegasus und Bellerophon. Als ihr genug von ihnen hattet, habt ihr Pegasus einfach als Sternbild in den Himmel abgeschoben und Bellerophon als gebrochenen Mann auf der Erde zurückgelassen. Die beiden sind mir mit Freuden gefolgt, um mit euch abzurechnen.«

»Wer gibt dir das Recht, uns zu belehren, du Feuerwurm?«, brüllte Zeus.

»Ach ja, das Recht. Wo steht eigentlich geschrieben, dass es euch gestattet ist, euch so aufzuführen? Dass ihr Menschen für euer Spiel missbrauchen könnt? Und wo steht geschrieben, dass ihr alle Menschen in den Hades schicken dürft, ganz egal, wie anständig und gottgefällig sie leben?«

»Das ist unsere Angelegenheit«, herrschte ihn Ares an.

»Nein, das ist die Angelegenheit derer, die von euch in die Hölle geschickt werden. Es ist kein Wunder, dass die Achäer zu Lebzeiten plündernd und mordend durch die Welt ziehen. Wer keine Hoffnung hat, hat auch kein Gewissen.«

»Die Menschen lieben uns!«, erwiderte Aphrodite. »Sie bringen uns Opfer dar und beten zu uns.«

»Nur aus Angst vor Strafe. Und eure Belohnung ist die Verdammnis. Ich will euch gern einen Zeugen vorstellen, dem diese Behandlung von euch widerfahren ist. Erscheine, Achilleus!«

Aus dem Feuerwirbel löste sich eine dunkle Wolke, und aus ihr trat der große Achilleus, der Liebling der Götter.

»Da hast du einen denkbar schlechten Zeugen für deine Anklage gewählt, Jokeros!«, triumphierte Athene. »Denn wir belohnten den glorreichen Achilleus damit, dass wir ihn zum mächtigen Herrscher über die Toten machten. So sprich denn, ruhmreicher Held!«

»Diese kalte Herrschaft ist kein Trost«, klagte Achilleus bitter. »Lieber will ich auf Erden eines Tagelöhners Knecht sein und den Acker bestellen, als der Erste unter den Toten im Hades.«

»Aber preisen sie dich denn nicht jeden Tag?«, fragte Aphrodite verwundert.

»Wer seinen eigenen Tod beklagt und seine Verwandten beweint, während er in der Hölle sitzt, will keinen anderen Toten preisen. Schon gar nicht einen, der zu Lebzeiten dafür sorgte, dass reichlich Nachschub in den Hades gelangte. Und selbst wenn es anders wäre, was nützte mir die Ehrerbietung geschundener Seelen? Das Leben findet auf der Erde statt. Euer Jenseits ist nur Qual.«

Langsam verblasste die Erscheinung des Achilleus, und Schweigen erfüllte den Olymp.

Plötzlich befahl GON: »Pegasus! Bellerophon! Ans Werk!«

Das mächtige geflügelte Pferd stieg erneut mit den Vorderbeinen hoch, genau über dem Spielfeld der Götter.

»Nein, nicht!«, rief Zeus. »Du vernichtest die Menschenwelt!«

Pegasus erstarrte mitten in der Bewegung.

»Nur Götter können von hier aus die Welt beeinflussen. Genau darum habe ich meine beiden halbgöttlichen Helfer mitgebracht. Die Menschen werden keinen Schaden nehmen. Macht weiter!«, forderte GON, und Pegasus ließ seine Hufe kraftvoll fallen. Mit lautem Krachen zerbarst das Spielbrett in tausend Stücke.

Ein letztes Mal erklang die Stimme aus dem Feuerwirbel:

»Dieses Spiel ist zu Ende. Wenn ihr in Zukunft etwas von den Menschen wollt, müsst ihr euch schon selbst auf die Erde bemühen.«

GON, Pegasus und Bellerophon verschwanden vor den Augen der Götter, und in der Halle des Olymps ertönte ein unauslöschliches Gelächter.

Anhang

Anmerkungen

[1] Ein gewisser Elvis Aaron Presley nahm im Jahre 1966 nach Christi Geburt ein Lied mit dem Titel »Drums of the Islands« auf, das er in seinem Film und auf seinem Album »Paradise Hawaiian Style« veröffentlichte und das eine frappierende Ähnlichkeit mit den Zeilen von El Vis aufweist.

[2] Ein gewisser Elvis Aaron Presley nahm im Jahre 1963 nach Christi Geburt ein Lied mit dem Titel »The Bullfighter was a Lady« auf, das er in seinem Film und auf seinem Album »Fun In Acapulco« veröffentlichte und das eine frappierende Ähnlichkeit mit den Zeilen von El Vis aufweist.

[3] Ein gewisser Cat Stevens, mit bürgerlichem Namen Steven Demetri Georgiou, nahm im Jahre 1971 nach Christi Geburt ein Lied mit dem Titel »Morning has broken« auf, das er auf seinem Album »Teaser and the Firecat« veröffentlichte und das eine frappierende Ähnlichkeit mit den Zeilen von Demetrios Georgious, genannt ›Katze‹, aufweist.

[4] Ein gewisser Elvis Aaron Presley nahm im Jahre 1962 nach Christi Geburt ein Lied mit dem Titel »Night Rider« auf, das er auf seinem Album »Pot Luck with Elvis« veröffentlichte und das eine frappierende Ähnlichkeit mit den Zeilen von El Vis aufweist.

[5] Ein gewisser Elvis Aaron Presley nahm im Jahre 1964 nach Christi Geburt ein Lied mit dem Titel »Little Egypt« auf, das er in seinem Film und auf seinem Album »Roustabout« veröffentlichte und das eine große Ähnlichkeit mit den Zeilen von El Vis aufweist.

Personen

Achilleus	Achäer, Sohn der Göttin Thetis und des Peleus, thessalischer Fürst
Ägeus	Achäer, König von Athen
Agamemnon	Oberbefehlshaber der Achäer, Fürst von Mykene
Aias	Achäer, Sohn des Telamon aus Salamis, genannt »Aias der Große«
Aias	Achäer, Sohn des Oileus, Führer der Lokrer
Aineias	Trojaner, Sohn des Anchises und der Göttin Aphrodite
Alexandros	Kreter, Insasse des Labyrinths zu Knossos
Almak	Tajarim, Ochsentreiber und Ruderer

Andromache Trojanerin, Gemahlin des Hektor

Antipathes König der Laistrygonen

Aram Tajarim, ehemals Bademeister zu Theben, bereits zweimal gestorbener Untoter

Ariadne Kreterin, Tochter des Minos und der Pasiphaë

Aruel Tajarim, Steinbrucharbeiter und Ruderer

Asterion halb Mensch, halb Stier, genannt Minotaurus, Sohn der Pasiphaë

Barsil Tajarim, Gebrauchtwarenhändler, von manchen auch Hehler genannt

Bellerophon Achäer, Reiter des geflügelten Pferdes Pegasus

Cleite die Amazone, die Troja nie erreichte

Daedalos Athener auf Kreta, Baumeister, Künstler und Erfinder

Demetrios Georgious Achäer, junger Sänger, von seinen Freunden »Katze« genannt. Zufälligerweise trägt in der Zukunft ein gewisser »Cat Stevens« einen sehr ähnlichen bürgerlichen Namen

Deiphobos Trojaner, Sohn des Königs Priamos, Lieblingsbruder von Hektor

Diomedes Achäer, König von Argos

Elihofni Tajarim, Wasserträger und Ruderer

Elimas Tajarim, Schaf- und Ziegenhirte, Shofarbläser

Elpenor Achäer, jüngster Krieger des Odysseus

El Vis Ägypter, Sänger

Epeios Achäer, Baumeister des »Trojanischen Pferds«

Eurypylus Sohn des Telephos, Anführer der Mysianer, Verbündeter der Trojaner

Eurypylus Achäer, Sohn des Königs Euaemon von Thessalien

Glaukos Kreter, Sohn des Minos

Hantili Hethiter, Zollassistent in Byblos

Hatemhat Ägypterin, Hohepriesterin der Hathor in Dendara

Hekabe Trojanerin, Gemahlin des Königs Priamos

Hektor Trojaner, Sohn des Priamos

Helenos Trojaner, Sohn des Priamos und der Hekabe, Seher

Hippoxena Amazonenkriegerin

Hiram Phönizier, Zollinspektor von Byblos

Homeros blinder Kriegsberichterstatter

Horhernecht Ägypter, Oberpriester des Horus in Edfu

Idomeneus Kreter, Enkel des Minos, kämpft mit den Achäern gegen Troja

Ikaros Sohn des Daedalos

Jabul, Jebul und Jubul Tajarim, Diener Raffims

Jethro Midianiter aus Timna, Priester des Gottes Schasu-YHW, Schwiegervater von Moses

Kalala	Nubierin, Prinzessin von Gebel Abjad, schwarze Perle Nubiens, Stern der Oase Salima
Kalchas	Achäer, Seher
Kassandra	Trojanerin, Tochter des Priamos, Seherin
Katreus	Kreter, ältester Sohn des Minos
Kynthia	Kyklopin, Tochter des Polyphem
Machaon	Achäer, Arzt, Sohn des Asklepios
Maduk	Phönizier, Kommandeur der Stadtwache von Byblos
Mani	Tajarim, Stoffhändler
Medon	Achäer, Stiefbruder von Aias, dem Lokrer, übernahm die Armee des Philoktetes
Menelaos	Achäer, König von Sparta, Gemahl der Helena
Metin	zwölfjähriger stummer Gehilfe des Mursil
Minos	König der Kreter

Minotaurus	Sohn der Königin Pasiphaë und des Stiers des Poseidon, Mischwesen aus Mensch und Stier. Sein eigentlicher Name ist Asterion
Mopsos	Seher aus Kleinasien
Mumal	Tajarim, Trommler
Mursil	Hethiter aus Hattusa, Händler und Betreiber eines Imbissstandes in der Troas
Nefer	Ägypter, Händler im Hafenviertel von Byblos
Nelos	Kreter, Sohn des Telos
Neoptolemos	Achäer, Sohn des Achilleus
Neros	Kreter, Insasse des Labyrinths zu Knossos
Nestor	Achäer, König von Pylos, einer der Argonauten
Nostr'tut-Amus	Ägypter, Seher, der sich den Tajarim anschloss
Odysseus	Achäer, Fürst von Ithaka, genannt »der Listenreiche«

Önone Trojanerin, Heilerin, Gemahlin des Paris

Paris Trojaner, Sohn des Priamos, Geliebter der Helena

Pasiphaë Gemahlin des Minos

Patroklos Achäer, Freund des Achilleus

Pelos Kreter, Sohn des Telos

Podaleirios Achäer, Arzt, Sohn des Asklepios

Philoktetes Achäer, Besitzer der Pfeile und des Bogens des Herakles

Polydamas Trojaner, Freund Hektors

Polydor Kyklop, Goldschmied

Polyidos Seher auf Kreta, dessen Name »Weiß viel« bedeutet

Polyphem Kyklop, der Name bedeutet »der Vielgerühmte«

Qazabal Phönizier, Herrscher von Byblos

Raffim Tajarim, Händler

Rhadamanthys	Kreter, König von Phaistos
Seshmosis	Tajarim, »Sohn des Schreibers«, selbst Schreiber und Prophet, führte die Tajarim aus Ägypten nach Byblos
Skamandrios	Trojaner, Beiname Astyanax = »Beschützer der Stadt«, Sohn des Hektor und der Andromache
Tafa	Nubier von hünenhafter Statur, Lieblingssklave und Leibwächter von Kalala
Telos	Kreter, Priester und Diplomat, Vater von Nelos und Pelos
Teukros	Achäer, Bruder von Aias dem Großen
Theseus	Achäer, legendärer Held, Sohn des Königs Ägeus von Athen
Uartu	Steuermann der *Gublas Stolz* aus Sidon
Zerberuh	Tajarim, Nilsegler mit Hochseeambitionen, Kapitän der *Gublas Stolz*
Zippora	Midianiterin, Tochter des Jethro, Ehefrau des Hyksos Moses

Götter

Anubis	schakalköpfiger ägyptischer Totengott
Aphrodite	achäische Liebesgöttin
Apis	ägyptischer stiergestaltiger Fruchtbarkeitsgott
Apollon	Vielseitigster unter den achäischen Göttern, der von sich selbst sagt: »Durch mich wird Zukünftiges, Vergangenes und Gegenwärtiges offenbar, durch mich tönt harmonisch das Lied zu den Klängen der Saiten. Sicher trifft mein Pfeil … Meine Erfindung ist die Heilkunst …« Wie sein Vater Zeus hat er eine große Zuneigung zu allem, was irgendwie weiblich ist.
Ares	achäischer Kriegsgottheit
Artemis	achäische Göttin der Jagd und der Tiere

Astarte semitische Göttin, Gemahlin von Baal, auch Anat genannt

Athene achäische Göttin der Weisheit

Baal oberste semitische Gottheit u. a. der Phönizier

Babi ägyptischer zahnbewehrter Dämon der Finsternis beim Totengericht

Bes ägyptischer zwergenhafter Schutzgott der Wöchnerinnen

Chepre ägyptische Manifestation der aufgehenden Sonne, er wird als Skarabäus (Käfer) dargestellt

Dionysos achäischer Fruchtbarkeitsgott und Gott des Rausches

Eris achäische Göttin der Zwietracht

Hapi der androgyne Geist des Nils

Hathor kuhgestaltige bzw. kuhköpfige ägyptische Liebes- und Fruchtbarkeitsgöttin, manchmal auch von rein menschlicher Gestalt

Helios achäischer Sonnengott

Hephaistos der kunstfertigste unter den achäischen Göttern, Gott der Schmiede und Gemahl der Aphrodite

Hera achäische Göttin des Hauses und Gattin des Zeus

Hermes achäischer Gott der Händler und Diebe, Götterbote

Horus falkenköpfiger Sohn der ägyptischen Götter Isis und Osiris, Stellvertreter des höchsten Götterpaares

Isis eine der bedeutendsten ägyptischen Göttinnen, Gemahlin des Osiris und Mutter des Horus

Kadesch ägyptische Liebesgöttin

Methyer ägyptische kuhgestaltige Göttin des Urgewässers

Month ägyptischer falkenköpfiger Kriegsgott

Mot semitischer Gott der Unterwelt, genannt »Der große Verschlinger«

Nut ägyptische Göttin des Himmelsgewölbes

Osiris oberster ägyptischer Gott, seit seiner Ermordung durch Seth etwas depressiv

Pan archaische Hirtengottheit

Poseidon achäischer Gott der Meere

Seshat ägyptische Göttin der Schreiber, »Bewahrerin der Archive«, ihr Name bedeutet »Schreiberin«

Seth ägyptischer Sturm- und Chaosgott, der vor allem in der lebensfeindlichen Wüste lebt

Sopdu ägyptischer »Gott der Fremdländer«, quasi ein göttlicher Außenminister

Suchos ägyptischer Gott, oder: als Krokodil oder Mensch mit Krokodilkopf dargestellt

Taweret ägyptische flusspferdgestaltige Göttin der Geburt

Thoëris anderer Name für Taweret

Thot ägyptischer Gott der Gelehrsamkeit, wird ibisköpfig oder als Pavian dargestellt

Zeus oberster Gott der Achäer mit einer Vorliebe für Nymphen und Menschenfrauen

Die Gebote von GON

1. Gebot
Ich bin der Herr, dein Gott, den du verehren sollst, wie auch respektieren alle Mächte der universalen Schöpfung und alle Natur, die dich umgibt.

Und verlass dich nie darauf, dass es woanders keine anderen Götter gibt.

2. Gebot
Du sollst einmal am Tag in deiner Freizeit zu mir beten, auf dass ich weiß, dass du noch da bist.

3. Gebot
Du sollst nicht töten, außer du und die deinen werden angegriffen oder es geht dir sonstwie an den Kragen.

4. Gebot
Du sollst nicht stehlen, außer wenn du Hunger hast oder lebensnotwendige Dinge brauchst, die da sind Kleidung, Transportmittel und Souvenirs.

5. Gebot
Du sollst den Feiertag heiligen, sofern du jemanden hast, der an diesem Tag deine Arbeit erledigt. Wann dein Feiertag ist, erfolgt nach Absprache.

6. Gebot
Du sollst weder verleumden noch beleidigen und wenn man dich verleumdet oder beleidigt, sollst du keinen Advokaten nehmen, sondern die Sache selbst regeln, aber dabei anständig bleiben, auf dass kein Blut fließe. Zumindest nicht viel.

Nachbemerkung

Nachdem ich wieder viele Monate mit den Tajarim verbracht habe, fällt es mir schwer, jetzt nicht mehr bei ihnen zu sein. Andererseits hat die Erfahrung mit dem Roman »Der Nomadengott« gezeigt, dass Seshmosis & Co. bei den Lesern in guten Händen sind und das Grüppchen auch ohne mich ein munteres Eigenleben führt, z. B. im Internet.

Diesmal habe ich aus guten Gründen auf eine Landkarte verzichtet, denn die Hauptschauplätze Byblos, Knossos und Troja kann man leicht nachschlagen, dagegen weiß leider niemand, wo die meisten Inseln der Odyssee liegen, nicht einmal GON.

Der Soundtrack zum Buch besteht nicht nur aus Göttergrollen und Waffengeklirr, sondern in erster Linie aus Liedern von El Vis, die ein gewisser Elvis Aaron Presley über dreitausend Jahre später in sehr ähnlicher Form gesungen hat. Dafür habe ich alle 703 Songs von Elvis Presley durchforstet und vier davon ausgewählt, die optimal zur Geschichte der Tajarim passen. Der Gastauftritt von Demetrios Georgious, genannt »Katze«, ist eine Reverenz an den griechischstämmigen Sänger Cat Stevens.

Als Absatzteiler wünschte sich der Schriftfanatiker Seshmosis für diesen Roman die Zeichen der kretischen

Schrift Linear B; das Labyrinth-Graffiti mit dem Spruch »Hier wohnt der Minotaurus« wurde an einer Hauswand des versunkenen Pompeji gefunden. Die Ägyptologin Astrid Claassen schließlich half mir dankeswerterweise, die beiden Hieroglyphentexte ins richtige Bild zu setzen. Beim Dank angelangt, verneige ich mich vor den Lektoratsengeln Angela Kuepper und Martina Vogl für ihr segensreiches Wirken in Sachen Wortmagie und huldige meiner Hausgöttin Friederike für ihre Geduld, ihr Engagement und vor allem ihr Verständnis für den ständig in Raum und Zeit umherirrenden Ehemann und Autor.

Gerd Scherm

Christoph Marzi

Der Überraschungserfolg des letzten Jahres!

In seinen magischen Geschichten um die kleine Emily Laing und ihre Gefährten verwebt Christoph Marzi die viktorianische Atmosphäre eines Charles Dickens mit dem Zauber von *Harry Potter*.

»Christoph Marzi ist das aufregendste neue Talent der deutschen Fantasy!« **Kai Meyer**

3-453-53006-3

3-453-52135-8

HEYNE